一億円のさようなら

白石一文

徳間書店

目次

第一部

1

十二月に入って最初の日曜日、久々に夏代《なつよ》と湾岸沿いをドライブした。

博多湾の東端にある小さなホテルのレストランで早めの夕食をとって、マンションに帰り着いた頃には全身に熱っぽさを感じていた。

用心して風呂はやめ、十時過ぎには寝床に入ったのだが、午前二時頃に小用で起きて、熱感は変わらず、加えて喉にいがらっぽさに似た痛みを覚えたので検温してみると三十六度七分とやや高めの体温だった。

やっぱり風邪だろうか、と気になりながら寝床に戻る。

翌朝、午前七時前に目が覚めた。

月曜日は弁当の注文数が一番多いこともあって、夏代はとっくに工場に出かけており、いつものように一人で起床。布団を畳んだあとパジャマ姿のまま洗面所に入って、蛇口から勢いよく吐き出される水に両手を当てた瞬間、全身に悪寒が走ったのだった。

例年より一カ月も早く県内にインフルエンザ注意報が出されたというニュースをテレビで観たのが一週間ほど前。

夏代に伝染《うつ》していまいか？　という危惧《きぐ》が真っ先に頭をよぎった。

マスクをかけ真っ白な作業着に身を包んでの仕事だから、たとえ感染していても弁当にウイルスが混じる恐れはほとんどないのだろうが、それにしても気にはなる。

あのテレビニュースを観たときから何とはない不安はあったのだ。

というのも、去年もたまたま注意報発令のニュースを目にしてほどなくインフルエンザを発症したのだった。四十度近い高熱が三日間続き、もう何年も罹《かか》っていなかったこともあり、滅多にないような苦しい目にあった。

先週、注意報のニュースをまた偶然に観てしまい、にわかに去年の苦痛が思い出され、今年も似たような羽目に陥るのではないかと嫌な予感がしたのだ。

前回も、軽い喉の痛みを感じながら就寝し、翌朝、手洗い場でいきなり悪寒に見舞われた。大丈夫だろうと高をくくっていたところ二日もしないうちに高熱が出たのである。

洗面をやめて急いで寝室に戻り、コートハンガーに吊るしてあったフリースの上着を羽織ってから衣装タンスの一番下の引き出しを引いた。その段に市販薬や病院で貰《もら》った処方薬の飲み残しなどがしまってある。目当ての小箱を抜いて、それを持ってリビングルームに行った。

リビングルームはおおよそ十五畳ほどの広さで、ダイニングルームを兼ねている。

オープンキッチンになっていて、キッチンカウンターに短い一辺をくっつける形で四人掛けのダイニングテーブルが据えられていた。

子供たちがいた時分は、部屋の真ん中に置いていたテーブルだが、夫婦二人の暮らしとなり、水回りのそばに寄せたのだった。

鹿児島に向かう長男の耕平《こうへい》を博多駅で見送ったその日の夜に、夏代と二人でテーブルを移動させた。思えばそんなふうに夫婦だけで家具の置き場を変えるのは十数年ぶりで、

「なんだか新婚時代にタイムスリップしたみたいね」

夏代がどういうわけだか少し華やいだ口調で言ったのを憶《おぼ》えている。

あれが去年の三月のことだった。

小箱を開封して薬を取り出す。

抗インフルエンザ薬のタミフルだった。タブレットシートに十個のカプセルが並んでいる。

あのときは年越しにかろうじて間に合うように熱が引き、こんなことはもう二度と御免だと思って、年明け早々、知り合いの医者に頼んでこの薬を取り寄せた。自分と夏代、それに耕平の三人分。長崎の看護学校に通っている長女の美嘉《みか》の分はさすがに用意しなかった。耕平の分は、入手してすぐに鹿児島に送っておいた。

まだ冬の寒さにはほど遠い時期に、さっそくこれを使うことになるとは……。

とはいえ、熱が出る前に服用すれば、薬の力でウイルスの増殖が阻害されるので症状をほぼ完璧に抑え込むことができる。感染していたとしても他人に伝染す心配がなくなり、高熱も出さずに済むのだ。

だからこそ事前に薬を準備しておく価値がある。

感染が確実であれば一回一カプセルで一日二回、五日間の服用が必要だが、予防ならば一日一度の服用で構わないと医者には言われている。

まずは一カプセル飲んで、今日一日、体調の変化を観察してみればいいだろう。悪寒が増したり、熱発の気配を感じたときは十二時間後に二つ目を飲めばいいし、大丈夫そうであれば明日、明後日と一つずつ飲んでさらに経過を見ればいい。

インフルエンザの予防注射は受けていなかった。

長年、医療関係の仕事をしていながら、とにかく鉄平《てっぺい》は子供の頃から注射が大嫌いなのだ。予防注射では完全に防ぎきれないと言うし、だとすれば抗インフルエンザ薬を備えておく方がはるかに理に適《かな》っているというものだ。

キッチンで水を汲《く》み、テーブルに戻ってタブレットシートからタミフルを一つ取り出す。白と黄色の小さなカプセルを手のひらに載せて、

——どうぞよろしく頼みます。

無言で呟いてから水と一緒に口の中に放り込んだ。

ふーっと大きく息をつき、椅子の背板に身を預けて背筋を真っ直ぐにする。消え残っていた悪寒の残滓《ざんし》が身体《からだ》からまたたく間に蒸発していくのを感ずる。

これで安心だ。

なんだか一仕事終えたような充足感があった。

ベランダの方へと顔を向けると窓越しに明るい陽光が射し込んでいる。キッチンカウンターの上のデジタル時計は「7：16」。夜もすっかり明けたようだ。それでもまだあたりはしんとした気配を保っていた。

七年前に買ったこのマンションは、当時ですでに築二十年だった。東京に住んでいた時分であればそんな古い物件に手を出すことはなかっただろう。地震の心配がさほどない福岡だからこそ買えた我が家だった。

五階建ての四階で、一番の取り柄は日当たりの良さだ。周囲に高い建物が何もないこともあって南向きのベランダからはふんだんに光が入ってくる。博多区の山側の住宅地の一角にあるのでいつも静かで、近所には大きな公園が二つもあった。

広さも九十平米の３ＬＤＫと家族四人暮らしには充分である。

十年前、まだ東京住まいだった頃に購入を予定していた北区赤羽のマンションは、新築とはいえ七十五平米の２ＬＤＫで、鉄平たちの寝室は三畳ほどの窓のないサービスルームになる予定だった。

中古とはいえそれに比べればずいぶんゆとりのある住まいではある。価格も赤羽のマンションの三分の一にも満たなかった。

長年勤めた医療機器の会社をリストラされ、落ちのびるようにしてやって来た福岡で、わずか二年でマイホームを持てたのも、その破格の安さのおかげだったと思っている。

「新築じゃなくてすまない」

購入を決めて最初に口にした鉄平の一言に、

「何言ってるのよ。こっちの方がずっと広いし、使いやすそうだわ」

夏代はとても嬉しそうだった。

「鉄平さん、本当にありがとう」

心底からの言葉のように彼女は言ったのだった。

だが、七年も経《た》つと三十年近く前のマンションとあってさすがに随所にガタがきていた。共用部の各種設備もしばしばトラブルに見舞われるし、特にひどいのはエレベーターだった。点検は几帳面に実施されているが、乗っていると奇妙な音がして薄気味悪いことこの上ない。そもそもが遅過ぎる点もあり、ここ二、三年はよほど重い荷物でもない限り階段を使うようにしていた。夏代や子供たちも同様だった。

目下、最大の悩みのタネは部屋の風呂だった。ボイラーの調子が悪いのか、数カ月前から四十度以上のお湯が出なくなっていた。浴室のタイルもところどころ割れているし、浴槽もすっかり古びてしまっている。一度、業者を呼んで見積もりを頼んだが、全部で七十万円もかかると言われて二の足を踏まざるを得なかった。昨春、耕平が公立とはいえ鹿児島の歯科大学に進学し、今後の学費負担を考えれば、風呂場の改修で七十万の出費はとてもじゃないが無理な相談だった。

2

タミフルを飲んだ後、二度寝を決め込み、再度目覚めてみれば午前九時を回っていた。慌てて勤務先に連絡を入れる。

電話口に出たのは青島雄太《あおしまゆうた》だった。

「どうやら風邪みたいでね。熱も少しあるんだ。申し訳ないけど、今日は休みを取らせてもらうよ」

と言うと、

「分かりました。どうぞお大事になさってください」

青島もほっとしたような声で返してくる。

彼は鉄平が本部長を務める「試験機器調達本部」にこの九月に配属されてきた。それまでいた上西《かみにし》という部下が退職となって、その補充要員としてやってきたのだ。青島も上西同様、配属前は総務部付で休職中の身の上だった。上西の場合は、結局、うつ症状が改善せず治療に専念するために会社を辞めることになったのだが、補充者の名前を伝えにきた総務部長の金崎《かなさき》に言わせれば、

「上西君と比べると青島君の方が病気もずっと軽いし、本人も意欲を持っているので、加《か》能《のう》さんの御力でどうかぜひ再起させてやってください」

とのことだった。

しかし、実際に机を並べてみれば、一年数カ月のあいだ一緒に過ごした上西とさほど症状は変わらないように見える。

辞めた上西が入社三年目で、青島が五年目。どちらもこれからが働き盛りの二十代の青年たちだ。そんな若い社員たちが心を病んで半年、一年の休職となり、かろうじて復社してきても早晩、退職を余儀なくされてしまう。近年はそうした事例が男女を問わず増え続けていた。

むろん、それがそのまま現社長である加能尚之《なおゆき》の経営手法のせいとは言わないが、前社長の時代と比べて社内の空気がすっかり息苦しくなってしまったのは明らかで、そのことが若年休職者の増加に一役買っているのは衆目の一致するところではあった。現に社長の腰巾着ともっぱら評判の金崎でさえ、

「孝之《たかゆき》社長の時代が懐かしいですよ」

と先だってもこぼしていたくらいなのだ。

青島は九大理学部の大学院を出た幹部候補生だった。入社してほどなく結婚し、二歳になる娘がいると聞いている。二十八歳の若さでうつ病となり、一体これからどうやって妻子を養っていくつもりなのか。彼の先行きを考えると、「加能さんの御力でどうかぜひ再起させてやってください」という金崎の型通りの一句もそれなりに真摯《しんし》に受け止めねばと思う。だが、上西のときと同様、部下の心理状態を絶えず慮《おもんぱか》りながらの業務は正直なところこっちまで神経をすり減らしてしまう。

肩書は「試験機器調達本部本部長」と仰々しいが、名ばかりの閑職に過ぎなかった。試験機器の調達は当然ながら主力商品である医薬品原液等を製造する「製造本部」が予算も機種の選定権も握っており、調達本部は単に製造本部の決定を追認するだけの組織なのだった。その証拠に、本部と言っても本部長の鉄平を含めて総勢三名。病み上がりの青島の他には若い事務員の峰里愛美《みねさとまなみ》がいるきりの小所帯なのである。

鉄平の勤務する「加能産業」は医薬品素材の製造、販売を中心として、無機、有機の各種化学品、健康食品素材、食品添加物、触媒などを幅広く取り扱う化学製品の総合メーカーだ。当然ながら東京や大阪の大手製薬会社や総合化学メーカーとは比較にならない規模ではあるが、この福岡の地で長年堅実に活動してきた企業だった。

従業員も関連会社を含めると五百名余りと県内有数の地場メーカーでもある。社名でも分かる通り、「加能産業」は鉄平の父方の祖父、加能昇平《しょうへい》が創業した会社で、先代社長の孝之は鉄平の父親、俊之《としゆき》の弟であり、現社長の尚之は孝之の長男、つまりは鉄平の従兄弟《いとこ》にあたる人物だった。

本社は医薬品原液の主力工場である第一工場が建つ東区《ひがしく》箱崎《はこざき》にあったが、他にも福岡市に隣接する糟屋郡久山町《かすやぐんひさやままち》と北九州市戸畑区《とばたく》に第二、第三工場を擁している。一昨年の六月、役員昇格一歩手前で現在の部署に左遷されるまでは、第一、第三工場で作られる医薬品原液や中間体の売り込みを本社で担う販売本部医薬品事業部で、鉄平は、数十名の営業部隊を指揮する事業部長の地位にあった。

上西にしても青島にしても、事業部長の時代に預かっていれば、と思うことは多い。

理不尽な人員整理を食らって前の会社を追われた鉄平には、組織の勝手さや冷酷さは充分に身に沁《し》みていた。それ以上に、「お前はもう不要だ」と社内で烙印《らくいん》を捺《お》されることの無念さを嫌と言うほど知っている。そういう自分ならば、一時的な精神失調で働く意欲を失った彼らを切り捨てるのではなく、いろんな管理法を駆使して再生させていくことができると信じている。実際、事業部長時代には何度かそうやってうつ症状に陥った部下たちを立ち直らせたものだった。

だが、そのためにはどうしてもある程度の数の人員が必要だった。仕事の種類や量を按《あん》配《ばい》できるだけの業務の幅もなくてはならない。

それが現在の小所帯では難しかった。簡単な書類を作ったり、役所への届けを製造本部に代わって行ったりと作業自体は単純で負担も少ないが、しかし、代わりがいない分、欠勤はしにくく他部署に対しても目立ってしまう。そして何より、仕事を続けながら徐々に自信と張り合いを取り戻すという肝腎の要素がいまの部署では望むべくもないのだ。

うつになった人間は、身体を休めているだけでは良くならない。大切なのは心身の平衡を回復させることなのだから、肉体だけでなく精神の耐性をあらためて獲得する必要があった。そのためには社内での多様な人間関係や仕事上の適度なストレスはどうしても不可欠なのだ。

「心の病の大半は人の渦の中で発症するものだから、患者を渦から遠ざけるだけでなく、最終的にはその渦の中に上手に戻してやらないといけない。そこが骨折や外傷といった本物の怪我との大きな違いなんですよ。別の言い方をするなら、怪我の後のリハビリテーションこそが、心の病においては本番の治療というわけです」

東京時代に親しかった心療内科の医師もよくそんなことを言っていた。

青島にしても上西同様、いまのままではただの飼い殺しに過ぎない。会社のお荷物として日の当たらない部署に押し込められ、やがては厄介払いされるのが落ちだろう。そう考えると前途有為な人間を平気で潰《つぶ》してしまう会社のやり方に憤りを覚えた。

競争第一主義を強く打ち出し、はっきりと目に見える成果を出せと年がら年中発破をかけ続けている尚之のやり方は、時流に合致していないだけでなく、結果的に社員を萎縮させ生産性を低下させている。

先代にかわって彼が経営の舵取りを始めてすでに六年目を迎えているが、本業の数字は悪化する一方だった。株や不動産などの保有資産を切り売りしながら毎年やっとのことで黒字を作っているのが現状だ。伸び悩む業績が尚更に尚之の焦りを生んでいるのも間違いなかった。

3

人間には、奇妙な夢を見て目覚めたときのように、自分がいまどこにいるのか分からなくなる時間がある。夢であればすぐに現実を取り戻せるが、辞めた上西や現在の青島は、毎日毎日がおそらくそんな覚束《おぼつか》ない感覚のままなのだろう。

鉄平にもこれまで何度かそういう心理状態になった時期があった。

リストラされる直前の会社での数カ月間もそうだったし、それ以外にも我を見失いそうになった経験が幾度かある。

自分の立っている場所を失《な》くすというのは、自分自身を失うことに等しい。他の動物に類を見ない強固で緻密《ちみつ》な社会性を身につけ、それによって地球上に君臨する力を得た人間という種にとっては、集団の中で自らの存在を確認できなくなるというのは、社会的な死を意味するにとどまらず個体の死をも意味する。

盛り場の片隅や川べり、駅や公園の一隅で暮らすホームレスでさえ、深い山奥や原野に活路を見出《みいだ》すことはしない。そんなことをすれば数日と生きていくことができないと知っているからだ。これは他の生物と決定的に異なる人間だけの特質でもあろう。人類は自然の中で生きる力を放棄することで、否応なく社会という集団の中で生きる道を選択したのだ。

だとすれば、上西や青島の陥ってしまった境遇は悲惨の一語に尽きるとも言える。

そして、尚之にしても実は彼らと似たような状況なのではないか、とかねて鉄平は睨《にら》んでいる。

従業員たちは笛吹けど一向に踊らず、尚之自身も今後の展望を見出せずにいる。経営者としての彼は、まさしくいま自分がいる場所を見失っていると言っても過言ではないだろう。

その不信は周囲にだけ向けられているわけではない。尚之が誰よりも信じられないのは不甲斐《ふがい》ない自分自身に他ならない。だからこそ、従兄弟であり一番の協力者であったはずの鉄平を露骨に外しにかかってきたのだ。自らを信じられなくなった人間は、その事実に目をつぶりたくて、信頼すべき相手を裏切者と見做《みな》すようになる。忠言を拒否するだけでなく、その忠言者のせいで何もかもがうまく運ばないのだと責任転嫁を図る。そして、ついには身の内にある謙虚さを滅ぼし、どす黒い猜疑心《さいぎしん》だけを養うようになるのだ。

4

しっかり眠って気分は爽快だった。

さっそくタミフルが効力を発揮してきたのか。フリースを着たままベッドに入ったせいで襟のあたりに薄《う》っすらと汗をかいていた。上着を脱いで洗面所に行き、まずは両手を蛇口の水に浸してみる。朝方のような悪寒は感じなかった。シャワーを浴びたいところだが、念のために用心して、代わりにお湯で濡らしたタオルで身体を拭くことにする。パジャマとシャツを脱いで上半身裸になったが何ともないし、汗を拭うのが心地よい。熱っぽさも感じない。

――こりゃ、「羹《あつもの》に懲りて膾《なます》を吹く」だったか……。

それはそれで構わない、と思う。

インフルエンザは歴とした感染症なのだ。周囲にウイルスを撒《ま》き散らすリスクを思えば一日の欠勤など物の数ではあるまい。

そう考えるとますます爽やかな心地になってくる。二度寝する前に決めた通り、今日は終日家に引き籠《こも》って経過観察としよう。

二年前の春、美嘉が看護学校進学のために長崎に旅立ち、それから三カ月も経たないうちに左遷の憂き目にあった。しばらくは腸《はらわた》が煮えくり返るようだったが、耕平が無事に歯科大学に合格し、何とか入学費用も工面できた時点で、まるで憑き物が落ちるように怒りは鎮まってしまった。

美嘉も耕平も進むべき道を見つけて、文字通り巣立っていった。

まだ完全な自立には間があるが、親としての大方の務めが終わったような気がしたのだ。

――子供たちは、今後は俺たちを〝保護者〟とだけ見ることはないだろう。

自身の経験に照らしてそう思った。

そしてそう思った瞬間、「もういつ死んでもいいんだ」という内なる声が聞こえたのだった。

この先の人生で、「これだけはどうしてもやらなくてはならない」という何かを摑《つか》むことは二度とないだろう。死んでも死にきれぬ思いをさせられるような何かが起きる可能性も限りなく少ない。

――あとは死ぬだけだな。

さっぱりと乾いた感じで素直にそう思えた。

一昨年、役員になっていたらどうだったろう？　と考えなくはなかった。仮に役員に就任し、従業員やその家族の人生に責任を持つ立場になっていれば少しは異なった感慨を持てたかもしれないという気はした。

だが、それも詮無《せんな》いことだった。尚之の下で自分が第一線に復帰することはもはや考えられない。これから定年まで、日の当たらない場所を転々とさせられるだろうことは目に見えていた。

部屋着に着替え、マグボトルのほうじ茶を飲みながら朝のワイドショーをしばらく眺めた。ほうじ茶は毎朝、夏代がボトルに詰めていってくれる。普段はそれを持って会社に行くことにしていた。

耕平が家を出てしまうと、夏代はそれまで続けていた近所のショッピングセンターでのパートタイムを辞めて、空港の近くにある生協系列の弁当工場でフルタイムで働くようになった。かつてパート仲間だった同年輩の女性が一足先に弁当工場に移っていて、耕平の受験前から誘いがかかっていたらしい。

「耕平の学費のこともあるし、私も思い切ってそっちに移ろうと思ってるの」

去年の四月に相談されたときは、すでに工場の人事担当者との面接も終えてほとんど決まった話になっていた。「学費」を持ち出されては否とは言えなかったし、否と言うだけの理由も見つからなかった。

「せっかく何十年ぶりかで二人きりになれたのに、ごめんね」

機先を制するように謝られては、異論を挟む隙も無い。

夏代らしい事の進め方と言えばその通りだった。年齢は鉄平の方が二歳年長だが、初めて出会ったときから、夏代の方がはるかにしっかりしていた。交際を始めるに当たっても、結婚を決めるに際しても常に主導権は夏代が握っていたし、結婚後もその点は変わることがなかったのだ。

夏代が車で通勤するようになって、鉄平は電車通勤に切り替えた。医薬品事業部時代から朝は車で出かけても、酒の入った帰りはタクシーを使うことも再々で週の半分は代行を頼むか、本社の駐車場に置きっぱなしにしていた。それが定時出退勤の仕事となり、逆に車通勤の便利さを痛感し始めたところで夏代に取って代わられたのだった。ただこの件に関しても夏代は、

「せっかくだからもう一台買おうかと思っているの。軽の中古だったら安いし、このマンションの駐車場にもまだ空きがあるから」

とまずは提案してきたのだ。

「それはもったいないよ。僕の方は十時六時で楽な仕事なんだから電車通勤で構わない。その方が散歩にもなって健康にいいしね」

実際、最寄り駅の「東比恵《ひがしひえ》」から箱崎ふ頭にある本社までは、地下鉄を使えば四十分足

らずだった。地下鉄箱崎線の「箱崎宮前《はこざきみやまえ》」駅から会社まで徒歩で十五分近くを要するので、そこそこの散歩になるというのもウソではなかった。

「そう言えばそうね。鉄平さん、最近ちょっと太ってきたし電車通勤の方が身体にはいいかもしれない」

さっそく夏代が乗ってきて、左遷された年の夏に半ばやけっぱちで購入した新車のスバル・レヴォーグは彼女の愛車になってしまったのである。

5

ワイドショーが天気予報に切り替わったところでテレビを消した。

今日一日は、空から雨が降ろうが槍が降ろうが関係ない。そう思うとますます解放感が増してくる。

もったいないような冬の晴天の日に、太陽の光に背を向けて部屋の中で独りねっとりと無為な時間を過ごす。そんな贅沢は大人になると滅多にできるものではない。子供時代だって、無駄に時間を食いつぶすというのは案外難しいものだ。病気になったわけでもないのにだらだらと日がな寝て過ごせるなんて、赤ん坊の頃を除けば、せいぜい大学時代と、あとは毎年の正月三が日くらいのものだろう。その三が日でさえ親になれば家族サービスで寝正月どころではなくなってしまう。

椅子から立ち上がり、キッチンに入る。

夏代が帰宅するのはいつも午後七時過ぎだった。早朝出勤が定番化している月曜日でも同じだ。その分、残業代が増えるので本人は歓迎している。工場自体は24時間フル稼働で弁当やおにぎり、各種惣菜などを生協の各店舗に供給しているが、夏代はパート職員ではなく嘱託社員として採用されていた。自身も調理の補助やラインに立っての弁当詰めの作業をこなすが、パート従業員のようにそれだけではなくてシフト作りや商品企画などの仕事にも加わっている。報酬も時給制ではなく月給制で、社会保険もあるしボーナスもあった。鉄平からしても、破格と言っていいくらいの好待遇で、これなら旧知の仲間の誘いに飛びつくのも無理からぬ話ではあった。

月曜日は長時間勤務とあって、夕食は一緒に外食するか、夏代が社内販売で買ってきた惣菜や弁当で済ませるようにしている。最近は、他の曜日も工場の惣菜が食卓に並ぶことが多くなっていたが、鉄平はそれについて別段不満を洩《も》らしたりはしなかった。

彼は若い頃からさして食べ物に興味がなかった。学生時代は、食事らしい食事は一日に一度あればいい方で、あとはお菓子やスナック類で適当に済ませていた。金が無いときはフランスパンとチーズだけで何日でも平気だった。独身時代も深夜まで取引先や同僚たちと飲み歩く日々だったので、摂取カロリーの大半は酒と酒のつまみから得ていた気がする。

まともに食べるようになったのは、それこそ夏代と結婚してからだった。

子供たちがいなくなった途端に出来合いの品が増えたとしても、それはそれで若い頃に戻ったようでむしろ新鮮に感じているくらいなのだ。

冷蔵庫の一番下の段から冷凍食品の赤い袋を取り出した。それほど大きな袋ではないが手に持つとずっしりと重い。

パッケージには「香味えび炒飯」という文字が大きく印刷され、皿に盛られたチャーハンの写真と有名料理人の顔写真が添えられていた。

最近いたく気に入っているのがこの冷凍チャーハンなのだ。

これを教えてくれたのは青島雄太だった。彼が配属されてすぐの頃、社員食堂で峰里愛美も交えて三人で昼飯を食べているときに、青島が日替わりメニューのチャーハンを頬張りながら、

「本部長、最近このチャーハンとそっくりな味の冷凍チャーハンを見つけたんですよ」

と言ったのである。

ちなみに社食のチャーハンは中華丼と並んで名物メニューで、「日替わり」で出たときは社員の半数以上が注文するという厨房自慢の一品だった。現にこの日も三人全員チャーハンを選んでいた。

「何ていう名前の商品ですか？」

すかさず峰里愛美が訊《たず》ねる。

「城ヶ島《じょうがしま》フーズっていうところの『香味えび炒飯』っていうんだ」

青島が答えたのだった。

「ただ、スーパーとかでは売ってなくて通販サイトから買うしかないのが玉にきずなんですけどね」

という最後の一言で鉄平は逆に興味をそそられ、昼食を終えると会社のパソコンを使ってさっそく注文したのだった。価格は二食分一袋で六百円と他の冷凍チャーハンと大差なかったが、ただ送料が別途かかってくるのでそこその数をまとめ買いをしないと不経済ではあった。鉄平はとりあえず十食分五袋を買うことにした。送料は六百円だったので、一袋当たりにして他社製品より百二十円ほど割高という計算だ。

だが、二日後に届いた「香味えび炒飯」を一口食べて、青島の言っていたのが誇張でも何でもなかったと知った。

社食のチャーハンに引けを取らない絶品のうまさだったのである。

とてもこれが冷凍とは思えなかったし、一緒に食べた夏代も、

「うちの会社の冷凍チャーハンとは別物って感じだわ」

と感心しきりで、

「仕事用に一袋貰っていい？　商品開発の人たちにも食べさせたいから」

と言って、次の日、本当に工場に持って行ったのだった。

以来、週に一度は必ずこのチャーハンを食べている。

コンロに火をつけフライパンを載せる。あたたまってきたところで薄く油をひいて、封を切った「香味えび炒飯」の中身を凍ったままの状態でフライパンに入れる。あとは中火で手早く炒めればいい。

電子レンジで四分ほどチンするだけでも充分に美味《おい》しいのだが、食べ慣れてくるとやはりフライパンで加熱した方が米粒のパラパラ感が増すような気がしていた。

付け合わせは白菜の漬物だった。白菜の漬物に旨み調味料とごま油、醤油をたっぷりと振りかける。鉄平はそうやって食べる白菜の漬物が昔から大好物だった。

皿に盛ったチャーハンと白菜をダイニングテーブルに置き、椅子に座って、マグボトルに残っていたほうじ茶を湯呑に注ぐ。「いただきます」と手を合わせてからスプーンを手にした。

チャーハンをひと匙《さじ》口に放り込む。

――社食のよりこっちの方がうまいんじゃないか……。

真剣な気持ちでそう思う。

窓の外は春を思わせるほどに明るい。東京と違って冬の福岡はピーカンに晴れることが滅多にない。こちらに来て十年になるが、いまもときどき雲一つない真っ青な東京の空が恋しくなる。

チャーハンと小鉢に山盛りの白菜をあっという間に平らげると、食器を洗って、きれいに拭いて食器棚に戻した。夏代がフルタイムで働くようになってからは、食器洗いは鉄平が担当している。

時刻はまだ十一時を回ったばかりだった。

さて、何もすることがない。

医薬品事業部のときは仕事を持ち帰ることもしばしばだったし、土日や祭日もイベントや接待ゴルフに出かけることが多かった。だが、いまは休みの日にやるべき仕事など幾ら探しても見つからない。

再びテレビを点《つ》け、ザッピングしながらいろんな番組を眺めた。これといって関心を引くニュースも話題もなかった。十分もしないうちにテレビを消す。

しっかりと二度寝したので眠気は皆無だった。だるさも熱っぽさも感じない。食事を終えて体調は完全に復した気がした。これならもう一度タミフルを飲む必要もなさそうだった。

のんびり本でも読むか、と椅子から立ち上がって寝室に向かう。

美嘉の部屋も耕平の部屋もそのままにしてあるので、鉄平が使えるスペースは相変わらず玄関を入ってすぐ右の夫婦の寝室だけだった。六畳ほどの広さにダブルベッドを置き、夏代と自分の私物もすべてこの部屋に押し込んでいるため座る場所もないくらいだ。本棚もタンスの隅に細長いのが一本あるきりで夏代と共用だった。それも捨てがたい昔の本で埋まっていて新しい本を並べる余裕はない。だから、ここ数年は文庫しか買ったことがなく、夫婦で読み終えるとすぐに捨ててしまうのが常だった。

耕平が出て行って丸一年が過ぎた今年の三月に、耕平の荷物を美嘉の部屋に納めて部屋を一つ空けないかと夏代に提案した。

「そうしようかしら。二人ともベッドさえあればいいんだもんね」

夏代も賛成して、美嘉と耕平に電話で相談したところ、耕平はあっさり了承してくれたものの美嘉は大反対だったのだ。

「それじゃあ、私はずっとこの長崎で働けってこと？」

そう言われて、夏代は言葉に詰まったらしい。たしかに美嘉はいずれ福岡に戻って働きたいと言っていたが、その場合でも自分の部屋を借りれば済むはずだった。

「あの子、またこの家に舞い戻ってくるつもりなのかしら？」

夏代は困ったふうに呟きながらもまんざらでもない様子だった。

鉄平は子供が実家に居座るのは反対だ。

二十歳も過ぎれば親元を離れるのが人として当然だと思っている。自分自身も、大学入学と同時に両親の家を出て大学の近くにアパートを借りた。学費は親に頼ったが、四年間の部屋代はアルバイトで賄ったのである。

結局、話は沙汰止《さたや》みとなり、寝室に入らない荷物が出てきたら耕平の部屋に置かせて貰うことで決着した。

それから八カ月余り、いまのところ耕平の部屋に鉄平たちの荷物を置いたことは一度もなかった。

先週買った小説を一冊持ってリビングルームに戻った。

テレビの前のソファに腰を下ろして分厚い文庫本のページを開く。買ってすぐに数ページ読んだのだが、最初から読み直すことにした。

とはいえ、びっしり並んだ活字を目にした途端に読む気が失《う》せた。

このところいつもそうだった。にわかに進んだ老眼のせいもあるのだが、どうにも読書に集中できないのだった。仕事が忙しかった頃は、多忙の中で読書に時間を割くのが恰好《かっこう》の気分転換になった。東京時代は、通勤電車の中では新聞ではなく本を開くようにしていたし、福岡に来てからは営業回りの合間、三十分でも時間ができたら公園やコーヒーショップで文庫本を読んで気持ちのゆとりを取り戻すように心がけていた。

学生時代から小説が好きだった。ノンフィクションも嫌いではなかったが、エッセイは読んだことがない。どうしてエッセイに手が出ないのか不思議だったが、好きな作家の書いたものでも駄目だった。近時片々のたぐいは取るに足らない日常だけで食傷なのかもしれないと思っている。そして、自分の場合は、映画や音楽と比べても小説の方がより深く作品世界に没入できる気がしていた。

仕事がひまになって、どういうわけか読書量が大幅に減ってしまった。

これも理由は定かではないが、左遷の痛手で無気力になったのと、いきなりたくさんの時間を持たされて途方に暮れてしまったせいではないかと思う。

――俺にとっての読書は、所詮ひま潰しに過ぎなかったというわけか……。

いっぱしの読書家のつもりでいただけに、我ながら情けない気分にならざるを得ないのだった。

6

文庫本を閉じてベランダの窓に顔を向ける。

暖房をつけるどころか明るい日差しで部屋の中までぽかぽかだった。

――ちょっと散歩に出てみるか。

数日前、駅の近くに新しいコーヒーショップができた。まだ入ったことはないが、あそこでコーヒーでも飲みながらこれを読むというのも悪くない。

立ち上がりかけたところで座り直す。

——いやいや。今日は終日家に籠ると決めたのだった。

ソファの背凭《せもた》れに身体を預けると同時に小さな溜め息が洩れた。

定年後のことを考えるとぞっとする気がした。

会社を辞めてしまえば、こうした無為の一日が延々と続くことになるのだ。

自分が働かなくなるというのをずっと考えたことがなかった。二年前に現在の部署に飛ばされて初めて、その事実が事実として目の前に迫ってくるのを感じたのだった。

鉄平はこの九月十三日で五十二歳になった。

加能産業の定年は六十歳の誕生日と決まっているので、残された時間はあと七年と九カ月余り。むろん定年延長が義務付けられ、加能産業でも五年間の再雇用制度はすでに施行されているが、大手企業とは異なり、再雇用後の賃金は信じられないほど低いのが現状であった。

二年前までは、自分が再雇用の対象になるとは想像もしていなかった。もし、そんなことになればさっさと辞めてアルバイトでも探した方がマシだくらいに考えていたのだ。

だが、いまとなってはその再雇用にすがる以外に現実的な選択肢はない。そうでなければ、六十歳の誕生日を迎えた翌日から自分にはどこも行き場がなくなってしまう。

たとえアルバイト扱いでも、本物のアルバイトよりはまだいいに違いなかった。

職場を失えば、毎日が今日のようで、最初の数カ月は解放感に満たされるだろうが、半年、一年過ぎたあとには呆然《ぼうぜん》の日々が待ち受けている。

だとすれば、いまの自分に出来ることは、そうした日々の開始をとりあえず五年先延ばしにするくらいしかないのだった。

あんな会社でも通える場所があるだけありがたいと言えばありがたい。

現在だって高収入とはとても言えないが、子供たちの学費と生活費を用立てて、夫婦二人どうにかやっていけるくらいの給料は貰っている。贅沢とは程遠い暮らしではあるが、さりとて「貧窮」という二文字からも大きく離れた地点で平々凡々の日常を送っているのだ。

文庫本を手に握ったたままさらに大きな溜め息が出た。

――どうしてこんな人生になったのだろう？

と思う。

――一体いつの間にこんなことになってしまったのか？

左遷の憂き目にあって以降は折に触れて我が身に呟くようになっていた。

「あとは死ぬだけ」というのは別に構わなかった。構わないというよりもそれはそれで仕方がないのだと納得している。だが、そうした諦念とは別次元の心境として、なぜ自分の人生はこんなにも味気ないものへと行き着いてしまったのだろうか、と首をかしげてしまうのだ。

何がどういうふうに流れ流れて、かくなる境涯に追い詰められていったのか？

その流れを変えることは本当にできなかったのか？

まったく別の流れが、ほんのすぐそばを並走していたのではないか？

そちらの流れに飛び移ることは本当に不可能だったのか？

益体《やくたい》もない愚痴と妄想に過ぎないのだが、今頃になってしきりにそう思うようになっていた。

美嘉も耕平もそれなりにちゃんと育ってくれたとは思う。二人ともわがままを言わない、思いやりのある子供たちだった。

彼らは、鉄平や夏代と衝突らしい衝突をしたこともない。

それぞれ唯一あるとすれば進路を決める時期くらいだろうか。

美嘉が看護師になりたいと言い出したときは、元看護師の夏代が強く反対した。

耕平が受験先を医学部から歯学部に切り替えると言い出したときは、鉄平が色をなして翻意を促した。

だが、済んでみれば、その程度のことは親子の衝突どころか摩擦でもなかったという気がする。

夏代は看護師という仕事そのものを嫌っていたわけではなかった。自らの看護師時代の苦い記憶に引きずられて娘の進路に反対したに過ぎなかった。鉄平は鉄平で、若い時代からの医者コンプレックスの裏返しとして息子の医学部進学を夢見ていただけだった。親たちの言い分の底の浅さを子供たちは最初から見抜いていた気がする。二人とも自分の決意を鈍らせることは一度もなかった。

耕平の進学に関しては、経済的な理由もあった。役員昇格がふいになり、それまでのように「私立の医学部でも構わないぞ」と強気に言ってやることができなくなった。むろん前言撤回したわけではないが、心根のやさしい、気配りに長《た》けた耕平はそれとなく父親の変化を察していたのだろう。だからこそ、彼は国公立の医学部を狙うリスクをあえて回避する道を選んだのに違いない。

親としての力不足を不甲斐なく思うし、本当に申し訳なかったと思っている。

だが、こうして子供二人の行く末にある程度の形が見通せるようになってみて、鉄平の胸に去来するのは意外な感慨だった。

よくよく思い返してみれば、自分が子供の将来に何の期待も望みも持っていなかったことに、まるで一夜の眠りから目覚めたように気づかされたのだった。

鉄平は美嘉にしろ耕平にしろ、どういう職業について欲しいとか、どういう人間になって欲しいとか真剣に願ったことはなかった。ただ漠然と気立てのいい娘に育てばいいとか医者になって生活力のある男になって貰いたいとか思ってはいたが、是が非でもそうなって欲しいと念じたことは一度もなかった。そういう点では、我が子をボクサーや野球選手、プロゴルファーなどに育て上げて、いっぱしの教育論をぶっている有名人の親たちや、大手の芸能事務所に入れようとやっきになったり、プロサッカーの育成チームに何とか押し込もうとしたり、幼少期から塾通いを続けさせて名門進学校へのお受験に奔走したりする親たちの姿が鉄平には別世界の人種のように見えるのだった。

——血を分けた子供とはいえ、赤の他人といかほどの違いがあるというのだろう……。

彼は心の奥底でいつもそう感じていた気がする。

鉄平にとっての子育てというのは、我が子を、犯罪者でもなく病人でもなく、学校社会でのこっぴどい落伍者でもなく成人まで養育するということでしかなかった。

どうやら美嘉も耕平もそのように育ってくれたし、であれば、子育てに関してこれ以上自分ができることもやりたいこともないと思っている。

——要するに俺にとっての育児とは、徹頭徹尾、義務でしかなかったのだ。

耕平を鹿児島に送り出した直後、「これでいつ死んでもいい」と感じた瞬間に鉄平はそのことを思い知った。

長いあいだ担いできた重い荷物をようやく降ろすことができた解放感とともに、これがあくまで義務からの解放であって、自分自身が何かを達成したわけではまったくないという事実に、彼は改めて深く気づかされたのだ。

——どうしてこんな人生になったのだろう？

従って、鉄平がそのような感慨に浸ってしまうのは当然と言えば当然の成り行きだったのである。

7

人生に「もしも」はないが、それでも、もしもと考えたくなる肝腎な出来事を一つだけ選んでみろと言われたら、真っ先に思い浮かぶのは、「もしも、夏代と出会っていなければ……」という「もしも」であった。

むろん他にも幾つもの「もしも」があるとは思う。しかし、やはり一番は、夏代との出会いということになろう。もしも彼女と出会っていなければ自分の人生は確実に違うものになっていたはずだ。百歩譲って仮に出会っていたとしても、あんな事情を抱える彼女と結婚さえしていなければ自分は別の人間になっていたと思う。

妻《めと》を娶り、子供をもうけ、家庭を持つ。夏代以外の女性とであれば、そんなことは恐らくしなかったのではないか。前の会社には二十年間勤めたが、そこまで長くあそこで働くこともなかったに違いない。

じゃあ、どんな人生が待ち受けていたのか？

具体的に想像はできないが、ただ、ぼんやりとしたイメージはあった。

鉄平の身体の中には、ずっと閉じ込めてきたもう一人の自分がいた。もしも夏代と一緒になっていなかったならば、そのもう一人の自分がいまの自分を乗っ取っていたような気がする。

すぐそばを走る別の流れというのは、そういう意味なのだった。

何か自分とは別の自分がいて、その「別の自分」になろうと思えばいつでもなれる——という根拠のない自信と衝動が子供の頃から鉄平にはある。

そして、結婚後はその衝動を夏代の力によって封印してきたような気がするのだった。

——封印を解いたら一体自分はどうなるのか?

昨春、耕平を鹿児島に送り出してからはよく思う。

それはそれで空恐ろしいことかもしれないが、そうなれば、「あとは死ぬだけ」といった殺伐さや息苦しさから抜け出せるような、そんな期待も確かにあるのだった。

8

散歩はやめて、自分でコーヒーを淹《い》れることにした。

濃い目にドリップしたコーヒーを大きなマグカップに注いでリビングに戻る。ダイニングテーブルの前の椅子に座って、ついさっき消したばかりのテレビをまた点けてみた。

正午のNHKニュースがちょうど始まるところだった。

しばらくぼんやりテレビ画面を眺めていると、窓際のキャビネットの上に置いてある電話が鳴った。

リモコンでテレビを消し、電話機の方へ近づく。

この電話機が鳴ることは滅多にない。会社にしても、夏代や子供たちからにしても連絡はいつも携帯に入る。

固定電話はそろそろやめようか、と夏代ともよく話していた。

受話器を取り上げて受話口を耳に押し当てた。

「もしもし。加能さまのお宅でしょうか？」

若い感じの男の声が響いてくる。

「はい、そうですが」

「わたくし、東京にありますヒョウドウナカノ法律事務所のキタマエと申します。いつもお世話になっております。奥様の夏代さまはご在宅でいらっしゃいますでしょうか？」

馬鹿丁寧な口調で相手が言った。

東京？　ヒョウドウナカノ法律事務所？

一体何のことか分からない。

「妻はいま出かけているんですが」

「そうですか」

キタマエと名乗った彼がちょっと困った声になる。

「妻にどういうご用件でしょうか？」

夏代が法律事務所と関わりがあるはずもなかった。

鉄平は静かに身構える。

弁護士を騙《かた》っての何かの詐欺話だろうか？

「実は、奥様からお預かりしている物に関しまして、今後の管理をどうするかあらためてご相談させていただきたいと思いまして……」

夏代から預かっている物？

なんだそれ。

「新聞の訃報などですでにご存じかも知れませんが、兵藤新吉《ひょうどうしんきち》先生が先日亡くなりまして、つきましては今後の担当はわたくしが務めさせていただくことになったものですから」

黙っていると、向こうが言葉を重ねてきた。

「ああ、そうだったんですか」

わざと知った振りで返してみる。

「はい。申し遅れました。弁護士のキタマエハヤトと申します。これからどうぞよろしくお願い申し上げます」

鉄平は素早く思案を巡らせる。

キタマエ弁護士は、夏代から預かった物の管理について夏代本人に相談するために連絡を寄越したという。となると、そもそも夏代が弁護士事務所に何も預けた憶えがないのであれば、そんな詐欺話は端《はな》から成立しないというわけだ。

――ということは、これは本当の話なのか……。

もう一つ、キタマエ弁護士の言葉の中に真実味を感ずる材料が存在した。

「兵藤新吉」という名前だ。

確かに先週、兵藤新吉の訃報を新聞で見た記憶がある。兵藤新吉は数々の冤罪《えんざい》事件の弁護人を務め、日弁連の会長にもなった大物弁護士だった。法学部出身の鉄平にとっては見知った名前で、訃報に接したときは、「あの兵藤新吉がまだ生きていたのか」とちょっと驚いたのを憶えている。

「兵藤先生の記事は私たちも見てびっくりしたんです。夏代とも、例の件はこれからはどういう形になるんだろうね、と話していたところだったんですよ」

「そうだったんですか。連絡が遅くなってしまって、それはまことに申し訳ありませんでした」

キタマエ弁護士が恐縮そうな声で謝ってくる。

「で、相談というのは？」

話の流れを切らないよう口調にも用心しながら先を促してみた。

「兵藤から受け継いだと申しましても、何分かなり昔の案件のため、わたくしの方で幾つか不分明な点もございまして。それで、ご挨拶かたがた早めにお目にかかれればと思っているんです」

「なるほど。それはそうですね。兵藤先生ももうお亡くなりになられてしまったわけですからね」

「はい。それで、実はわたくし、明後日、弁護士会の会合で急に福岡に出向くことになりまして、もしよろしければその前後にお目にかからせていただけないかと思っておるのですが」

「明後日ですか」

「急なことで申し訳ありません。もちろんご都合がつかないということでしたら、別途あらためさせていただきますので」

「明後日だと、たとえば昼の十二時から一、二時間くらいでしたら僕も夏代も時間が取れると思いますが……」

「よろしいでしょうか」

「ええ。水曜日は二人とも仕事なので、たとえば博多駅の近くのホテルのティーラウンジなんかでいかがでしょう」

「もちろん。わたくしの方も会合は午後三時からですので、その時間帯だとありがたいです」

「そうですか。博多駅なら空港からも近いですし、じゃあそういうことにさせて下さい。夏代にも言っておきますので」

鉄平は駅前の馴染《なじ》みのホテルの名前を告げ、「加能」でティーラウンジに予約も入れておくと伝えた。

「お手数をおかけして申し訳ありません」

「別に構いませんよ。それじゃあ、明後日の十二時でお待ちしております」

そう言って、鉄平はボロが出ないうちにそそくさと電話を切ったのだった。

9

電話を切ったあと、タブレットを寝室から持って来て、「兵藤新吉」で検索してみる。

案の定、検索結果の冒頭に訃報記事がずらっと並んでいた。日付けは十一月二十八日月曜日。ちょうど一週間前だ。兵藤新吉。享年89。日本弁護士連合会会長のほか国家公務員倫理審査会会長などさまざまな役職を歴任したとネットの記事にもあった。

そんな大物弁護士と夏代が関わりがあるとは到底思えない。

検索結果を確かめていくと、「兵藤・中野法律事務所」のホームページも見つかった。トップページにはまだ兵藤死去の件は告知されていなかった。

所属弁護士の紹介ページを開いてみる。

「北前隼人《きたまえはやと》」の名前と顔写真も載っていた。これで、いましがたの電話がニセ電話である可能性はほぼなくなった、と思う。この顔写真と照合すれば、相手が北前本人かどうかはすぐに分かってしまうのだから。

北前隼人は、昭和五十一年生まれ。平成十三年に早稲田大学法学部卒業。翌十四年に東京で弁護士登録。主な取扱い分野は「会社訴訟、相続、離婚、医療事件、労働事件、一般民事事件」となっていた。

昭和五十一年生まれということは今年四十歳。そこそこベテランというわけだ。

電話が本物だとしたら、この北前弁護士が話していた通り、夏代は兵藤新吉弁護士に「かなり昔」に何かを預け、ずっと「管理」を任せていたことになる。

一体全体、夏代は何を兵藤弁護士に預けたのか？

「かなり昔」とはいつ頃のことなのか？

「今後の管理をどうするか」という北前の発言からして、いままでどんなふうに管理されていたのか？

とにもかくにも、結婚して二十年余り、そんな話を夏代から聞かされたことは一度もなかった。恐らく兵藤弁護士とやりとりしたのは結婚前なのだろう。でなければ幾ら何でも自分だって気づかないはずがないと鉄平は思う。

突然、福岡を訪ねる用事ができて北前弁護士も気が逸《はや》っていたに違いない。夫である鉄平が事情を知っているものと思い込んでいたが、弁護士ならクライアントである夏代に直接面会の約束を取りつけるのが筋であろう。意地悪く言うなら、電話口に出た相手が本当の夫かどうかさえ知れたものではないのだ。

「加能さまのお宅でしょうか？」と言っていたので、夏代が結婚しているのは知っていたことになる。結婚前に何かを預けてからも兵藤弁護士と連絡を取り合っていたのだろう。でないと、この家の電話番号を承知しているはずがない。自宅宛てだったのは、夏代が携帯の番号を伝えていなかったからなのか？　だとすると、こっちに来てすぐに連絡を取って、そのあとは音信が途絶えていたのかもしれない。夏代も鉄平も福岡に来てしばらくして電話会社を変え、携帯番号も新しくしてしまったのだ。

ソファに腰を下ろして、あれこれと考えを巡らせる。手に入れた情報はわずかだが、それでもこうして次々に疑問と推理が脳裏に湧き起こっていた。

夏代が何か重大な事実を隠しているのは紛れもないと鉄平は思った。

それは一体何か？

北前弁護士と会って、彼女が預けたものの中身を聞き出せればはっきりするだろう。

だが、今日の電話を取り次いで、明後日の正午に一緒に博多駅前のホテルへ赴こうと夏代に持ちかけたとしたらどうなるだろうか？

夏代は素直に同意するだろうか？　もしもそうなら、今夜中に夏代の口からすべてが明かされる展開になるだろう。

だが、事はそうすんなりとは運ばない気がした。

わざわざ高名な弁護士を雇って委託し、二十年連れ添った夫にも一切口を割らなかった保管物なのだ。

たまたま夫が受けた電話で秘密の一端が露見したとしても、彼女としては何とか言い繕うなり誤魔化《ごまか》そうと図るのではないか。

長年秘匿してきたのであれば、こういう不測の事態も充分に予測していたはずだった。鉄平も新聞で知ったのだから、夏代だって訃報欄で兵藤の死に気づいた可能性は高かった。彼女がすぐに弁護士事務所に連絡を入れなかったのは失策だが、まさか兵藤死去から一週間で新任の弁護士が会いたいと申し出てくるとは思わなかったのかもしれない。

年の瀬も近づき、夏代は、残業続きでこのところ帰宅も遅くなっていた。フルタイムの仕事に変わり、余裕を失っているのだろう。彼女にしてみれば、その間隙を今回は見事に衝《つ》かれてしまったというわけか。

「ここは黙って、自分一人で会いに行ってみようか」

鉄平はひとり呟《つぶや》いていた。

北前弁護士には、夏代は急用で来られなくなったと伝えればいい。インフルエンザを発症したとでも言おう。代わりに話を聞いて来てくれと彼女に頼まれたと説明すれば、北前弁護士は案外すんなり受け入れるのではないか。

今朝、洗面所で悪寒が走り、インフルエンザを疑って欠勤を決めた。どうやら取り越し苦労のようだが、そのおかげでこんな時間に在宅していた。そこへ、滅多に鳴らない電話機が鳴って、受話器を取ってみればこの話だ。

――こういうのを図ったような成り行きというのだろうか。それとも天の配剤とでも言うべきか……。

そう思った瞬間、不意に背筋に冷たいものが走るのを感じた。

――ひょっとすると、これで封印が解かれるのではないか？

ふとそんな気がしたのである。

10

「その話はまったく初耳ですね。せっかくだから少しくらい運用してみればいいのに、と僕はこれまでずっと言ってきたんですよ。だけど妻は全然乗り気じゃなくて。まさか内緒で資産の一部を投資に回していたなんてちっとも知りませんでした。あげくその投資先が外国企業だというのは、いやはやびっくりです」

「そうでしたか」

「今日、出かけるときも妻は何にも言っていませんでした。もっとも高熱でふうふう言っていたので、それどころじゃなかったのかもしれませんが」

鉄平が冗談めかして言うと、北前弁護士も人の好《よ》さそうな笑みを浮かべる。

彼の顔を一目見た途端に、この人物なら何とか誤魔化して真相を聞き出せるかもしれないと感じた。こちらの名刺を渡し、事情を話しているあいだにますます自信を深めた。

というのも、開口一番、夏代がインフルエンザで来られなくなったと伝えると、北前弁護士は困った顔をするより先にほっとした表情になったのだ。

「福岡はすでにインフルエンザ注意報が出ていましてね。部下にも何人か発症した者がいるんで、僕の方はここ数日、タミフルを飲んで予防していたんです。夏代にも勧めていたんですが、何しろ彼女は正真正銘の薬嫌いなものでして」

そう付け加えて首をすくめた鉄平と手の中の名刺とをかわりばんこに見ながら、彼はますます安心した様子になっていた。

本部長という仰々しい肩書がこういう場合に限って役に立つ、と鉄平は思った。

それからは終始、鉄平のペースで話を進めていくことができた。

「妻からは、しばらく兵藤先生ともやりとりをしていなかったので、預かっていただいているものが現状、どうなっているかをまずは聞いて来てくれと頼まれているんです」

そんなふうに曖昧《あいまい》な物言いで水を向けると北前弁護士はあっさりと真実を口にしたのだった。

「奥様が加津代《かづよ》ヘンダーソン様から受け継がれた遺産は、基本的には、ほとんどが手付かずの形でみずほ銀行の決済用普通預金口座に預金されております。運用は一切しないというのが当初からの奥様のご意向だったようですので」

「そうですか。じゃあ、いままでと変わらずということですね」

「はい。一応基本的には」

「なるほど」

内心の驚きを気取られないように努めながら、鉄平は訳知り顔で頷《うなず》く。

決済用普通預金口座とは、銀行が倒産しても元本が全額保護されるかわりに利子が一銭もつかない預金口座のことだ。

「ところで、『基本的には』というのはどういうことでしょう？」

平静を装って訊ねてみる。

北前は二度も「基本的には」と言ったのだ。

頭の中では過去の記憶を急いで辿《たど》っていた。

夏代に加津代という伯母がいたのは知っている。夏代の母、道代《みちよ》の姉に当たる人だった。夏代の両親は彼女が三歳のときに離婚し、以後、夏代は道代ひとりの手で育てられた。父親とは離婚後一度も会ったことはなく、消息も不明のままだという。

ところが唯一の身内だった道代が、夏代がまだ看護学校一年生のときに五十手前の若さで急死する。くも膜下出血だったそうだ。

伯母の加津代とはその母の葬儀のときに初めて、一度きり会っただけだと夏代はかつて話したことがあった。加津代は二十歳の頃に家を捨てて、当時付き合っていたアメリカ人青年と駆け落ちした。以来ずっとアメリカで暮らしていたのである。

加津代ヘンダーソンというのがその伯母の名前に違いないだろう。

しかし、伯母が亡くなっていることも、夫がヘンダーソンという名前であったことも、まして彼女の遺産を受け継いだ事実も夏代は何一つ鉄平に話したことがなかった。

「基本的には、と申しますのは、実は十年ほど前に奥様が二億円を出資したカナダの企業の株価が予想以上の値上がりをしておりまして、それを繰り入れますと、奥さまのご意向にはいささか沿いかねる資産額となってしまっているのです」

ここで、夏代の十年前の出資の件と、その額が二億円という信じがたい金額であることが北前の口から明かされたのだった。

二億円という数字は、夏代が伯母の遺産を相続していたという驚きを遥《はる》かに凌《しの》ぐ驚きを鉄平にもたらした。

さすがに心の動揺が面上に露《あら》わになった気がして、「その話はまったく初耳ですね」云々《うんぬん》と急いではぐらかしたのである。

「しかし、夏代はカナダのどんな企業に出資したんですか。それに、どうして急にそんなことを思い立ったのでしょう？」

北前の人の好さそうな笑みを見つめながら、鉄平は質問した。

「奥様が出資されたのは、トロントに本社を置く『トロント・バイオテクニカル』というバイオ関連の開発ベンチャーです。二〇〇六年、この会社が設立されたときに二億円を出資されています。一九八六年に加津代ヘンダーソンさんの財産を相続されて以来、一貫して遺産に手をつけずにきた奥様が、なぜ二十年も経った時点で、この会社に投資をされたのかは確かに不思議ですが、そのあたりの経緯については残念ながら兵藤先生の残した管理記録にも記載されておらず、私からは何とも申し上げることができないんです」

「そうですか……」

と呟きながら、少なくとも二億円の財産を夏代は彼女がまだ二十歳のときに相続したわけかと鉄平は思っていた。

そして、彼女が二億円を出資した二〇〇六年というのは、鉄平が突然のように前の会社をリストラされた年でもあった。

「このトロント・バイオテクニカルという会社は人間の脳内でさまざまな機能を司《つかさど》っている神経細胞を人工的に作る技術を研究、開発している企業なのですが、三年ほど前にドーパミン産生神経細胞の作製に世界で初めて成功しまして、いまでは世界中の製薬メーカーから注目を集める企業に成長しているんです。ドーパミン産生神経細胞というのはパーキンソン病やうつ病と深く関わる細胞でして、バイオテクニカル社の技術はそうした病気の治療薬開発に非常に大きな役割を果たすことが期待されているもののようです」

「なるほど」

十年前、自分が会社を追われ、売買契約を結ぶ寸前までいっていた赤羽の新築マンションを諦め、失業者としてどん底の気分を味わっていた同じ時期に、なぜ夏代はそんな縁もゆかりもない海外ベンチャーに二億円もの出資を行ったのか——いままで遺産について口を噤《つぐ》んでいたことは別として、鉄平には彼女の真意がまるで読めない気がする。

「それでですね」

北前弁護士がわずかに身を乗り出してきた。

博多駅前のクリオガーデンホテル一階の広々としたコーヒーラウンジは昼時とあってそれなりに混雑していたが、鉄平たちの席の周りはまだ空席が目立っていた。

「調べましたところ、この二年のあいだにトロント・バイオテクニカル社の株価が八倍以上の値をつけておりまして」

「八倍?」

「はい。奥様は二億円を出資されておられますので、現在の資産価値はその八倍以上、つまり十六億円超に達していることになります」

「十六億、ですか」

鉄平は息を呑《の》むしかない。

あの夏代が十六億円の資産をいまや手にしているというのだ。

「それでですね」

北前弁護士は先の言葉を繰り返した。

「兵藤先生の記録によれば、奥様は相続された財産について一切の利殖を行わず、相続したときの金額のまま無利息型預金口座に据え置かれるようにとずっとおっしゃっているのですが、私が引き続き財産管理の任に当たらせていただくに際してですね、以前同様、そのような方針でいいのかどうか、また現在十六億円超にまで資産価値が膨れ上がっているトロント・バイオテクニカルの株式については、このまま株式の状態で保有し続けてよろしいのかどうか、そのあたりのお考えを奥様にあらためて確認させていただこうと思って、今回は罷《まか》り越した次第なんです」

「つまり、今後も一切の運用はせず、そのカナダの会社の株も売り抜けるようなことはしないで持ち続けておくだけで構わないのかということですね?」

「そういうことです」

北前弁護士が大きく頷いた。

鉄平はそこで小さく息をついてみせる。

夏代は伯母の加津代ヘンダーソンから相続した財産のうちの二億円をカナダの会社に投資している。だが、彼女が伯母から受け継いだ財産はそれで全部だったのかどうか、その肝心な点がまだ明らかではなかった。

「北前先生」

鉄平は言葉を一度区切った。

「妻からは、今後もいままでと同じようにしてくれと先生に伝えるようことづかってきております。ただ、お恥ずかしい話ながら、そのカナダの会社の件は私も妻からまったく聞かされていなかったものですから、預かってきた妻の伝言をそのまま先生にお伝えしていいのかどうか判断がつきかねます。つきましては、株価がはね上がっているという現在の状況を伝えた上でもう一度妻とも話し合い、今度は妻本人からお返事させていただくということにはできないでしょうか」

「それはもちろん、それでよろしいと思います」

クライアントにそう言われては、北前としても異論を述べるわけにはいくまい。

「ところで先生」

再び言葉を区切った。

「念のため確認しておきたいのですが、そうしますと十年前の二億円が十六億円になったということで、妻の相続財産はいま正確には合計でどれくらいの額になると私どもは把握しておけばよろしいのでしょうか」

鉄平は固唾《かたず》を呑んで北前弁護士の答えを待った。

「そうですね。三十年前に加津代ヘンダーソンさんから相続した遺産が日本円で三十四億円余りで、そのうちの二億円がトロント・バイオテクニカル社の株式になり、この株式が時価で十六億円程度と見積られますので、総額にしますと三十四億マイナス二億プラス十六億で大体四十八億円程度という金額になるかと思います」

北前弁護士は事もなげに言った。

11

北前弁護士とは一時間ほどで別れた。

もうしばらく時間を潰していくという彼をコーヒーラウンジに残して、鉄平だけがホテルを出てきたのだ。

時刻は午後一時ちょうど。

とてもこのまま会社に戻れる気分ではなかった。駅前のバス停に向かって歩きながら携帯を取り出す。勤務先の番号を呼び出して通話ボタンを押した。

峰里愛美が電話口に出た。

「二時過ぎに戻ることにしていたけど、いまから坂上《さかがみ》さんと幾つか問屋を回って今日はそのまま帰ることにするよ」

「そうですか。分かりました」

ホワイトボードには「昼メシ、坂上社長」と書いてきた。坂上さんは市内で試験機器の専門商社を経営する長年の知己だった。

「何か変わったことはなかった？　青島君はどうしてる？」

不在のときは必ず青島の様子を訊ねることにしていた。

「青島さんなら、さきほど製造本部の人たちと出かけて行きました」

「また久山？」

「そうみたいです」

「今度は何のトラブルなの？」

「設備の一部に問題が起きたみたいだけど大したことないだろうって青島さんはおっしゃってました」

「そうか」

理学部出身の青島は、当然ながら化合物の製造過程に詳しい。久山工場は休職前の彼の古巣でもあったから、何か機械設備や反応過程でトラブルが生ずると製造本部から応援を頼まれることが多かった。

久山の第二工場は、医薬品原液の製造プラントが建ち並ぶ本社工場とは異なり、化学製品の材料となる各種有機化合物を製造していた。主力製品は、ポリ袋や塩ビ管の原料となる塩化ビニルモノマーだ。震災の復興需要で一気に塩ビモノマーの引き合いが増え、久山工場では古い製造設備をフル稼働させて増産に努めている。それもあって最近は小さなトラブルがよく起きるのだった。

——いつものことだし、とりあえず会社に戻る必要はないだろう。

鉄平はそう判断し、

「じゃあ、もし青島君が戻って来たら、連絡が必要なときは何時でも僕の携帯に電話をくれと伝えておいてよ」

「承知しました。伝えておきます」

峰里の返事を耳にして、鉄平は通話を終えた。

バス停まで来ると、ちょうど天神行きの百円循環バスが到着したところだった。数人の行列の末尾にくっついてバスに乗り込む。始発だから車内はがらがらだ。降車口に近い一人掛けの座席に座った。

腰を落ち着けた途端、我知らず大きな吐息をついていた。

夏代が何をわざわざ弁護士に預けたのか、この二日間ずっと考え続けてきた。

書画骨董や貴金属、場合によっては現金や有価証券もあり得るとは思ったが、そういう財産のたぐいを夫である自分に隠す理由がないので可能性は低いと見ていた。むしろ、何らかの重要書類や貴重な思い出の品だろうと睨んでいたのだ。ただ、北前弁護士が鉄平の同席を拒まなかった点からして秘密の品とも思えず、だとすれば、わざわざ夫に言うほどではないが、自分自身で管理するには不都合な何かなのだろうかと推量していたのである。

それがまさか総額四十八億円に上る莫大な遺産だったとは……。

いまこうして頭の中で「四十八億円」という金額を思い浮かべても、余りにも荒唐無稽《こうとうむけい》な数字過ぎて何の現実味も感じなかった。

あの夏代が億万長者で、それも二十歳の頃からずっとそうだったとは、とてもじゃないが信じられるはずがない。

だが、さきほどの北前弁護士とのやりとりが白日夢でもない限り、これは紛れもない事実なのだった。

バスに揺られながら、北前弁護士の発言を鉄平は幾度も反芻《はんすう》する。

——確かに……。

確かに北前弁護士は「総額にしますと三十四億マイナス二億プラス十六億で大体四十八

億円程度という金額になるかと思います」と言った。決して聞き間違いではなかった。

循環バスはキャナルシティ博多から中洲《なかす》を突っ切り、十分足らずで天神三越前《てんじんみつこしまえ》のバス停に着いた。

ほとんどの乗客がそこで降車する。

師走も一週間が過ぎ、デパートやショッピングビルが林立する天神界隈《かいわい》は平日にもかかわらず大勢の人たちで混雑している。

数年前に現内閣が鳴り物入りで始めたリフレ政策も失敗の気配が濃厚となり、九州経済は長引く不況から一歩も抜け出せないままでいる。医薬品事業部時代は、伸び悩む売上に四苦八苦する日々の連続だったが、それでも例年、こうした歳末の賑《にぎ》わいを目の当たりにすると次の年への期待がふくらんできたものだった。

——かつては、この時期になると連日連夜の忘年会でへとへとだったな。

行き交う人たちの姿を眺めながら鉄平は束《つか》の間ぼんやりしていた。

ふと我に返ってあたりを見回す。

自分は何でこんなところへやって来たのか？

人混みの中、懐かしい景色が広がっていた。部下や同僚、取引先の面々と一体どれくらいこの繁華街を飲み歩いたことだろうか。

それも現在の部署に飛ばされてからはすっかり鳴りを潜めてしまったが。

——そうだ。あそこに行ってみよう。

突然のように一軒の店のひなびた外観が脳裏に起《た》ち上がってきた。

バスセンター前の交差点で左折してきらめき通りに入った。岩田屋《いわたや》本館と新館の連絡通路の下をくぐって、そのまま「きらめき通り西口」の交差点まで出る。正面には博多ラーメン「一蘭《いちらん》」の大きな看板が見えた。信号を渡って左に道を取る。今度は「一風堂《いっぷうどう》」のある角で右に曲がった。

一方通行の道路が真《ま》っ直《す》ぐに続き、道の左右には大小さまざまな建物がびっしりと並んでいる。

ここ大名《だいみょう》一帯はいわば天神の裏座敷のような地区で数々の店舗がひしめき合っている。飲食店のみならずブティックや靴屋、雑貨店、ヘアサロン、それにいまどき珍しいテーラーなども散見された。

事業部時代はこのあたりにもよく通ったものだった。いま向かっているのもそうやって馴染みになった店の一つであった。

百メートルほど進んだところで左の狭い路地に入り、さらに五十メートルほど行くと左側に小さな教会がある。そして、その向かいに間口一間《いっけん》ほどの古びた店がひっそりとのれんを掛けていた。

のれんは「オークボ」となぜかカタカナ文字で染め抜かれているが、店の屋号は「大久保」だった。還暦をとっくに過ぎたオヤジが孫息子と二人で切り盛りしていて、オヤジの名字が大久保というのだった。ちなみに名前は彦左衛門《ひこざえもん》。最初は冗談かと思ったが、のちに免許証を見せて貰って本当だと知った。

のれんをくぐるのは一年ぶりくらいだろうか。前回がいつで、どうして来たのかはよく憶えていなかった。この店は、気が向いたときに一人で行って、べろんべろんになるまで飲む——昔からそんな店なのだ。

のれんを分けて引き戸を引く。入口と異なり店内は案外広くてござっぱりしている。正面に短いカウンターがあり、その手前にテーブル席が四つ。左奥には三畳ほどの小上りもあった。昼から明け方まで開けている店で、辺鄙《へんぴ》な場所にもかかわらず夜はいつも満席で入れないときもある。昼間はさすがにそういうことはないが、それでも必ず何人かの常連が飲んでいるのだった。

今日もカウンターに二人、テーブルに三人一組が陣取っていた。

「いらっしゃい」

カウンターの奥にいたジュニアが言う。三十歳くらいのこの孫息子のことを客はみんな〝ジュニア〟と呼んでいた。

「ひさしぶり」

と言うと、

「あっち、空いてますんで」

ジュニアが小上りの方を指さしてくれる。

「いいの？」

彼が小さく頷いた。

靴を脱いで小上りに上がる。数年前に掘りごたつ式になってから座り易《やす》くなった。足元にはホットカーペットが敷かれ電源が入っているようだ。今日も大して寒くはないが、それでも足裏がほのかにあたたかいと落ち着いた気分になる。

おしぼりを持ってきたジュニアに、

「最初、生」

と告げる。

黙って離れて行こうとするその背中に一声掛けた。

「最近、社長は来てるの？」

「たまに」

オヤジ同様に無口な彼はそれきりで厨房に戻っていく。昼間は仕込みもあるのでオヤジは滅多に客の前に顔を見せなかった。

オヤジはかつて九州大学のそばにあった「白竜《はくりゅう》」というラーメンの名店で働いていた。平打ちの麺は博多では珍しく、その名店の味を引き継いでいるのはいまや彼一人であるらしい。

ここに最初に連れて来てくれたのは従兄弟の尚之だった。オヤジとは尚之が九大の学生のときに「白竜」で知り合った仲で、彼はこの店が開いたときからの常連だった。

中ジョッキと一緒につまみが運ばれてくる。

今日の突き出しはゴマサバと葱《ねぎ》とアサリのぬた和《あ》えだった。

「乾杯」

ジョッキを持ち上げ、誰にともなく小さく声を出す。生ビールを半分ほど一気に飲んだ。喉がからからだったことに気づく。

ゴマサバは鯖《さば》の刺身を胡麻《ごま》醬油で和えたもので博多に来て初めて食べた。一口食べて鯖の新鮮さにびっくりしたのを憶えている。

この店では酒以外の注文は受け付けない。店主のオヤジがその日の仕入れ具合に従って勝手に出してくれるのだ。どれだけ食べようが、どれだけ飲もうが五千円札一枚で必ずおつりがくる。

四十八億という金額を聞いた後、北前弁護士は、夏代がカナダのバイオベンチャーに二億円を出資したのは二〇〇六年の三月のことだと教えてくれた。兵藤弁護士の管理記録にそうあったらしい。二〇〇六年の三月といえば、鉄平が会社から一回目のリストラ通告を受けた時期だ。長年、人並み以上の営業成績を上げてきただけに、営業部長の上条《かみじょう》からリストラ名簿に名前が入っていると聞かされたときは、とても信じがたかった。

「何かの間違いに決まっていますよ」

と訴えると、

「俺も、人違いだと思って人事に問い合わせたんだが、加能鉄平で間違いないという返事だったんだ」

直属の上司だった上条も苦り切った表情でそう言ったのだった。

通告直後から事情を探ってみると、名前がリストアップされたのは確かで、鉄平を切り捨てようと画策したのは常務取締役営業本部長の種田《たねだ》だとすぐに判明した。

種田とは、彼が営業部長時代にひと悶着《もんちゃく》起こしていたが、まさかそんな昔のことをいまだに根に持っているとは思えなかった。だが、どう考えてみても理由はそれくらいしか思い浮かばなかったのだ。

夏代に相談してみると、

「きっと種田常務はあなたのことで何か大きな誤解をしているのよ。ちゃんと会って、その誤解を解くのが一番いいと思う」

とアドバイスされ、種田と直接対決もやった。

それでどうにか三月のリストラ通告は撤回させたが、結局三カ月後の六月に再度の通告を受け、六月末付けで会社を追い出される羽目となったのだった。

契約寸前だった赤羽のマンションもキャンセルするほかなかった。

そうしたサラリーマン人生で最も辛《つら》い時期に、夏代は密《ひそ》かにカナダのベンチャー企業向けに二億円もの出資を行っていたというのだ。

これは一体全体どういうことなのか？

十年も前の出来事とあって、当時の夏代の様子や言動をつぶさに思い出せはしないが、夫の事実上の解雇には、彼女も自分自身のことのように憤慨し、また落胆していたように思う。購入寸前だったマイホームが夢と消えたことにも鉄平同様にショックを隠しきれないふうだった。夫婦である限り当然過ぎる反応だろうが、しかし実際はその陰で二億円もの大金を右から左に動かしていたとなると、これはもうミステリーというより怪談のような趣きである。

二十年以上も連れ添ってきた夏代という妻のことがまったく分からなくなる。

人間誰しも、夫や妻にさえ明かせないような秘密の一つや二つは抱えているものだ。鉄平にも生涯決して明かすことのできない秘密はあった。だが、この夏代の秘密は鉄平のそれを優に凌ぐもののような気がする。

まして、秘密の中身が中身だった。鉄平の秘事はあくまで過去の出来事であるが、四十八億円の遺産というのは自分たちの結婚生活、というより人生そのものを一変させるだけの影響力をいまも有する重大な事実というほかはない。

――それだけの金があれば……。

そう考えるととても冷静ではいられない心地になってくる。

北前弁護士の問わず語りによれば、夏代の伯母の加津代が嫁いだヘンダーソン家はアメリカ中西部の大富豪で、夫のパトリック・ヘンダーソンはその家の三男坊だったそうだ。写真家になるのが夢で世界中を放浪していたときに加津代と出会って恋に落ちたという。彼女を連れてアメリカに戻ってからは父親の事業を兄弟と一緒に継いでビジネスマンとして生きたようだ。二人に子供はできなかった。パトリックは五十代で亡くなり、加津代は早くに寡婦になってしまう。パトリックが加津代に残した財産は莫大で、大部分は加津代の遺言に従ってアメリカの慈善団体に寄付されたが、ほんの一部が唯一の身内である夏代に手渡された。

その〝ほんの一部〟が日本円で三十四億円だったというわけだ。

12

生ビールはあっという間に飲み干した。

昼飯を抜いていたのでゴマサバも葱とアサリのぬた和えもすぐになくなる。ジュニアを呼んで、いつもの芋焼酎を注文した。普段はお湯割りなのだが、今日はロックにする。強い酒を呷《あお》らないと酔えない気がした。

素面《しらふ》のままでは夏代の顔をまともに見る自信がなかった。といって下手に酔ったくらいではどんな乱暴な言葉をぶつけるか知れたものではない。

今夜はぐでんぐでんになって帰宅する以外に手はないだろう。

焼酎のロックとチェイサー代わりの白湯《さゆ》、それに天ぷらと天つゆが運ばれてくる。

「今日はヤリイカと生姜天だよ」

ジュニアがぼそっと言って離れていった。

天つゆをたっぷりつけてヤリイカを頰ばる。あつあつだが口の中でほろほろになるほどイカは柔らかかった。冷たい焼酎をすすった。天ぷらの衣ととろけそうなイカと度数のきつい焼酎が口の中で渾然一体となる。うまかった。

とりあえず今日、明日は何も言わずにやり過ごそう。ことが重大であればあるほど短兵急は慎まねばならない。

しばしじっくりと思案し、自分なりの考えをまとめるのが先決だ。

――さて、どう思案するべきか？　俺は今後どういう態度を取ればいいのか？

鉄平は自問する。

夏代はなぜ莫大な遺産の存在を隠し続けていたのか？

受け取った遺産の管理を弁護士に任せたまま、なぜ一切手をつけなかったのか？

三十四億円という財産があれば安全な運用を行うだけで一生贅沢三昧《ざんまい》の暮らしができるだろうに、彼女はなぜそれさえやらなかったのだろうか？

二十歳のときにそこまでの大金を手にしていながら、なぜ看護師を続けていたのか？

そして何より、夏代はどうして自分のような男と結婚したのか？

考えをまとめるどころか、鉄平の頭の中に浮かんでくるのは疑問ばかりだった。

夏代と出会ったのは、彼女が勤める港区の大学病院でだった。鉄平が二十八歳、二歳下の夏代が二十六歳のときだ。鉄平は大手医療機器メーカーの営業マンで、都内の大学病院を回って医療機器の売り込みを行っていた。その関係で、夏代の働く大学病院にも始終顔を出していたのである。

といっても彼が取り扱っていたのは診断や治療に用いる機材ではなく、検査や実験に使用する高度な分析機器の方だった。なので夏代のいる病棟に顔を出すことはほとんどなかった。鉄平の商売相手は、病理医として病理診断や病理解剖をこなしつつ地道な医学研究を続けている病理学者たちの方だった。

中でも最も懇意にしていたのが神経病理学研究室の主任研究員だった木内昌胤《きうちまさたね》という研究者で、夏代はこの木内医師の不倫相手だったのだ。

三杯目をお代わりすると、ジュニアが焼酎の四合瓶と氷、保温ポットを持ってきた。あとは勝手にやってくれというわけだった。

ボトルの封を切り、タンブラーになみなみと注いで少量の氷を落とす。まだ冷えていない焼酎を喉に流し込む。

なかなか酔いが回らない。

四杯目をまたたく間に飲み干したところで、ジュニアがしらす入りの卵焼きを持ってきた。この卵焼きは出汁《だし》巻きのようにふわふわではなく硬すぎるくらいしっかり焼き上げてあるのだが、砂糖の加減が絶妙でとにかくうまい。

卵焼きをぱくつきながら杯を重ねていった。

店一番の名物である豚足の塩焼きが出てきた頃には、さすがに酔い心地になっていた。

大皿に山盛りの豚足を目の前にして食欲は増してくる。

茹《ゆ》でた豚足に大量の粗塩を振って炭火で丹念に炙《あぶ》っているのだが、これが一度食べるとやみつきになってしまう代物だった。

数年前までは、尚之と連れ立ってここを訪ね、差し向かいでこの豚足にかぶりつきながら痛飲することもたまにあった。

震災の年に叔父の孝之が会長に退き、尚之が社長の座に就いたあともしばらくはこれまで通りの付き合いが続いたのだ。それが、三年前の正月に孝之が脳梗塞《のうこうそく》で倒れたあたりから、どうしてだか尚之の態度が一変した。

二年半前に役員寸前で左遷されてからは彼とはろくに口をきいたこともない。

それにしても、なぜ尚之があまで豹変《ひょうへん》したのか、鉄平にはいまもって理由がよく分からないのだった。

加能産業に転職して以来、尚之とはずっとうまくやっている気がしていた。向こうも同じように思ってくれていると信じていたが、叔父が倒れた途端に掌返《てのひら》しが始まったことからすると、彼は父親の手前猫をかぶっていただけだったのかもしれない。

――人間というのは本当に分からない。油断も隙もない。

内心で呟いて、しかし、それは尚之や夏代に限ったことではなく、自分だって他人様《ひとさま》からすれば似たようなものだろうという気もする。

――さて、これからどうする？

両手で摑んだ豚足を齧《かじ》りながら、酔いの回った頭で改めて自問した。

やはり夏代に問い質《ただ》すべきなのか。だが、そうなるとまず最初に自分が黙って弁護士に会ったことを告白しなくてはならない。のっけから夏代の機嫌を損ねてしまうのは間違いあるまい。といって、その点を適当に誤魔化すのはもっと禁物であろう。

北前弁護士の名刺を見せれば、夏代の方も白を切るわけにはいかなくなる。

――いつ、どんなタイミングで話を切り出せばいいのか？

そう考えたところで、鉄平はこれが自分たち夫婦にとって重大極まりない問題であることにはたと気づいたのだった。

ここまでの秘密を夫に対して持ち続けてきた妻を、果たしていままで通りに妻として受け入れることができるのだろうか？

たとえどんな理由があったにしろ、結婚した最初の日から夏代は自らが莫大な遺産を所有していることを一言も洩らさなかった。その是非は一旦措《お》くとしても、夫たる自分や美嘉や耕平たちの人生にとって彼女が行ったその選択は余りにも大き過ぎるものだったと思われる。

たとえば、去年、耕平は従来の希望を薄めるようにして歯科大学へ進学した。我が家の経済を考慮し、学費の安い国公立大学に進むために医学部受験を断念したのだ。

もしも、あのとき夏代が財産のほんの一部でも提供してくれていたら耕平は浪人覚悟で本来の目標に挑むことができたのではないか？

美嘉にしてもそうだった。彼女は東京の看護大学への進学を望んでいた。それを長崎にある学費の安い看護学校に変更したのは、一歳下の弟が医学部進学を目指して頑張っていたからだった。看護師になることに強く反対したとき、「女の子が一人で東京に出るのは絶対に駄目。耕平も来年受験なんだし、うちにはそんな余裕はないんだから」と夏代はしきりに言い募っていた。結局、この母親の言葉に反発するようにして、美嘉は地元ではなく長崎の看護学校への進学を選んだのだった。

もしも、夏代が学費や仕送りの件を持ち出さなければ美嘉は違った選択をしていたかもしれない。

――去年の……。

皿の上の豚足をあらかた平らげたところで、鉄平はべとべとになった両手の指先をおしぼりで拭う。あとは〆のラーメンを残すのみだが、さすがに腹いっぱいだ。

――去年の夏、風呂場のリフォームの「見積もり書」を業者から差し出され、七十万の金額を目にしたときの、あの驚きと落胆は一体何だったのか?

毎日使う風呂場を改修することさえままならない自らの甲斐性《かいしょう》のなさに、鉄平本人が心底うんざりしてしまったのだ。

前の会社をリストラされたとき、鉄平はまだ四十一歳だった。あそこで夏代が三十四億円の中から一千万円でいいから分けてくれていれば、鉄平はこんな福岡くんだりまで来ることはなかったに違いない。社内でトップクラスの営業成績を挙げ続けていた彼には筋のいい顧客が大勢ついていてくれていた。自前の販売会社を起ち上げ、古巣の商品を次々にひっぺがして他社製品に置き換えることだって充分可能だったと思う。

そうやってあの種田常務の鼻を明かす道もあった。

赤羽のマンションを予定通りに購入することも、セールスマンとして第二の人生に踏み出すこともできたのではないか。

にもかかわらず、夏代が選んだのは、夫に対しての投資ではなくカナダのバイオベンチャーへの二億円もの出資だったのだ。

13

一月四日水曜日。

午前九時台の電車で美嘉も耕平も学校のある町へと帰って行った。

耕平は九時九分発の「さくら541号」、美嘉は九時十五分発の「かもめ11号」。在来線と新幹線のホームは別々なので鉄平と夏代は駅の中には入らず、改札口のところで二人を見送ったのだった。

長崎までは特急で二時間八分、鹿児島までは新幹線で一時間四十一分。九州新幹線が鹿児島中央駅へと延び、長崎より百キロ以上も遠い鹿児島の方が時間的にはずっと近くなってしまった。

こうして二人を年明けに送り出すのも今回で二度目だった。

去年は冬休みが始まるとすぐに帰省し、十日過ぎまでこっちでぐずぐずしていた耕平も、今年は美嘉と一緒に「四日に帰る」と言い出した。

美嘉は、「向こうで彼女でもできたんじゃないの」とさっそく弟をからかっていたが、耕平は否定も肯定もしなかった。

駅前の駐車場に止めた車に戻ると、そのまま筥崎宮《はこざきぐう》に向かうことにする。

毎年、三が日が過ぎてから夫婦で筥崎宮に参拝するのが習慣となっていた。本当はもっと早くに出かけてもいいのだが、三が日がたいへんな人出となるため正月明けの四日、五日あたりに詣《もう》でるようにしているのだ。

今年は鉄平の会社も夏代の弁当工場も明日から始業となっていたので、お参りするとしたら今日しかなかった。

博多湾沿いに設けられた臨時駐車場に車を置いて、長い参道を歩く。参道の両側にはたくさんのテントや露店が軒を連ねて参拝客を誘っていた。九月の放生会《ほうじょうえ》のときは大小五百を超える露店が建ち並ぶ筥崎宮だが、年末年始はそれに次ぐ規模だ。

役所や銀行は今日が仕事始めのはずだが、それでも参道は人々でごった返している。

三つの鳥居をくぐり、三十分近く拝殿に向かう行列に並んでようやく賽銭箱の前に辿り着いた。

年始は奮発して千円札にしているが、夏代はいつものように百円だった。

それでも鉄平の倍の時間をかけて拝んでいる。

無事に参拝を終え、去年の御札を返し、新しい御札を求めて境内を出た。

元旦に家の近くの神社で家族総出の初詣は済ませているが、それでもこうして筥崎宮に来ると新年の始まりを改めて実感できる気がする。勤務先が箱崎ふ頭にあり、最寄り駅が

「箱崎宮前」だというのも作用しているのだろうか。

　出店のテントはどこも人で一杯だった。がやついていて話もできない。

　海の方から吹いてくる風は生ぬるい。今年は暖冬らしく年末年始もさほど冷え込まなかった。

「ホテルのラウンジにでも行こうか」

　誘うと、

「そうね」

　夏代も賛成した。ここから歩いて数分の場所に、たまに取引先との打ち合わせや会食などで使っているホテルがあった。数年前にできた新しいホテルで、コーヒーラウンジの椅子がすべてソファになっていて落ち着くことができるのだ。

　生ぬるい海風の中を夏代と並んで歩く。

　エントランスロビーの奥にある広いラウンジは五分の入りという感じだった。

　ウエイターが窓側の四人席に案内してくれる。窓の外はホテルの中庭になっていた。秋に来たときには真っ赤なドウダンツツジが見事だったのを思い出す。

「コーヒーが八百円もするのね」

　テーブルにあったメニューを広げて夏代が驚いたように言った。

「いいじゃないか。お正月なんだから」

通りかかったウエイターを呼び、コーヒーを二杯注文した。

夏代は何だかげんなりした表情になって鉄平を見た。

北前弁護士と博多駅前のホテルで会ったのが先月の七日。もうあれから一カ月近くが過ぎている。

鉄平はまだ例の話を夏代に持ち出していなかった。あの晩は泥酔して帰宅し、ろくに口もきかずに眠った。翌日、翌々日と腹に蓄えているうちに次第に考えがまとまってきたのだった。

いかなる理由にしろ、夏代が二十年余り隠し続けてきた秘密だった。ということは、自分たちの結婚生活はその重大な秘密の上にまるごと乗っかって成り立ってきたということでもある。三十四億円の相続財産など存在しない、という前提で鉄平と夏代は結婚し、子供をもうけ、家族を作り上げてきたのだった。もしも、ここで秘密を暴き立ててしまえば、それはそのまま夫婦や家族関係の土台をひっくり返すことに繋《つな》がってしまうのではないか。

北前弁護士の話では、夏代は受け継いだ財産を一銭も自分のために使ったことはないようだった。十年前に二億円の投資を行っているが、取得した株式は兵藤弁護士に預けっぱなしで株価の問い合わせすらしてこなかったという。

三十四億円という財産を自分たち家族の生活に一切持ち込まない——それが相続人である夏代の明確な意志だった。

――だとすれば、いまさらこの話を持ち出して彼女の真意を問い質す意味が果たしてあるのだろうか？

鉄平はそう考えるようになったのだ。

「一体全体どういうつもりだ？」と詰め寄るだけの正当な理由が見つからない気がした。たとえ夫婦であったとしても夏代が相続したものはあくまで夏代の所有物であろう。それをどう使おうが使うまいが、夫である鉄平の与《あずか》り知らぬところと言われればその通りであった。もちろん夏代が先に死にでもすれば事情は変わってくるが、それはまた別の話というものだ。

相続人である夏代の意志は、二十年の結婚生活の中ですでにはっきりと明示されている。それをわざわざ蒸し返すのは、仮に今後も彼女と夫婦を続けていくのであれば百害あって一利なしと言わざるを得ない。

そんな思いから、北前弁護士と会った翌週、鉄平は貰った名刺の番号に電話を入れ、

「妻とも相談したんですが、やはりこれまで通りでお願いします。夫婦そろって同じ気持ちだと先生に知って貰う方がいいと妻が言いますので、また僕が電話することに致しました」

と伝えた。

「そうですか。分かりました」

北前弁護士はすんなり了解してくれたのだった。

コーヒーが届いた。

「八百円はやっぱり高いわ」

一口すすって夏代が言う。

「いいじゃないか、正月なんだから」

鉄平もさきほどと同じセリフを繰り返す。

夏代はカップを持ったまま中庭の景色を見ていた。何本か植わった椿《つばき》が赤い花をたくさん咲かせている。彼女ももう五十歳だが、そんな歳《とし》には見えない。整った横顔を見ていると若く美しかった頃が思い出される。

「しかし、今年は耕平もあっという間に帰っちゃったね」

手持無沙汰《ぶさた》もあって鉄平が呟く。

「成人式があるとか何とか言っていたが、あいつ、本当は彼女でもできたのかな」

「違うんじゃないかしら」

カップを置いて夏代が言った。

「そうなの」

「ええ」

「どうして分かる？」

「母親の勘よ」

自信たっぷりの口調になっている。

「美嘉の方はどうなんだろうね」

美嘉も今年で二十一歳だった。もしかしたら彼氏の一人くらいいるのかもしれない。

「あの子はいるんじゃないかしら、好きな人」

今度も夏代は自信たっぷりに言う。

「ほんとか？」

「たぶん」

「美嘉がきみにそんなことを言ったのか？」

「それとなくだけどね」

「いつ？」

「もうずいぶん前。あの子が長崎の学校を選んだのもそれが理由の一つだったと思うわ」

意外な話だった。美嘉が長崎に行ったのは三年近くも前のことだ。

「それってどういうこと？」

「あの子、高校時代にバスケ部のマネージャーをやってたでしょう」

それは鉄平も知っていたので小さく頷く。

「バスケ部の一年先輩の男の子が長崎大学の医学部に進学したのよ。東京の看護大学を諦めてからは、そっちに関心が移ったんだと思う。あの子、その先輩とちょっとだけ付き合ってたみたいだったし」

「嘘だろ？」

「ほんとよ」

高校時代の美嘉に彼氏がいたなど信じられない。だが、母親の夏代が言うのだから本当なのだろう。

「何で僕に教えてくれなかったんだよ」

「だって、娘のそういうことは父親は時間が経ってから知った方がいいでしょう」

夏代が笑う。

釈然としない思いで鉄平はコーヒーを口に含む。

「じゃあ、美嘉はその彼氏を追っかけて長崎に行ったってことなのか？」

「あくまでそれも長崎の学校を選んだ理由の一つだったってことよ」

「うーん」

耕平の方はともかく、娘の美嘉に関してはやはり気がかりが先に立つ。

「で、その彼氏と美嘉はいまも付き合ってるのか」

「たぶん。あの子、ああ見えて案外積極的なタイプだから」

「そうなのか」

「ええ」

「うーん」

鉄平は再度唸《うな》るしかない。

彼氏が長崎大学に進学しているのなら、同じ長崎の看護学校に通う美嘉は親の目を盗む必要もなくその男と付き合い放題ということになる。

「まあ、そんなに心配しなくてもいいわよ。あの子は私によく似てるんだから。あなたに似ている耕平の方が何かと心配なタイプよ」

夏代はあっけらかんとしている。

たしかに美嘉は夏代によく似ていた。目鼻立ちのはっきりした容貌も母親似だが、性格もそうだった。

ただ、耕平が自分に似ているかというとそうでもない気もする。

14

美嘉についても耕平についても夏代と自分とでは同じ親と呼ばれるのが憚《はばか》られるほど蓄えている情報量が違う、と鉄平はいつも思う。

それが二親というものなのだから、父親の自分がその格差に不満を感じても無意味であることもよく分かっていた。

だが、子育てという夫婦の共同事業において、「主体的に関わっているのは母親だけ」という一般的通念をすんなり認めるのはいささか筋違いのようにも思うのだ。

むろん子育ての最前線で身体を張って子供たちと向き合ってきたのは夏代に違いなかった。しかし、彼女のそうした活動を支える経済的な基盤を担ってきたのは鉄平なのだ。鉄平だって社会の中で身体を張って二人の子供たちを養ってきた自負はある。

それにもかかわらず我が子に関してこれほどの情報格差が生まれているのは一体どうしたことなのか？

父親としてというより、一個の人間として釈然としない思いが残るのは当然の話だろう。

昔、会社の先輩が面白いことを言ったのを鉄平は憶えていた。

「母親は言ってみればサンタクロースで、父親はそのサンタの持っている大きな袋にせっせとプレゼントを詰め込む裏方みたいなもんだよ。プレゼントを受け取った子供たちはサンタには感謝するけど、サンタが大きな袋から取り出したプレゼントを誰が詰めたかなんて一瞬たりとも考えやしないんだ」

これは言い得て妙だといまも思っている。

「母性」がフィクションだという近年の議論は、そんなこと分かり切った話だろうと鉄平は最初から思っていた。母親が子供たちに愛されるのは、幼い彼らでも理解できる〝分かりやすい愛情〟を父親の何十倍も提供し、早いうちに子供たちを「母性」というイデオロギーで洗脳してしまうからだ。しかも人間社会は、そうした男性にとって圧倒的に不利な育児システムを最も利便性が高いものとして維持しつづけている。

子育てという事業では、端から父親が母親に勝てないようにルールが定められているのである。

15

「北前先生から話は全部聞いたわ」

中庭の椿を眺めながら美嘉の彼氏のことをぼんやり考えていると、不意に夏代が言った。いきなり現実に引き戻されたような心地がして鉄平は夏代の顔を見る。

いま、この人は何て言った?

「仕事納めの日に兵藤・中野法律事務所に電話してみたの。兵藤先生が亡くなったのは知っていたから」

そういうことか、と鉄平は思う。

夏代が兵藤新吉の訃報に気づいているのではないかと予想はしていた。しかし、迂闊《うかつ》なことに彼女が弁護士事務所に連絡を入れるとは思っていなかった。いまになってなぜだろうという気がする。北前弁護士に会い、翌週、架空の夏代の意志を伝えた時点で、どういうわけか自分さえ黙っていれば、この件は明るみに出ないと思い込んでいたようだ。

「そうだったのか……」

としか言えなかった。

「ごめんなさい。あなたにずっと黙っていて」

夏代は言って、残っていたコーヒーを飲み干す。カップをソーサーに戻すと、

「もう一杯頼んでいい？」

作り笑いを浮かべていた。

「もちろん」

昼時にもまだだいぶ間がある時刻だ。

「すみません」

と夏代が近くにいたウエイターを呼んだ。

「ココアを一つ下さい」

と言って、鉄平の方を見た。

「じゃあ、僕はコーヒーをもう一杯」

慌ててカップを持ち上げ、残りを飲む。

「承知しました」とウエイターがトレーに空のカップと皿を引き取って離れて行った。

「さっきまで八百円は高過ぎると文句を言っていたじゃないか」

思いつきを口にしてみる。ココアも同じ八百円だ。

「よく考えたらココアの方がなんとなくお得じゃない？」

夏代がまた作り笑いを浮かべる。

こんなに緊張した表情の彼女を見るのは久し振りだ。

「びっくりしたでしょう？」

身を乗り出すようにして夏代が言った。

そう訊《き》かれても何とも言いようがない。

「どうしてって思ったでしょう？」

真っ直ぐに向けられた視線に鉄平は小さく首を傾《かし》げる。

どうしてとは何がどうしてなのか？

「だから、どうして黙っていたんだろうとか、どうしてあんなにお金があるのに使わないんだろうとか」

夏代は言葉を重ねた。

「それは誰だって普通はそう思うだろう」

鉄平がようやく口を開く。

「そうよね」

そこで夏代は俯《うつむ》き、しばらく黙り込んでいた。

「鉄平さん」

追加のココアとコーヒーが届いたところでようやく顔を持ち上げる。

「あれはね、私のお金じゃないのよ」

と言った。

鉄平には言葉の意味が分からない。北前弁護士は、夏代が加津代ヘンダーソンの唯一の身内であり相続人だと言っていたではないか。

「じゃあ、誰のお金なんだ」

「あれは私の伯母のお金なの」

伯母？　その伯母が死んだからこそ転がり込んできた遺産ではないのか。

「その伯母さんが亡くなって、きみが相続したんじゃなかったのか。もう三十年以上も前に……」

「一応、形式的にはね」

「形式的？」

「形の上では相続したんだけど、でも、私はあのお金を自分のお金だって思ったことは一度もないのよ」

「だけど加津代ヘンダーソンはとっくに死んでいるんだ。だとしたらお金はきみのものだろう」

「違うわ」

夏代はきっぱりと言った。

「じゃあ、誰のお金なんだよ」

「あのお金は、きっと誰のお金でもないのよ」

「誰のお金でもない？」

「そう。少なくとも私はあのお金は一銭も使うつもりはないの。あのお金を相続したときに心に誓ったの。このお金はどんなことにも使いませんって。兵藤先生にもずっとそう言ってきたの。善いことにも悪いことにも、どんなことにも使わないって決めているのよ」

鉄平は夏代の言っていることを頭の中で素早く吟味する。一カ月近く、彼は彼で、夏代が莫大な遺産に手をつけなかった理由を考え続けてきた。だから彼女の言うことにさほど驚きはなかった。しかし、疑問はやはり尽きないのだ。

「きみの言っていることも分からないではない。しかし、相続した途端にそんな結論を出した理由が分からないよ。当時、きみは二十歳になるかならないかくらいの年齢で、人生だってまだまっさらだった。三十四億円という莫大なお金があれば、幾らだって自分の夢を実現させることができたはずだ。少なくとも普通の二十歳の女の子だったらそういうふうに前向きに考えると僕は思うけどね」

「もちろん私だってたくさん考えたわ。これほどの遺産を一体どうやって使えばいいんだろうって。それ以前にどうやって保管すればいいんだろうって。伯母の遺言状は兵藤先生が生前に預かっていて、伯母が亡くなってすぐに先生が遺言の執行人として私に連絡を下さったの。だから先生にも『こんな大金を相続して、どうすればいいんですか?』って真剣に相談したわ。そしたら先生は、『それは全部、相続人であるあなたが考えるしかなくて、自分には何も言うことができない。ただ一つだけアドバイスできるとしたら、この遺産を相続したことは、たとえどんなに親しい人に対してもまずは黙っておいた方がいい。少なくとも五年くらいは黙って、自分がこのお金で何がしたいのかをしっかり見定めて、誰かに打ち明けるにしてもそれからの方がいい』っておっしゃったのよ。それで、私は先生のアドバイスに従って、誰にも言わずにずっとずっと考えたの。このお金を自分の人生のために役立てるには一体どうすればいいんだろうって」

一語一語を刻むように夏代は話す。

さりげなく切り出してはきたが、彼女も多くのことを考え、このやりとりを始めるタイミングをずっと見計らってきたのであろう。

「でもね、そうやって考えている間も、お金のことを思い出したらいろんなわがままな心が首をもたげてくるのよ。看護学校時代も、自分が看護師に向いていないんじゃないかって悩んだことがあって、そしたら、『そうだ、あのお金があるんだからいつだって退学していいんだ、何年か他のことをして、それでも看護師をやりたかったらもう一度学校に入り直せばいいんだ』とか思ってしまうの。死んだ母が一生懸命に学費を工面してくれたのに、そのことをつい忘れてしまう。看護学校を卒業して大学病院で働き出してからだって、勤務がつらかったり、先輩がひどい人だったりすると、すぐに辞めたいなって思った。辞めようと思えばいつでも辞められるって思っちゃうの。

あれは、看護師として働き始めて三年目、兵藤先生がおっしゃっていた五年目に入ろうという時期だった。当時、とっても仲の良かった患者さんが目の前で死んでいくのを見たの。その患者さんは、私が新人として呼吸器の病棟に配属になったときに入院していた同い年の女性で、二十二歳の若さで肺がんだったの。とっても難しい手術だったんだけど、ドクターが凄腕《すごうで》で、手術は大成功だった。彼女はびっくりするほど元気になって退院していった。二カ月くらいして新宿のライブハウスでばったり再会して、あっという間に親友になったのよ。そしたら、二年が過ぎたところで再発が見つかった。再入院してもう一度手術を受けたんだけど、今度は転移もあって、完治は難しいってドクターも私たちも感じていたの。とはいっても、まだ二十四歳の彼女にそんなことを告知するのはあんまりでしょう。希望を失えば、かえって死期を早めるのは明らかだったし。

で、ご両親の意向もあって、彼女には悪いところは全部取り切ったからもう大丈夫だってドクターは伝えたのよ。あげく、術後は私が担当の看護師になった。手術がうまくいったんだったら退院も間近なわけだし、大喜びの彼女が強く希望したらしいの。話の流れでドクターとしても断るに断れなくって、『とにかく一度は退院させられると思うから、それまでのあいだ引き受けてくれないか』って頼まれたの」

この話は初耳だった。鉄平は黙って耳を傾ける。

「正直、厳しい看護になるなって感じたわ。でも、やるだけやってみようって。そしたらね、若い分、病状が進むのが早くて彼女はどんどん弱っていったの。一度はできるはずの退院もとうとうできなくて、そのうち彼女もおかしいって気づき始めた。それからは本当につらかった。『どうして、どうして』って訊いてくる彼女に、『大丈夫』って言うしかなくて、そしたら『あなたは親友なんだから、お願いだから本当のことを教えてほしい』って言われるのよ。いま思えば、あのとき事実をありのままに伝えるべきだったのかもしれないって思う。だけど、若かった私はドクターの指示や親御さんの気持ちを尊重することしかできなかった。最後はすっかり信頼を失って、彼女はろくに口もきいてくれなくなって、とうとう『他の看護師にしてくれ』って言われたの。正直、ほっとしている自分がいたわ。彼女のためにもその方がいいって。先輩の中には、『患者さんと友達になるなんてどうかしている。看護師失格だ』って言う人もいたくらいだから。

彼女が急変したのは、担当を外れた直後の真夜中で、その晩は私が夜勤だった。突然呼吸ができなくなってすごくつらそうで、駆けつけた私にすがりつきながら彼女が言ったの。

『どうして本当のことを言ってくれなかったの。友達だったのに』って。私は、ただ謝るしかなかったわ。『ごめんね、ごめんね』って。でも、ご両親も駆けつけて、最後はそんなに苦しまないで彼女は静かに息を引き取った。

いまでもあのとき自分がどうすればよかったか、答えは見つかってないの。ずっと看護師を続けていれば見つかったかもしれないけど、やっぱり駄目だったような気もする。そもそも答えなんてないのかもしれない。ただね、そうやって彼女の死を目の当たりにして、私はすっかり自信を失くしてしまったの。心底、もうこの仕事は無理だって思った。

そしたら、辞めたくて辞めたくて仕方がなくなって、不意に伯母の遺産のことを思い出したのよ。

いまこそ、あのお金に頼ればいいんだって。そうやって自分の人生をもう一度初めからやり直せばいいんだって。それが自分にとって一番の遺産の使い道に違いないって。何て言うんだろう、一つの答えを見失ったかわりに別の答えを見つけたような気がしたの。人生ってこういうふうに上手《うま》くできているんだって、少し大人になれた気分だった。

兵藤先生を訪ねて、預けている遺産の一部を自分の口座に振り込んでくれるよう頼むことにしたわ。贅沢するつもりはないから、一年くらい何もせずに暮らしていける程度の額に決めて、虎ノ門《とらもん》の事務所に向かうために寮を出ようとしたの。夜勤明けの午後だった。

そしたらね、寮の一階にある郵便受けに手紙が届いていたのよ。

彼女のご両親からだった。私たちのわがままであなたにまでつらい思いをさせて本当にごめんなさい。だけど、娘はいま天国に行って、きっとあなたに感謝していると思う。だから娘のこともどうか許して欲しいって書いてあった。そして、あなたには娘の分まで長生きして欲しい。あなたの今後の人生が豊かなものになるように私たちもずっと祈り続けていますって結んであった。

短い手紙だったけど、娘を亡くしてまだひと月も経っていなかったのに、ご両親は私を気遣ってそんな手紙を送ってくれたのよ。

その手紙を寮の玄関先で読んで、私は号泣したの。

一体、自分は何をやってるんだって思った。

同い年の彼女は死んだのに、自分はいまもこうしてぴんぴんしている。もうそれだけで信じられないくらい幸運なのに、死の恐怖に苛《さいな》まれた彼女からほんのちょっと冷たい仕打ちを受けたからってくよくよして、彼女とちゃんと話し合うことも向き合うこともしないまま担当を外され、先輩たちの厳しい視線の方ばかり気にして何もしてあげられなかった自分って一体何だろうって。

その上、たった一カ月足らずでもう看護師を辞めようとしている。

なんて情けない人間なんだろうって思った。

結局、私は友達からも逃げて、仕事からも逃げようとしていただけだったのよ。

そして、そのことに気づいた瞬間、ああ、お金って怖いなあって心底感じたの。今日、自分は取り返しのつかないことをしようとしていた。しかも、答えなんて全然出ていないのに、別の答えを見つけたような気にさえなっていた。それもこれも全部、伯母の遺産があるからでしょう。

そのとき私にははっきり分かったの。こんなお金があったら、これからの自分の人生は何をしても本気になれないし、楽しくもないし、きっと誰のことも信用できなくなるだろうって。それに、こんな大金の使い道ばかり考えていたら、それだけで一生が終わってしまうし、好きになって結婚した人も、お金のことを教えたらきっとおかしくなってしまうに違いない。生まれた子供たちだってろくな子に育つはずがない。だったら、こんなお金は最初からなかったことにするしかないんだって。

手紙を読み終わった後、約束通りに兵藤先生を訪ねたの。そして、たったいま自分が出した結論を先生に伝えたら、先生は、『あなたの出した結論は、とても正しいことだと思います』って大賛成してくれたのよ」

16

鉄平は夏代の言葉を耳におさめながら、頭の隅でまったく別のことを考えていた。

——そういえば、この人は賭け事というものに一切興味を示さなかったな。

二十年余りの結婚生活で、夏代が賭け事をやったのを見たことがない。競馬、競輪から始まってパチンコやマージャン、どれもやらなかった。それどころか、彼女は宝くじ一枚買ったことがない。

鉄平も博奕《ばくち》の類《たぐい》に興味はなかったが、それでも若い頃は、仕事絡みで賭けマージャンや賭けゴルフ、花札を引いたりもした。医者という人種は賭け事が大好きだったのだ。パチンコ屋通いなどは学生時代もしなかったので、夏代の賭博への無関心にもさほど違和感を覚えたことはない。

ただ、たまにジャンボ宝くじを買ってきて、抽選風景や当選番号の発表をテレビで一緒に観たりしていると、

「こんな何億円っていう大金が入っても使い道がないわよね。当たった人たちはどうするつもりなんだろう」

などと夏代は言っていたものだ。

「お前だって、もし自分が当選したら目の色が変わるよ」

鉄平が茶化すと、

「そんなことないわよ。私は億のお金なんて欲しいと思ったことは一度もないもの」

と自信満々だった。

いまにして思えば、彼女のあの自信は負け惜しみでもなければ強がりでもなく、絶対的な根拠に裏付けされた正真正銘の本心だったというわけだ。

そう思うと、長々と自らの信条を語っている夏代の姿が、まるで見知らぬ他人を目の前にしているかのように薄気味悪く感じられてくるのだった。

あらためて、自分たち夫婦のあいだには目に見えない深い亀裂が走っていたのだと実感せざるを得なかった。

俺が身を粉にして稼いできた月々の給料を、この人は一体どんな気持ちで受け取っていたのだろうか？

前の会社をクビになり、失業保険でかつかつの生活を送り、それこそ人生の一大事という覚悟で叔父が差し延べてくれた救いの手にすがろうとしたとき、この人は一体どんな気持ちで強く背中を押してくれたのだろうか？

ここ福岡の地に転居したのは美嘉が小六、耕平が小五のときだった。住み慣れた東京を離れ、親しかった友人たちとも別れてほとんど馴染みのない福岡に引っ越すという親たちの決断に二人とも少なからぬ抵抗を示した。耕平などは自分だけでも祖母の美奈代《みなよ》と一緒に三鷹《みたか》の家で暮らしたいと言い出したほどだった。そんな子供たちに対して、この人は一体どんな気持ちで説得の言葉を繰り出していたのだろうか？

夏代のしっかりとした声を聞きながら、

――こっちが知らない振りをしていたというのに、なぜ彼女は自分からわざわざ遺産の件を持ち出してきたのだろう？　いまさら事実を認めたところで、これまでの嘘が帳消しになるはずもないのに……。

と鉄平は思う。

――もしかして、この人は自分が結婚前に行った決断を、夫であるこの俺に褒めて貰えるとでも思っているのか？

ようやく話し終わって、夏代は、とうに冷めてしまったココアで喉を潤した。

今度は自分が何かを言う番なのだろうと鉄平は感じる。

――俺は俺なりに、今回のことをずっと考え続けてきた。

先《ま》ずはその一事を心に確かめる。

「一つだけ、きみに訊ねたいことがあるんだけど……」

彼は切り出した。「なあに」という表情になって夏代がこちらを見た。

「その手紙を読んで兵藤弁護士のもとを訪ねて以来、きみは一度だって伯母さんの遺産を使いたいと思ったことはなかったの？」

「だって、自分のお金じゃないんだから使いたくても使えないいじゃない」

何をいまさらという口調で彼女が返してきた。

「僕は使いたかったよ」

鉄平は言った。

夏代の大きな瞳に怪訝《けげん》そうな色が滲《にじ》む。

「もちろん、きみが遺産のことを話してくれていたらの話だけどね」

今度は「なあんだ」という顔になった。

「北前弁護士から莫大な遺産の存在を知らされて、真っ先に思ったのは、どうしてきみは二十年以上も僕に黙っていたんだろうってことだった。もちろん恋人同士だった頃や、結婚して間がない時期であれば、これだけの話だからね、たとえ夫となった相手にも黙ったままでいるのはそう不自然なことではないと思う。だけど、五年、十年と結婚生活が続いて、二人の子供も授かって、僕たちは曲がりなりにもちゃんとした夫婦をやってきた。少なくとも僕はそう信じていたんだ。だとすれば、いつかどこかの時点で、きみはこのことを僕に打ち明けてもよかったんじゃないかってね。たとえば自分が莫大な遺産を相続していたのだとしたら、きっとそうするような気がしたんだ。

きみがいま話してくれたことはよく理解できる。たくさん考えを重ねて、きみが加津代伯母さんの遺産に手をつけなかったことも、その決断に兵藤弁護士が大賛成してくれたというのも。ただ、僕がやっぱり釈然としないのは、その話を、どうしていまのいままで一切せずにいたのかっていう方なんだ。北前弁護士の話を聞いて、幾らなんでもあんまり水臭いんじゃないかって僕は思ったよ。正直なところ、きみが僕を一番深い部分で信用していなかった明白な証拠を突きつけられた気分だった。

きみはこの話を切り出したとき、最初に言ったよね。『ごめんなさい。あなたにずっと黙っていて』って。そうやって一言詫びれば、それで片づく話なのだろうかと僕はこの一カ月間、それこそずっと考えてきたんだ。

ここまで重大な妻の秘密を二十年以上にわたって知らされずにきた夫というのは、本当の夫と言えるんだろうかってね。つまり僕たち夫婦は本物の夫婦だったのだろうかと……。

それに、もしも、伯母さんの遺産を自分のお金ではないときみが本気で思っているのであれば、他に幾らだって手段はあったんじゃないか？　手紙を読んで兵藤弁護士を訪ねたときに、相続した遺産すべてをどこかの慈善団体に寄贈するよう依頼してもよかったし、それこそ、冤罪事件に生涯を捧げていた兵藤弁護士に全額渡して、冤罪を晴らしたり、防いだりするための基金か何かを作って貰う手だってあったはずだよ。絶対に手をつけないと決めている莫大な遺産を後生大事に無利息の口座に預け続けておく必要なんてどこにもなかったと思うけどね……」

鉄平の話を夏代は、ときどき頷いたり首を傾げてみせたりしながら真剣な表情で聞いていた。

「あなたの言っていることもよく分かるわ。どうして言ってくれなかったんだっていう気持ちもよく分かる」

鉄平が言葉を切ると、夏代が少し間を置いてから口を開いた。

「でもね、私にはこうするしかなかったのよ。確かに寄付をしたり基金を作ったりすればいいのかもしれないって思ったりもした。兵藤先生からそんなふうに勧められたこともあったわ。だけど、それをしてしまうと、伯母の遺産を一度は自分のものにしたことになってしまうでしょう。そして、莫大な遺産を自分の判断でどこかに譲り渡したことになる。親友のご両親の手紙を読んで、私は、『ああ、あのお金は自分のものじゃなかったんだ』って思ったの。これからはそう信じて生きていけばいいんだって。自分のお金でないということは、どんな目的にも使えないということでしょう。それに、そんな大金をどこかに寄付したら、いつかきっと寄付なんてするんじゃなかったとか、別のところに寄付すればよかったとか、ほんの少しでも手元に残しておけばよかったとか思うに決まっている。一度使ってしまえば、必ず、もっと別のいい使い道があったって後悔するだろうって。だから、初めからなかったことにしたの。あの日、私はそう決めて、その決心をこれまでずっと守って生きてきたのよ」

そこで夏代は、溜め息のような息を一つついた。

「当事者ではないあなたには分かって貰いにくいかもしれないけど、そうやって自分に言い聞かせているうちに私は本当に伯母の遺産のことを忘れてしまったの。あなたと一緒になった頃にはすっかり頭から飛んでいたわ。だから、あなたが前の会社を辞めたときだって、赤羽のマンションを諦めたときだって、子供たちの学費で頭を悩ませたときだって、伯母の遺産があるなんて一度も思わなかった。今回、こうして遺産について話しているのも、あなたが事実を知ってしまったからだし、私だって兵藤先生が亡くなっていなければ弁護士事務所に連絡なんてしなかったと思う」

夏代の真摯な眼差《まなざ》しを見つめながら、それでも、しかし、

――三十四億円の遺産を相続したという現実を、人間は頭から飛ばすなんてできるはずがない。

と鉄平は感じた。同時に夏代は肝腎な事実に触れていないという気もしたのだった。

「ということは、きみは、お袋が入院したときも遺産のことは思い出してくれなかったのかな?」

これだけは、どうしても訊きたいと思っていた一事を鉄平は持ち出した。

夏代の瞳がかすかに揺れるのが分かる。

「あなたが使いたかったというのは、あのときのことなのね」

「そうだね。どんなに固い信念だったとしても、ときにはそれを破っていい場面があるんじゃないかと思うんだ」

夏代は何か言いかけようとしたが、言葉を飲み込んでしまった。

「嘘をついてくれてもよかったと思うよ。それこそ、内緒でへそくりをしていたって言っ

てくれればよかった」

「だけど、あなたも私もあんなに早くおかあさんが亡くなるとは思ってもいなかったでしょう」

「そうだよ。だからこそ、嘘をついてでも少しお金を出してくれればよかったと言っているんだ。お袋が死ぬと分かっていれば、僕だって借金でもなんでもして差額ベッド代くらい捻出したはずだからね」

鉄平の母、美奈代の肝臓がんが見つかったのは六年前のことだった。美奈代は父の俊之に先立たれたあともずっと三鷹の借家で独り暮らしをしていた。東京にいる頃はしばしば家族みんなで三鷹の家に足を運び、ことに耕平はおばあちゃんが大好きだった。福岡に転居してからは滅多に顔を合わせられなくなったが、それでも鉄平は三日に一度は電話して様子を訊ねていたものだ。元気だった母が「最近、疲れが抜けない」とこぼし出したのが六年前の春で、そんななかゴールデンウィークに母を福岡に招いたのだった。一年ぶりに再会した瞬間、顔色の悪さに鉄平も夏代も一驚した。

連休明け、すぐに九大病院に連れて行って検査を受けさせると肝臓に大きながんが見つかった。東京に戻っても身寄りがあるわけでもないので、そのまま九大病院で手術すると決め、本人も一人息子の住む町での入院に異を唱えることはなかった。

手術は成功裏に終わり、半月余りののち母は退院して三鷹に帰って行った。このときは夏代がパートを休んで一緒に上京し、二カ月ほど母と共に暮らしてくれた。元看護師の夏代が病後の面倒を見てくれたおかげで母はすっかり元気を取り戻したし、美嘉も耕平も父親との不自由な三人暮らしを不平一つ言わずに乗り切ってくれたのだった。

鉄平はあのときほど家族のありがたみを感じたことはない。

だが、一年後、東京での定期検査で再発が見つかった。手術の要ありとの診断を受け、母を福岡に呼んで再び九大病院に入院させた。

二度目の手術は初回ほど上首尾ではなかった。肝臓内に複数のがんが見つかり、完全に取り切るのは難しかったのだ。体力の回復を待って、化学療法など別途の治療が必要との説明だった。一カ月ほど我が家で静養したあと、母は三度目の入院をした。

前回、前々回と同じく四人部屋に入ったのだが、同室になった老女の深夜の咳《せ》き込みがひどくて母は入院直後から不眠症に陥ってしまった。滅多に弱音を吐かない人だったが、病気を得てからは気弱になる場面も多くなっていた。「隣の人の咳がひどくて一睡もできない」と訴えるようになり、すぐにでも個室に移したいと鉄平は考えた。一週間ほど経ったところで夏代に持ちかけると「そうしましょう」と賛成してくれ、その場で彼女が手続きのため一階の入院受付に向かった。だが、しばらくして戻って来た夏代は、病室の外に鉄平を呼び出すと、

「受付の人に訊いたら、個室は満杯で、空いているのは一番高いA個室だけらしいのよ。

どうする？」

　浮かない顔で言ったのだ。

「A個室って幾らなんだ？」

「それが、一泊三万二千円もするんですって」

「三万二千円？」

「ねえ、どうする？　おかあさんはまだ当分は治療が続くし、しばらく我慢してもらう？　隣のおばあちゃんもじきに退院みたいだし」

　このときの夏代の顔つきと声音《こわね》を鉄平ははっきりと記憶している。一泊三万円を超える差額ベッド料金に鉄平もさすがに二の足を踏まざるを得なかった。だが、それでも母のために部屋を替えてやりたいのが本音だった。

「じゃあ、お袋にはもう少し待ってくれって言うしかないな。もうちょっと安い部屋が空いたらすぐに移って貰おう」

「そうね。受付の人には空きが出たら連絡をくれるように頼んでおくわ」

　と夏代は言った。

　だが、母はそれから三日もしないうちに肺炎を起こして集中治療室に移され、さらに一週間後には帰らぬ人となってしまったのである。

17

父の俊之は、加能産業を継ぐことを拒み、研究者としての道を選んだ人だった。

祖父の昇平は父に何度も帰郷を促したようだ。その都度、父は「あと少しだけ」と言を左右にして帰ろうとしなかった。卒業後は福岡に戻って会社を継ぐという条件で東京の大学への進学を認めて貰った経緯があり、それ以上に、大学の非常勤講師としての稼ぎではとても妻子を養っていくことができず、俊之は長いあいだ祖父からの経済的支援を受けていた。それゆえ、きっぱりと「帰らない」とは言い切れなかったのだ。

俊之が三十歳になった年、業を煮やした祖父が三鷹の借家に乗り込んできた。

当時の鉄平は三歳。その折のことはよく憶えていないが、母の話によれば、顔を合わせて一時間もせずに二人は大喧嘩となり、売り言葉に買い言葉の末、もとから直情径行だった父は、祖父が説得の切り札のつもりで用意してきた財産放棄の誓約書を見てかっとなり、その場でさっさと署名捺印して祖父を追い返してしまったそうだ。

父という人は息子の鉄平の目からしても、融通の利かぬ頑固一徹の偏屈者だった。

以来、福岡の実家とはほとんど絶縁状態となり、父が祖父に再会したのは祖父が病に倒れ余命いくばくもない状態になってからだった。何十年ぶりかで顔を合わせた二人の間でどんなやりとりがなされたかは詳《つまび》らかではないが、結局、父の財産放棄が取り消されることはなく、加能産業の株式を始めとしたすべての資産は叔父の孝之へと引き継がれたのだった。

鉄平が仕事を失ったと聞きつけた孝之が、すぐさま連絡を寄越して加能産業入りを勧めてくれたのは、死んだ兄に何一つ渡さなかった祖父に代わってせめてもの罪滅ぼしをしたかったためだ。実際、叔父は鉄平に面と向かってそのことを口にした。

父の俊之は鳥類学者だった。

子供時代から鳥が大好きで、中学、高校とレース鳩の飼育に熱中し、愛好家のあいだでは全国的に知られた存在だったという。そんな父が大学に入って研究を始めたのは鳩ではなくカラスだった。以来、カラス博士としてカラス研究者の仲間内では一目も二目も置かれる存在となった。とはいっても、カラスの専門家が当時の日本で自らの講座を持てるはずもなく、父は幾つかの大学をかけもちで教える万年非常勤講師として生涯を終えた。祖父の遺産も蹴っ飛ばし、大学で正規の教員となることも叶わず、加能家の経済はいつも火の車だった。しかも、遣り繰りの苦労は全部母に押し付け、本人はわれ関せずで研究三昧の日々。鉄平の目に映る父は決して敬愛すべき対象ではなかった。

そもそも父は家庭というものに興味を持っていなかったと思う。息子にもさほど関心はないようで、カラスを求めて年中街歩き、山歩きをしていたにもかかわらず、一緒に行こうと誘われることも皆無だった。ただ、一度だけそんな父がカラスの見分け方を教えてくれようとしたことがあった。保育園年長組の夏休みで、どういう風の吹き回しか、父はフィールドワークに鉄平を同行させてくれたのだ。

日本のカラスの二大勢力と言えば、くちばしの太いハシブトガラスとくちばしの細いハシボソガラスだ。この二種類のカラスの区別の仕方を父は熱心に語り、夏休みのあいだ何度も鉄平を戸外に連れ出して二種の識別をやらせたのだった。しかし、ハシブトとハシボソを見分けるのはプロの研究者でも容易ではない話で、当然ながら五歳児の鉄平に好成績が残せるはずがない。その結果に父は失望したのか、以来二度と鉄平にカラスの話をしてくれることはなかった。

父が六十五歳で死んでからは、母は年金と自分のパート代、それに鉄平が月々送る微々たる仕送りで細々と暮らした。贅沢とはまったく無縁の一生だったと思う。それだけに、せめて病気になったときくらい不自由のない日々を過ごさせてやりたかったのだ。

そうした母の来歴については夏代も充分に承知していた。早くに実母を失った彼女は母を本当の母のように慕っていたし、母は母で「夏代という名前を聞いたときから他人とは思えなかったわ」というくらい、彼女を実の娘のように可愛がってくれていたのだった。

18

「たった三万二千円だったんだよ。しかも、お袋は三日後には肺炎で集中治療室に運ばれたんだ。全部足したって十万円にもならない金額で済んだはずだ。三十四億円の遺産があるんなら、どうしてあのとき、『自分のへそくりで何とかするから任せて』って言ってくれなかったんだ。たとえ三日が一カ月になっても、それが三カ月に延びたとしたって三十四億円あれば何でもなかったじゃないか。口座から幾らかでも引き出して、あとで補塡すればよかった。それとも、あの場面で僕に打ち明けてくれてもよかったんじゃないか。そうしたら、僕はきみの遺産からお金を借りることができた。二百万や三百万くらい、どんなことをしてでも返したと思う。結果的には遺産に手をつけなかったのと同じにできる。それでよかったんじゃないのか。苦労をかけた唯一無二のお袋だったんだ。きみだって、いつも『本当のおかあさんだと思ってる』って言っていたんじゃなかったのか」

二杯目のカップもすでに空になっていた。隣にあったコップの水を一口すする。

「融通無碍と言うじゃないか。きみの信念は確かに立派かもしれない。しかし、どんなことにだって例外はあってしかるべきだろう。遺産に指一本触れないという信念を守ることとがんで弱っている母親に少しでも楽をさせてやろうとすることと、一体どっちが大事なんだ。きみはあのとき、その点について本気で考えてくれたんだろうか」

鉄平はできるだけ感情的にならないよう努めながら話していた。それでも、「よく眠れない」とつらそうな表情で訴えていた母の顔が脳裏にちらついて離れなかった。

一カ月近く、さまざまな角度から夏代の遺産について思いを巡らし、将来のためには沈黙が最善だと結論を下す一方で、この母の入院時の出来事はどうしても腹におさめることができなかったのだ。

「鉄平さん、ごめんなさい」

夏代が小さく頭を下げた。

「あのとき、おかあさんを個室に移してあげればよかったと私も心から思っているわ。何も遺産になんて手をつけなくても、それくらいできないことじゃなかったんだし」

と言う。

その夏代の一言に鉄平は胸が熱くなった。瞼《まぶた》の裏の母の姿がひときわ鮮明になる。

「それは違うだろ」

つい強い口調になる。

「あのときの僕たちにそんな力はなかった。うちに三万二千円の部屋代を支払うだけの経済力はなかった。むろん一カ月かそこらなら何とかなったと思う。だが、三カ月、半年と入院が長引けばとても払えなかったはずだ。だからこそ、もう少し安い個室が空くのを待つことにしたんだ。その判断が間違いだったとは思っていない。ただ、あんなに早くお袋が死ぬのなら、せめて三日間でもいいから個室に入れてやればよかったし、三万二千円の個室にまずは入って貰って安い部屋が空くのを待つべきだったとは思っている。

僕が言っているのはそういうことじゃない。もしも、きみが遺産の存在について教えてくれていたら、まったく別の判断ができたと言っているんだ。たとえ絶対に手をつけないと誓った遺産だとしても、僕は土下座でも何でもして、それを一時的に使わせてくれと頼むことができた。一度だけでいいから、どんなことをしてでもちゃんと返済するから出してくれってきみに懇願することができた。きみ自身だって、あのときそんなふうに考えてくれてもよかったんじゃないか。僕がどうしてもこだわってしまうのはそこなんだよ」

「本当にごめんなさい。でもね、鉄平さん。何度も繰り返すようだけど、あのお金は本当に私のものじゃないの。だから、たとえあのとき同じことを言われても、私にはどうしようもなかったと思う」

「そんな馬鹿な！」

さすがに鉄平は感情の高ぶりを抑えきれない。

「じゃあ、きみに訊きたい。もしも、あれがお袋じゃなくて美嘉や耕平だったとしたらどうだ。それでもきみは同じ態度を取れるのか？　実の子供たちが生きるか死ぬかの瀬戸際に立ってどうしても大金が必要になったとしても、それでもきみは自分の遺産を使わないと断言できるのか？」

本来なら〝美嘉や耕平〟の前に〝俺や〟という一語を加えたい。だが、それは無理な相談だった。血の繋がらない義母に出さなかった金を、同じく血の繋がらない夫に出すはずがないだろう。

「鉄平さん、どうか分かって頂戴。あのお金は私のものじゃないのよ。だから、もしも美嘉や耕平がそういうことになったら私はどんなことでもするつもりだけど、でも、あのお金を使うことはできない。だって、それは人の物を盗むような行為だから」

夏代の瞳には薄っすらと涙が滲んでいる。その表情からは彼女の長年の覚悟がひしひしと伝わってきた。

だが、美嘉や耕平がいかなる苦境に陥ったとしても相続した莫大な遺産には決して手をつけないという覚悟は、もしもそれが本物であれば異様なものとしか言いようがない。そんな人間離れした覚悟が本当の覚悟だとは鉄平にはどうしても思えなかった。

「そこまできみが言うのであれば、じゃあ、もう一つだけ訊かせてくれないか」

一連の夏代の発言には大きな矛盾点があった。問い質しておかねばならない重大な事実がある。

「なあに」

目に溜まった涙はいまにも溢《あふ》れ出しそうだった。

「北前弁護士の話だと、きみは十年前に二億円を出資してカナダのバイオベンチャーの株を買っている。もしも、加津代ヘンダーソンから相続した遺産が本当にきみのものでないというのなら、これはどう考えてもおかしな話なんじゃないか。自分のものでないお金で外国企業に二億円もの出資をするなんて、そんなことは不可能だ。だが現実には出資を行い、しかもその株価がいまや八倍の値をつけて十六億円もの資産価値になっているという。きみは一体、この件をどう説明するつもりなんだい」

「あの出資は、兵藤先生にぜひにって頼まれてやったことなの。カナダにいる先生の友人が会社を作ることになって、その友人の研究は将来、大勢の人たちのいのちを救うことになるはずだから、人助けのために何としても出資してくれないかって言われたのよ。兵藤先生は弁護士の世界では神様みたいな方で、会ってみれば分かるけど、私欲というものがひとかけらもない人なの。その先生がぜひにって言ってこられたんだから断ろうにも断れなかったのよ」

「だけど、きみが遺産をどんな目的にも使わない決心でいるのを兵藤弁護士は知っていたんじゃなかったのか。その兵藤弁護士がそういう依頼をしてくるのはヘンだろう」

「私もそう思ったけど、でも、私の気持ちを理解してくれている兵藤先生が、それでもぜひにとおっしゃっているんだから、よほどのお願いなんだろうって感じたの。伯母の遺産の管理は今後もずっと先生にお任せしなくちゃいけないんだし、だったら先生が勝手に二億円を引き出したと解釈すればそれで済むと思ったのよ」

遺産の管理を任せている弁護士に頼まれて、夏代が、見ず知らずの外国企業に二億円もの大金を注ぎ込んだその同じ年に鉄平は会社をクビになり、契約寸前だったマイホームを諦め、翌年には母を置いて生まれ育った東京を離れなくてはならなくなったのだ。

「だったら、お袋のときだって僕が勝手にお金を引き出したと考えてくれればよかったんじゃないか。そうでないなら、兵藤弁護士がまた何かのためにお金を使ってしまったと思えばよかった。どうせ一銭だって動かさない遺産なんだ。きみの知らないところで誰がどう使おうが構わないってことだろう」

「それは、ちょっと違うと思う……」

夏代はか細い声で言った。

そこからしばらく彼女も鉄平も黙り込んでいた。

こうして話をしてみても、鉄平の釈然としない気持ちに変わりはなかった。

仮に夏代の覚悟は覚悟として受け止めたとしても、それでも、これほどの秘密をずっと抱えて一緒に暮らしてきた彼女への不信は払拭できるものではなかろう。

それに、幾ら兵藤弁護士からの依頼だったとはいえ、あまりにすんなりと二億円もの出資に応じた夏代の判断も解せないと言えば解せない。といって、兵藤弁護士が勝手に遺産に手を出したというのも考えにくかった。もしそうならば、二億円の出資自体を夏代に黙っていれば済むはずだ。

「鉄平さん、こんなことになって本当にごめんなさい」

俯いていた夏代が顔を上げる。

大きな瞳からはいつの間にか涙は消えていた。

「私は伯母の遺産を捨てたからこそ、こうしてあなたと一緒になれて、美嘉や耕平のようないい子供たちにも恵まれて幸せな人生を送ることができたと思っているの。小さい頃からそうなりたかった自分になれたような気がしている。でも、鉄平さんの言っていることもよく分かる。鉄平さんがいま話してくれたことを私もちゃんと考えてみなきゃいけないって思う。だからね、あと少しだけ時間をちょうだい。私は私なりにあのお金のことをもう一度しっかりと考えるから。そして、これからどうすればいいか考えがまとまったら、今度こそあなたにちゃんと相談してみる。だから、あと少しだけ私に時間を下さい。鉄平さん、どうかよろしくお願いします」

夏代はそう言って、今日初めて深々と頭を下げたのだった。

19

嶺央《れいおう》大学病院の木内昌胤医師は、嶺央大学医学部きっての俊才として聞こえた研究者で、学内でも特別待遇を受けていた。予算もふんだんに与えられていて、鉄平の得意先の一人だった。当時はまだ四十手前。研究者として脂の乗り切った時期だったと思う。豪放磊落《ごうほうらいらく》でクセがあったが、鉄平とはなぜか妙にウマが合った。潤沢な資金を使ってどんどん高価な分析機器を導入してくれるありがたい顧客だったのである。

付き合いが一年ほどに及んだとき、この木内に紹介されたのが夏代だった。

いつもの接待のつもりで新橋の料理屋で待ち合わせた際に、木内が突然夏代を連れてきたのだ。そこは薩摩軍鶏《さつましゃも》の鍋が名物で、一度案内すると木内がたいそう気に入ってくれ、月に一回は二人で鍋をつつくようになっていた。普段はその店で腹ごしらえをしたあと銀座のクラブへと流れるのが定番コースだった。

木内に愛人がいるという噂は聞いたこともなかったので、えらくきれいな人を同伴してきたのを見て、馴染みのクラブのホステスなのか、それとも独身の鉄平のために知人女性を誘ってくれたのかと勘違いしたくらいだった。

というのも木内には同じ大学病院にいる内科医の妻がいて、鉄平は彼女とも多少の面識があったのだ。

鍋を囲んでの会食が進むにつれて、夏代が嶺央大学病院の看護師で、木内の妻とは同じ病棟で働いたこともある仲だと知った。

「衣笠《きぬがさ》君とは、最初は女房の誕生会で顔を合わせたんだよな」

夏代の方を見ながら、ごく当たり前の口ぶりで木内は言った。

だが、彼が気を回して美人の看護師をわざわざ連れてきた気配はなく、夏代の方もかいがいしく木内の小鉢に鍋の具をよそったり、酌をしたりしているのを見ているうちに、さすがの鉄平も二人の特別な関係を察したのだった。

この晩はむろん二次会はなくなり、店を出ると木内と夏代は堂々と手を繋いで鉄平の前から消えて行った。

研究者ならではのとっつきにくさの抜けなかった木内が自らの愛人と引き合わせてくれたことで、鉄平は彼からの信頼がさらに厚いものになっているのを実感した。

その後、木内は学内で力をつけるに従ってさらに多くの機材を鉄平の会社から購入するようになった。実験機器や分析機器にとどまらず臨床用の診断機器、検査機器などの機材も医局が鉄平経由で注文を入れるように取り計らってくれた。木内の政治力は瞠目すべきものがあり、彼は一研究者として優れているにとどまらず一流のオルガナイザーとしての才能も十全に発揮していた。

当時、夏代は二十六歳、鉄平は二十八歳。それから一年以上は、あくまで夏代は〝木内先生の愛人〟に過ぎなかった。木内との会食に夏代が同伴することはしばしばだったが、むろん二人きりで会う機会などあるはずもなかったし、不倫旅行の折のアリバイ作りに手を貸したり、二人の逢瀬をより贅沢なものに仕立てるための裏金を融通したりというのが鉄平に割り振られた役目だった。

　そうした夏代との関係に若干の変化が生まれたのは、彼女と知り合って二年目に入った頃だ。秋口から木内がぱったり夏代を連れて来なくなり、そのうち彼女が体調を崩して休職しているという噂が鉄平の耳に入ってきた。

　驚いて木内に確かめてみると、

「実は、女房が妊娠しちゃってね。それが夏代にはショックだったみたいなんだ。ま、僕もいずれは離婚して彼女と一緒になりたいってずっと言い続けていたからね。ショックを受けるのは当たり前ではあるんだが。すっかり沈み込んでしまって、仕事は辞める、先生とも別れるって大変だったんだよ。なんとか宥《なだ》めて休職させることにしたんだが、どうも鬱《うつ》の方が深刻になってきていて、僕の方も参ってるんだよね」

　木内はあけすけに内情を打ち明け、

「最近は、マンションを訪ねても部屋に入れてくれなくてね。電話で話すのがせいぜいなんだよ」

　とめずらしく弱り切った風情だったのだ。

「奥様と別れる気があるんなら、どうして妊娠なんてさせてしまったんですか？」

　いま思えば、いかにも青臭いことを言ったと思う。

「そりゃあ、何だかんだ言っても僕たちはまだ夫婦なんだ。そういうことだって起こってしまうものなんだよ」

木内は苦り切った表情になる。

「じゃあ、奥様は産むおつもりなんですね」

と訊くと、

「そりゃそうだろう。これぱかりは男の僕にはどうしようもないことだからね」

と突き放すように言ったのだった。

その後は、木内に「どうしても」とせがまれて断り切れず、休職中の夏代を定期的に見舞うようになった。

初めて彼女のマンションを訪ねたとき、

「先生に様子を見て来いって頼まれたんでしょう」

歳の近い鉄平にはいつもため口だった夏代に開口一番に言われ、

「そりゃそうですよ。木内先生は僕にとって一番のお得意様なんですから」

正直に答えると、夏代は、

「加能さんはいつだって嘘をつかないからいいわ」

と小さく笑ったのだった。

三度目の折には木内から分厚い封筒を託されそうになった。

「とりあえず、これを彼女に渡しておいてよ」

あっさり言われたが、尋常な金額とも思えず、

「そんなの御免ですよ」

鉄平も即座に断った。「そうか」と言って木内は無理強いしなかったが、そのときに彼の存念が見えたような気がした。いまでも木内のことを待ち続けている夏代が哀れだった。むろん手切れ金のことは彼女には言えなかった。

夏代は三カ月ほどで職場に復帰し、それからは二人の関係がどうなっているのか鉄平には窺《うかが》い知れなかった。木内が夏代を酒食の席に連れて来ることはなかったが、まだ関係が続いている気配はあった。

さらに半年近くが過ぎたある日、突然、夏代から鉄平に連絡が入った。

「加能さんに折り入って相談したいことがあるの」

と告げられ、翌日の午後、夜勤明けの夏代と彼女のマンションの近くのファミレスで会った。そこは、見舞いに来たときにいつも一緒に食事をしていた店だった。

夏代の話はびっくりするようなものだった。

木内が離婚したというのだ。

「そんな噂どこにもありませんよ。それに、木内先生の奥さん、もうじき臨月なんじゃないですか」

鉄平が半信半疑で言うと、夏代は気まずそうに頷き、木内の離婚については病院内で知

っている者はほとんどいないのだと言った。

「夏代さんは、じゃあ誰から聞いたんですか？」

「先生から聞いたの」

「先生から？」

「ええ。妻とは離婚したから結婚して欲しいって言われたの。離婚前には何の相談もなかったんだけど。あの人らしいと言えばあの人らしいやり方よね」

「そうだったんですか」

身重の妻を捨てて愛人のもとへ奔《はし》るとは木内も思い切ったことをするものだ。だが、夏代にしてみれば待ち望んでいた結末ではあろう。

かつて木内は同じ医師でもある妻のことをこう言っていた。

「彼女はすごく立派な医者なんだ。僕もこうやって同じ白衣を身に着けてはいるが中身は医者でもなんでもない。だから、毎日誰かを助けている自分の方が夫より何倍も偉いと思い込んでいるのさ。でもね、加能君。彼女が生涯で救える人間が千人だとするとね、僕の研究で救える人間の数は優に一億人を超えるだろう。そのことが彼女には理解できないんだ。そういうところはやっぱり女なのかもしれないね」

夏代の話を聞いても鉄平にはなぜ自分が呼び出されたのか理由が分からなかった。夏代も木内がプロポーズしてきたと言うだけで何かを頼んでくるわけでもなかった。

結局その日は、いつものように二人で遅めのランチを食べて別れたのだった。

ほどなく、木内の離婚と夏代との結婚話が鉄平の耳にも聞こえてきた。夏代が病院で一、二を争う美人看護師だったこともあって、院内はその噂で持ちきりになっているようだった。

木内のアメリカ行きが発表されたのは、別れた妻が無事に出産を終えた直後だった。鉄平も事前に知らされてはおらず、まさに青天の霹靂《へきれき》だった。慌てて研究室に木内を訪ねると、

「きみにまで内緒にしていて悪かったね。別にここが居心地が悪くなったわけじゃなくてね、僕の論文を読んだ先方の大学がどうしても来てくれないかって言うんだ。急に持ち上がった話でもなくて、二年くらい前から誘われていたんだが、ようやく決心がついたっていうわけさ」

木内は飄々《ひょうひょう》とした雰囲気でそう言った。

「夏代さんとはどうするんですか?」

ファミレスで食事をして以来、彼女とは電話さえなかったが、やはりそこが一番気になるところだった。

「もちろん向こうで落ち着いたら呼び寄せるつもりだよ。そのとき正式に一緒になろうと彼女には伝えてある」

「そうでしたか」

木内の答えを聞いて鉄平は安堵した。

産休中の元妻がいずれ病院に戻って来れば、とてもじゃないが夏代に居場所はないはずだ。それでなくても彼女はいま針の筵《むしろ》に座らされた気分で日々の仕事をこなしているに違いなかった。

木内は早々にアメリカへと旅立っていった。

そして、その年の暮れ。

仕事納めの日に再び、夏代から会社宛てに電話が入ったのだ。

翌日の午後、鉄平はまた馴染みのファミレスに出かけた。営業マンの習性で約束の十五分前には待ち合わせ場所にいるため夏代が必ずあとからやって来るのだったが、この日ばかりは、三十分以上も前に着いたにもかかわらず、いつもの席にはすでに夏代の姿があった。

電話では何も言っていなかったが、今日の用向きは大体察しがついていた。

いよいよ年明けに彼女も渡米することとなり、直接会って最後の挨拶がしたかったのだろう。

ところが彼女はまたしても意想外な言葉を口にしたのである。

「木内先生とは別れたわ。病院も昨日付けで退職しちゃった。年明けから新しい仕事を探すつもりだし、もう二度と看護師の仕事に戻るつもりはないわ」

「夏代さん、一体、どうしたんですか」

鉄平は呆気《あっけ》に取られてしまった。

「どうやら私、加能さんのことが好きになっちゃったみたい」

さらに、夏代はとんでもないことを口走る。

鉄平には彼女の真意がまるで摑めない。

「だから先生との結婚なんてまったく考えられなかったのよ」

だが、こちらの反応に頓着することなく夏代は畳みかけてきた。

「加能さんにしてみれば、私みたいな女は願い下げに決まってるけど、それでもどうしても自分の気持ちだけはちゃんと伝えなきゃと思ったの。いまの私にはもう何も怖いものはないからね」

これほどあけすけに女性に告白されたのは初めてだった。しかも、相手はずっと不倫の片棒を担いできたカップルの片割れなのだ。

鉄平が何も言えずにいると、

「何はともあれ加能さん。今日はいままでのお礼にたっぷりご馳走させて貰うね。近くにとっても美味しい中華屋さんがあるの。予約も済ませてあるから」

そう言うと、届いたコーヒーに一口つけるいとまも与えず、夏代はさっさと席から立ち上がったのだった。

20

二人で筥崎宮を詣でて二日後の金曜日。

早めの夕食をとって、鉄平が先に風呂に入った。追い炊き機能も浴室暖房もない冷え切った浴室で四十度の湯に浸《つ》かってもなかなか身体はぬくもらない。何とか全身をあたため、髪や身体はシャワーでざっと流すだけにして早々に上がった。

寝室でパジャマに着替え、フリースの上着を羽織ってリビングに戻る。

夏代が熱いお茶を淹れてくれる。ダイニングテーブルに差し向かいで座って緑茶をすすった。

あれから遺産の話は何もしていなかった。「あと少しだけ時間をちょうだい」という夏代の意志を尊重するほかはないだろう。

「ドライヤーはいいの？」

鉄平の頭を見ながら夏代が言う。

「ああ。このまま自然に乾くのを待つよ。どうせ明日から三連休だしな」

だいぶ前から鉄平は髪を短くしている。それも節約の一環ではあった。

「あのね、あなたに渡したいものがあるのよ」

湯呑を置いて不意に夏代が言った。

「渡したいもの？」

「ちょっと待ってて」

彼女は立ち上がり、リビングを出ていく。どこかの部屋のドアが開く音が聞こえた。しばらくすると大きな紙袋を二つ持って戻って来た。

どちらも岩田屋デパートの手提げ袋でぱんぱんに膨らんでいる。その重そうな袋をテーブルの上に載せた。

「これ、あなたの分」

と言う。

「俺の分？」

鉄平は目の前に置かれた袋の中身を確かめようと立ち上がる。

中を覗《のぞ》いて仰天した。

「何だよ、これ？」

すると夏代が前掛けのポケットから通帳を取り出した。みずほ銀行の総合口座通帳のようだ。最初のページを開いて鉄平の前にかざす。

1の下に0が八つ並んでいる。

鉄平は自分の分と言われた紙袋の一つから封帯のかかった札束を一個摑み出す。

「一つの袋に五十個ずつ入れて貰ったの。二つで百個。私と同じ額よ」

事もなげに夏代は言った。

百万円の札束が合計で百個。真新しい通帳に記載されている金額と同じ一億円ということになる。

開いた口が塞《ふさ》がらない思いですました顔の夏代を見た。

「あれからすぐに北前弁護士に連絡して、大至急で二億円送金して貰ったの。それを今日の午後、パートを早退して天神のみずほ銀行まで受け取りに行ってきたのよ。重いからって支店の人が袋二つにしてくれていたの。奥の部屋に通されて支店長さんまで出てきたからびっくりしちゃった。帰りも銀行の人がここまで支店の車で送ってくれたのよ。一応、手土産のお菓子は持って行ったんだけど、でも、気の毒なことをしたわ」

「一体どういうつもりなんだよ」

札束を見て最初に思い浮かんだのは「手切れ金」という言葉だった。

だが、それなら自分にも同額を用意するのは奇妙だ。

「一人でしっかり考えるってあなたに約束したけど、こうしてあなたと一緒にいたらやっぱりちゃんと考えたりできない気がするのよ。だから、少しのあいだ別々になった方がいいと思ったの」

「別々？」

「そう。私は明日からしばらく家を空けるわ。パートの方は今日、長期のお休みを貰ってきたし、何日か温泉に泊まって、それから美嘉のところにでも行こうかと考えているの」

美嘉の名前が出て、鉄平は幾らかほっとした。

「そのことと、この金とどういう関係があるんだよ」

すると夏代はちょっと曖昧な表情になる。

「これは、何となくの思いつきなのよ」

「思いつき？」

「だって、私もあなたもお金のことを知らなさ過ぎるでしょう。一昨日、あなたの話を聞いていてそのことを痛感したの。三十四億円だとか四十八億円だとか、そんな大金のことを幾ら想像してみても全然想像できないじゃない。だったらまずは原点に帰って、大金っていうものが一体どういうものなのかお互い知った方がいいと思ったのよ」

「それで北前弁護士に急いで二億円を送って貰ったのか？」

「そう。とりあえず一人一億円ずつ持ってみて、私たちがどんなふうに感じるか試してみようと思ったの。だから、その一億円は全部あなたのものよ。あなたが自由に、使いたいように使ってくれればいいわ。私も、こうして通帳に一億円預けてきたから、いつでも自由に引き出して使おうと思ってるの」

「しかし……」

鉄平は再び椅子に腰掛ける。湯呑のお茶はすっかり冷めていた。

「新しいのを淹れるわね」

夏代は二人分の湯呑を持ってキッチンへと向かった。

目の前の紙袋を眺め、突拍子もない発想だが、いかにも夏代らしいと感じた。

仕事納めの日に中華料理店で二人きりの忘年会をやったあと、年が明けても夏代からは何の連絡もなかった。自宅の住所も電話番号も別れ際に伝えていたので、あの様子からして正月中に電話くらい来るのではないかと鉄平は予想していたからちょっと肩透かしを食らった気分だった。

ところが、仕事が始まって十日ほど経った一月の半ば、思わぬ場所で夏代と再会したのである。

当時、鉄平は赤羽の駅前にある古い１ＤＫのマンションの五階に住んでいた。ある朝、エレベーターが三階で止まり、なんと夏代が昇降籠に乗り込んできたのだ。最初は他人の空似と思ったほどだったが、

「加能さん、おはよう。やっと会えたね」

と言われてしばらく声も出なかった。

「衣笠さん、どうしたんですか？」

一階の狭いロビーで立ち話をしてみれば、なんと夏代は三日前に同じマンションに引っ越して来ていたのだった。

「いきなり引越しの挨拶に行くのもヘンだし、こうしていつかすれ違うのを待っていようと思ってたの。案外、早く会えたね」

夏代は悪戯《いたずら》っぽく笑ったのだ。

まだストーカーなどという言葉はなかった時代だが、彼女がやったことは現在なら間違いなくそう言われるような行為であろう。

夏代は一度こうと決めると、常識では考えられない思い切った行動に出ることがよくあった。

そうした気質は、幼い娘を抱えながらも浮気の絶えない亭主を叩き出した実母や、たまたま知り合ったアメリカ人青年と恋に落ち、結婚を周囲から反対されるとあっさり故国を捨てた加津代ヘンダーソンから引き継いだものなのかもしれなかった。

鉄平はテーブルの上の紙袋を床に降ろし、新しいお茶を持って戻って来た夏代に声を掛けた。

「突然、きみが訪ねて行ったら美嘉はヘンに思うだろう」

「大丈夫よ。お父さんと喧嘩したっていうから」

夏代も自分の湯呑を持って向かいの席に座る。

「じゃあ、遺産の話もするつもりなのか」

「まさか。ちょっとした行き違いだって言うわ」

鉄平と夏代は子供たちの前で喧嘩らしい喧嘩をしたことがない。

「それでも美嘉は心配するだろう」

「いいのよ、少しくらい心配させたって」

夏代は相変わらずすずましたものだった。

「しばらくってどのくらいだ」

「さあ、半月とか一カ月とか……」

お茶をすすり、

「この際だから美嘉の暮らしぶりもしっかりと見て来ようと思ってるの」

その点は、鉄平も大いに賛成だった。

「卓郎《たくろう》君ともどうなってるか、ちゃんと聞いておきたいし」

「卓郎君って、その医学部に行ってる彼氏のことか」

「そうよ」

「じゃあ、きみはその男と会ったことがあるのか?」

「高校生のときに一度だけ。天神で、二人でいるところにばったり出くわしたのよ」

「それで」

「お茶とケーキをおごってあげたわ」

「なんだよ、それ」

「でも、真面目そうでなかなかいい子だったわよ」

「うーん」

鉄平が腕組みして黙り込むと、

「じゃあ、私、お風呂に入ってくるわね」

夏代は自分の湯呑を持って立ち上がったのだった。

21

目覚めてみると、夏代はすでに出かけていた。

キッチンカウンターの上にメモが残されている。

〈それでは行ってきます。鉄平さんも羽を伸ばして下さい。でも、あんまり飲み過ぎないでね。

夏代〉

壁の掛け時計の針は八時を回ったところだった。

月曜日が成人の日なので今日から三連休だ。夏代もいなくなり、これといって鉄平にやることはなかった。

キッチンに立ってコーヒーを淹れる。自分用のマグカップになみなみと注いでダイニングテーブルのいつもの席に腰を下ろした。

今年は暖冬なのか元日から気温の高い日が続いている。窓の外は明るい日差しで満ちていた。もうどれくらい雨が降っていないのだろうか。

あつあつのコーヒーを一口すすって立ち上がった。リビングを出て耕平の部屋に向かう。

昨夜、夏代が風呂に入っているあいだに紙袋を耕平の部屋のクローゼットにしまったのだ。

二つとも持ってリビングに戻った。

隣の椅子を引いて紙袋を載せる。

中の札束を全部取り出してテーブルに積み上げた。

十束で一段として全部で十段を前後五段ずつに並べてみる。細長いダイニングテーブルの三分の一ほどが札束で埋まってしまった。こんな大量の現金を目の当たりにしたのはもちろん初めてだ。

椅子に座って、札束の山を眺めながらコーヒーをすする。

まるきり現実味のない光景だった。

——しかし、一億円と言っても使わなければただの紙の山だな……。

それが率直な感想であった。

だが、この金があればどんなものでも手に入るのだ。それこそポルシェやベンツだって買えるし豪邸だって建てられる。こんな古ぼけたマンションからはさっさとおさらばできる。

そうやって考えると、目の前の札束の山がにわかに精彩を放ち始めるのが分かる。

北前弁護士によれば夏代の資産は四十八億円に膨れ上がっているという。この一億円、それに夏代の通帳に入っている一億円の両方を差っ引いても、まだ四十六億円の資産を彼女は現金と株式で保有しているのだ。

——途方もない、の一語に尽きるな。

と思う。

さて、目の前の一億円で一体何ができるだろう？

昨夜、寝床に入ってずっと考えていたのは会社を辞めることだった。

ここのマンションのローン残高は大した金額ではないし、一億円あれば一生働かずに何とか食っていけるのではないか？　月に三十万円の生活費だとしても一年あたり三百六十万円。三十年近くはやっていける計算になる。三十年経てば鉄平も八十過ぎ。もうこの世にはいないだろう。

とはいえ、たとえ一億円あっても八十歳までしか暮らせないというのは案外だった。高齢化に伴う老後破産の脅威が現実味を帯びてくるような気がした。子供たちへの仕送りや学費に追われて、うちも老後の蓄えなどほとんどないに等しいのだ。

――となると、一億円程度では会社を辞めて隠居暮らしというわけにもいかないというわけか……。

いっそ退職して店でもやってみるのはどうだろうか？

数年前までは釣りが趣味でたまに磯釣りに出かけていた。腰を痛めてすっかりご無沙汰になってしまったが、釣り具屋くらいなら何とかなる気もする。ただ、いまさら釣り具屋をやって楽しいかといえばかなり疑問ではあった。

とどのつまり、鉄平にできるのは営業の仕事だけなのだ。

企業や個人相手に何かを売るのは若い頃から好きだったし、どんなモノでも売りさばく自信はある。だが、いまから物販の会社を起ち上げられるかというと、それはそれで歳が行き過ぎているのが実情だろう。そもそも、本腰を入れて売りたいような肝腎の商品が思い浮かばない。

どうせ会社を辞めるのならば、何もせずに悠々自適の生活を送りたい。

あと二億円くらいあれば、それもできない相談ではない。三億円持っていれば今後三十年生きたとしても年間一千万円の暮らしができる。夫婦二人でそれだけあればまさしく悠々自適だ。ただ、低金利時代のみぎり、三億円を大口定期に入れたとしても年利はせいぜい百万円程度。暢気《のんき》に暮らしているうちに八十歳が九十歳、百歳と寿命が延びたりすれば三億円くらいではおっつかなくなってくる。

四十八億円まるごと手に入れれば、これはもう次元の違う世界だった。

年間の利息だけで二千万円近くになるから金利のみで充分に贅沢な暮らしを楽しむことができる。もっとも預けた銀行が倒産でもすれば元も子もなくなるので、安全を考えると国債を買うくらいしか手はないのかもしれない。その国債にしても国が破産してしまえば紙屑同然になってしまう。やはり適切なポートフォリオを組むのは必須ということになろうか……。

濡れ手に粟の一億円をすでに手にしながら、「あと二億円あればいいのに」とか「四十八億円あったらどうなるだろう?」などとつい考えてしまう人間の性分が我ながら滑稽だった。

——やっぱり夏代は帰って来ないつもりなのではないか?

ふとそういう気がした。

——こんな自分に愛想を尽かして蒸発したのではないか。美嘉のところに行くなんて口実に過ぎないのではあるまいか。

テーブルの上の札束を急いで紙袋に戻し、鉄平は寝室に行って携帯を取ってくる。

夏代の番号を呼び出して通話ボタンを押した。

コール音を聞きながら隣の椅子の紙袋を睨み、幾らなんでも耕平の部屋のクローゼットでは不用心だという気がした。

――どこか安全な保管場所を探さないと。それにしたって隣家が火事でも出せば灰になってしまう恐れもある。連休が明けたら夏代がそうしたように口座に預けに行くしかあるまい。

そう決めた直後、電話が繋がった。

「もしもし」

夏代の元気そうな声が耳元で響く。電話の向こうはざわついていた。

「おはよう。いまどこ?」

「博多駅。クリオガーデンで美味しい朝ご飯をいただいて、これから電車に乗るところ」

クリオガーデンは北前弁護士と会った駅前のホテルだが、夏代とも休日にたまに朝食を食べに行っていた。夏代はホテルの朝食が大好きなのだ。たまにと言っても年に二、三度の贅沢だが、一人二千五百円の朝食ビュッフェに足を運ぶたびに夏代はとても嬉しそうにしていた。その笑顔が脳裏に浮かんでくる。

「温泉って言ってたけど、どこに行くつもりなの?」

「雲仙《うんぜん》にしたの。何日か滞在して、それから美嘉のところへ行くわ」

「旅館は？」

「半水楼《はんすいろう》にした」

「半水楼が空いてたの？」

「お正月明けだもの。空いてるわよ」

「そうか」

　半水楼は雲仙温泉でも一、二を争う高級旅館だった。一度だけ夏代と二人で出かけたことがあった。孝之社長の最後の年に大口の取引を成約させて社長賞を受けた。その報奨金を奮発したのである。

「あなたは朝ご飯は？」

「そうだな。僕もどっかに出かけて食べることにするよ」

「そうね。美味しいものを食べてね」

「ああ、そうする。きみが半水楼じゃあ、こっちも遠慮してる場合じゃないからね」

「そうそう」

　夏代が笑っている。

「じゃあ、そろそろホームに上がらないと」

「分かった。とにかくのんびりしてきてくれ」

「あなたもたっぷり贅沢してちょうだいね」

「気をつけて。美嘉のアパートに着いたら電話かメールくらいくれよ」

「もちろんよ。迷惑かけるけど、あなたも体調には気をつけてね」

「ああ」

「それじゃあ行ってきます」

最後まで明るい調子のまま、夏代の方から電話は切れた。携帯を卓上に置いてベランダの外の光に目を向ける。今日は特にあたたかい。フリースの上着も羽織っていなかった。ベランダには夏代が世話をしている植物たちのプランターが並んでいる。水やりをするにはうってつけの日だろう。

——俺の不安はどうやら杞憂だったようだ。

確かに鉄平の前から姿を消したとしても夏代が美嘉や耕平の前からいなくなることはあり得ないのだ。

——取り越し苦労にもほどがあるな。

鉄平はひとり苦笑してしまう。

22

いろいろ隠し場所を探したが、これというのは見つからず、やはり耕平の部屋のクローゼットの一番奥にそのまま無造作に置いておくことにした。万が一、誰かが部屋に侵入したときはそっちの方が却《かえ》って注意を引かない気がしたのだ。

来週早々には銀行に持ち込んで通帳に入れるつもりだから、取り出しにくい場所に隠すのも面倒だった。

午前中はテレビを観たり、本を読んだりして過ごし、昼前に家を出た。

クローゼットを開けて紙袋から百万円の札束を三つ抜き、休みの日に愛用している小さなショルダーバッグに入れる。それを斜め掛けして玄関で靴を履こうとしたところで気が変わり、再びクローゼットを開けて二束は紙袋に戻してしまった。

三百万円もの現金を持ち歩くのは不用心に過ぎるだろう。

五分ほど歩いて大通りに出ると、タクシーを拾った。

「贅沢」の二文字を頭に浮かべて真っ先に思いつくのは「タクシー」だ。

天神交差点の天神ビル側でタクシーを降りる。千円ちょっとの料金に一万円札はさすがに申し訳なく、タクシー代は自分の財布から支払った。

正月休み明けとはいえ、三連休の天神は相変わらずの混雑ぶりだった。

寒い日は、この渡辺《わたなべ》通りの地下に五百メートル以上にわたって続く地下街へと買い物客はなだれ込むのだが、今日のようなぽかぽか陽気だとさすがに地上を歩く人の姿が目立つ。みんなコートやダウンジャケットの前を開けていた。天気予報によれば日中の最高気温は十五度を超えるらしかった。

そんななか鉄平は人の流れから外れるようにして地下街へと降りて行く。

福岡に来て何より気に入ったのがこの「天神地下街」で、初めて歩いたときは石畳の路面と唐草模様の装飾天井で囲われた通路にちょっとばかり感動した。東京駅や大阪梅田の地下街と比べてもはるかに洗練された印象だったのだ。以来、天神に来れば地下街を歩くのが楽しみの一つになっている。

地下街も大勢の人で賑わっていた。

道行く人たちの顔に活気が見える。年が改まり、何かしらの希望を誰もが感じているのだろう。

——いきなり妻から一億円の小遣いを渡された俺は、一体どんな顔をしているのか？

と思う。

こうしてバッグに百万円の現金を忍ばせて歩くという経験でさえいまだかつてない。だが、普通に想像するほどの興奮は覚えていなかった。所詮、夏代から預かった金で自分の稼いだ金ではないという感覚が抜けない。

それも自分のために使っているうちに変わってくるのだろうか？

最初は宝くじに当たったような心地になり、やがて子供の頃のお年玉気分に変わり、最後には金鉱を掘り当てたような達成感に落ち着いていく——といった推移を辿るのか？

左右の店を冷やかしながら鉄平はゆっくりと歩を進める。

正午になったところで長い地下街の中間にある行きつけの蕎麦屋ののれんをくぐった。ここは味もいいし、休みの日でも並ばずに済むのが便利なのだった。

奥の二人掛けのテーブル席に案内される。まだ両隣の席に客はいなかった。

見慣れたメニューをざっと眺め、ビールの中瓶といたわさ、天種を頼む。

ビールといたわさが同時に届き、冷えたグラスに注いだビールを一息で呷る。あったかい日だけにビールのうまさは格別だ。おろしわさびをたっぷり載せたかまぼこに醤油をちょいとつけて頰ばる。練り物も博多名物の一つだった。二杯目を空けたところで天ぷらが届いた。今日の天種は海老三本とれんこん、しし唐、海苔だ。これで八百円というのは安い。

天ぷらを肴《さかな》にビールが進む。一本空けて、さらに一本追加してしまった。

ほろ酔い気分で〆にざるそば一枚を腹におさめて席を立った。

バッグの口を開け、封帯のかかったままの札束からピン札を一枚抜いて勘定書きと一緒にレジに差し出した。レジスターに表示された金額は二千八百七十円也。七千円のほかに小銭まで戻ってくる。

――こんなに贅沢な昼飯を食って三千円もいかないとは……。

いささか力抜けした気分になって店を出た。

時刻はいつの間にか一時半を回っていた。ビールを飲みながらずっと考えていたのは夏代のことだった。といっても彼女の気持ちをあれこれ忖度《そんたく》したわけではなく、電車は今頃どのあたりだろうかとか、昼飯はどこで食べたのだろうかとか、そろそろ半水楼に入っただろうかとか、そういうことを薄ぼんやりと思っていただけだった。

雲仙温泉への足は諫早《いさはや》までが電車で、あとはバスだった。博多からだと優に三時間はかかるが、いまや正真正銘の億万長者である夏代ならば諫早駅からタクシーを飛ばす手もあろう。

そんなふうに考えてから、

――そうか、俺もいまは正真正銘の億万長者なんだな。

などと一人納得していたのである。

三十分ほど地下街をぶらついたあと、「きらめき通り地下通路」を通ってソラリアプラザに向かった。

久しぶりに一人で映画でも観ようと思い立ったのだ。ソラリアプラザの七階には「TOHOシネマズ天神」が入っている。

これと言って興味をそそる映画はなかったが、二時三十五分上映開始の「ファンタスティック・ビーストと魔法使いの旅」が一番早かったのでそれに決める。主演のエディ・レッドメインは二、三年前にアカデミー主演男優賞を受賞した注目株のはずだ。イートン校で英王室のウィリアム王子と同級だったというのを「ビッグイシュー日本版」か何かのインタビューで読んだ記憶もあった。

映画は予想よりずっと面白かったし、レッドメインもよかった。劇中に登場するたくさんの「魔法動物」の中にニフラーというカモノハシそっくりの妖怪がいて、このニフラーは金貨や宝石を見つけると見境なく盗んで腹のポケットに溜め込んでしまうのだが、そのすばしっこい動きと愛くるしい表情には思わず何度も笑ってしまった。

ソラリアプラザを出ると外はだいぶ暗くなっていた。風も冷たさを増したようだ。腕時計の針は五時十五分を指している。映画館ではコーヒー一杯飲んだだけだが、まだ空腹にはほど遠かった。

せっかく百万円の札束を持参したというのに使ったのは昼飯代の三千円弱と映画代の千八百円、それにコーヒー一杯四百円。合わせても五千円ほどだった。夏代がさっさと雲仙の高級旅館へと旅立ったのに比べれば何といじましいことか。しかもその夏代からは着信もなければメール一通も届かない。今頃は一風呂浴びて、豪華な部屋ですっかり寛《くつろ》いでいるに違いない。

こっちも少しは贅沢の真似事をしなくては、何のために休日の繁華街にわざわざ出て来たのか分からない。

ソラリアプラザから警固《けご》公園側に出ると鉄平はすぐ先に見えるビックカメラ天神2号館

に足を向けた。

あそこに行けば、何か買いたいものが見つかるだろう。

入口のフロアガイドを見て二階に上がった。二階はテレビ・オーディオ売り場だ。テレビのコーナーに入っていろいろ見て回った。４Ｋテレビの価格が大幅に下がっていることにびっくりしてしまう。家にあるのは三年ほど前に買ったソニーの49インチ・フルハイビジョンだったが、同じソニーの、しかも55インチ・４Ｋが家のテレビよりも安い値段で売り出されているのだ。

――これは買いだな。

鉄平は決心して店員を探すがどこにも見当たらない。

そうこうしているうちに次第に購買意欲が失せていった。よくよく考えてみれば、いまのテレビでも画質は充分だった。それに肝腎のオリンピックも終わったばかりだ。無理に買い替える必要があるとは思えない。

テレビ売り場は十五分ほどで切り上げ、次は四階の生活家電売り場に上がった。

かねて夏代も自分も欲しいと思っていたマッサージチェアを見てみることにしたのだ。

コーナーには十数台のマッサージチェアが陳列されていた。この売り場は夫婦で何度か訪ねていたので、どの会社のどの機種が優れものであるかは大体分かっている。やはり一番性能がいいのはパナソニックのリアルプロというシリーズだった。そのかわり価格も一番高かった。

　夏代は弁当工場で働くようになって、もとからの腰痛がさらに悪化しているようだった。鉄平も数年前に重いぎっくり腰をやって以降、長時間の座業はすぐに腰に来るようになっている。この二、三年は好きだった磯釣りも腰痛のせいでとんとご無沙汰になっているくらいなのだ。

　最新型のリアルプロに座ってみる。

　スイッチを入れると力強い叩きと揉みが腰部から背部へと伝わっていく。同時にふくらはぎもエアーの力でマッサージしてくれる。その足揉みが鉄平は特に気に入っていた。

　椅子から降りて価格を確かめる。税込み四十三万九千七百七十六円。ポイント還元が十パーセント付くので、実質四十万円を切っている。

　四十万円なら御安い御用だ。

　ここでも係の人間を探せば、別の客に商品を説明している最中だった。

　――せめてマッサージ機くらいは買わないと格好がつかないよな。

　自分に言い聞かせる。

　あらためてリアルプロを眺めた。

　そういえば、と思い出した。一年ほど前、これよりもずいぶん古い型式のものがバーゲンになっていて夏代と二人で購入寸前までいったことがあった。諦めた一番の理由は、二十万円近くする金額だったが、加えて置き場所の問題もあった。

「リビングに置くしかないけど、でも、これ置いちゃったら場所を取り過ぎよね」

夏代が最後の最後で渋ったのだ。鉄平は是非にと思っていただけにがっかりだった。

目の前の最新型は、あのときのものよりさらに一回りは大きい感じがする。

――こんなでかいのを勝手に買ったら夏代に何て言われるか分かったものではない。

にわかに気持ちがぐらついてくる。

確かにこれほど大きなマッサージ機を据えるには我が家のリビングは小さ過ぎた。もし、これを買うなら、広いリビングのあるマンションを買う方が先決かもしれない。

――一億円あれば、三十畳、四十畳のリビングがある広いマンションを手に入れるのも夢ではないだろう……。

結局、鉄平は同じ生活家電のフロアで、古くなっていた電気カミソリの替刃だけを買って店を出たのだった。

23

外に出るとさすがに風が冷たかった。急いでコートの前を閉じる。

時刻は午後六時半。そろそろ腹も減ってくる頃合だ。

さて、どこへ行こう。この界隈は土日が稼ぎ時とあってどこも営業している。店は選び放題なのだ。寒くなってきたことだし、冬らしくふぐでも食べようか。ふぐならば事業部長時代にしょっちゅう使っていた馴染みの名店が中洲にあった。今日であれば会社の人間と出くわす心配もないだろう。久しぶりにあの女将《おかみ》の顔を拝んでおくのも悪くはない。歳は鉄平とどっこいどっこいだったが中洲で評判の美人女将だった。

だが、渡辺通りの方角へ歩き出したところで足を止めた。

――やっぱりやめておこう。

一人きりでてっさやてっちりをつついても美味《うま》くもなんともない。別に美人女将がお相伴してくれるわけでもないのだ。それどころか、こんな形で訪ねれば、休み明けにやって来た会社の連中に、「そういえば土曜日に加能さんがお一人で見えられてましたよ」と女将の口から伝わらないとも限らない。「あの人もすっかり外されて、昔が恋しくなったんじゃないの」などと陰で笑われるのは真っ平御免だった。

一杯やるのが目的で、長尻ができて、一人きりでも落ち着く店となればやっぱりあそこしか思い浮かばない。そういえば、前回は腹がいっぱいになってしまって大将自慢のラーメンを食べ損ねてもいた。

大した散財にもなるまいが、と呟き、鉄平は「オークボ」へと行き先を変更する。歩いているあいだに夜が深まり、気温はぐんと下がっていった。

店の明かりを前にしたときは身体がすっかり冷え切っていた。のれんをくぐって引き戸を引く。

店に入るとカウンター正面のテーブル席に意外な先客の姿を見つけた。

久々に見るその顔はすでに真っ赤だった。酒に弱い男ではないから、恐らく昼間からやって来て飲み続けていたのだろう。

慌てて踵《きびす》を返そうとした瞬間、気配を察したのか向こうから声を掛けてきた。

「鉄平ちゃん、帰らんでいいやない」

呼び止められてしまってはそのまま出ていくわけにもいかない。

「久しぶりやないね。たまには一緒に飲まんね」

こっちに顔を向けて、ぐい呑みをかざしている。

加能尚之はかなり酔っているようだった。睨んでくるその目が据わっている。

鉄平は仕方なく彼が陣取っている四人掛けのテーブル席に歩み寄り、差し向かいの椅子を引いて腰を下ろした。

「珍しかねえ。ここで会うのは何年振りやろか」

三年前の六月に左遷されて以来、尚之とはまともに口をきいたこともないし、社内で顔を合わせることもほとんどなかった。

「おーい」

と尚之がジュニアを呼ぶ。

ジュニアはカウンターの客に生ビールを運んでいるところだった。カウンターは埋まっているがテーブル席の客はここだけだ。先日使った小上りも空席のままだった。土曜日に来るのは初めてだが、混み合うのはこれからなのかもしれない。尚之は「たまに」来るとジュニアが言っていたのを思い出す。こうやって休みの日に通っていたのだろう。

ジュニアが近づくと、尚之は鉄平に訊ねることもせず、

「鉄平ちゃんに生一つ、俺は燗酒もう一本。それからつまみも適当に持って来て。あと、鉄平ちゃんの分のぐい呑みもね」

口早に言って、空の二合徳利を差し出した。例によってジュニアは無言で徳利を受け取って去っていく。

すぐに生ビールのジョッキと刺身の盛り合わせ、もつ煮込み、ポテトサラダが運ばれてきた。尚之が大ぶりのぐい呑みを持ち上げ、

「じゃあ、乾杯」

と言う。

鉄平は黙ってジョッキを持ち上げた。

乾杯のあとは尚之も何も言わない。鉄平の方も口をきくつもりはないから二人面と向かって無言のまま飲んで食うしかなかった。とはいえ尚之は鉄平の前に置かれた刺身の皿に

平気で箸を伸ばしてくる。

　中洲にすればよかったと鉄平はそればかり考えていた。ふぐ屋の女将から昔の同僚たちに話が伝わったとしたって、現社長の尚之とこうして顔を突きあわせる羽目になるよりはずっとましだったろう。

「おやじがいよいよいかんごとある」

　三十分ほどお互い黙り込んだところで不意に尚之が口を開いた。

　手にしていた徳利を置いて、鉄平は尚之を見る。

　尚之と鉄平は同い年だった。二人とも今年で五十三。尚之は七月生まれ、鉄平は九月生まれだ。

「結局、一度も目は覚めんかったよ」

　尚之は徳利を取って、鉄平のぐい呑みに酒を注ぎ、それから自分のにも注いだ。

「ジュニア、もう一本」

　と胴間声を張り上げる。

　叔父の孝之が脳梗塞で倒れたのは四年前の正月だった。幸い軽くて済み、半月ほどで退院したのだが、退院の三日後、自宅で二度目の発作を起こした。家族が急いで病院に担ぎ込み何とか一命はとりとめたものの、それからはいわゆる植物状態のまま入院を続けているのだった。

眠っている叔父を最後に見舞ったのは左遷される直前のことだった。

ジュニアが盆に載せてきた徳利を鉄平が受け取り、尚之の方に向ける。尚之が飲み干したぐい呑みを突き出してくる。

「会長が亡くなったら必ず連絡をくれよ」

酌をしながら今日初めて口をきいた。

「ちゃんと連絡はするけん」

尚之がぼそっと言う。

それから再び二人は黙り込んだが、差しつ差されつは続いた。

こうやって何年振りかで向かい合ってみて、目の前の尚之から邪気や悪意のようなものがまったく感じられないのは不思議だった。

子供時代は同年ということもあって仲が良かった。祖父が亡くなったあと、法事などでたまに父と一緒に福岡に行くと、祖父の家でもあった叔父の大きな屋敷に滞在し、尚之ともまるで双子のようにして遊んだ。生まれは二カ月ほど尚之の方が早かったが、二人の間はもっぱら鉄平の方が主導権を握っていたのだった。

「尚之は俺より兄貴の方に似てるよ。むしろ鉄平の方が俺やおやじに似てるのかもしれんな」

と孝之叔父はよく父に言っていたが、実際、尚之は快活な叔父よりも父の俊之のように寡黙で学究肌という印象だった。

「これ、大将からのサービス」

しばらくして、ジュニアが刺身の皿を持ってきた。

「こりゃ凄《すご》いね。梅貝やないね」

尚之が歓声を上げる。

「今朝、金沢から届いたばかり」

ジュニアが言った。

「金沢？　金沢ってあの北陸の金沢？」

鉄平が思わず訊くと、

「鉄平ちゃん、知らんかったと。大将はもともと金沢の出やけんね。この梅貝は、こっちじゃ刺身なんて滅多に食えん北陸の名物よ」

代わりに尚之が答える。

あの〝彦左〟が金沢の出身だとはまったく知らなかった。

「大将は金沢じゃ有名な洋食屋の跡取り息子やったと。それが若い頃にいろいろあって博多に流れ着いたんよ。その洋食屋はいまは大将の末の弟さんがやりよるらしか。なんか、どっかの誰かの話と似とると思わんね」

そう言って尚之は笑った。

「じゃあジュニアも何度か金沢に行ったことあるの？」

と訊く。

「二、三度」

と返事して、彼は離れていった。

梅貝の刺身は歯ごたえがあって実に美味い。

「美味かろうが？」

と問われ、

「美味いな」

と答える。

二人であっという間に平らげてしまった。

こうしてろくに言葉も交わさないまま一時間以上も飲んでいる。にもかかわらず、気詰まりもなければ不快さもない。この店の名物の豚足にかぶりつきながら痛飲していた頃とはまた違った雰囲気が互いのあいだに醸し出されているのは確かだった。

これが血縁というものなのだろうか？――と鉄平は密かに自問する。

三年前、尚之がどうして自分を左遷したのか、その理由を訊いてみようと思った。今夜の彼ならば本当のことを喋《しゃべ》るかも知れない。

――ろくな答えでなかったら、あんな会社、さっさと辞めてしまえばいい……。

いまの俺には一億円の現金がある、と鉄平は思う。そう思った途端、夏代の顔が脳裏に浮かび上がってきた。時刻は午後八時を回ったところだ。夏代はとっくに食事を終え、二度目の風呂にでも浸かっている頃だろう。

「尚ちゃん」

鉄平はぐい呑みをテーブルに置いて真っ直ぐ顔を向ける。子供のときから、〝鉄平ちゃん〟〝尚ちゃん〟と呼び合ってきた。俯き加減だった尚之がこちらを見る。

さあ、いまだ。

「お前は、どうして俺を外したんだ？」と口にしようとした刹那、しかし、尚之の方が先に、

「鉄平ちゃん、真由《まゆ》のことは一体どうしてくれるとね？」

と言ったのだった。

鉄平は出かかっていた言葉を飲み込む。

真由のこと？　真由と言えば尚之の一人娘の名前だった。もうずいぶん顔を見ていないが、確か地元の女子大に通っていると聞いている。その真由ちゃんがどうかしたというのだろうか？

尚之は大きな目をさらに見開いて、睨みつけるように鉄平を見ている。

なぜ彼がそんな顔をしているのかも、鉄平には皆目見当がつかない。

24

翌日、午前十時二十分博多発の「みずほ603号」で鉄平は鹿児島に向かった。鹿児島中央駅への到着予定時刻は午前十一時四十四分。所要時間八十四分。九州の北端にある博多から南の端の鹿児島までわずか一時間半足らずというのは、まさに新幹線恐るべしの感がある。途中停車駅は熊本一駅だった。

昨日の朝、博多駅にいる夏代と話して以降、彼女からは電話もメールもなかった。長崎の美嘉のところに着いたら連絡する、という約束だったからそれはそれで構わないのだが、そうは言っても、丸一日以上もメールさえ寄越さないのはいかがなものか。彼女としては、例の遺産について自分なりの結論を出すまでは一切の連絡を絶つつもりなのだろう。思い切りのいい夏代のことだから、そうと決めたら一週間だろうが十日だろうが無言を貫くに違いなかった。

とは言っても、昨夜、尚之と別れた後、鉄平が夏代に電話を入れなかったのは彼女のそうした決意を尊重したためというわけではない。尚之から耕平に関する驚天動地の事実を聞かされ、本来ならば母親の夏代に一報を入れるのは当然の成り行きだった。あえて知らせなかったのは、恐らく夏代はこの件をすでに把握していると推測したからだ。

幼い頃からべたべたの母親っ子だった耕平が、これほどの重大事を夏代に打ち明けずにいられるとは到底思えない。だとすれば、二人、場合によっては美嘉も含めた家族三人がグルになって父親に事実を隠してきたことになる。

——恐らくそうに決まっている。現に高校時代から美嘉が付き合っている卓郎という彼氏の件だって、長年蚊帳《かや》の外に置かれていたのだ。

鉄平はそう思った。

寝耳に水の息子の不祥事を、しかもあの尚之から告げられて、昨夜の鉄平は穴があったら入りたいような心境だった。尚之との確執は確執としても、彼の怒りと困惑には娘を持つ同じ父親として痛いほど身につまされるものがある。自らがいまのいままで何も承知していなかった点も含めて、鉄平は尚之に対して謝り倒すしかなかったし、遅ればせながら事実を知った以上、父親として責任ある対処をすると固く誓約するしかなかったのだ。

——向こうがこっちを除け者にするのなら、俺は俺のやり方でやるしかない。

今朝までにそう腹を固めて、鉄平は家を出て来た。

いまにして思えば、腑に落ちることが幾つもあった。

そもそも、去年の正月は長々と実家に居座っていた耕平が、今年は鹿児島で成人式に出席するからと言ってさっさと帰って行ったのも不思議だった。それをまた、本当なら息子の晴れ姿を誰より見たいはずの夏代があっさり了承したのも奇妙と言えば奇妙だったのだ。

それだけではない。

子供たちを博多駅前で見送った日、筥崎宮そばのホテルのラウンジで夏代は美嘉の彼氏の話を持ち出したあと、そんな美嘉よりも「あなたに似ている耕平の方が何かと心配なタイプよ」と唐突に耕平を引き合いに出してきた。あれも、息子の今回の行動を知った上での発言だったのではないか。

尚之によれば、耕平と真由は高校時代からこっそり付き合い、一歳年長の真由はすでに大学を休んで耕平のいる鹿児島に行っているらしい。

挙句、二人は夫婦同然に暮らしているというのだ。

「一体、いつからそんなことに……」

鉄平が絶句していると、

「とぼけなさんなよ。去年の夏からやろうも」

苦り切った表情で尚之は吐き捨てた。

夏休みに入り、真由は友達と旅行に行くと言って家を出たのだという。そしてそのまま鹿児島に居着いてしまったのだ。十日ほどして手紙が届き、そこで尚之夫婦は愛娘と耕平との関係を初めて知ったのだった。慌てて尚之の妻の圭子《けいこ》さんが鹿児島に真由を連れ戻しに出向いたが、真由はがんとして言うことをきかなかったらしい。

最初は鉄平がそうした二人の行動を黙認しているものと尚之は思い込んでいたようだが、

彼の余りの驚愕《きょうがく》ぶりに考えを改めた気配だった。

「どうしてそんな大変なことをすぐに知らせてくれなかったんだ」

逆に鉄平が訊ねると、

「女房が、『しばらくは事を荒立てないで様子を見た方がいい。あの感じだといまヘンに刺激したら却って逆効果になる』て力説するけんたい」

尚之は急に歯切れの悪い物言いに転じたのだった。

根は気の小さな、大人しい性格の男なだけにずっと忌避してきた従兄弟とそんな形で再び対峙《たいじ》するのが億劫《おっくう》だったのだろうと鉄平は察した。鹿児島に圭子さん一人で行かせたのも尚之の小心さをよく表わしているし、愛娘の重大事を酔いに任せないと相手の親に突きつけられないというのも、いかにも彼らしかった。

尚之は半ば本気で、左遷人事の腹いせに鉄平が息子を使って真由をたぶらかしたと思い込んでいたのかもしれない。

――それにしても、耕平は一体何を考えているのか……。

高校の頃から真由と付き合っていたとなると、彼が九州大学の医学部を諦め、わざわざ鹿児島の歯科大学に進学したのにも何らかの事情が絡んでいたのかもしれない。

年上の真由につきまとわれ、距離を取るつもりもあって鹿児島に逃げたのか？

それとも一刻も早く親の目の届かない場所で真由と一緒になりたいと願ったからなの

か？

耕平が福岡に来たのは小学校五年生のときだった。最初は馴染みのない土地での学校生活に苦労していたようだが、じきに友達もできてすっかり地元に溶け込んでいった。成績も伸びて、高校は福岡では御三家の一つと称される県立の名門校に入った。真由も同じ高校だったから彼らが学校でも親しくしているのはむろん知っていた。だが、まさか男女の付き合いにまで発展しているとは思いもよらなかったのだ。

ただ、耕平が年上の真由に惹かれた理由は何となく分かる気がした。

真由はどこかしら夏代に似た雰囲気の女の子だった。はきはきしていて勉強もよくできたし、夏代ほどではないが顔も美しかった。母親のことが大好きな耕平が好きになったとしてもさほど意外ではない相手なのである。

25

鹿児島中央駅の新幹線ホームに降り立つと、むっとする熱気に包まれた。

コートを着込んで下車した乗客たちが急いで脱ぎ始める。あらかじめ天気予報を調べてきた鉄平は冬物のジャケットだけだったが、それでもその上着を脱ぐしかなかった。

今日の鹿児島は最高気温二十度、最低気温十四度と予報されていた。

雨模様の博多も暖かかったが、しかし、南国鹿児島の暑さはさすがに別格だ。

ホームから見上げる空も真っ青に晴れ渡っている。

下りエスカレーターで改札口へと向かった。新幹線は七割ほどの乗車率だったが、新幹線乗り場のコンコースに立つと三連休とあってさすがに大勢の人々が行き交っている。改札口を抜け、桜島口《さくらじまぐち》を目指して右に進路を取った。

鹿児島には出張で二度ほど来たことがあるが、それも七、八年前で新幹線はまだ鹿児島まで繋がっていなかった。

新幹線開通とともに駅ビルも一新されたのだろう。改札も在来線の電光掲示板も窓口もキヨスクも土産物売り場もどこもかしこも大都会のターミナル駅と同じような雰囲気だった。

こうやって日本という国は各地方ごとの〝異国情緒〟をどんどん失っていくのだろう。数年前に新しくなった博多駅にしても、それは同様だった。

中核都市の「ミニ東京化」ほど地方衰退に拍車をかける施策もあるまいに、と鉄平はいつも思う。

桜島口を出ると、まるで初夏のような風が吹いていた。道行く人の中には半袖やTシャツ姿もちらほら見える。

――こりゃ、まるで別世界だな。

とひとりごちる。

耕平がここで成人式を迎えたいと思ったのもちょっと分かるような気がした。桜島が浮かぶ錦江湾《きんこうわん》へと通ずるナポリ通りではなく、賑やかな駅前広場からは南側に外れ、二つの大きなビルのあいだを走る甲南《こうなん》通りへと足を向けた。

電車の中で地図を確認したところ、鉄平の通う鹿児島歯科大学のキャンパスはここからさほど遠くない。彼の住む大学そばのアパートも中央駅から市電で二つ目の停留所が最寄り駅だが、徒歩でも十五分かそこらという感じだった。

耕平の住まいを訪ねるのは初めてだ。

夏代は入学前に一緒にアパートを探し、引き続いて入学式にも出席した。さらには去年の十月にも一人で鹿児島に出かけている。

尚之の話だと真由が耕平のもとへと奔ったのは同じ去年の夏休みだというから、おそらく夏代は真由とも会っているのではないか。あの耕平がそのときだけ真由を母親の前から隠したとはとても思えない。

耕平のアパートの住所は鹿児島市上荒田町《うえあらたちょう》十番地となっていた。

目の前の甲南通りを真っ直ぐに進むと「甲南高校前」の交差点にぶつかる。そこが高麗《こうらい》本通りで、この道を右に歩くと今度は「中洲通り」の交差点にぶつかる。そして地図上では、この中洲通りを突っ切った先の左側が荒田町、右側が上荒田町となっていた。ここからおよそ一キロ程度の距離のようだ。

片側二車線の甲南通りは多くの車が通行し、道の両側には飲食店やドラッグストア、ビジネスホテルやマンションなどが建ち並んでいる。明るい日差しが照りつけるなか、右側の舗道を鉄平は歩いた。見渡す風景は鉄平が住む博多区界隈と見分けがつかない。高層ビルのたぐいはないものの築年数の浅そうな十階、十五階程度の建物がちらほらあるのも同じだった。

甲南高校前の交差点にも背の高い真新しいマンションが建っていた。目の前の高麗本通りを右方向へと曲がる。百五十メートルほど歩くと開けた四差路に出た。ここが中洲通りの交差点のようだ。

横断歩道を渡り、さらに高麗本通りを直進する。

右に入る路地の手前で立ち止まって携帯電話のマップで現在位置を確認した。いま立っているのが上荒田の十二番地、路地を挟んだ向かい側が十三番地。この路地を入ってしばらく行くと十番地のようだ。

路地に広がる光景もまた典型的な日本の住宅街だった。一戸建ての家屋や低層のマンション、アパート、個人商店などが狭い道の両側にひしめいている。ここが鹿児島だと思わせるようなものは何一つなかった。

左右の建物に目を配りながらゆっくりと歩いていく。

一つの目の辻を越えて五十メートルほど過ぎた場所に白いタイル張りの四階建てのマンションが建っていた。このあたりが十番地だ。

エントランスのネームプレートを確かめる。

「メゾーネ上荒田」

――これが耕平の住んでいるアパートか……。

夏代も耕平も「アパート」と呼んでいたが、目の前のマンションは想像以上に新しくて立派だった。

――ここがアパートなら、俺が学生時代に住んでいた部屋は「掘っ立て小屋」だな。

確か家賃は五万円だと夏代は言っていたが本当だろうか。外観からするともっと高いような気がした。

重い玄関ドアを引く。内扉があって、その前にオートロックのインターホン台が据えられている。

――いまどきの若者は学生時代からオートロックの部屋に住むってわけか。

そんなことにも驚いてしまう。

耕平の部屋番号３０３をプッシュして最後に呼び出しボタンを押した。

反応音はあるが何度押しても応答はない。

時刻は十二時十五分。

真由と二人で食事にでも出ているのか。それとも明日の成人式を前にバイトに精出しているのだろうか。正月に本人に聞いたところでは週に三日ほど平日に家庭教師のバイトをしていると言っていたが、いまとなっては事実かどうか分からない。真由と二人で暮らしているのならば出費もかさむだろう。他のバイトと掛け持ちするか家庭教師の口を増やしている可能性も充分にあった。

五分ほど粘ってから鉄平は外に出た。

とにかく出直すしかないだろう。電話で呼び出すというわけにもいかない。そんなことをして真由をどこかにやられても困るし、二人一緒のところを捕まえなくては意味がないのだ。まして夏代に連絡でもされては元も子もなくなってしまう。

成人式前日なので耕平たちが泊まりで出かけている可能性は薄い。何度か訪ねれば、今日中には会えるだろう。

日差しはますます強くなっていた。鉄平は、高麗本通りまで出てタクシーを拾うことにする。

26

鹿児島中央駅に戻り、駅に隣接する「アミュプラザ鹿児島」の地下にある「ざぼんラーメン」に入った。時分時とあって店内は満員に近かったが、カウンター席が幾つか空いていた。壁の貼り紙を見て、鹿児島名物のざぼんラーメンと餃子、それに瓶ビールを頼む。先に届いたビールをコップに注ぎ、一息に飲み干す。生き返ったようだった。

それにしても店内の雰囲気はまるきり夏だった。客たちはみんな額に汗を浮かべながらラーメンをすすっている。

耕平には生活費として毎月十万円の仕送りをしていた。長崎の美嘉には七万円。それぞれの学費と毎月十七万円の仕送りで加能家の台所はいまや火の車だった。幾ら節約に励んだとしても夏代の稼ぎがなければとても家計を回していくことはできない。むろん耕平も美嘉も奨学金を借りている。それが月に三万円ほどで、耕平の方が仕送り額が多いのはやはり勉学に専念してほしいとの思いがあるからだった。

それがこうして蓋を開けてみれば、年上の再従姉妹《はとこ》と関係を結び、あげく彼女を休学させて鹿児島に呼び寄せ、同棲までしているという。どちらが熱を上げているのか定かではないが、それにしても学生として、男として余りにも身勝手な振る舞いであるのは明らかだった。

耕平と真由が一緒に暮らしていると知って、夏代はどう思ったのだろうか？

去年の十月から今日までの三カ月余り、彼女は息子に一体何を伝えてきたのだろうか？

正月の二人のやりとりを思い出してみても、特段変わった様子はなかった気がする。だが、尚之によれば年末年始も真由は帰って来なかったらしい。つまりは、耕平だけが彼女を鹿児島に残して何食わぬ顔で帰省したことになる。当然、夏代もそうした事情は心得ていたはずだ。

先方の両親に対してまったくもって申し開きの立たない行動に出ている我が子のことを、夏代は一体どう見ているのだろうか？

少なくとも、事態がここまで発展した以上は、遅まきながらも父親である鉄平に真実を明かし、善後策を協議する義務が彼女にはあった。

――伯母の遺した莫大な財産の件といい、この耕平の不祥事といい、さらには美嘉の彼氏の問題といい、夫であり父親でもある俺のことを夏代はないがしろにし過ぎている。

鉄平はそう感じざるを得なかった。

ビールが半分ほどになったところでラーメンと餃子が届いた。

同じとんこつラーメンだが具材としてキャベツともやしがたっぷり載っているのが博多との違いのようだ。れんげにスープをすくって一口含んでみる。博多ラーメンよりあっさりめの味だった。

あつあつの麵をすすりながら、もしかしたら、と鉄平は考える。

もしかしたら、夏代は長崎ではなくこの鹿児島に来るつもりなのではないか。自分には半水楼に何泊かして美嘉のもとへ身を寄せると言っていたが、それはあくまで方便で、実際は今日、明日にでも鹿児島入りして、真由と二人で息子の成人の祝いでもしようと計画しているのではないか。

荒唐無稽な推理にも思えるが、いままでの夏代のやり口に鑑《かんが》みれば決してあり得ない話ではない気がした。

あの一億円にしたところで、よくよく考えれば、夏代本人まで金を手にするのは奇妙な話だった。遺産の件を知って妻への不信感を募らせている夫の誤解を解きたいのであれば、金は鉄平にだけ渡せばいい。何も自分の分の一億円まで用意する必要はあるまい。

もしかしたら、と再度鉄平は思う。

――最愛の息子の緊急事態に遭遇し、夏代は金の力で万事丸くおさめるつもりでいるのではないか。

一億円という大金があれば、耕平も真由も何不自由なく何年でも鹿児島で暮らしていくことができる。

そこまで想像を膨らませたところで、

――幾らなんでも夏代はそんな愚かな女ではない……。

目が覚めたような心地になった。

昨夜、もう二度と一緒に飲みたくない相手とばったり出くわし、しかもその相手から言い訳の余地もないような詰問を受け、止《や》むにやまれぬ思いでこうして鹿児島くんだりまで飛んで来た――そんな自らの興奮状態が益体もない妄想を運んでくるのだろう。

もっと冷静にならなくては、と思う。

そうでないと耕平と対峙したときも感情が先走って説得どころではなくなってしまう。何が何でも息子を説き伏せ、真由を尚之たちのもとへ連れて帰るのが今回鉄平に与えられた責務なのだ。

食事を終えると、再び駅前広場に戻った。

「アミュプラザ鹿児島」の屋上では大きな観覧車がゆっくりと回り、バスやタクシーでひしめく巨大なロータリーを見下ろしている。あの観覧車に乗れば、きっと桜島の全景が一望のもとに見渡せる趣向なのだろう。

戸外は季節外れの熱気につつまれていた。

時刻は一時半ちょうど。

メゾーネ上荒田に戻るには早すぎる気もするが、だからといってこの暑さの中をぶらつくのも気が進まなかった。

ロータリーの向こうは市電の停留場になっていて左右からまるでおもちゃのような小さな電車がやって来ては止まっている。

――あれに乗ってみるか。

耕平のマンションは「鹿児島中央駅前」の電停から二つ先の「中洲通」が最寄り駅だっ

た。といってもそこからだと上荒田十番地までは少し歩かないといけない。

時間を潰すならあの市電で終点まで行って、「中洲通」に戻ってくればいい。そうすれば小一時間は涼しい車内で過ごすことができる。物見遊山に来たわけではないが、走る電車の窓から町の風景を眺めていれば、そのうち気分も落ち着いてくるだろう。

電停には数人が並んでいた。最後尾について三分ほど待っていると黄色と白のツートンカラーの電車が姿を現わした。前面の電光掲示板には「2中央駅前経由　郡元」とある。「郡元」は「KŌRIMOTO」と読むらしい。

電車が止まり、車両中央付近の乗車ドアが開く。前の人に続いて鉄平も乗り込んだ。運賃は一律百七十円。降車時に支払えばいいようだった。

狭い車内はぎゅうぎゅうではないが混み合っている。座席はほぼ埋まっていた。路面電車は不慣れとあって足元に注意しながら後部座席の方へと進んでいった。

外が見やすい位置で立ち止まり、吊革に手を掛けてから窓の外へと顔を向けた。と同時にがたんと一揺れして電車が動き出す。目の前に先ほど歩いたばかりの甲南通りの入口が見えてきた。

とにかく町全体が一月とは思えないほどの明るさに包まれている。

電車が走り始めてすぐのことだった。

右側から明らかな視線を感じた。

吊革を左手に持ち替えてそちらへと視線を返す。

一人の青年が目を丸く見開き、ぽかんと口を開けて座席の隅に腰を下ろしている。その隣には見覚えのある若い女性の姿があった。

鉄平は青年の顔をしっかりと見据える。

夏代が一緒にいないことに少しほっとしていた。

27

丸い小さなダイニングテーブルを囲んで三人で向かい合った。

テーブルとセットで買ったと思われる背板のある椅子には鉄平と耕平が座り、耕平の隣に寄り添う真由は座面が丸いパイプ椅子を使っている。

どちらがそのパイプ椅子にするかで二人は何度か譲り合っていた。

麻雀でもやるときのような近さだから、正面に座った耕平の表情が強張《こわば》っているのがよく分かる。真由の方がよほど落ち着いている感じがした。

システムキッチン付きのダイニングは八畳ほどの広さだろうか。加えてダイニングと引き戸で隔てられた四畳半程度の部屋が一つ。ここに上がってすぐにそっちも見せて貰ったが、セミダブルのベッドが窓側に置かれ、壁の側はタンスや本棚、ドレッサーやハンガーラックでつぶされて足の踏み場もないくらいだった。この１ＤＫで家賃五万円が高いか安いかは分からないが、建物や設備も新しく、壁や床も傷一つない点からして福岡よりも相場は幾らか低いのであろう。

ただ、男子学生の一人住まいという雰囲気は皆無だった。

室内は明らかに女性の手で整えられ、掃除もゆきとどいていた。真由が淹れてくれたコーヒーも花柄のきれいなマグカップに注がれている。

さながら新婚夫婦の部屋に上がり込んだような趣きである。

そのせいでか耕平の顔がやけに所帯じみて見える。鉄平は息子のそんな姿を目にしてどうにも切なくなってくる。

耕平は母親に似て整った顔立ちをしていた。小学生の頃から女の子に人気があったし、勉強もよくできた。いまや歯科医のたまごで、このルックスなのだから付き合う女性に不自由するとは思えない。となれば、二十歳《はたち》かそこらで何も同棲までする必要はないのではないか。しかも、相手はよりにもよって血の繋がった年上の再従姉妹なのだ。前途を閉ざすほどの不始末を自分がしでかしていることに本人は気づいていないのだろうか。

そしてそれは、そっくりそのまま耕平の隣に座る真由にも当てはまる話だった。真由にしても美嘉と同い年なのだ。彼女の人生もまだ始まったばかりではないか。

「実は昨夜、たまたま天神の居酒屋で尚之に会って、初めて二人のことを聞かされた。それで、取るものもとりあえずこうして飛んで来たんだ」

最寄りの電停で降りてここまでの道すがらは、「とにかく話は耕平の家に着いてからにしよう」と何も喋らなかった。

二人が神妙な顔つきで鉄平を見ている。

「耕平、お前はこれからどうするつもりなんだ？」

まずはそう息子に訊いてみる。

「おとうさんが知らないうちにこんなことになっていて、それは僕も真由も申し訳ないと思っています」

しかし、耕平はのっけからやけに回りくどい物言いをしてきた。

――こんなことに「なって」とはどういう言い草だ。「それは」とは一体どれのことなんだ。こんなことになったのは、お前がそう「した」からだし、それもこれもあったものではなく、お前のしたことは「すべて」が申し訳ないことなのではないか。

鉄平は内心で言い返す。

だが、ここはあくまで冷静に話を進めなくてはならない。

「それで、お前はこれからどうするんだ。まさか、このままずっと真由さんと一緒に暮らせるとは考えていないよな」

「僕が卒業するまで、ずっと二人でここで暮らすつもりでいます」

耕平はしらっと言う。

「一体、どうやって？　だいいち真由さんの大学はどうするんだ？」

馬鹿も休み休み言えという一語を飲み込むのに努力が必要だった。

「真由はいまの大学は正式に退学して、こっちの専門学校に春から通います」

「専門学校？」

真由の通っていた大学は九州でも一、二を争う名門女子大だった。

「僕の将来を見据えて、彼女は歯科技工士の資格を取ることにしたんです」

〝暮らすつもり〟だの〝通います〟だの〝資格を取ることにしたんです〟だの、耕平の言葉遣いには受動形が一切なかった。だが、すべて親がかりの彼らにできるのは〝暮らさせて貰う〟であり〝通わせて貰う〟であり、〝資格を取らせて貰う〟ことだけだ。

現在の立場では独力で将来を見据えることも大学を自主的に退学することもできやしないのである。

「しかし、それは、尚之たちが認めた話ではないよな」

極力声を抑えて、鉄平は耕平に話しかける。

驚いたことに耕平は、その質問に否定も肯定もせず黙り込んだのだった。

「真由さん、きみが大学を辞めてここで耕平と一緒に暮らすことも、歯科技工士の専門学校に通うことも尚之や圭子さんは一切知らないんじゃないか。少なくとも尚之は昨日、僕にそんなことは何一つ話していなかったけれど」

「父や母にはまだ報告していないんです。耕平さんもいま初めておとうさんにお伝えしたくらいなので」

報告？　初めてお伝えした？　鉄平は文字通り頭がくらくらしてくるのを感じた。

「しかし、まだ学生の身分のきみたちが親の許可も得ずに、どうやって大学に通ったり専門学校に通ったりすることができるんだ？　学費や生活費は一体どうするつもりなんだろう？」

すると、耕平が、

「おとうさん、どうか僕たちにお金を貸して下さい。働けるようになったらすぐにでも返済します。学校に通っているあいだだけでいいんです。もちろん何もかも親からの借金で解決しようなんて思ってはいません。僕も真由も学業の合間を縫ってアルバイトはやるつもりです。だからこれまで以上の負担をかけることは絶対にありません」

悪びれるふうもなくそう言ってぺこりと頭を下げたのだった。

「私も父と母にお願いするつもりです。専門学校は専攻科まで進んでも三年間なので、私の方は三年後には就職できると思います。そしたら、耕平さんが働けるようになるまでは私が家計を支えていこうと考えているんです。だからそれまでのあいだだけお金をお借りできれば、もうそれで大丈夫だと思うんです」

真由も淡々とした調子で似たようなことを口にした。

――一体、この二人は何を考えているんだ？

親に黙って駆け落ち同然に同棲を始め、あげく金さえ貸してくれればあとは自分たちで好きにやっていく――これまで育ててくれた相手に対してそんな物言いや理屈が通ると本気で思っているのか。

開いた口が塞がらないとはこのことだった。

「真由さんは、おとうさん、おかあさんが今回の件でどれほど心配しているか分かっているの？」

情に訴えるのは本意ではなかったが、彼女を福岡に連れて帰るにはそれしかないのかもしれない。

「母とはそのこともしっかり話したつもりです。全然心配しなくていいって私も耕平さんも何度も母には言いました」

しかし、真由は困惑したような表情でそう答えたきりだった。

二人の様子を見て、昨年の夏に娘を連れ戻しに行った圭子さんが、「しばらくは事を荒立てないで様子を見た方がいい。あの感じだといまヘンに刺激したら却って逆効果になる」と尚之に告げた意味がよく分かる気がする。

彼らには悪気もなければ、親に対する反抗心や悪意もあるわけではないのだ。ただ、余りに世間知らずで、しかも親の気持ちを慮《おもんぱか》るだけの想像力が決定的に欠如しているに過ぎない。

「親に内緒で勝手に同棲を始め、あげくここ数年の学費や生活費を貸して欲しいなんて、きみたちは、そんな虫のいい話が通ると本気で思っているのか？　僕たち夫婦にしても尚之や圭子さんにしても別に何か見返りを求めてきみたちを育ててきたわけじゃない。だが一方で、こんなやり方で長年の信頼関係を突き崩そうとする子供たちに手を差し延べるほど愚かな親でもないんだ。そもそも我々はきみたちのための都合のいい銀行ではないんだからね」

鉄平の言葉に二人は揃って沈黙してしまう。

「とにかく、明日の成人式が終わったら、二人とも僕と一緒に福岡に帰るんだ。まずは親子みんなが顔を揃えた上で、今後について話し合うしかない」

最初は真由一人連れて帰るつもりだったが、耕平たちの態度からしてそうはいかなさそうだった。ならば両家の家族が雁首揃え、この先のことを協議する以外に手はないだろう。幾ら尚之といえども、それを否と言うはずはなかった。

だが、耕平も真由も何も返事をしない。やがて真由が、

「私、福岡には帰りません。もう耕平さんと絶対に離れないって決めているんです」

と言った。

「いや、だから二人一緒でいいと言っているじゃないか。まずはみんなで話し合うのが先決なんじゃないのかな」

「福岡に帰ったら、うちの両親は私たちを別れさせようとするに決まっています。鉄平おじさんだって心の中ではきっとそう思っているんじゃないんですか。だから、耕平さんも私もこの鹿児島から出るつもりはないんです」

真由は強い口調になっていた。

「じゃあ、きみたちは親と話し合うことさえ拒否するというのか？」

「話し合いを拒否しているわけじゃないんです。ただ、直接会って話すのは私たちにとってリスクが大き過ぎると判断しているだけです」

リスクとはどういう意味だ？

感情が激してくるのを鉄平は懸命に抑える。

「しかし、会わなくては話もできないじゃないか」

そこで耕平が少し身を乗り出してきた。

「そんなことないよ。スカイプでだって話し合いはできるじゃないか」

「スカイプ？」

「そうだよ。僕たちはこっちから参加して、おとうさんやおじさんたちは福岡から参加すればいい。お互いの顔を見ることもできるし、むしろ感情的にならずに冷静に意見を交換し合えるはずだよ」

　隣の真由も頷いている。

「それにスカイプだったら長崎に行っているおかあさんだって参加できる」

　耕平が意外な一言を付け加えてきた。

　なぜそのことを知っているのか？

　これほど重要な家族会議をスカイプでやるという発想にも呆気に取られるが、それ以上に、夏代の長崎行きを知っているのが驚きだった。夏代が家を出てからまだ丸一日程度しか経っていないのだ。

「おかあさんはやっぱりお前たちのことを知っていたんだな」

　耕平に向かって言う。

「おとうさんには内緒にしておいてくれって僕の方から頼んだんだ」

「おかあさんはいつ知ったんだ？」

「お盆に帰ったときに話した」

　昨夏、耕平はお盆の期間だけ帰省して、バイトがあるからとすぐに鹿児島に帰っていった。

「そのとき真由さんはどこにいたんだ？」

「もう鹿児島に来ていたよ」

「じゃあ、十月におかあさんが鹿児島に来たときも真由さんと会ったんだな」

耕平が頷いた。要するに夏代は真由に会うために鹿児島に来たのだろう。

「で、おかあさんは何て言ってるんだ」

「二人とももう二十歳を過ぎているんだから、一緒に暮らすつもりなら、ちゃんと籍を入れなさいっておかあさんはおっしゃっているんです」

そこで真由がびっくりするようなことを口にした。

「籍を入れるだって？」

二人同時に頷いている。

夏代は、なぜそんな法外なことを言っているのか？

「じゃあ、おかあさんは二人がこの鹿児島で一緒に暮らすのは賛成なんだな」

また一緒に頷いた。

「尚之や圭子さんの了解を得なくても、それでもいいとおかあさんは言っているのか？」

もしそうだとしたら、夏代はどうかしている。

「何が何でも耕平さんと一緒になりたいのであれば、うちの両親とは何年か縁を切るしかないっておっしゃっていました。そのうち赤ちゃんでもできれば、きっと復縁することができるからって」

鉄平は絶句するしかない。

「おかあさんは、できる限り応援するっておっしゃってくれているんです」

「つまり、お金のこともいままで通りにするっていうのか？」

啞然《あぜん》とした心地で確かめる。

「はい。でも、私たちも勉強だけじゃなくて一生懸命仕事もしなきゃいけないって……」

「なんだ、それ」

二の句も継げない思いだった。

「おかあさんは真由の話を聞いて、尚之おじさんが僕たちの交際に絶対反対するって分かったんだ。だから、一緒になりたいなら早く籍を入れた方がいいと考えたんだと思う。圭子おばさんも真由に会いに来てくれたとき、似たようなことを言っていた。あの人は決して二人のことは許さないだろうって」

この耕平の言葉に鉄平は耳を留める。

「真由さんの話って？」

耕平が真由の方へ促すような視線を向ける。

「父は、鉄平おじさんがうちのおじいちゃんをあんなふうにしたとずっと思い込んでいるんです」

すると真由の口から信じられないような言葉が飛び出したのだった。

28

耳元で何かが激しく打ち鳴らされている。

一体何の音だろう。目を閉じたまま首を振ってみる。どうやら、それは音ではなく痛みのようだ。頭痛が音に変換されて脳内に響いている。しまった。昨夜は明らかに飲み過ぎだった。こういう朝はたいがいひどい二日酔いになる。

鉄平は覚悟を決めて目を開けた。

曖昧だった意識が、傘がゆっくりと開くようにして鮮明になっていく。

音は痛みだけではなかった。

枕元の電話機が鳴り響いていたのだ。

慌てて身体を起こし、腕を伸ばして受話器を持ち上げる。

「加能さま、おはようございます。フロントの者ですが……」

若い男性の声を耳にしながら急いでナイトテーブルのデジタルウォッチを見た。十一時十五分。

このホテルのチェックアウトタイムは十一時だった。

寝過ごしてしまったことを詫び、午後一時まで滞在を延長したいとフロントマンに伝える。延長料金は宿泊費の三十パーセントと言われ、「分かりました」と答えて電話を切った。

受話器を置いたところで、ようやく完全に目が覚めた。

首を軽く回してみる。頭痛はそれほどでもなさそうだ。風呂に浸かって身体をほぐせば自然に取れていくだろう。宿代は余計にかかることになったが、それでも二日酔いよりはずっとましだった。

今日はこれという予定もない。耕平たちともう一度会う約束もしてはいなかった。下着姿で寝入ってしまったが寒くもなんともない。薄明りの中を立ち上がり、窓辺に寄ってカーテンを思い切り引いた。

眩《まぶ》しい陽光が部屋全体に飛び込んでくる。

今日の鹿児島も快晴のようだ。

そういえば成人式は正午からだと耕平が言っていた。今頃はスーツに着替えて真由同伴で会場へと向かっているのだろう。

夏代の判断もあながち間違いではないと思い直したのは、昨夜、一人で飲み始めてからだ。

要するに夏代は二正面作戦を回避したということだろう。美嘉の抱えた問題に比べれば、確かに耕平の問題にはまだ救いがあった。

数時間、耕平と真由とじっくり話しているうちに鉄平もこの二人は案外まんざらでもないという気がしてきたのだ。何より真由が耕平にぞっこんなのがよかった。親馬鹿と言われればそれまでだが、大切な息子を委ねる女性には、自分たちに劣らぬ愛情を持ち続けて欲しい。そういう観点からすると真由は合格点のように見える。母親である夏代にすればそこが二人の関係を認める何よりの決め手だったに違いない。

心配なのは美嘉だった。

だが、事が事だけに父親の自分がいまになって介入するのは逆効果のような気もする。昨夜も天文館《てんもんかん》の居酒屋で薩摩焼酎をぐいぐいやりながら、この先のことを考え詰めた。むろんこれほど大事なことを秘密にしていた夏代への不信感を払拭できたわけではない。だが、耕平の問題とはまた違った意味で、美嘉の問題を夏代が黙っていた理由も分からないではなかったのだ。

こうなったら耕平たちのことはともかくも、美嘉に関してはすべて夏代に任せて父親の自分は最後まで知らなかったことにしようか——そんな気さえしている。

いかんいかん、と呟いて浴室に入った。

——幾ら考えても昨夜以上の答えは出てきやしない。一度、しっかり頭を切り替えないと新しい着想も浮かんでくるはずがないのだ。

浴槽に勢いよく湯を流し込みながら鉄平は自分にそう言い聞かせる。

昨日は耕平たちからいろんな事実を知らされて頭が混乱してしまった。

夕方、メゾーネ上荒田を出て、出張で来た折に地元の代理店の面々に連れて行かれた天文館の居酒屋にタクシーを走らせた。その店で独り酒を酌みながら現時点で考えられるだけのことは考えたのである。

一風呂浴びると頭痛は完全に取れた。バスローブ姿のまま新聞に目を通し、それから着替えを済ませてホテルを出る。時刻は午後一時ちょうどだった。

ホテルの向かいが鹿児島中央駅だ。成人の日の今日も駅周辺は大勢の人たちで賑わっている。

本当はこのホテルで一泊したあと耕平の成人式を見届け、真由一人を連れて午後遅めの新幹線に乗るつもりだった。まさかこうして昼日中にたった一人で帰る羽目になろうとは思ってもみなかった。

尚之には何も言わずに来ているから、そこは気が楽だ。必ず真由を取り返してくるなどと大見得を切らなくて正解だった。加えて、昨日の真由の話が真実なら尚之のことがますます信用できなくなる。正直なところ、そんな父親の元へ真由を連れ戻すのが正しいのかどうかにも若干の疑問が生じていた。

昨夜の深酒のせいで食欲はまるでなかった。

駅ビルに入ってコーヒーとパンで軽く済ませてしまおう。

鉄平は駅に向かって歩き始める。

二時五十四分発の「さくら562号」のチケットを買い、それから駅ビルのコーヒーショップに入ってコーヒーとサンドイッチを腹におさめた。食後は土産物売り場をぶらぶらして時間を潰したが、どうせ家に帰っても夏代がいるわけでもなく、買いたい物は見つからなかった。

あれ以来、夏代からはなしのつぶてだ。

長崎に着いたら連絡をくれる約束だから、まだ半水楼で温泉三昧なのだろう。とはいえ、美嘉の状況を考え合わせると彼女にしても贅沢な休日を満喫できているはずはなかった。

あの一億円は、一体何のためだったのか?

耕平や美嘉の件を知ってみれば、ただ単に今後の遺産の取り扱いを思案するために用意したわけではないと思われる。そもそも夏代が通帳に入金した自分の分を本当に使うかどうかも定かではないのだ。案外、彼女は金を北前弁護士にすでに送り返して手元には残していないのかもしれない。

あの金は、子供たちのトラブルをカムフラージュするための小道具だったのではないか?

いまとなってはそんな気がしないでもなかった。

実際、一昨日、「オークボ」で尚之と鉢合わせしていなければ、鉄平はいまも何も知らぬままだった。耕平たちに聞かなければ、夏代が長崎へ出かけた本当の理由を知ることもなかったのだ。

「さくら562号」は新大阪行きの列車だった。博多までの停車駅は、川内《せんだい》、出水《いずみ》、新水俣《しんみなまた》、新八代《しんやつしろ》、熊本、久留米、新鳥栖《しんとす》で博多到着は午後四時三十六分。往きに乗った「みずほ」よりは停車駅が多いが、それでもわずか百二分で鹿児島中央と博多を結んでいる。

鉄平は五号車の中ほどの席に座った。今回の普通車もグリーン車並みの二列×二列の座席配置だった。中途半端な時間帯でもあり乗客は少ない。隣も空席のままだった。

昨夜の酒もきれいさっぱり抜けたようだ。

車窓からは明るい日差しがふんだんに射し込んでくる。その光を避けるために鉄平は窓側から通路側の席へと移った。

たっぷり眠ったので眠気はなかった。何か違うことを考えようと思うが、どうしても昨日の耕平たちの話が頭にちらついてくる。飛ぶように過ぎていく車窓の風景を眺めて気を逸《そ》らしたくても、いつの間にか思考はそちらへとなだれ込んでいくのだった。

真由の話で、尚之の変心の理由が初めて分かった。

叔父の孝之が四年前の正月に脳梗塞で倒れてから尚之の態度が急変したのは明らかだったが、まさか、父親の発作の原因を作ったのが鉄平だと彼が考えているとは想像だにできなかった。しかし、それが事実とすれば、取締役販売本部長への昇格が既定路線だった鉄平が、翌年の人事異動でいきなり試験機器調達本部に飛ばされたのも充分納得がいく。

真由が母親からその話を聞いたのは、鹿児島に出立する直前のことだったという。というのも彼女は鹿児島行きについて事前に圭子さんに相談していたのだ。

「母はずっと私たちの交際に賛成だったんです。私は父にも認めて貰いたかったんですが、『おとうさんには内緒にしておいた方がいい』って母がずっと言っていて。どうして母はそんなふうに言うんだろうと不思議でした。だって父と鉄平おじさんは兄弟みたいに仲良しだったし、耕平さんと付き合っていると分かっても、父が反対するとは思えませんでしたから。だから、大学を辞めて鹿児島に行くと決めたときは、父にもちゃんと話して分かって貰おうと思ったんです。すると母が血相を変えて、『そんなことをしたら大変なことになる。耕平さんと一緒に暮らすなんておとうさんは死んでも許さないわよ』と言う。私には母がどうしてそこまで心配するのか理解できなくて、それで、『おとうさんがそんなに反対する何か特別な理由でもあるの?』って訊いてみたんです。そしたら、母が、初めてこの話を教えてくれたんです」

冒頭、まずはこう前置きして、真由は話し始めたのだった。

それによれば、叔父が倒れる一カ月ほど前、つまり五年前の十二月に叔父は本社の会長室に社長の尚之を呼んで、次の六月で自分は相談役に退き、代わりに尚之が会長に就任するよう打診してきたのだという。社長を譲られてまだ一年半の尚之は寝耳に水の人事案に仰天したようだ。しかし、そのあと叔父が口にした新社長の名前を聞いて、彼はさらに驚愕することになる。叔父は後任の社長に鉄平を据えると通告したのだ。

「これからは従兄弟同士で力を合わせて会社を発展させていって欲しいと言われて、おとうさんは何が何だか分からなくなったらしいんです。これは事実上の解任じゃないかと猛反発したようです」

それはそうだろう、と真由の話を聞いて鉄平も思った。たった一期で会長に上がるというのは棚上げ以外の何物でもない。事実上の社長解任だと尚之が息巻いたのはごく自然な成り行きだろう。

「母の説明では、そのことで父は、こんなとんでもない人事をおじいちゃんの耳に吹き込んだのはきっと鉄平おじさんに違いないって確信したようなんです。社内でいろんな情報を集めて、そしたら鉄平おじさんが書いた建白書みたいなものが見つかって、それでますます父はおじさんが裏で糸を引いていると思ったみたいです」

年が明けた一月のある晩、返事を保留していた尚之は同じ屋敷に住む父親と対峙し、自らの会長就任も鉄平の社長就任も断固拒絶すると伝えた。この夜、二人は遅くまで激論を交わし、議論は平行線のままそれぞれの居宅に引っ込んだという。そして、それから数時間後、叔父は寝床の中で最初の脳梗塞を引き起こしてしまったのだった。

「おじいちゃんが入院して、母は祖母と一緒にずっと付き添っていたんですけど、そのときおじいちゃんに『尚之が、鉄平のことを逆恨みしているようだが、彼を社長にしようと思ったのはあくまで自分の判断で、本人には何一つ話していない。尚之は社長を外されると知って頭がどうかなってしまったんだ。加能産業の将来を考えれば、尚之会長、鉄平社長の体制でやっていくのが最善の道なのだ。だから圭子さん、あなたからも尚之にもっと冷静になるよう言って欲しい』と何回も頼まれたそうです。だけど、父は幾ら言っても聞く耳を持たなかったって母は話していました」

鉄平は真由の口から出てきた「建白書」という言葉にまるで心当たりがなかった。しばらく思案して、もしかしたらと思ったのは、事業部長時代に社長だった叔父に提出した「販売本部改善五カ年計画」のことだった。これは、叔父に密かに依頼されて書いた計画書で、提出後も何度か二人きりで議論を交わした。だが、その内容の大半は販売戦略に関するもので、とても「建白書」などと仰々しく呼べるような代物ではない。

「僕がきみのおじいさんを使っておとうさんを追い落とそうとするなんて、そんなことあるわけがないじゃないか」

鉄平が言うと、

「おかあさんも鉄平おじさんはそんな卑怯なことをする人じゃないって言っていました。でも、いまでもおとうさんはそう思い込んでいるし、おじいちゃんがあんなふうになってしまったのも元はと言えばおじさんのせいだって言い続けているんだそうです」

開いた口が塞がらないような話だった。

尚之が本気でそんなことを信じているのならば、常軌を逸していると言わざるを得ない。だが、それに負けず劣らず啞然とするのは叔父の孝之の手法の拙劣さだった。我が息子とはいえ正式に後釜に据えた社長を一期二年も待たずに会長に祭り上げ、あげく新社長に役員でもない血縁者を持ってくるなど、たとえ尚之ならずとも反対するのは当たり前の話だろう。そもそも、そんな形で従兄弟同士の首を挿《す》げ替えておいて、その二人が車の両輪よろしく会社を上手に引っ張っていけると叔父は本気で考えていたのだろうか？

確かに尚之社長になって社業が急速に停滞したのは事実だった。だが、そうした閉塞状況を打開するのであれば、尚之を外すのではなく、鉄平を彼の補佐役として常務なり専務なりに一気に選任すればそれで済んだのではないか。

それとも叔父は尚之の経営がよほど腹に据えかねていたのだろうか？

対外的には相談役に退く形をあくまで取りながら、鉄平という傀儡《かいらい》を社長の椅子に座らせて、自らの手でもう一度加能産業の経営の舵取りをやろうと目論んでいたのだろうか？

そちらの方がよほど説得力があるように鉄平には思えた。

だが、いまとなっては叔父の真意が奈辺にあったか知る由もない。

鉄平が人事案を巡って暗躍したという尚之の愚かな誤解を解くことも、叔父があのような状態ではもはや不可能と言っていいだろう。

真由が一通り話し終えたあとで、隣でずっと黙っていた耕平がふと口にした言葉が鉄平の耳に残っている。

耕平はこう言ったのだ。

「圭子おばさんがここに来てくれたときに話していたんだ。尚之さんは自分と激論した数時間後に父親が脳梗塞を起こしたという現実に耐えられなかったんだと思うって。だから耕平ちゃんのおとうさんのことを〝父親殺しの真犯人〟みたいに思い込むしかなかったんじゃないかって」

29

いまとなっては、もうあの会社に身を置き続けるのは無理なような気がした。

定年後を見据えて、それでも最後までしがみつくしかないと諦めてはいたが、そうは言っても心の片隅には、いつか尚之が再び心を開き自分の力を必要としてくれるときが来るのではないかという淡い期待があった。

だが、真由の話を聞いたあとでは、もはや尚之のような男と一緒に仕事をやっていくのは金輪際不可能だと思う。

あらぬ妄想の虜となった人物が五百人からの従業員を抱える化学メーカーの社長など続

けていけるわけがない。やがて経営はさらに行き詰まり、加能産業が窮地に陥るときがやって来るだろう。だが、その一朝有事の際であっても鉄平の力が求められることは決してないのだ。

そこまで考えたところで、例の一億円についてまた別の見方ができることに鉄平は気づいたのだった。

昨年十月に鹿児島を訪れ、夏代は一足先に真由の話を聞いたに違いない。だとすると、彼女もまた鉄平をこのまま加能産業という会社に留め置くことが忍び難くなってきたのではないか。だからこそ、加津代ヘンダーソンの莫大な遺産の存在が知られてしまったのを契機に、彼女は一億円という大金をぽんと鉄平に渡したのかもしれない。

あんな会社、いつだって辞めていいのよ――夏代は言外にそう言ってくれているのではなかろうか……。

――それにしたって、なんて馬鹿馬鹿しいんだ。

物思いに耽《ふけ》っていた鉄平は、夢から覚めたような心地でひとりごちた。

新幹線は晴れ渡った景色の中を静かに走り続けている。すでに新水俣駅は過ぎた。時折流れる車内放送以外には物音もほとんどない。数少ない乗客たちは、鉄平と同じように気《け》怠《だる》い午後を黙考のうちにやり過ごしているのだろうか。

尚之に限らず、夏代にしても耕平にしても、そして美嘉にしても好き勝手に自分の感情を振り回し、分かったような分からないような思いつきの行動でこっちを翻弄してくる。

息子の耕平は高校の一年先輩だった真由といつの間にかできて、いまや夫婦同然の暮らし振りだ。娘の美嘉はやはり高校の先輩だった本城《ほんじょう》卓郎という医学生といまだに関係を続け、耕平たちの話では、その彼氏の子供を身ごもって、どうしても産みたいと言い募っているのだそうだ。すでに妊娠三カ月に入っているというのだから、これまた呆然とするような事態だった。

夏代は正月にその事実を知り、美嘉と話し合うために長崎へと出かけたのだ。

そして、美嘉が妊娠のことを誰よりも真っ先に相談した相手が真由だったという事実にも唖然とさせられた。同年の二人は学校は違ったものの、高校時代から自分の彼氏に関して相談に乗り合う親密な関係だったらしいのだ。

同じ高校に通う耕平と真由が仲良しだというのは薄々知っていたが、美嘉と真由がそれ以上に親しかっただなんてまったく気づかなかった。

――知らぬは父親ばかりなり、というわけか。

月並み過ぎるぼやきが胸の内にこぼれてくる。

話し合いの後半は、耕平のみならず真由までもが、「父親として心配するなら姉貴の方が先だろう」と言わんばかりの目でずっと鉄平を見ていた。

二人のあの目を思い出すと、ほとほとうんざりしてくる。

と同時に、夏代や耕平、美嘉、それに尚之や真由も含めて、彼らが鉄平という人間の底の底を曇らぬ瞳で見事に見透かしているような、そんな思いにも囚われるのだ。

——確かに……。

と鉄平は思う。

——確かに、俺は心の芯の芯では、耕平の同棲にも美嘉の妊娠にも大して驚いてはいないし、心配もしてはいない。そうやって勝手なことをする者たちに振り回されるのは願い下げだし、親身に付き合う意欲もない。

実のところ、夏代についても、さらには会社や尚之についても、鉄平はすでにさほどの執着を感じてはいなかった。さらに、失業した自分を拾ってくれて会社でも特段に引き立ててくれた叔父の孝之に対しても彼は大した思い入れを持っていない。その証拠に、孝之が二度目の発作を起こして倒れてからは、病院に見舞ったのはたった一度きりで、昏々と眠るその顔を見てもさして感じるものはなかった。そんな叔父が、尚之の代わりに自分を社長に抜擢しようとしていたと真由から聞かされて、鉄平はかなり意外な気がしたくらいだったのだ。

——みんな、勝手にやりたければ勝手にやるがいい。誰が何をしようと、それでどうなろうと俺の知ったことではない。

鉄平はあらためて深くそう思う。

「家族」という二文字を見て、真っ先に思い浮かぶのは「愛情」でも「希望」でも「人生」でも「目的」でもなかった。鉄平にとって「家族」とは、「義務」と同義であった。妻にしろ、子供たちにしろ自分が作り出した以上、最後までできる限りの庇護と支援を与えなくてはならない。それが人間としての務めなのだと思う。だが、もしもそうした庇護や支援が不必要になれば、そこで自分と彼らとの関わりも自然消滅する。家族とは本来そういうものだと鉄平は心の奥深くでずっと感じてきた気がする。

だとすれば、夏代が相続した四十八億円の財産の存在は非常に大きいと言わざるを得なかった。

あの遺産があれば、夏代はもとより耕平や美嘉ももう鉄平の助けなどまったく必要ないだろう。つまり鉄平は彼らを庇護し、支援する「義務」から解放される。

ということはこれまで必死に守ってきた「家族」からも無事に解き放たれるのだ。

そして、その長年の封印が解かれることで、いまの自分とは違う「別の自分」へといつでも移行できるようになる。

この人間世界では、金さえあれば寿命や健康以外のすべてを手に入れることができる。いや四十八億円という莫大な金銭があれば、寿命や健康でさえも買うことができるかもしれない。

東京時代に親しかった心療内科の医師は、うつ病を癒すためには、

「人の渦の中で適度なストレスを引き受け、発症前に保持していた精神の耐性をいま一度取り戻す必要がある」

　としばしば言っていた。

　だが、あるとき、彼はその話をしたあとで、

「でもね、加能さん。実はうつ病を治すもう一つ別の特効薬があるんだよ。本当はそれさえあればほとんどのうつ病患者はあっという間に治ってしまう。その特効薬って一体何だと思う？」

　とにやにやしながら訊いてきたのだ。

　鉄平は相手の顔を見ながらしばらく考えて、

「もしかして、お金ですか？」

　と言った。すると医師はますますにやつきながら大きく肯《うなず》き、

「正解。『お金だったら幾らでも欲しいだけやる、きみはもう一生お金で苦労することはなくなったんだ』と断言してやれば、どんなうつ病患者だってたちどころに良くなっていくと思う。お金ほどこの病気によく効く特効薬はないと僕は考えているんだよ」

　と言ったのだった。

　夏代は、

「私は伯母の遺産を捨てたからこそ、こうしてあなたと一緒になれて、美嘉や耕平のよう

ないい子供たちにも恵まれて幸せな人生を送ることができたと思っているの。小さい頃からそうなりたかった自分になれたような気がしている」

と言っていた。さらには、

「こんなお金があったら、これからの自分の人生は何をしても本気になれないし、楽しくもないし、きっと誰のことも信用できなくなるだろうって。それに、こんな大金の使い道ばかり考えていたら、それだけで一生が終わってしまうし、好きになって結婚した人も、お金のことを教えたらきっとおかしくなってしまうに違いない。生まれた子供たちだってろくな子に育つはずがない。だったら、こんなお金は最初からなかったことにするしかない」

とも言っていた。

彼女の言い分に一理も二理もあることは鉄平も認めるにやぶさかではない。

しかし、四十八億円という財産があるのであれば、何も無理をして人生に本気になる必要などないし、その財産の使い道を考えるだけで一生を終えたとしても一向に構わないのではないか？

無理に結婚などせず独り身を謳歌する道だってあるし、金の力だけを頼りにして、誰のことも信用せずに生き抜いていくことだって充分に可能なのではあるまいか？

——最初から誰も信じることなく生きられるのであれば、それに優る人生はないだろう。

誰かを信じるから、人は必ず裏切られる。初めから誰も信じなければ決して裏切られることはないのだから。

と心底、鉄平は思う。

30

新八代駅を出て間もなく、背後から車内販売の声が聞こえてきた。

コーヒーを飲みたくなって後ろを振り向く。軽く手を挙げるとワゴンを押している女の子が気づいてくれたようだった。前に向き直り、ズボンのポケットから小銭入れを取り出して待つ。近づいてくるワゴンの音が途中で止まった。

「すみません、ビール一つちょうだい」

という女性の声がする。

ビールか、と思う。

――そうだ、俺もコーヒーはやめてビールにしよう。

「おつまみはいかがですか?」

「いらないわ。あと、そのプラスチックのコップって売っていただけるの?」

「これは非売品なんですけれど、一つだけならサービスします」

「あら、悪いわね。だったらビール、もう一本いただくわね」

「ありがとうございます」

「どういたしまして」

そのやりとりが実に小気味よく、とくに客の女性の言葉遣いには独特のまろやかさがあった。

通路側に身を乗り出し、そちらの方へ首を回してみる。

四列後方の反対側の席で女性が支払いをしているところだった。窓側の席には誰もいないようだから缶ビール二本は彼女が一人で飲むのだろう。

黒髪を後ろできっちりまとめたその横顔を見て、おやと思う。

——まさか。

と内心で呟いていた。

かつて知っていた女性によく似ていたのだ。

かつて、と言ってももう四十年近くも前の話だった。

目元や鼻の形、顔の輪郭などは、当時まだ中学生だった彼女の面影とぴったり重なる。

とはいえ、もし本人だったら五十一歳のはずだった。目の前にいる彼女は、とてもそんな年齢には見えなかった。

ただ、女性の年齢ほど分かりにくいものもない。夏代だって五十とは到底思えないし、例の中洲のふぐ屋の女将などは下手をすると三十代に見えるくらいだ。

あんまりじろじろ眺めるわけにもいかず、数秒で顔を戻した。

ワゴンがすぐそばまで来たところで呼び止める。

先ほどの女性に倣って缶ビールにする。つまみは買わなかった。

時刻は三時四十五分。博多まであと一時間足らずだ。

冷えたビールをすすっているうちに胸のあたりのもやもやが次第に大きくなってくるのを感じた。

――まさか……。

いま一度呟く。

――まさか、藤木波江《ふじきなみえ》じゃないよな。

その名前を頭にはっきりと思い浮かべるのは一体、何十年振りだろう。

忘れがたい名前ではあるが、思い出すことのないようにずっと努めてきた名前でもあった。

藤木波江がこんな九州くんだりにいるはずがなかった。まして、こうして同じ新幹線の同じ車両に乗り合わせるなどという偶然はあり得ない。

波江と最後に会ったのは、あの日だ。以来、三十七年間、顔さえ一度も合わせてはいなかった。

あっという間にビールが空になる。波江のことを思い出したら、次々に当時の思い出がよみがえってきた。中学時代の出来事は全部まとめて封印してきた。それらはすっかり色褪《あ》せ、擦り切れてしまったはずだった。なのに何もかもが鮮明に舞い戻ってくる。人間の記憶のしぶとさに舌を巻く思いになる。

とにかく、きちんと人違いであることを確認しておいた方がいいだろう。そうでないと封印が解けたままになってしまいかねない。

思い切って鉄平は席から立ち上がった。

むろん、怖いもの見たさのような感情も混じっている。

――正面から見て、人違いだと確認すればいい。万が一、藤木だったとしても気づかなかった振りで通せばいい。万々が一、向こうが何か言ってきたら、こっちが「人違いだ」と無視してしまえばいいのだ。

そう自身に言い聞かせてから、鉄平は後ろを振り返った。空き缶を手にしてデッキに向かうふうを装い、ゆっくりと彼女の座席の方へと進んでいった。

目の前に来たところで、車窓に目を向けていた彼女が不意に鉄平の方を見た。ちょうどその横顔に視線を送った瞬間だったので、かわしようもなく目と目が合ってしまう。

彼女の瞳が丸くなったのがはっきりと分かる。鉄平の方も通り過ぎることもできず、足を止め、視線を釘付けにするほかなかった。

彼女は藤木波江に間違いなかったのだ。

「加能先輩……」

波江の口から声が洩れた。同時に座席から腰を浮かせる。

「やあ」

鉄平はそう口にしたあと小さく口の端を切り上げる。

「久しぶりだね」

と言っていた。

考えてみれば、波江と再会して「人違いだ」などと白を切れるはずもなかったのだ。

31

藤木遊星《ゆうせい》は、十三年前に亡くなっていた。享年四十。鉄平が父の俊之を亡くした二年後のことだった。

突然死だったという。

「おにいちゃん、もともと弱い人だったから」

と波江は言った。

「奥さんや子供は？」

「ずっと独り身だったんです」

あの遊星が死んだのか……。鉄平は途方に暮れる思いだ。

「死因はよく分からなくて」

先に波江が言った。

「ずっと名古屋でおかあさんと一緒に暮らしていたんですけど、おかあさんが前の年にがんで死んだんです。肝臓がんで、三年くらい患って、そのあいだはおにいちゃんが一人で面倒を見てくれてました。当時、私は結婚して名古屋にいなかったもので」

多香子《たかこ》おばさんも亡くなったのか、と鉄平は思う。

早くに夫と死別して女手ひとつで遊星と波江を育てていた。大のお酒好きで、それが昂じて三鷹で一杯飲み屋を始めたという元気溌剌《はつらつ》の人だった。

「おにいちゃん、おかあさんっ子だったから、そのおかあさんを自分の手で見送って燃えつきちゃったのかもしれません。でも、どうして死んだのかよく分からないんです。電話しても出ないから、三日くらい経って知り合いに見て貰いに行ったらベッドの中で事切れていました。最初は事件じゃないかとか自殺じゃないかとか疑われたんですが、誰かが侵入した形跡もないし、遺書もなかった。結局、寝ているあいだに急に心臓が止まったんだろうって。あんまり呆気なかったから、いまでも死んだって思えないくらいなんです」

波江が座席テーブルを畳んで窓側に移ってくれ、鉄平は彼女が座っていた通路側の席に腰を落ち着けていた。テーブルにあった手つかずのビールはプラコップと並べて二本とも窓枠のサイドテーブルに置かれている。

「遊星の仕事は？」

「おかあさん、高橋《たかはし》さんとは一年足らずで別れちゃって、名古屋でまた店を始めたんです。おにいちゃんはそこを手伝ってました。といっても、おかあさんが死んだらすぐに閉めちゃったんですが」

高橋さんというのは、もとは三鷹の飲み屋の常連で、その高橋さんが実家の家業を継ぐため名古屋に帰るときに多香子おばさんに結婚を申し込んだのだった。高橋さんはおばさんより十歳くらい若かったはずで、鉄平も何度か店の二階で顔を合わせたことがあったが、とても優しそうな感じのいい人だった。

「何で別れたの？　高橋さんいい感じの人だったのに」

と鉄平は訊いてみた。

「高橋さんはとってもいい人でした。おにいちゃんや私も彼のことが大好きだった。でも、名古屋に行ってみたら高橋さんの家って名古屋でも有数の不動産屋さんで、ものすごい大金持ちだったんです。そこへ一人息子が、中学生の息子と娘がいる年上の女を嫁にして連れ帰ったもんだから、向こうの家は大騒ぎで、そんな結婚は断じて認めないって当然の流れになっちゃって。それで、おかあさんの方から離婚を切り出したんです。高橋さんは本当は別れたくなかったんだけど、やっぱり大金持ちの親には勝てないんですよね。で、かわりにうちは高橋家からお店の土地と建物を貰ったわけです。離婚してからも、高橋さんはずっとお店に通って来てたし、おかあさんが死んだときは泣きながら棺桶も担いでくれました。もちろん彼もとっくに再婚してたから、おかあさんとはもう何でもなかったんですけど」

多香子おばさんは、容姿は格別きれいというわけでもなかったが、とても魅力的な人だった。三鷹の店も大繁盛していたのだ。

遊星はそんな母親には似ても似つかぬタイプだったと思う。

恐らくは早くに亡くなった父親似だったのだろう。彼の父は地球物理を専攻する学者の卵だったと聞いたことがあった。鉄平も研究者の家で育ったので、小学生の頃から遊星とは妙にウマが合った。

そういう点では、一歳下の波江の方が多香子おばさんの人柄と通ずるものがある。こうしてすっかり歳を重ねた彼女を見ていても、尚更にその感が強まってきていた。

「加能先輩はいま何をしているんですか？」

お互い五十も過ぎて「加能先輩」はいささか気恥ずかしいが、中学時代の波江は陸上部の後輩で、いつも呼ばれるときは「加能先輩」だったのだ。鉄平は短距離をやっていて、波江はたしか幅跳びだったと思う。彼女の方はマネージャー兼務のゆるい部員だったが、鉄平は主力選手の一人で、三年時にはキャプテンも務めた。

今日、この電車に乗っている理由も含めて鉄平は現況をそれなりに説明する。

「へぇー、息子さんの成人式だったんですか。でも歯科大学に行くなんてすごく優秀なんですね」

波江が感心したような声を出した。

彼女の方は名古屋の短大時代の親友の連れ合いが急死し、その葬儀に出席するために鹿児島にやって来たという。昨日告別式が終わり、親友の家に一泊して帰るところだった。これから大阪でもう一人の親友のマンションに行き、今度はそこに一泊し、明日自宅に戻る予定らしい。大阪の親友は都合でどうしても鹿児島に行くことができず、代わりに波江が香典を持って行ったのだそうだ。

彼女はいま石川県の金沢市に住んでいるのだった。

金沢と聞いて、鉄平はちょっと意外な気がした。波江がどうこうではなくて、つい一昨日、例の「オークボ」で尚之から大将の〝彦左《ひこざ》〟が金沢市出身だと聞いたばかりだったからだ。

「夫とは名古屋で知り合ったんですが、私が三十歳のときに郷里の金沢に帰ったんです。義父母が相次いで病気になってしまって、長男だった夫が実家に戻るしかなくて。地元の会社に転職して、結局、二人を看取って、そしたら私が四十二のときに夫が亡くなってってしまったんです。まだ四十七歳の若さでした。おかあさん、おにいちゃんと続けて亡くして、今度は夫でしょう。さすがにどうしていいか分からなくなりました」

「子供は？」

「できなかったんです」

「そうだったのか」

「鹿児島のその彼女も子供がいないから身につまされちゃって。お互いもっと歳を取ったら一緒に暮らそうかなんて昨日の晩は亡くなった旦那さんの遺骨の前で話していました。歳を取って暮らすならあったかい鹿児島がいいわね、なんて」

そう言って波江は笑った。

「金沢はやっぱり寒いんだね」

「昔よりは雪も少なくなったし、とってもいい町なんですけど、冬の北陸はやっぱり寒さが骨身にしみるんです」

「そうか……」

呟きながら、鉄平は昨日今日の鹿児島の破格のあたたかさを思う。

「名古屋に帰ろうとは思わなかったの？」

「思いませんでした」

「どうして？」

「おかあさんもおにいちゃんも死んじゃって、誰も知り合いがいないのは名古屋も一緒だったし、それに帰る家もなかったですから」

「だけど、多香子おばさんが遺してくれたお店と土地はあったんじゃないの？」

「おにいちゃんが死んですぐに売りました。金沢の両親を看取ったあと夫が仕事を辞めて独立したんです。その開業資金の一部にしたくて。そしたら経営が軌道に乗った矢先に夫にがんが見つかって、あれよという間に亡くなってしまったんです」

「じゃあ、藤木は今はどうしてるの？」

鉄平も中学時代の癖で「藤木」とつい呼び捨てにしてしまう。遊星のことは「遊星」と呼んでいた。兄の遊星と親しかったこともあって、「藤木」とは部活以外の場所で一緒にいることも少なくなかった。

顔立ちに限れば、母親似だったのは遊星の方で、「藤木」は父親に似ていた。遊星の家の仏壇に飾られていた遺影を覗くと、写真の中の若い父親はかなりの美男子で、娘ともそっくりだったのだ。

「片町っていう繁華街で小さなお店をやってるんです」

その言葉を聞いて、なるほどと思った。そこはかとなく客商売の色彩が彼女の全体から滲み出ている。それは母親の多香子さんが身にまとっていた雰囲気とも似ていた。

「飲み屋さん？」

「小料理屋です」

「じゃあ、おばさんと同じだね」

「ええ。お店の名前も一緒なんです」

「木蓮《もくれん》?」

「はい。名古屋のお店も木蓮でした。結局、母が残してくれたのは木蓮という名前くらいなものですから」

三鷹の駅前の店も「木蓮」だったのだ。亡くなった夫が一番好きだった花の名前を店に付けたと多香子さんは言っていた。そして、遊星たちは木蓮の入った四階建ての古いビルの二階に家族三人で暮らしていたのだった。

一通り、互いの話を披露しあったところで列車は博多駅に到着した。

「今日は、まさかこんなところで藤木に会えるとは思わなかったよ。博多と金沢じゃあたまに会うわけにもいかないが、愚痴でもこぼしたくなったときはいつでも遠慮なく電話してくれよ」

そう言って、鉄平は名刺を一枚、波江に渡した。名刺には携帯の番号も刷り込まれている。

「ほんと、まさか加能先輩にこうやって会えるなんて思ってもみませんでした。もし、仕事か何かで金沢に来たときはぜひうちの店にも顔を出してくださいね」

波江もバッグから名刺を取り出して渡してくれる。

そこには、店の住所と電話番号、そして「木蓮　高森《たかもり》波江」と記されていた。「高森」というのが亡くなった夫の名字なのだろう。

ホームに列車が滑り込むと、半分ほどの乗客が立ち上がった。といっても十人くらいのものだった。元の席の網棚からキャリーバッグを降ろし、鉄平はもう一度波江の座っている席へと近づいた。

「じゃあ」

手を挙げて会釈すると、

「お気をつけて」

波江が言う。

「藤木も」

とそのとき、不意に波江が立ち上がった。窓枠のサイドテーブルに置いていた缶ビールを二本とも手に取って、

「これ」

と両手で差し出してきた。

「私、もう飲まないと思うから」

鉄平はそれを片手で受け取り、「ありがとう」と頭を下げる。

「必ず来てください。金沢でずっと待っていますから」

波江が早口で言った。

それには返事をせず、鉄平は前を向いて歩き始めた。

結局、あの日のことは何一つ話さないままだった。

三十七年ぶりの再会はそうやって幕を閉じたのである。

32

午後一時から始まった会議は二時間が経ってもまだ先が見えない状況だった。

とにかく各部署の担当者の説明がだらだらと長過ぎる。

あらかじめ文書として渡され、すでに全員の頭に入っている内容を、彼らは当の文書をまるでそのまま読み上げるように繰り返しているのだった。

なのに司会役の工場長は先を促すでもなく、他の面々ももっともらしい顔つきで、そんな儀式めいた議事進行を受け入れている。

これでは論点を整理することさえできず、議論に入る前にみんな集中力を切らしてしまうだろう。

会議の時間と回数が増えれば増えるほど生産性が落ちるというのは、いわば〝会社あるある〟のたぐいだった。ここに集まった連中はその程度もわきまえていないのか？

あげく常務取締役の製造本部長を筆頭に、取締役の販売本部長、同じく財務本部長、同じく久山工場長、同じく化学品製造事業部長など、社の主だった経営幹部が雁首揃えた本部長級以上の会議でかくのごとくなのだから、加能産業の先行きが覚束なくなってきているのもむべなるかなではあった。

そもそも、十数年ぶりの新プラント建設という重要案件の会議に社長が顔を出さないというのが鉄平の感覚ではあり得なかった。

しかも、新設するプラントは、いまや医薬品原液と並んで会社の屋台骨を支える塩化ビニルモノマーの製造プラントなのだ。

同じ久山工場の敷地内とはいえ、現在のプラントとは離れた倉庫二棟をわざわざ潰して作るこの「第二製造プラント」に、老朽化の目立つ「第一」に代わってゆくゆくはすべての塩ビモノマーの製造を担わせる——というのが製造本部の基本計画案だった。当然、設備も巨大化するため、財務部が弾《はじ》き出した投資費用も巨額に上っているのだ。

そんな大事な現場レベルの議論に最終決定権者の社長が参加せずして、一体どうやって採否の経営判断ができるというのだろうか？

鉄平には相変わらず尚之の真意が掴めなかった。

それまでの計画案策定プロセスには一切関わらず、今日も「本部長」の肩書のゆえに招集されたに過ぎない鉄平には、数日前に受け取った会議資料と、書記として連れてきた青島からの事前の聴き取り以外に持ち合わせている知識はなかったが、それでも、久山工場にいまも出入りしている青島の言う、

「久山の現場や製造のお偉方たちがちょっと前のめり過ぎなんですよね」

という指摘は、会議中の彼らの言動からしてその通りの気がしていた。

販売本部が作った塩ビモノマーの市況予測も、鉄平には楽観的過ぎるように見える。現在の販売本部長である竹之内《たけのうち》は、製造本部長である川俣善治郎《かわまたぜんじろう》常務の腰巾着のような存在だから、新プラント建設に「前のめり過ぎ」の川俣の意向にあくまで沿った数字を化学品事業部長の須藤《すどう》に作らせたのだろう。

久山工場長の杉山《すぎやま》にしても、同席している副工場長で塩ビ製造部長を兼ねる松方《まつかた》にしても、塩ビモノマーの売上が年々増え続け、これまで本社工場と比べてみそっかす扱いだった久山がとうとう最新鋭プラント建設にまで漕ぎつけたという高揚感があるのはよく理解できた。だが、彼らを見ていると、その高揚感が、唯一慎重論を崩さない財務本部長の菅原《すがわら》に対しての必要以上の敵意となって表われているように感じられる。

そうした会議の雰囲気から浮き彫りになってくるのは、経営に無関心な社長をいいことに会社を牛耳ろうと目論む川俣常務一派と無能な社長に代わって会社の財務体質のこれ以上の脆弱化《ぜいじゃくか》を防ごうとやっきになっている菅原取締役一派との不毛な対立の構図であっ

た。

加能産業に入社して、鉄平が最も信頼に値すると感じたのは叔父の孝之社長を除けば、この菅原伸一《しんいち》財務本部長だ。鉄平の中途入社が決まったとき、当時総務部長だった菅原と最初に面談したが、そのときの彼の丁寧な物腰と的確な物言いには感心させられた。入社後、外様の鉄平に何かと配慮をしてくれたのも彼だったし、かといって加能家の一員である鉄平を特別視する気配はまったくなかった。叔父が誰より信頼を寄せていたのもこの菅原だったが、尚之の時代になって冷遇されているのは鉄平と変わらない。本来であれば川俣より年長の菅原が専務、せめて同じ常務に昇任しているのが当然のはずなのだ。

「実は今日の午前三時頃、オキシ反応工程A系の緊急放出弁にトラブルが発生しまして、同六時に塩ビプラントの全停止に至っております。こうしたトラブルが頻々と起きているのが最近の現状でございまして、いまや久山の塩ビプラントは設備老朽化と相次ぐ増産要請とがあいまって日々、悲鳴を上げている有様でございます。つきましては、川俣常務率いる製造本部とわたくしどもで精魂込めて作成いたしました今回の新プラント建設計画を、どうか皆様の強力なお力添えを頂戴いたしまして、可及的速やかに実現させることができますよう、本日は心からお願いを申し上げまして第一回目の検討会を始めさせていただきたいと存じます」

冒頭の杉山工場長の挨拶からして、彼らの強い意気込みが伝わってくるものだった。と

はいっても「塩ビプラントの全停止」とは穏やかな話ではなく、鉄平はさすがに、

「全停止というのはいささか心配な事態ではないでしょうか？」

と発言した。すると杉山に代わって塩ビ製造部長の松方が、

「緊急放出弁がいかなる理由でなのか、オキシA系が稼働しているにもかかわらず開いた状態になりまして、それでインターロックが作動してA系が停止したわけです。これでプラントの六割がロードダウンとなりまして、その影響で最終的にはB系も含めたプラント全体の緊急停止という措置を取っております。目下、放出弁故障の原因を探っているところでして、一刻も早い稼働再開に向けて運転員全員で復旧作業を行っております」

と答えた。

「まあ、古い機械をだましだまし使っている状態なんでね。ほとんど毎日のように大小様々なトラブルが起きているんだ。それもあってね、販売本部とも相談の上、新プラントの建設が急務と我々は判断したわけだよ。今朝みたいな全停止なんて起きると、ノルマをこなすためにまた機械にも運転員諸君にも無理を強いることになる。しかし、それにしてももう限界なのが正直なところなんだよ」

常務の川俣は、いかにも今朝のトラブルが好機到来だったような口ぶりで言ったのだった。

そうやって会議が始まって三十分ほど過ぎた頃、作業着姿の若い社員が会議室に入って

きて松方のそばに近づき何やら耳打ちした。すると松方はさらに隣の杉山に何か告げ、司会の杉山が発言を続けている販売本部の人間に「一時中断」と一声掛けてから、鉄平の隣に座っていた青島に向かって、

「青島君、ちょっと現場に行って貰えないかね」

と言ったのだった。

そのときは十五分ほどで青島は戻って来た。

「どうなのプラントの様子は？」

鉄平が小声で訊ねると、

「塩酸塔の塔頂部の温度が少し上がっていて、それが僕は気になるんですが、製造課長は問題ないって言ってマニュアル通りの調整作業を続けているんです」

と青島はちょっと不安そうに答えたのだった。

そして、さらに十五分ほどしたところで再び若い社員が青島を迎えに来たのだ。

今度は松方たちに断ることもなく彼は直接青島に近づき、

「青島さん、もう一度計器の数字を見て貰えませんか」

と言った。

ちょうど久山工場の環境保全部長が地元自治体や消防との安全対策に関するミーティングの内容を報告し始めたところだった。

「本部長、外してよろしいでしょうか？」

さすがに青島が許可を求めてくる。

「構わないよ。どうせこれと同じことを喋ってるだけなんだから」

鉄平は手元の資料を右手のボールペンでつついてみせた。

「議事録はあとでここの連中からこっそり貰っておきますんで」

青島はすまなさそうに言って席を立ち、迎えにきた運転員と一緒に再び会議室を出て行ったのだった。

それからすでに一時間余り。彼はまだ戻って来ていなかった。

三時から財務部の辻村《つじむら》財務企画課長が話し始め、それで会議室の弛緩していた雰囲気は一気に引き締まった。

辻村課長の説明は手元の資料にはない新しいもので、そこでは、財務企画部が独自に調査した塩化ビニルの市場動向、さらには米新政権のもとで急速に進むと予想される円高が金融市場に及ぼす影響など多岐にわたる論点が明らかにされていた。

要するに財務部としては、これほどの額の初期投資を必要とする新プラントの建設は、現時点の加能産業の財務状況ではリスクが大き過ぎるという結論だった。

川俣も杉山も松方も竹之内も須藤もこの辻村の報告を揃って苦虫でも噛《か》み潰したような表情で聞いていた。

辻村が自席に戻るや否や、「議長」という声を上げて川俣が立ち上がり、発言しようとしたそのときのことだ。

窓の外で、何か重いものが落ちたようなドンッという音が聞こえた。そして、事務棟一階の端にある会議室の床が小さく揺れた。

さすがに全員がその場で腰を浮かせていた。何が起きたのか分からなかった人間はこの時点で誰もいなかったと思う。

鉄平も背筋に冷たいものが走るのをはっきりと感じた。

数名が南向きの部屋の窓の方へと駆け寄り、外を覗こうとした瞬間、今度はもの凄い爆発音が轟《とどろ》き、会議室全体が激しく揺れたのだった。

うぉーっという声が誰彼の口々から洩れ、

「事故だ！」

という大声が室内に響いた。

鉄平はその声の主の方へと目をやる。

工場長の杉山が真っ青な顔になってこっちを見返している。

33

今日は日中、冷え込んだ。

年が明けて初めての冬らしい寒さだったのではないか。出勤時に手袋をしたのも初めてだったし、風もないのに歩いているあいだコートの襟元を開かなかったのもこの冬初めてだった気がする。

夕方、青島雄太の入院している病院に寄り、病院近くの定食屋で夕食を済ませて帰宅した。今週は判で捺したようにそうしている。入院先は福岡市役所のすぐそばにある済倫会《さいりんかい》中央病院だから、食事をしたり買い物をするには便利な場所だ。天神の繁華街までも歩いて十分とかからない。

あの爆発火災事故からすでに九日目。いまだ青島の意識不明は続いていた。

今日は美穂《みほ》夫人が病院にいたので少しやりとりをしたが、医師の説明では、生命の危機はようやく脱したとのこと。ただ、意識が戻るかどうかは、「現段階では何とも言えない」という話だったらしい。

久山工場の塩ビプラントで大規模な爆発火災が起きたのは一月十二日午後三時三十七分。それより七分前、液塩酸一時受タンクから異音と共に白煙が噴出し、現場で目視した運転班長は有線ページングを使って周辺の作業員に一斉避難を指示した。計器室でモニタリングを行っていた青島は、事務棟の塩ビ製造課長に電話で状況を報告し、それから計器室を出て避難に取りかかったと思われる。

そのほんの二、三分の時間差が他の運転員たちと彼との命運を分ける要因となってしまった。

事故発生から三時間後、青島が意識不明の状態で発見された場所は、塩ビプラントから十数メートルも離れた物流用地だった。そのことからして、恐らく彼は退避のためにプラント敷地内を抜け出そうとする寸前、塩酸塔還流槽の二度目の大爆発に遭遇し、その凄《すさ》まじい爆風によって物流用地まで吹き飛ばされたものと推定された。

いのちがあっただけでも奇跡という状況だった。

結果的に人的な被害は青島一人で、久山工場の従業員たちはからくも被災を免れた。物損については大爆発を起こした塩酸塔還流槽を中心に塩ビプラント全体が甚大な被害を蒙《こうむ》り、爆発火災による爆風及び飛来物の直撃で周辺のプラントにも一部損壊が生じたのだった。

化学プラントの発災はその運営企業だけの惨事ではなく、有害化学物質の飛散という重大危機を周辺住民にもたらす可能性を常に孕《はら》んでいる。従って、事故を起こした化学メーカーの社会的責任が関係自治体や行政官庁、マスメディアから厳しく問われるのは当然過ぎるほど当然のことだった。

この大事故によって加能産業の塩ビ事業は壊滅的打撃を受け、それ以上に地元企業としての社会的な信用を一気に失うことになった。新プラント建設計画など一瞬で吹き飛んでしまったのである。

今夜も八時前には帰宅した。誰もいない我が家は外と変わらぬ寒さだ。

地下鉄の駅から家まで歩くあいだに身体が芯まで冷え切っていた。青島が被災して以来、酒を断っている。その程度の願掛けでどうなるものでもあるまいが、他にできることも見つからない。第一、部下が大やけどを負って意識不明の重体になっているときに独り酒を酌む気にはなれなかった。

──あのとき……。

鉄平には悔やまれる思いがあった。

会議中、二度目の中座をするときに青島は、「本部長、外してよろしいでしょうか？」と鉄平に許可を求めてきた。手元の書類をボールペンでつつきながらあっさり肯いてしまったが、あのとき彼を現場にやらなければ、せめて、「できるだけ早く切り上げてくるように」と一言付け加えていれば、こんな事態は避けられたに違いない。

青島は茫洋とした印象の男だったが、仕事に関しては律儀だった。

事故後に聞いた話では、プラントの全停止後、塩酸塔と塩酸塔還流槽との絶縁が行われ、液塩酸一時受タンクへの内容液移液作業が始まったのを知ると、青島は二基のタンクに貯留する内容液の組成に強い危惧を抱いたようだった。そのため彼は塩酸塔還流槽の温度と圧力のチェックを怠らないよう現場の運転員に注意を促し、最終的には自分が計器室に籠って数値のモニタリングを行っていたのだ。

「塩酸塔還流槽にＶＣＭ（塩化ビニルモノマー）が混入していることを青島さんは心配していたんです。もしそうだとすれば槽内の鉄錆《てつさび》と反応して異常反応が起こる可能性があると製造課長に指摘していました。でも、結局、青島さんの進言は活かされずそのまま一時受タンクにまで内容液を流し込んでしまった。それで二つのタンクがほぼ同時に大爆発を引き起こしてしまったんだと思います」

三日前に病院で会った久山の従業員の一人は鉄平にそんなふうに語っていた。

久山工場の所属でもない青島が、なぜ計器室に籠らねばならなかったのか？

製造課長や係長、プラントの運転員たちは一体何をやっていたのか？

青島の上司として、鉄平は久山の人間たちの無責任さに強い憤りを覚えていた。そして、その思いは当然ながら美穂夫人も同様だった。

「どうして久山の人間でもないうちの主人だけがこんな目に遭うことになってしまったんですか？　あげく、社長さんの昨夜の記者会見、あれは一体何なんですか。あれじゃあ、まるで主人はいまでも久山工場で働いていたみたいじゃないですか」

事故の翌日、二度目に会ったとき、彼女はすぐにそう鉄平に詰め寄ってきた。

確かに事故当日、深夜に開かれた記者会見で、社長の尚之は青島を久山工場のスタッフだと説明したのだ。発表資料を取り寄せて確認すると、青島の肩書は、「久山工場・塩ビプラントの保守整備を担当する本社所属エンジニア」と記されていた。尚之も会見場で記者からの質問にこれと同じ言い方をしていた。

――「本社所属エンジニア」なんて肩書が一体どこにあるというんだ。

こんな姑息な表現をでっち上げたのはどうせ総務部長の金崎あたりだろうとすぐに察しはつく。

これほどの大事故を引き起こし、あげく唯一の重傷者が工場外の人間であったと知れてはさらにメディアの追及が厳しくなると恐れたのだろう。だが、そんなことをして万が一、その隠蔽《いんぺい》行為が露見すれば、それこそ社長の首が飛びかねない事態に発展することが金崎や尚之本人には分からないのだろうか。

部屋の明かりを灯《とも》し、リビングと寝室のエアコンを起動する。

それから浴室に行って風呂を沸かすスイッチを入れた。

コートは玄関のコートハンガーに掛けてきたので上着だけ脱いで、テレビの前のソファに腰を下ろす。座った途端、重いため息が口をついて出た。

熱いほうじ茶の一杯でも飲みたいところだが、湯を沸かすのも面倒だった。

仕方なく一度立ち上がり、冷蔵庫から買い置きの野菜ジュースを持ってきてまたソファに座る。プルタブを引いて冷たいジュースを一息に飲み干した。

味は悪くないが、さらに身体が冷えたような気がした。座面に放ってあるリモコンを摑んでテレビを点けようとしたが、途中でやめる。そういう気分ではなかった。

空き缶をソファの前のミニテーブルに置き、腰のあたりに両手を添えて背筋を伸ばしてみる。再び、げっぷとも溜め息ともつかぬ息が口から洩れる。

さきほど青島が眠る病室で、美穂夫人からただならぬ依頼を受けた。

彼女は今回の事故に関して、早くも知り合いの弁護士に相談しているというのだ。

「その人は私の大学時代の友人なんですけど、彼によれば今回の主人の事故は明らかに会社側の重大な過失だと言うんです。青島は久山工場勤務時代にうつ病を発症し、八カ月間の休職を経て去年の九月に職場復帰したばかりです。加能さんの下で働かせていただいて、おかげさまで少しずつ症状も軽くなってきているところでした。そんないわばリハビリの時期に、あろうことか病気の原因となった久山工場の現場に駆り出され、以前同様に危険なプラントのメンテナンスをやらされていたなんて、それだけで会社の責任は免れないんだそうです。しかも、その結果、こんな重大事故に巻き込まれてしまった。これはもう労災の範疇ではなく、加能産業による明らかな労基法違反事件だと。ただ、もしこのまま青島の意識が戻らなかったら、それこそ死人に口なしみたいになってしまう。なので、会社の偽装工作が始まらないうちに、青島のここ数カ月間の勤務実態をしっかり調べておいた方がいいとアドバイスされました。もちろん私の方でも青島の私物などはチェックするつもりですが、ほかならぬ加能さんの御力で、会社側の勤務表なり、青島の提出した日録なりの複写を提供していただけませんか。もちろん、誰からどうやって入手したかは決して口外いたしません。青島も、加能本部長は会社では珍しいくらい立派で信頼できる方だっていつも言っていました。このままでは、仮に青島の意識が戻ったとしても彼の無念は晴らせないと思うんです。ですから、加能さん、私たち夫婦にお力をお貸し下さい。どうか何卒よろしくお願い申し上げます」

美穂夫人は強い瞳で鉄平の顔を見据えながらそう言って深々と頭を下げたのだった。

風呂が沸いたというメロディが鳴った。誰もいない部屋だとインターホンの音も風呂の音もびっくりするほど大きく響く。

学生時代、ことに冬場は独り暮らしが身に沁みて、たまに電気を点けっぱなしにして外出していたのを数日前に不意に思い出したものだ。

ダイニングセットの椅子に掛けてあった上着を持って寝室に行き、ズボンを脱いで一緒にハンガーに掛ける。ワイシャツはいつも夏代が洗ってくれていたが、いまは全部クリーニングに出していた。クリーニング代で気を揉むことはもはやない。ただ、一億円の効用といってもその程度だ。

鹿児島から戻った直後に大事故が起き、あの一億円をどうするかなど考える余裕はなくなってしまっている。

――たとえ何十億円、何百億円を積んでも青島の意識が戻るわけではない。

そう考えると、人の生き死にだけは金の力ではどうにもならないのだ、と改めて実感する。

洗面所に行き、洗濯機に下着を放り込んで浴室のドアを開けた。

もわっとした湯気が全身を包み込む。

少々ぬるめの湯に身を沈める。首まで浸からないと温まらないのは不便だが、青島のことを考えれば贅沢は言えなかった。

彼はいまどんな夢を見ているのだろうか？

美穂夫人の憤りは理解できないわけではない。だが、彼女のために一肌脱ごうという気持ちにはなれなかった。さきほども言葉を濁したまま彼女を置いて病室を後にしてきたのだ。

美穂夫人はあんなふうに言っていたが、久山の面々に事あるごとに頼られて、青島本人はきっと張り合いを感じていたに違いない。本当なら、彼は休職などして久山工場を離れたくはなかったのだから。

五日前の日曜日、昼どきに病室を訪ねてみると、美穂夫人ではなく青島の実母が付き添っていた。その母親から、鉄平は問わず語りで青島が休職せざるを得なくなった本当の理由を聞かされたのである。

彼女によれば、実は、青島はうつ病でもなんでもなかったというのだ。

「二年前に孫が生まれたんですが、そのあと嫁の美穂がひどい育児ノイローゼになってしまって、それで雄太はたいへんだったんです。私も夫がちょうどその頃に心筋梗塞で入院したりして孫の世話まで手が回らず、美穂のご両親も宮崎でお店をやっているので駆けつけるわけにもいかず、だから育児の負担はすべて雄太一人の肩にのしかかってしまって。それでもずいぶん頑張っていたんですよ。そしたら、徐々に元気になっていった美穂が、産休明けを待たずにさっさと仕事に戻ってしまったんです。彼女、証券会社で法人営業をやっているんですけど、赤ん坊の世話をするより働いた方がずっとよかったみたいで。ですが、孫は心臓にちょっとした障害を抱えているものですからすぐに受け入れてくれる保育所も見つかりませんし、生まれて一年くらいは親の手で面倒を見るしかないってお医者さまにも言われていて。それで、美穂が会社に復帰した時点で、雄太の方がうつ病の診断書をお友達の医者に書いて貰って、会社を休職することにしたんです。私や夫はつい最近までそのことを知らなくて、この前、雄太が孫を連れて遊びに来てくれたときに、実はこういうことだったんだよって打ち明けてくれました。『そういう経緯だから、あっさり現場に戻るわけにもいかなくて、いまは仕事の負担の軽い部署でリハビリ中ってことになっているんだ』と雄太が言うので、それはもう私たちは驚いてしまって。夫なんて、『働けるくらい元気になったんだったら、どうして美穂さんが面倒を見ないんだ。夫のお前に嘘までつかせて休職させるとは一体何事だ』とすごい剣幕でした。そしたら雄太が、『僕も美穂のわがままにはうんざりだけど、病気のこの子のことを考えたらそうするしかなかったんだ。あの頃は、美穂に子供を任せるのは僕の方が心配だったんだよ』って一生懸命弁解していましたね。でも、正直なところ私だってあの嫁に対しては、結婚当初から腹に据えかねることばかりで、どうして雄太があんな人と一緒になってしまったのか、夫も私も返す返すも無念でならないんです」

この打ち明け話がどれくらい正確に青島夫妻の実情を物語っているのか定かではない。だが、青島が妻に代わって子供の面倒を見るために、うつ病と偽って会社を休職したというのは恐らく事実なのだろう。

そうだとすると、もし仮に彼が休職せずにそのまま久山の工場勤務を続けていれば今回のような事故は起きなかったのかもしれない。

病院に見舞いに訪れる久山の面々の話を聞くにつけ、塩ビプラントの運転について誰よりも熟知し、また十二分の専門知識を身につけていたのは青島だったようだ。実際、大小さまざまなトラブルのたびに久山は青島を呼んで対処法を教わっていたし、事故の日も肝腎な場面になるとプラントに精通する青島に助けを求めざるを得なかった。

ということは、青島が休職せずに塩ビプラントのメンテを続けていれば、事故の発端となった緊急放出弁のトラブルも未然に防げていたかもしれず、たとえタンク内で異常反応が進行したとしても、そのことを察知して適切な措置を取ることができたかもしれない。事実、あの日も塩ビ製造課長に対して貴重なアドバイスを行っているのだ。休職前のように彼が現場スタッフの一員としてプラントの運転に関わっていたなら、上司である製造課長の対応も違うものになっていた可能性が高いのではないか。

そう考えると、夫に偽の診断書を提出させてまで休職を求めた美穂夫人にも今回の事故についてそれなりの責任があると言わざるを得ない。少なくとも、いまだに青島のうつ病を〝事実〟だと言い立てて会社側の管理責任を追及しようとするのは余りに自己中心的な態度のように思われる。

――みんな、勝手にやりたければ勝手にやるがいい。誰が何をしようと、それでどうなろうと俺の知ったことではない。

鹿児島からの帰りの新幹線の中で嚙み締めた思いが、再び鉄平の胸の中に湧き起こってくる。

夫の会社の工場で大事故が起こり、しかも夫の部下の一人が重傷を負ったという状況下で、妻の夏代はいまも家を空けたままだった。むろん事故が報道されるとすぐに彼女は連絡を寄越してきた。「帰りましょうか？」という言葉を遮り、「耕平から美嘉のことは聞い

たよ」と伝えてみた。すると夏代は、

「あなたと会った翌日、私のところにも耕平から電話が来たわ」

と言ったのだ。そして、

「耕平のことも美嘉のこともいままで黙っていてごめんなさい」

と謝ってきた。「だったら、もっと早くに電話の一本くらい掛けてくるべきだろう」という本音を鉄平はひとまず腹に飲み込んだのだった。

「きみはまだ雲仙にいるのか？」

「昨日、美嘉のところに着いたわ」

「で、美嘉はどうしてるんだ？」

結局、半水楼には四日滞在したのかと思いながら、肝腎なことを彼は訊ねた。

「どうしても産みたいって言っているの」

夏代は声を低くする。近くで美嘉が寝ているのだろう。電話が来たのは事故の日の深夜で、鉄平は青島が搬送された済倫会中央病院に詰めている最中だった。

「相手の男は何て言っているんだ」

「そこははっきり分からないの。でも、美嘉の様子だと諸手を挙げて賛成って感じじゃないと思うわ」

それはそうだろう、と鉄平は思う。美嘉の一年先輩と言っていたから、その彼氏だって二十二歳かそこらだろう。しかも学生の身の上となれば、恋人の突然の妊娠にひたすら頭を抱えているに違いない。

「とにかく、きみは美嘉としっかり話し合って、今後のことを考えてくれ。美嘉についてはすべてきみに任せるから」

自分の考えは口にせずにそう告げた。

依然青島が生死の境をさまよっているときで、正直なところ、美嘉のことにまで頭が回らない状態だった。

「ずいぶん冷たいのね」

しかし、夏代はそう返してきたのだ。

部下の一人が事故に巻き込まれたことも、重体に陥っているその彼に付き添っていることも話してはいなかった。しかし、たとえそうだとしても、それは余りに心無い一言のように思えた。

鉄平は何も返事ができず押し黙った。喉元まで押し寄せてきている憤懣を抑えつけるので精一杯だった。

「ごめんなさい、へんなこと言ってしまって。あなたも大変なときに」

さすがに夏代が詫びてくる。

「いや、いいんだ。こういうことは父親の僕がしゃしゃり出ると却ってこじれる気がして、それで、きみに任せると言っただけだ。とにかくこっちが落ち着いたら、僕も一度美嘉とちゃんと話し合ってみようと思う。それまでよろしく頼むよ」

鉄平は何とかその場を取り繕って電話を切ったのである。

だが、あれから一週間余り、夏代からは何の音沙汰もなかった。

湯船にずいぶん浸かって、ようやく身体の芯に溜まっていた冷えが溶け出していくのを感じた。いつものようにゴム栓を抜いてぬるくなった湯を少し減らし、蛇口をひねって新しい湯を加える。年代物の風呂なので追い炊き機能はついていなかった。

――やはり、あの一億円でこの風呂だけでも取り換えようか……。

蛇口から吐き出される湯を見つめながら、鉄平はぼんやりと思う。

34

翌日、昼食用のインスタントラーメンを作っていると携帯が鳴った。

知らない番号だったが念のため出てみる。尚之の妻、圭子さんからだった。

「鉄平さん、圭子です。ずいぶんとご無沙汰しております」

と、馴染みのある声が聞こえ、

「実は、昨日の夜、お義父さんが亡くなりました」

わなかったのだ。

と彼女は続けた。

圭子さんだと分かった瞬間にその連絡だろうと思った。不思議と耕平たちの件だとは思

「そうですか……」

「今朝、病院から帰って来て、いまは母屋でお義母さんと一緒におられます。今夜、仮通夜をして明日、葬儀場で本通夜、明後日の月曜日に葬儀の予定です。時期が時期ですし、かねてお義父さんもそうおっしゃっていたので、親族のみの密葬にさせていただき、別途、折を見てお別れの会を開くことにしたいと思います。それでよろしいでしょうか?」

「もちろん、僕に異存があるはずもありません」

「ありがとうございます」

「これから昼飯なので、終わったらすぐにそちらに伺います」

「お待ちしております」

圭子さんはあくまで穏やかな口ぶりだった。

「社長はどうしていますか?」

「主人はショックを受けていますが、いまとなっては意識が戻らないまま逝ってくれてよかったかもしれないと申しております」

「そうですか。叔父さんは昨夜、何時頃、亡くなられたのですか?」

「十時過ぎでした。三日ほど前から心臓が弱ってきていて、お医者様も今度こそ危ないかもしれないとはおっしゃっていたんですが、まさかこんなに早く逝くとは私たちも思っていなくて……」

「そうでしたか」

そういうことなら、なぜ三日前に連絡をくれなかったのか、という気もしたが、鉄平は何も口にしなかった。

「余り力を落とさないようにと社長に伝えて下さい。では、のちほど」

そう言って自分から電話を切った。

携帯をポケットにしまい、キッチンに戻って再びコンロの火を点ける。すぐにぐつぐつと鍋のお湯が沸騰し始めた。

「出前一丁」の袋を破り、乾麺を鍋に放り込んだ。若い頃から袋麺はこの「出前一丁」か「サッポロ一番」の塩と決めている。

叔父の死にさほどの驚きは感じていなかった。

事故のことを知らないまま死んでよかった、と尚之は言っているようだが、鉄平には別の感慨がある。

——これで、いよいよ加能産業も終わりだろう……。

事故から十日近くが経過していたが、社内の混乱ぶりは目を覆うばかりだ。記者会見のときからしどろもどろだった尚之は、適切な善後策を矢継ぎ早に打ち出すどころか、社規の「環境保安管理規定」で定められた事故調査対策委員会の設置ですらいまだ実現できずにいる。総務部長の金崎によれば委員の人選で手間取っているとのことだったが、よくよく事情を探ってみると、委員長ポストに川俣常務が固執して、「川俣委員長」に猛反対の菅原たちとのあいだで大揉めに揉めているらしい。社長の尚之は、この両派の対立の狭間でただオロオロするばかりのようだ。

塩ビモノマーという主力商品の一つを失い、化学メーカーとしての信用も地に堕ち、久山工場の存続さえ危うくなったいま、なまなかな経営者では会社を立て直すことは不可能だろう。調査委員会の主導権争いなどやっている場合ではないし、その程度の揉め事を収拾できない社長に今後の手腕を期待できるはずもない。

麺がほぐれたところでスープと一緒に添付のごまラー油も入れてしまう。さらに溶き卵、たっぷりの味の素とコショウ、ごま油を投入して鉄平お気に入りの「出前一丁」の完成だった。

どんぶりに盛り、買い置きのきざみネギを大量に載せてダイニングテーブルに運ぶ。野菜ジュースを一口飲んでから、あつあつのラーメンに箸を入れた。

半分ほど食べたところで、

——夏代にも叔父の死を知らせた方がいいだろうか。

と思った。

今日、明日はともかく明後日の葬儀には夫婦そろって参列するのが筋だろう。だが、あれから何の連絡もしてこない夏代が、いま美嘉とどんなふうにやっているのか想像もつかない。果たしていまのタイミングで夏代を呼び戻していいのかどうか？

さらには、耕平の一件があるなかで夏代と一緒に尚之や圭子さんと会うことにも躊躇《ちゅうちょ》がある。大恩のある叔父の葬儀の場で気まずい思いを二人にさせるのはさすがに申し訳ない気がした。

――いっそ知らせなければいいのかもしれない。

知らせてしまえば、夏代も葬儀に出ると言うだろう。何も伝えなければ、彼女は美嘉の問題に専念することができる。連絡を寄越さないのは、まだこの先の見通しが立っていないからに違いない。美嘉や卓郎という彼氏との間で何らかの結論が出れば、その段階で彼女は必ず報告してくるはずだった。

――とりあえず、夏代を葬儀に呼ぶかどうかは、今日いまから尚之の家に出向いて、彼や圭子さんの反応を見てからにしよう。

ラーメンを食べ終わる頃にはそう決めていた。

昼食のあと手早くシャワーを浴び、喪服に着替えてマンションを出た。地下鉄を使うつもりだったが、大通りに出るとタクシーを拾っていた。例の一億円を手にしてからは、何かにつけてタクシーを使ってしまう。

結局、金はまだ耕平の部屋のクローゼットに置いたままだった。銀行に預けるつもりだがなかなか足を運ぶ余裕がない。青島の意識が戻らないうちはそんなことをしている場合ではないと感じている。

事故のあと、会社では連絡会議ばかりだった。一応本部長の肩書がついているため、様々な連絡会議に呼ばれ、日々猫の目のように変わる会社の決定事項の説明を受ける。そのうち古巣の販売本部の連中たちが五月雨《さみだれ》式に鉄平のもとを訪ねて来るようになった。

彼らはやって来ると、口々に販売本部長の竹之内や化学品事業部長の須藤の狼狽《ろうばい》ぶりを嘆き、二人を含めた幹部連中の迷走ぶりを報告してくれる。三年前の六月に販売本部を追われてからは寄りつきもしなかった昔の部下たちが、どうしていまになって集まってくるのか？　最初は訝《いぶか》しかったが、さんざん愚痴を聞いているうちに次第にその理由が見えてきた。

どうやら、島流しになっているとはいえ、鉄平が創業家の一員である点に彼らは着目しているようなのだ。

「会長があんな状態で、社長がこの体たらくで、あげく川俣常務と菅原取締役が相変わらずいがみ合っているようでは会社は二進《にっち》も三進《さっち》もいきませんよ。この際、社長には引責辞任して貰って、誰か新しい人にトップになって貰うしかないでしょう」

そんなふうに遠回しに鉄平の出馬を促してくる者さえいるのだ。

加能産業の発行株式は、その七割以上を孝之会長と尚之社長が握っていた。加能家を抜きにして次の経営者を選ぶことは事実上不可能なのだ。そうなると同じ加能家から後継社長を出すのが順当な流れで、だとすれば鉄平くらいしか候補者は見当たらないというわけなのだった。

――サラリーマンというのは、なるほど目端がきいているものだ。

突然の態度変わりを屁とも思わず、すっかり袖にしていたはずの元上司ににわかに媚びを売りにくる元部下たちの姿を見ながら、鉄平は妙に感心させられてしまった。

しかし、現実的に考えれば、あの尚之がおいそれと社長を辞めるはずもなく、まして鉄平を後継に指名することなど百パーセントあり得なかった。

鉄平自身も、いまさら加能産業の経営陣に加わろうなどとは露ほども思ってはいない。

35

箱崎二丁目にある叔父の家に着いたのは午後一時過ぎだった。

豪壮な数寄屋門《すきやもん》の前でタクシーを降りる。

祖父の昇平が昭和四十年代、最も景気が良かった時代に建てたという加能家の屋敷は、まさしく豪邸の名にふさわしかった。五百坪を下らない敷地の中には、祖父が建てた古い平屋の日本家屋と、広大な庭の一部を潰して叔父が新築した三階建ての巨大な邸宅が庭園をあいだに挟む形で向き合って建っている。加能家では平屋を母屋、三階建てを別棟と呼び、祖父が亡くなってからは叔父夫婦が母屋に移り、尚之一家が別棟で暮らしているのだった。

祖父の法事や何かで父と共に博多に来たときは、鉄平たちは祖母が一人住まいをしていた母屋に泊まっていた。

門をくぐり、左右二手に分かれた道を右の方へと進んだ。曲がりくねった敷石の道をしばらく歩くと母屋の古めかしい引き戸の玄関が見えてくる。

この懐かしい母屋に入るのは久方ぶりだった。

無言で扉を引く。ががらと派手な音を立てて戸が開いた。

大きな玄関には紳士物や婦人物の靴がきちんと揃えて並べられている。全部で十足くらいだろうか。

密葬だと言ってはいたが、会社の主だった者たちや親戚筋にはくまなく連絡を入れたはずだから、今日はこれから履物の数がどんどん増えていくのだろう。

部屋の奥からは何の物音も聞こえてこない。家全体が水を打ったように静まり返っていた。

人が亡くなったときにだけ生まれる特別な静謐《せいひつ》さがあたりに満ちている。

初めて、叔父の死を強く意識した。

――父と母をすでに亡くしたいま、自分は最後の肉親を失ったのだ。

鉄平はその事実にようやく思い至った気がした。

二人の息子に「俊之」、「孝之」という名前を与え、後継者となった孝之の長男にも「尚之」という名を贈った祖父が、その二カ月後に生まれた俊之の長男にだけは自らの名前から一文字を分け与えた。

「その意味が分かるか？」

二人きりになったとき、叔父は何度かそう訊いてきた。そのたびに鉄平が首を振ると、

「いずれお前にもその意味が分かる日が来るだろう」

叔父は必ずそう言ったのだった。

――もしや叔父は、祖父から生前に何かを託されていたのではないか？

鹿児島で真由から思いがけない話を聞かされたあと、鉄平はそんなふうに考えたりもした。だが、むろん真相は闇の中だ。

靴を脱いで、式台に上がる。式台に置かれたスリッパラックからスリッパを抜いて履くと、真っ直ぐに延びた広い廊下を進んで行った。

廊下の突き当りを右に曲がる。

手入れの行き届いた美しい庭が目の前に現われる。冬場とあって芝は枯れ芝だが、ここまでの広さだとそれもまた風情がある。奥の庭池の一角が鬱蒼《うっそう》とした森になっていて、その森の向こうに豪奢な別棟が見えた。孝之の代に建てた三階家に尚之がさらに贅を加え、この祖父の質素な平屋とはまったく趣きを異にしている。

鉄平の暮らす築三十年のマンションとはそれこそ次元の違う住まいだった。

跡継ぎを蹴った代償としてすべての財産を弟に譲った父の一徹さを、この屋敷を訪れるたびに鉄平は見直したものだった。偏屈で身勝手で、親としては面白みも何もない父だったが、その頑固さには一本ちゃんとした筋が通っていた気がする。

これほどの大邸宅で生まれ育ちながら、父は人生の大半をあの三鷹の狭い借家で暮らし、しかしそんなことに一切頓着するふうがなかった。相続放棄についても後悔や不満を口にした場面を見た記憶がない。その証拠に、死の床に臥《ふ》した祖父と数十年ぶりの和解を果たしたあとも父は相続放棄の「誓約書」を反故《ほご》にしようとはしなかったのだ。

庭に沿って進んでいくと、奥から一つ手前の部屋の前にスリッパがたくさん並んでいる。確かその部屋が仏間だったはずだ。叔父はあそこに眠っているのだろう。

とそのとき、部屋のふすまが開いて背の高い喪服姿の青年が出てきた。腕に紫色の腕章を巻いている。どうやら葬儀社のスタッフのようだった。

すれ違う際に彼が小さく会釈してきたので、鉄平も目礼で返した。

閉じたふすまの前で立ち止まり、「鉄平です」と言ってからふすまを引いた。

一歩入った途端、線香の匂いが押し寄せてくる。

叔父は足をこちらに向けた姿で布団の上に横たわっていた。その両脇に黒ずくめの人々が扇を広げたような形で居並んでいる。仏間と言っても広さは十五畳くらいあった。

枕飾りの左には叔父の妻の京子《きょうこ》叔母が、右には尚之と圭子さんが座り、京子叔母の隣には尚之の妹である元美《もとみ》とその夫の宣晴《のぶはる》さんが座っていた。

そして、尚之夫妻の隣には意外な二人の姿があった。

鉄平は彼らの顔に一瞥《いちべつ》をくれたあと、元美夫婦の前を通って、白木の枕飾りの横に控える京子叔母のところまで進んだ。正座して目の前の叔母や反対側の尚之たちに黙礼し、焼香を済ませたあと上着のポケットから数珠を取り出して手を合わせた。

それから叔父の枕元ににじり寄り、顔の白布を両手で持ち上げる。

すっかり痩せて面変わりしているとばかり思っていたが、叔父の顔は最後に見舞ったときとそれほど変わったように見えなかった。眠るような穏やかな死に顔に胸のつかえが一つ取れたような心地になる。

白布を元通りにしてから正座のまま振り返り、

「ずっと無沙汰にしていて申し訳ありませんでした」

と京子叔母に言った。

「鉄平ちゃん、よく来てくれました。主人もさぞや喜んでいると思います」

叔母がそう言って手にしたハンカチで目頭を押さえる。

それからもう一度振り返り、布団に横たわる叔父をあいだに挟んで尚之夫妻と正対する。

面変わりしているのは叔父ではなく尚之の方だった。

事故当日深夜の記者会見をテレビで観てからは、その顔を見ていなかった。会見のときと比較しても面やつれがひどく、憔悴《しょうすい》振りが尋常ではない。すっかり老け込んでしまった印象だった。

「尚ちゃん、大変だったね。圭子さんも」

と声を掛ける。

尚之と圭子さんが同時に無言で頷く。

「それに、今回の事も親として心から申し訳なく思っております」

彼らの隣に座る二人に視線を投げたあと鉄平は深々と頭を下げた。

顔を持ち上げて肝腎の二人を見た。

「いつ、こっちに来たんだ」

耕平に訊ねる。

「昨日の夕方」

「ということは叔父さんの死に目には会えたわけか」

「何とか間に合ったって感じ」

「そうか」

耕平の隣では真由がいかにも気まずそうに目を伏せていた。

そんな二人を眺め、鉄平にはそれ以上掛ける言葉が見つからない。

叔父が危篤と知った時点でなぜ連絡を寄越さないのか？　あげく自分たちだけで叔父の死に目に立ち会うとは一体どういう料簡なのか？　そもそも鹿児島であれほど頑《かたく》なに親元に帰らないと言っておきながら、どうしてさっさと戻って来ているのか？

言いたいことは山ほどあるが、もはや彼らに何を言っても始まらないという諦めの方が先に立つ。

それにもまして、耕平をまるで娘婿よろしく自分たちの隣に座らせている尚之や圭子さんの存念が鉄平には理解できなかった。

――それもこれもあの事故と父親の死で尚之の心が弱り切ってしまったゆえなのか。

そうでも忖度しないことにはまるで合点がいかない。

鉄平はそのまま元美夫婦の横に席を占めた。元美や宣晴さんとあれこれ話をする。宣晴さんとは二人の結婚式以来だから二十年ぶりくらいだったが、相変わらず気さくで感じがよかった。尚之と五つ違いの元美は四十七歳。宣晴さんは確か二つくらい歳下だったはずだ。いまも大手の損害保険会社で働き、去年の春に仙台支社からようやく東京本社に戻って来たところだという。

ぽつぽつと弔問客がやって来る。ほとんどが親類縁者のようだが、鉄平の知らない顔が半分以上だった。

三十分ほどしたところで京子叔母が立って、出入りごとに開け閉《た》てしていたふすまを開放した。

一時間も経つと座布団の上の足が痺《しび》れてくる。

時刻はようやく二時を回ったところで、叔母によると菩提寺の住職が到着して枕経が始まるのは午後五時過ぎからだという。

客たちは焼香を済ませると葬儀社の女性に促されて仏間を離れ、奥にある広い居間へと案内されていた。酒食の用意が整っているその居間で彼らは枕経までの時間を潰すのだ。

「鉄平ちゃん、お昼は？」

京子叔母が身を乗り出すようにして話し掛けてきた。

「来る前に家でインスタントラーメンをかきこんできました」

「あら」

「実は、夏代がいま長崎の美嘉のところに行っていて、僕一人なんです」

「だったら、あっちで何か食べてきなさいよ。もう親戚筋はおおかた顔を見せたから」

「いいんですか？」

「もちろん」

足の痺れも限界寸前で、叔母の勧めがありがたい。

ふと耕平や真由の方を見ると圭子さんの親戚らしい人と熱心に話し込んでいた。二人とも長時間正座を続けているのを苦にもしていないふうだった。

耕平も真由もこっちに挨拶にさえ来ようとはしない。

「じゃあ、ちょっと行ってきます」

鉄平は何とか我慢して立ち上がる。よろけるほどではなかったが、爪先から足首までの感覚がほとんど飛んでいる。

叔父に向かって一礼し、出入口の方へと近づくとまた意外な人物と出くわした。

財務本部長の菅原がちょうど仏間に入って来るところだったのだ。

目が合うと菅原の方から身体を寄せてくる。

「加能さん。このたびはご愁傷さまです」

彼は小声で言った。

「わざわざお越しいただきありがとうございます」

「加能さんはもうお帰りですか」

「いえ。ちょっとこの先の控室に行って腹ごしらえをしようと思いまして」

「でしたら、僕もお焼香が済みましたらすぐにそっちに伺います」

「そうですか。じゃあ、お待ちしております」

ほんの短いやりとりで別れた。

それにしても、今日、会社の人間を見るのはこの菅原が初めてだった。

36

絨毯《じゅうたん》敷きの居間は、応接セットやテレビが取り払われ、庭園を望む大きな窓に沿ってテーブルと椅子が配置されている。台所側の壁には長テーブルが据えられ、その上に寿司桶やオードブルの皿、てんぷら、おでん、お吸い物のポット、ビールや日本酒などが並べられていた。

弔問客は三々五々テーブルに陣取って、酒を酌み交わしながら料理をつまんでいる。鉄平は誰もいない隅のテーブルを選び、出入口を向いた椅子を引いて腰を落ち着けた。

五分と経たないうちに菅原が姿を見せる。鉄平を見つけると手を挙げ、長テーブルでウーロン茶の瓶とグラスを取ってから鉄平の卓へとやって来た。

向かいの椅子に彼は座る。

「じゃあ、献杯」

まずはそう言って菅原はグラスに注いだウーロン茶を持ち上げる。鉄平も飲みかけだった自分のグラスを手にして「献杯」と小さく返した。

「禁酒ですか？」

うまそうにウーロン茶を飲んでいる菅原に訊ねた。彼は社内では一、二を争う酒豪として聞こえていた。

「加能さんもでしょう」

鉄平のウーロン茶を見ながら菅原が言う。

「ええ」

「青島君はどうですか？　やけどの方はかなり改善したと聞いているんですが」

「昨夜、青島夫人もそう話していました。ただ、意識が戻るかどうかは分からないと医者は言っているんだそうです」

「そうですか……」

菅原が沈痛な面持ちになる。

それから二人ともしばらく黙って、窓の向こうに広がる枯れ芝の風景を眺めていた。

「会長は、この母屋に移って来て初めて先代の気持ちが分かったって、よく言っていました」

ぽつりと菅原が言った。

「先代の気持ち？」

「そうです。あの別棟の方を指さして、あんな立派な屋敷を構えてしまった自分が情けないと笑っていましたよ。全然先代の気持ちが分かっていなかったって」

「菅原さんはよくここにいらしたんですか」

「ええ。休みの日に会長に会いにちょくちょく来ていました」

「そうだったんですか」

「川俣君ともたびたび一緒に来ましたよ」

「川俣さん？」

「ええ。彼も会長のことが大好きな男でしたからね。いまじゃあこんな有様ですが、会長が社長だった頃は彼とは肝胆相照らす仲だったんですよ。会社の中ではそんなふうに見せないようにお互い努力していたんですが」

「そうですか……」

確かに叔父は、川俣常務の力量も買っていた。菅原、川俣が加能産業の両輪だと話してくれたこともある。

「加能さん」

菅原が手にしていたコップを卓に戻してこちらを見た。

「一昨日の夜、その川俣君を柳月《りゅうげつ》に呼んで、久しぶりに二人きりで話してみたんです」

「柳月」というのは、叔父が馴染みにしていた中洲の古い料亭だった。鉄平も大事な客を叔父に引き合わせるときは決まって「柳月」を使ったものだ。

　菅原がなぜそんな話をしてくるのか、いささか奇妙に思える。

「川俣君は、今回の事故は、災い転じて福となす絶好のチャンスだと言うのです」

「チャンス?」

　菅原が大きく頷いた。

「老朽化していたプラントが丸焼けになってくれたおかげで、一気に新プラントに塩ビモノマーの生産を移すことができると」

「まさか」

「いや。彼は本気なんですよ。新プラントの建設を諦めないどころか、ますますその気になっている」

「しかし、人が一人死にかけたんですよ。僕の部下の青島君はまだ意識も戻っていないんです」

　菅原は無言のまま鉄平から目を逸らし、庭の方に顔を向けた。

「菅原さん……」

　調査対策委員会の委員長に川俣が就くことに頑強に抵抗している菅原の真意がこれで分かったような気がする。

　川俣は報告書の作成を主導することで、事故原因をすべて塩ビプラントの老朽化に帰結させてしまう肚《はら》なのだろう。だが、あらゆる事故がそうであるように、原因究明で最も大切なのは「人災」の側面をどれだけきっちりと炙り出せるかなのだ。

「加能さんもご承知の通り、これだけの大事故を引き起こしておいて同じ工場内にすぐさま新しいプラントを建設するなど世間が認めるはずがありません。財務的に見ても、いまの加能産業に到底そんな余力がないのは明らかです。ところが、川俣君たちは一か八かの賭けに打って出てでも新プラントをやり抜こうと考えている。これ以上、彼らの言う通りにしていたらそれこそ会社の命運が尽きてしまう恐れすらあります」

菅原の話が事実なのであれば、鉄平もまるきり同意見だった。

「社長は何と言っているのですか？　これだけ世間から指弾を浴びている最中にまさか川俣常務に同調しているわけではないでしょう」

深夜の会見以降、地元紙や地元テレビを中心に加能産業の利益優先の経営体質が厳しく問われていた。メディアは設備の老朽化を放置したままの増産に次ぐ増産が今回の事故に繋がったと追及しているのだ。むろん批判の矢面に立たされているのは社長の尚之である。

「それがそうでもないんですよ。今回の事故で社長はますます川俣君のマペットと化しています。こういう言い方はしたくありませんが、いまの社長に正常な経営判断を望むのは不可能ではないかと思います」

「そうだとしたら先ほど菅原さんが奇しくもおっしゃったように、会社の命運が尽きたと考えるしかないでしょう」

「それでは幾らなんでも亡くなった会長に申し訳が立ちません」

「しかし、川俣さんがそんなふうで、しかも社長がその体たらくでは、実際のところ菅原さんお一人の力ではいかんともしがたいのではないですか」

　会社の現状が救いようのないものだとしても、いまの鉄平にできることは何もない。同じ加能の姓を名乗ってはいても、彼は単なる一従業員に過ぎないのだ。

「加能さんから、社長に進言していただくわけにはいきませんか？　そのための詳細な資料ならすぐにでもご用意します。血を分けた従兄弟同士、しかも同い年の加能さんからの忠告であれば社長も少しは耳を傾けてくれるかもしれない」

　菅原は身を乗り出すようにして言った。

「菅原さん、そこはあなたも十分に分かっていると思いますが、いまの僕にそんな力はまったくありません。下手にそういうことをしたら却って逆鱗に触れるだけだと思います。そこは取締役である菅原さんが、膝詰めで社長を説得する以外にないでしょう」

「事故後も、社長とは何度も話はしたのです。ですが、いまの社長の耳には何も入っていかないのが現状です」

「だとすれば、僕が話したところで結果は同じですよ」

「そうでしょうか」

菅原は気落ちした表情を作る。

「ただ、こうして会長もお亡くなりになり、社長の心境が何かしら変化する可能性もないとは言えません。もしかしたら唯一の身内である加能さんにアドバイスを求めてくるかもしれない。ですから、とりあえず、会社の現状をまとめた資料や最近の役員会の内容を整理したものを週明けにでも加能さんのもとに届けておきます。何かのときのために是非、目を通しておいて下さい。よろしくお願いします」

最後にそれだけ言うと、菅原は椅子から立ち上がった。

そんなことは無意味だし、自分にはもはや加能産業への未練はまったくないのだ、と鉄平は口にしようとして言葉を飲み込んだ。目の前に佇立する菅原の姿が余りに悄然《しょうぜん》として見えたからだ。

「もうお帰りですか?」

引っ込めた言葉の代わりに訊ねる。

「ええ。会長とはさきほどしっかりお別れをさせていただきましたので」

菅原は気を取り直したようにきっぱりと言い、

「加能さん、近々、あらためてご相談させていただくこともあるかと思います。そのときはまたよろしくお願い致します」

と一礼して彼はテーブルを離れていったのだった。

37

密葬が終わって二日後の一月二十五日水曜日。その日は各紙朝刊に孝之の訃報が載った日でもあった。

午後二時過ぎ。椅子の背に掛けてあった上着のポケットの携帯が鳴った。

普段は机の上に出しておくのだが、社員食堂に昼飯を食べに行ったときに携帯をポケットに入れ、そのまま上着を脱いでしまったのだ。たまにそういうことがあった。

急いで取り出して画面を見る。

「美穂夫人」と表示されていた。

「もしもし、加能ですが」

彼女からの電話にはいつも緊張する。青島の容態に何かあったのかもしれない。

「もしもし、美穂です。いま病院にいます」

だが、電話の向こうの声はたいそう弾んでいた。

もしや、と鉄平は思う。

「さきほど、青島が目を覚ましました。まだちゃんと話はできないんですが、私の言葉は分かっているみたいで、ときどき頷いたりしてくれるんです。主治医の先生も、これでもう大丈夫だろうっておっしゃっています」

案の定だった。青島が意識を取り戻してくれたのだ。

「そうですか……」

だが、それ以上の言葉が出ない。一瞬で全身の力が抜けてしまっていた。

「加能さん、ずっと心配して下さってありがとうございました」

「とんでもありません。とにかくよかった。本当によかった」

そう言いながら、祭壇に飾られていた叔父の遺影が鉄平の脳裏に浮かんでいた。

「社内の方々にも、このことをお伝えいただけますか」

「もちろんです。みんなどれほど喜ぶか。社長にもすぐに伝えて貰います」

「ありがとうございます。どうぞよろしくお願いいたします」

「はい。僕も夕方には一度そちらに伺います」

「その頃は、私は仕事でたぶんいないと思います。申し訳ありません」

「そんなとんでもない。青島君の顔を見たらすぐに引きあげますので。とにかく、よかった。奥さん、おめでとうございます」

「ありがとうございます。それでは失礼いたします」

夫人の方から電話は切れた。

「青島さん、意識が戻ったんですか？」

向かって右の席に座っている峰里愛美が声を掛けてくる。

「ああ、さっき目が覚めたらしい。もう大丈夫だそうだ」

「やったー」

愛美が大声を上げ、他部署の人間たちがわらわらと試験機器調達本部のシマに集まってくる。

「青島君、意識が戻ったんですか?」

と問われるたびに、

「ああ、たったいま奥さんから電話があった。もう大丈夫だそうだ」

と鉄平は答え続ける。

やった、やったと誰もが口々に叫んでいる。バンザーイと両手を上げて喜びをあらわにする者もいた。あっという間に人の数が増えていった。

「そうか。青島が生き返ったか」

「よかった、よかった」

男女こもごもいろんな声が聞こえる。

鉄平はその光景を眺めながら、叔父の仮通夜の日の菅原の話を思い出していた。

こうして社員みんなが青島の安否を気にかけている状況の中で、あの爆発事故を「絶好のチャンス」と言った人間がいたのだ。いま青島の回復を心から喜んでいる彼らにそのことを伝えたら一体どんな顔をするのだろう。

そう考えると何もかもが馬鹿馬鹿しくなってくる。

月曜日、叔父の葬儀を終えて出社すると、デスクの上に分厚い社用封筒が載っていた。「加能本部長様」と宛名が記されただけで差出人の部署名や名前はなかった。開封してみると会社の財務関係資料や財務企画部が作成した様々な分析資料、そして役員会の議事録などがどっさり入っていた。

手紙のたぐいは何もなかったが、これが菅原の話していた書類に違いなかった。

だが、その分厚い紙の束を見た途端に鉄平は目を通す気を失ってしまったのだ。

自分がこんなものを読み込んでみたところで何になるわけでもない、というのがその理由の一つだった。だが、別の理由もあった。

会社の現状がどうなっているのかなど、こんなご大層な資料を読むまでもなく自分には充分理解できているという自負があったからだ。

38

仮通夜、本通夜の席でも、葬儀の席でも耕平や真由とはほとんど口をきかなかった。向こうも何も言って来なかったし、鉄平が話しに行くこともなかった。

ただ、圭子さんとは本通夜のときにしばらく話をした。彼女の方が声を掛けてきたのだった。

鉄平の方からは、今月七日に偶然、尚之に会って耕平と真由との関係を初めて知ったこと。驚いて次の日、さっそく鹿児島に真由を連れ戻しに行ったこと。しかし、実際に二人に会ってみれば、それが不可能だと分かり、諦めて帰って来たことなどを伝えた。どの話も圭子さんはすでに知っているようだった。

「こんなことになってしまいお詫びのしようもありません」

鉄平が謝ると、

「別に鉄平さんが悪いわけじゃありませんから」

と圭子さんははっきりと言った。

「しかし、耕平までついてくるとは、今回もさぞやご迷惑だったでしょう」

祖父の危篤の知らせを受け、孫娘の真由が駆けつけるのは分からないでもない。だが、ボディガードよろしく耕平まで乗り込んできたのには尚之も圭子さんも啞然としたことだろう。

「耕平ちゃんにとっても義父は亡くなったおじいちゃんの弟ですもの。うちはちっとも迷惑だなんて思っていませんよ」

するとと圭子さんは意外な物言いをした。

「とはいっても尚ちゃんにすれば腹に据えかねることでしょう」

「鉄平さん」

と、そこで圭子さんは少し間を置いて言った。

「うちとしては、この際、真由の思う通りにしてやろうと考えているんです」

「思う通り？」

鉄平にはその一言がうまく呑み込めなかった。

「ええ。たしかにまだ二人とも学生ですし、耕平ちゃんはこれから歯科医になるための大変な勉強も待っている。でも、あんなふうに仲睦《むつ》まじい姿を見ていると、いまさら親がどうこう言っても仕方がないと思うんです。実はね、私や夏代さんは高校時代から二人が付き合っているのはずっと知っていたの。血が繋がってるせいもあるのかもしれないけど、あの子たちは本当にウマが合うというか、分かり合えるというのか。まだ若過ぎるのは充分承知なんですけど、あんなに好き合っている者同士を、幾ら親だからって力ずくで引き離すのは無理な相談だと思うんです」

「いや、しかし……」

男側の親からすれば渡りに船の圭子さんの言葉だったが、鉄平にはどうにも納得がいかない。

それではまるで耕平や真由の〝言いなり〟というだけではないか？

自活もできない学生の身分の彼らにそんな勝手を許していいのか？

「だけど、真由ちゃんの学校はどうするんですか。それに、あの二人はこれから一体どうやって暮らしていくつもりなんですか」

「鉄平さんも聞いたと思うけど、真由は四月から鹿児島の専門学校に通うらしいの。本人もバイトしながら頑張るって言っているし、いまの大学は辞めるしかないわね。暮らしの方は真由が卒業して働けるようになるまでは私たちの方で手助けしてあげるしかないでしょう。耕平ちゃんも、歯科医になったら必ず返済するからお金を貸して欲しいって、うちの主人にきちんと頭を下げてくれたの。主人もそういう覚悟があるのなら援助してやっても構わないって言ってるのよ」

「はあ……」

鉄平は口をぽかんと開けるしかない。

「ということは、そちらでは結婚させてもいいというおつもりなんですか」

鹿児島で聞いた話だと、尚之の反対を見越して夏代が二人の入籍を急がせようとしているふうだった。だが、いまの圭子さんの言い方だと尚之もさして抵抗を示していないことになる。

「二人がそうしたいって言っているんだから、それはそれでいいんじゃないかしら」

圭子さんはあっさりと言った。

「尚ちゃんは何て言っているんですか?」

「主人も、真由の鹿児島行きを認めている以上、結婚について異存はないと思います。どうせうちも一人娘でしょう。真由に養子を取るしかないだろうって主人といつも話していたんです。だけど、耕平ちゃんと一緒になるんだったらそんな心配もいらないし、会社のことだって、耕平ちゃんはともかく、真由とのあいだにできた子供に継がせる道もあるでしょう。それまでは主人と鉄平さんに一生懸命頑張って貰えばいいんだから。主人も、今回お義父さんが亡くなってみて、そういうふうに考えを改めたんじゃないかと私は睨んでいるんですよ」

圭子さんの話を聞いているうちに、鉄平もそれはそれで悪くないのかもしれない、とつい思ってしまいそうなくらいだった。

だが、彼女の言うことはただの現状追認であり、親としてあまりに無責任な態度と言わざるを得ない。物事は結果よければすべてよしというわけではない。そこに至るプロセスに正当性がない限り、ついてくる結果は一時的な満足しかもたらさないに決まっているのだ。

耕平と真由が本気で一緒になりたいのであれば、親の援助など一切当てにせずに自分たちの力だけで新しい人生を切り拓いていくべきだろう。

男女が結婚するとは、そういうことであるはずだ。

「夏代さんも、きっと同じ気持ちだと思うのよ」

鉄平が何も言わないでいると、圭子さんは気を回したつもりか、そんなことを言った。

「夏代とは、もう話をしたんですか」

「直接にはまだよ。夏代さん、いま美嘉さんのところなんでしょう?」

「ええ」

「ただ、真由や耕平ちゃんの話だと、彼女も同じような考えを持っているみたいだから」

両家で集まって話し合うべきだと勧めたとき、耕平たちは、親と顔を合わせるのは気が進まないからスカイプを使って話し合おうと提案してきたのだ。そんなふざけた認識の息子や娘に対して、どうして圭子さんや尚之はここまで寛容になれるのか。

そして、それは夏代にも言えることであろう。

——俺にはまるでついていけない……。

いつの間にか内堀まで埋められた格好で耕平と真由との関係を知らされ、今度は手も足も出ないような形で二人の結婚を一方的に通告される。

——ここまで人をないがしろにした話は滅多にないだろう。

「とにかく、夏代が長崎から戻ったら一度、親同士で集まって話をしましょう。結論はそのあとでも遅くないと思いますから」

かろうじてそれだけ言って、鉄平は圭子さんと別れたのだった。

39

夏代から電話があったのは、一月三十一日火曜日の夜九時過ぎだった。

家を出て二十五日目、長崎の美嘉のところに身を寄せてちょうど三週間が経っていた。夏代が電話を寄越すのは、爆発事故の日以来のことだ。結局、叔父が亡くなったときもお互いに連絡を取り合うことはなかった。

叔父の死については耕平から知らされたに違いないが、通夜や葬儀に参列したいとは言って来なかったのである。

「明日、美嘉を連れて病院に行ってくるわ」

と夏代は言った。

「病院？」

「ええ。美嘉もどうにか納得してくれたから」

その一言で何をしにいくのかが分かった。

胸の奥に針で突いたような鋭い痛みが走る。

「そうか……」

三週間も一緒に暮らして、美嘉と夏代で導き出した結論のはずだ。それにとやかく言う資格は自分にはないと鉄平は思う。「美嘉についてはすべてきみに任せる」とあらかじめ伝えてもいた。

「相手の男とは話したのか」

「もちろん」

夏代は言い、

「何度も話したわ」

と続けた。

「彼の方は何と言っているんだ」

「そうね。一言で言えば、ひたすら困っているって感じかしら」

人の娘を妊娠させるような真似をしておいて「困っている」はないだろうと思うが、一方で、それ以外に表現のできない気持ちだろうとも思う。なにしろ相手はまだ二十二歳の学生なのだ。

「彼がいますぐ親になるなんて絶対無理だし、それは美嘉も同じよ。この三週間、美嘉とじっくり話して分かったのは、結局、美嘉はその卓郎君という彼氏に捨てられたくなくて妊娠したのよ。それがどれだけ彼氏にショックを与えるのか美嘉にはまるで分かってなかったみたい。子供ができたって言ったときの反応を見て、美嘉はやっとそのことに気づいたのよ」

「じゃあ、二人はすでに別れていたのか？」

「それがそういうわけでもないの。卓郎君と話してみると、美嘉の方が一方的に捨てられると勘違いしていたみたいで、彼自身は別れる気なんて全然なかったのよ」

夏代の言っていることが鉄平にはよく理解できなかった。自分がすっかり部外者と化しているのを痛感する。

「美嘉は、どうしてそんな勘違いをしたんだ？」

「それがね……」

夏代は小さく溜め息をついた。

「看護学校の同級生に、卓郎君に新しい彼女ができたみたいよって言われたらしいの。その子の彼氏が卓郎君と同じ学校で、彼氏から聞いたっていうわけ。それで美嘉はすっかりその噂を信じ込んでしまって、どうやら、少しヘンになっちゃったみたいなのよ」

「ヘンになった？」

「だから、卓郎君に毎日何十通もメールをしたり、突然アパートを訪ねる、みたいなことを繰り返したらしいの」

「それで」

「それで、卓郎君も嫌気がさして、美嘉を遠ざけるようになったのよ」

聞いているだけでうんざりするような話だった。

「それっていつ頃のことなんだ」

「去年の夏くらい」

「で、どうなったんだ」

「さすがに美嘉もしばらくして目が覚めたらしくて、よくよく聞いてみたら卓郎君が言うように、そんな噂はでたらめだと分かって、それで土下座するみたいに彼に謝って縒《よ》りを戻して貰ったそうなの」

「きみは、そんな話、一体誰から聞いたんだ?」

あのしっかり者の美嘉がそのように取り乱すとはおよそ信じがたかった。

「もちろん両方からよ」

両方とは美嘉と彼氏の両方ということなのだろう。

「で、それと今回のこととがどう繋がるんだ?」

「美嘉は、もう二度と同じ目に遭いたくないと思ったのよ。だから、縒りが戻るとすぐに卓郎君の子供を身ごもろうと決意したみたいなの。そのために基礎体温を計ったり、靴下を二枚履いて学校に通ったり、いろんなことをして必死で妊娠に漕ぎつけたのよ」

「彼氏の方もそういうつもりだったのか?」

「そんなわけないでしょう。美嘉が自分だけの思いで妊娠しちゃったのよ」

「それじゃあ……」

「そう。卓郎君としては、美嘉にはめられたようなものなの。そもそも彼は浮気なんてしてなかったし、美嘉と別れる気もまるでなかったんだから」

「何なんだ、それ」

「というわけで、どう考えてみても、いまの美嘉に子供を持つなんて到底無理なの。今回は諦めて貰うしかないと思うのよ。こんな形で生まれてくる赤ちゃんだってかわいそうだもの」

「美嘉は本当に納得しているのか」

「完全にはしていないけど、もう時間がないし、そうして貰うしかないわ」

「しかし……」

すでに成人している娘をそうやって無理やり堕胎させるのが正しいのかどうか、鉄平には判断がつかない。

「結局、美嘉は卓郎君と別れたくないだけなのよ。母親になる力はまだあの子のなかに育っていない気がする。母親になるというのは彼女が思っているほど軽いことじゃないんだから」

夏代にそんなふうに言われると何も言い返せなかった。

男には、母となる女性の気持ちは永遠に理解できない。母になる重さと父になる重さとに決定的な違いがあるのは自明だろう。現にいまの状況を見ても、美嘉のことにしろ耕平のことにしろ鉄平は完全に蚊帳の外に置かれ、ただ現実が過ぎ去っていくのをぼんやり眺めているようなものだった。

父親とは所詮その程度の存在なのだろうと思う。

それにしても、美嘉の意外な一面を見せつけられて言葉もなかった。男と別れたくないから、男を繋ぎ留めたいからと二十歳そこその若さで子供を宿してしまって、美嘉はそのあと一体どうするつもりだったのか。自分のやっていることがどれほど重大な結果を生むかを彼女は少しでも考えなかったのか。

「だけど、こういう事態になってしまっては、その彼氏との関係もじきに破綻する可能性が高いだろう」

至極当然なことを鉄平は口にした。別れるのが嫌で妊娠するような相手と長続きする男はほとんどいない。

「そのときが一番怖い気がするわね。とにかく、明日無事に手術が終わっても、しばらくこっちにいて美嘉の様子を見るつもり。あなたには迷惑をかけるけど、よろしくお願いします」

「もちろんだ。美嘉が元気になるまでずっと一緒にいてやってくれ」

「ありがとう。じゃあ明日、終わったらまた連絡します」

そう言って夏代の電話は切れた。

最後まで、鉄平の体調や暮らしぶり、例の事故について彼女が訊ねてくることはなかったのだった。

40

しかし、夏代から電話が来たのは翌々日の朝のことだ。

当日は会社でも美嘉のことを考えて気もそぞろだったし、夜になっても連絡が入らず、よほどこちらから電話しようかと思い悩みながら寝床に入ったのだった。

手術が失敗して美嘉がどうにかなっているのではないか？

無事に病院から戻ったものの激しいショックで錯乱状態に陥っているのではないか？

元看護師の夏代がついているのだから心配ない、と自分に言い聞かせながらもそんな想像で頭がいっぱいになっていた。

丸一日過ぎても音沙汰がなければ、そのときは連絡しようと思っていたところ、午前八時過ぎに携帯が鳴ったのである。

「おはよう」

夏代の声に〝万が一〟はなかったのだとすぐに了解した。

「おはよう。美嘉はどうしてる？」

とはいえ美嘉の様子が心配だった。

「昨日は電話できなくてごめんなさい。結局、手術は受けなかったのよ」

だが、夏代の言葉は予想に反したものだった。

一瞬、病院に行く直前に流産でもしたのではないか、とまた不安がよぎる。

「どうして？」

自分の声が上ずっているのが分かった。

「病院には一緒に行ったんだけど、トイレに行くって言って、あの子逃げ出しちゃったのよ」

夏代の方は呆《あき》れたような口調だった。

「逃げ出した？」

「そうよ。最初は何が起きたのか分からなかったわ」

その声を聞きながら、鉄平はなぜか深く安堵していた。

――そうでなくちゃ美嘉らしくない。

という気がしたのだ。

「で、美嘉はいま何をしているんだ？」

「何してるも何も、帰って来ないのよ」

「帰って来ない？　じゃあどこにいるか分からないのか」

再び心配が戻ってきた。まさかそのまま失踪してしまったのではないか？

「どこって、彼氏のマンションに転がり込んでいるわ」

「彼氏って、あの彼氏？」

「子供の父親の」と言おうとして咄嗟《とっさ》に「あの」に切り替えていた。

「他にいないでしょう」

だんだん夏代の物言いが八つ当たりふうになってきている。

「で、二人はどうしてるんだ。美嘉とは話したのか？」

「それが、話せないの。美嘉の携帯に掛けたら彼氏が出るのよ。なんだかすっかり母親不信みたいで」

「彼氏とは話したのか？　もともと彼だって病院に行くのは同意していたんだろう」

「彼氏は、しばらくそっとしておいてくれって言うだけよ。あとは僕たちでもう一度しっかり考えますって。美嘉を電話口にも出さないんだからカチンとくるわ」

「だけど……」

「堕胎には同意していたんだけど、昨日の美嘉の様子を見て彼の方も気が変わったのかもしれないわね」

「じゃあ、どうするつもりなんだ」

「さあ、分からないけど、二、三日したら二人に会いに行ってみるわ。しっかり考えるって言ってるんだから何らかの答えを二人で出すんだろうし。それまでは様子見しかないと思う」

「それで、やっぱり子供を産むことにしたって言われたらどうするんだ？」

そうなる可能性もゼロとは言えないだろう。

「そのときはそのときなんじゃない。美嘉がどうしても産みたいのであれば、それはそれで仕方がないもの」

さきほどは病院から逃げ出したと聞いていささか痛快に思えたが、現実に立ち戻って美嘉があの若さで子供を産むことを考えると再び不安が昂じてくる。

「しかし、美嘉がいなくなってびっくりしただろう」

自分の気持ちを紛らわす意味も込めて話頭を変える。

「そりゃ驚いたし、もの凄く怖かったわよ」

「怖かった？」

「そうよ。このまま自殺でもされたらどうしようって思ったわ。彼氏の部屋にいるってメールが来るまでは生きた心地がしなかったもの」

「大丈夫だよ。あの子は自殺なんて絶対しないよ」

「そうかしら」

「ああ。そんな子じゃないよ、美嘉は」

「どうして分かるの？」

「そりゃそうだろう。自殺するような子は、付き添ってくれた母親を置き去りにして病院から脱走なんてしないさ。そういう思い切った行動に出るところはきみそっくりじゃないか。そして、きみはどんなことがあっても自殺するような人間じゃないだろう」

夏代は黙ったままだった。

「しかし、脱走とは傑作だな」

「まあね。病院まで来てみて、よっぽど嫌になったんでしょうね」

「とにかく、きみもお疲れだったね」

「ほんとよ。めちゃくちゃ疲れたわ」

「二、三日、ゆっくりするといいよ。美嘉のことは彼氏に任せておけばいい。そのうち彼らも冷静になって、いろんなことを考えるだろう」

「かもしれないわね」

だんだん夏代の声が穏やかになってくるのが分かった。

「ちゃんと寝てるのか？」

そういえば、美嘉は学校はどうしているのだろう？――ちらと浮かぶ疑問を追い払いつつ訊いていた。ここまでの事態となれば、そんな細かいことを訊ねても仕方がないと思い直したのだ。

「しっかり寝てるわよ。あなたは？」

「僕の方も元気にやっているよ。会社は例の事故のあとしっちゃかめっちゃかになってるけどね」

「でも、意識不明だった人の意識が戻ったんでしょう。新聞で読んだわ」

「ああ。もうだいぶ元気になっているみたいだ」

彼が部下だというのは言わなかった。いまさら伝えても意味はないだろう。

「それだけでもよかったじゃない」

「そうだね。叔父さんの訃報が新聞に載った日に目が覚めたんだ。きっと叔父さんが最後に何とかしてくれたんじゃないかと思うよ」

「かもしれないわね。あの人は立派な方だったもの」

「耕平たちは元気にしているのか？」

「みたいよ。明日、真由ちゃんがこっちに来てくれることになってるの」

「真由ちゃんが？」

「そう。手術が終わったら来て欲しいって頼んでおいたのよ。美嘉の気持ちを落ち着かせたかったし、いろいろ母親の私には話せないこともあるだろうと思ったから。そしたら、こんなことになっちゃって。でも、予定通り来て貰うことにしたわ。彼女だったら美嘉も会うだろうし、卓郎君のこともよく知ってるから」

「そうか……」

案外耕平も一緒かも知れないと思ったが、鉄平はそれも訊かないことにした。

耕平にしろ美嘉にしろ、もう子供ではないのだ。そして、子供は、親にとって子供のままで大人になっていくのだろう。

今回の耕平や美嘉を見ていて、鉄平はそのことを思い知った気がしていた。

彼らと自分たちとは、いつの間にか持っている時間も、生きている世界もまったく別のものになっていたのだ。子供たちには子供たちの時間と世界があり、親である自分と夏代にはこれまた別の時間と世界がある。要はそういうことなのだと思う。

だとすれば、彼らの行動を咎《とが》めることも許すことも必要ないのかもしれないし、そんなことは最初から親にはできない相談なのかもしれない。

「じゃあ、美嘉と話ができたら連絡をくれ。僕はとりあえずこっちで成り行きを見守っているから」

と鉄平は言い、

「それが一番いいような気がするんだが、どうかな」

と付け足した。

「そうね」

夏代が言う。

「最終的には、美嘉たちが決めた通りにするしかないんだものね。私やあなたに何ができるかはそのあと考えればいいのかもしれないわ」

「まあね。じゃあ、きみもしばらく骨休めをしてくれよ」

「そうするわ」

そうやって夏代との最後の電話のやりとりは終わったのである。

41

青島の病室を訪ねるのはちょうど一週間ぶりだった。

目を覚ました日の夕方に見舞ったときも、美穂夫人が電話で伝えてくれたよりも意識ははっきりとしていて、短時間ではあったが簡単な会話を交わすことができた。

ただ、事故前後の記憶に関しては「ぜんぜん思い出せないんです」と言っていた。

二度目が先週の日曜日で、事故の記憶もだいぶ取り戻している様子だった。

それでも二回目の大爆発についてはまったく憶えていないようで、「その爆発で物流用地まで吹き飛ばされたなんて、我ながら信じられない気分ですよ」と笑っていた。

今日は、先週に比べてさらに青島は回復しているようだった。前回は電動リクライニングベッドの背部を持ち上げて、それを背もたれ代わりに喋っていたが、いまはもうベッドの上にパジャマ姿で胡坐《あぐら》をかいていた。

だが、相変わらず二度目の爆発のことは思い出せないらしかった。

やけどは背中を中心にかなりの範囲に及んでいるようだが、痛みもだいぶ減ってきているらしい。昨夜は一度も痛み止めを飲まなかったと言っていた。

今週は会社の連中がひっきりなしに見舞いに訪れたはずだった。それもあって鉄平は病院に顔を出すのを遠慮したのだが、青島はいたって元気そうで、どこか吹っ切れたような明るさを醸し出している。

その一番の理由は、上司である鉄平の前でうつ病の真似をしなくてもよくなったからだろう。先週訪ねたとき、彼は真っ先に、

「本部長、うちの女房がヘンなお願いをしてしまったみたいで本当に申し訳ありませんでした。きつく叱っておいたので、どうか許してやってください。僕の病気についてはお袋が話した通りなんです。会社や本部長には申し開きのできないことをしてしまって、責任を痛感しています」

と頭を下げてきたのだった。

「そのことは会社には一切言っていないから、きみも何も言わないようにしてくれ。できればおかあさんにも口止めしておいてほしい」

鉄平は釘を刺し、

「いまさら本当のことを打ち明けたって誰の得にもならない。今回の事故で、うつ病も一緒に吹き飛んでしまったと会社には説明すればいいんだ。もちろん、きみがもう一度うちの会社に復帰する気があればの話なんだが。もし戻って来てくれるんであれば、今度は、きみが一番望む部署に行けるように僕の方で全力を尽くすつもりだ。そこはちゃんと約束させて貰うよ」

と付け加えておいたのである。

二時過ぎに病室に着いたが、見舞い客は誰もいなかった。十五分ほどして美穂夫人が姿を見せたので買ってきたイチゴを渡すと、

「いつも申し訳ありません。それに先日は過分なものまで頂戴してしまい、加能さんには何と御礼を申し上げてよいか分からないくらいです」

と彼女は恐縮しきりだった。

どうやら旦那にも怒られて、鉄平と面と向かうのはバツが悪い感じだ。そういう彼女の様子を眺めていると、案外根は素直な女性のように見える。やはり姑の語る嫁像はかなり割り引いて聞いておいた方がいいようだ。

見舞金は十万円を包んだ。本当は五十万、百万でもいまの鉄平には痛くも痒《かゆ》くもなかったが、奮発し過ぎると却って変に思われてしまうと自重したのだ。

あの一億円は、青島の意識が戻った翌日の先月二十六日、さっそく三菱東京ＵＦＪ銀行

の口座に預金してきた。博多のような大都市でも都市銀行の支店は中心街に限られ、各駅の支店やATMはほとんど地銀で占められている。それでも鉄平は三菱の口座をなるだけ使うようにしていた。勤務先も住所も携帯の番号も全部が変わってしまったなかで、せめて銀行口座くらいは東京時代のままでいたかったのだ。

青島の個室は決して広くはないが、小さなキッチンがついている。そこで美穂夫人がさっそくイチゴを洗って、夫と鉄平の分をそれぞれ小鉢に盛って出してくれた。

病院の近くのフルーツ店で二パック買ってきたが、一パック三千円の高級イチゴだ。

「私はちょっと子供をお迎えに行ってきます」

そのあと美穂夫人は病室を出て行った。

今年三歳になる娘はずっと東区の青島の実家に預けているらしい。保育園の送り迎えも祖父母が車を使ってやってくれているようだった。

青島は大粒のイチゴをぱくぱくと食べている。鉄平は一粒だけ口にして、あとは皿ごと彼に差し出した。

「遠慮なくいただきます。とにかく腹が減って仕方なくて」

と青島は笑顔になって鉄平の分もあっという間に平らげてしまう。

そういう姿を見ると、まだ彼も二十代の青年なのだとつくづく感じるのだった。

いま、この青年の若い肉体は急速に精気をよみがえらせているのだろう。

「ところで、金曜日に総務の金崎君と話したんだが……」

小鉢をキッチンへ持っていったあと、鉄平は使っていた丸椅子を少しベッドの方へ近づけて座り直し、青島の顔を正面から見た。

ティッシュで口を拭《ぬぐ》っていた青島が、丸めたそれをくず籠に捨てて胡坐のまま姿勢を真っ直ぐにする。

「はい」

と先を促してきた。

「退職することに決めたというのは本当なのかな？」

一昨日の金崎の話では、電話で直接青島と話して意志を確認したと言っていた。

「身体の方はとにかくじっくり治して貰っていいし、その間はもちろん休職扱いにするだけでなく特段の配慮もするつもりだからと翻意を促したのですが、どうやら意志が固いようでした。恐らくうつ病のことも絡んでいるんじゃないですかね。もともと久山であれこれ悩んで一度休職していますし、今回の事故によるＰＴＳＤの可能性もありますんで、そういうことを考えて環境を全部変えたいってことなんじゃないかと思います」

珍しく金崎も殊勝な物言いで説明していたのだった。

「申し訳ありません」

青島が小さく頭を下げた。

「別に謝るようなことじゃないよ」

鉄平は微笑《ほほえ》んでみせる。

一週間の時間を置いて、今日は青島の希望の部署を聞くために病院を訪ねるつもりだったのだが、退職が事実であればもはやそれも詮無いことではあった。

「先の当てはあるのかな？」

補償金も含めて、とりあえずはまとまった金が入るだろうが、何年も家族三人で暮らしていけるほどの額ではないだろう。しばらくは静養するにしても、この様子だと体調が回復するのにそれほどの時間がかかるとは思えない。あと一、二カ月もすれば充分に仕事に戻ることができるに違いなかった。

「まだ誰にも言っていないので、本部長だけの胸に留めておいていただきたいんですが、よろしいでしょうか」

さらに青島は胡坐を正座に変えて言った。

「もちろん誰にも言わないよ」

鉄平も身を乗り出す。

「実は海外に出ようと思っているんです」

「海外？」

意外な話だった。

「はい。大学院の先輩で、いまカナダのバイオ関連の企業で研究職をやっている人がいて、その人からずっと誘われてはいたんです。ただ、娘もまだ小さくて心臓に問題も抱えていましたし、とても海外は無理だと思って辞退していました。そしたら、今回の事故のことを聞きつけてすぐにメールをくれまして、改めてこっちで一緒にやらないかって声を掛けてくれたんですよ」

「なるほど……」

相槌《あいづち》を打ちながら、鉄平はいささか不思議な心地になっていた。

「幸い、娘の心臓も手術をするほどのものではないと分かりましたし、本部長も薄々感じているとは思うんですが、女房の美穂もうちの両親と折り合いが悪いのもあって博多を出たがってはいたんです。そういうこともいろいろと考えて、今回はその先輩の誘いに乗ってみることに決めました」

「そうなのか」

「はい。本部長にはご親切にしていただいたのに恩を仇で返すようなことになってしまい、誠に申し訳ありません」

「そんなことはないよ。きみほどの力量があれば、向こうの会社でもきっとうまくやっていけるだろう。カナダは自然環境も豊かだし、奥さんや娘さんも暮らしやすいはずだ。それに、きみ自身も思う存分好きな研究ができるんじゃないかな」

「ありがとうございます。美穂も高校時代にトロントに短期留学した経験があって、土地勘もゼロじゃないみたいなんです。彼女も今回は諸手を挙げて賛成してくれているんですよ」

そこで鉄平はさらに奇妙な気分になった。

「じゃあ、その会社はトロントにあるんだね」

「はい」

「多分聞いても僕には分からないと思うんだけど、何ていう会社なのかな」

「トロント・バイオテクニカルという会社なんです。十年くらい前にできたベンチャーなんですが、いままではバイオやケミカル分野でかなりの業績を上げているみたいで、世界的にも評価が高いようです」

やはりトロント・バイオテクニカル社か、と鉄平は思った。カナダの会社と聞いた瞬間にもしやという気がしていたのだった。

「しかも、この会社はもともと日本の研究者が起ち上げた会社なんです。だから、日本からも積極的に人材を集めていて、ここ数年は、よりよい研究環境を求めた日本のバイオやケミカルの研究者たちが大勢向こうに移っているらしいです」

「日本人の研究者が起ち上げた会社？」

「はい、そうなんです」

青島は強く頷いた。

鉄平は、どうして「トロント・バイオテクニカル」の名前を北前弁護士から聞いたとき、せめてネットで検索をするくらいのことをしなかったのだろうと悔いた。

――そうすれば、こんなふうに何の心の準備もなく〝許しがたい裏切り〟を知らされる羽目に陥ることもなかっただろうに……。

「ちなみに、その日本人研究者っていうのは何という名前なのかな？　まあ僕が聞いても分からないとは思うけど」

極力平静を装って訊ねてみる。

「もしかしたら本部長もご存じかも知れませんよ。ときどき日本のメディアにも登場しているとても有名な研究者なので」

「そうなんだ。で、なんていう人」

「はい。いまはアメリカのプリンストン大学からトロント大学に移られているんですが、木内昌胤という先生です」

青島は予想通りの名前を口にしたのだった。

第二部

1

青島《あおしま》の病室を訪ねた翌日、二月六日の月曜日。

鉄平《てっぺい》は出社するとすぐに総務部の金崎《かなさき》を訪ねて退職届を提出した。

金崎は呆気《あっけ》に取られていたが、

「会長が亡くなった日に決心がついたんだ。昨日、青島君とも会って、彼の辞職の決意が固いことも確認できた。これでもう思い残すことはなくなったからね」

と言うと、

「そうですか……。加能《かのう》さんがいなくなるのは残念ですし、会社にとって大きな損失ですがお気持ちはよく分かります」

案外あっさりと金崎は鉄平の辞意を受け入れ、

「たしかにいまが辞め時かもしれませんね」

彼にしては珍しく弱気な言葉を口にしたのだった。

明日からしばらく福岡を離れるつもりなので、諸手続きについては電話とメールのやりとりで済ませたいと頼むと、

「分かりました。加能さんのご希望に沿うようにさせていただきます」

これもすんなり了承してくれたのである。

自席に戻ってさっそくデスクとロッカーの私物を片づけ始めた。片づけると言ってもほとんどすべて捨ててしまうだけだったが。

作業を見ていた峰里愛美《みねさとまなみ》がしばらくして、

「本部長、異動ですか？」

と訊《たず》ねてきた。

「いや。今日で会社を辞めるんだよ」

彼女も金崎同様、唖然《あぜん》とした顔になる。

「明日からとりあえず総務の金崎部長が本部長を兼務することになるけど、じきに新任の本部長も決まるだろう。それまでは仕事のことは金崎君に相談してくれ」

「何かあったんですか？」

「そういうわけでもないんだが、会長が亡くなったら辞めようと前々から決めていたんだ。青島君も元気になってくれたし、いまがいい潮時だと思ってね」

金崎に伝えた同じ理由を峰里にも言った。

峰里は分かったような分からないような顔で頷《うなず》いている。

「二年半余り、きみにも世話になったね」

と言うと、

「とんでもありません。こちらこそお世話になりました」

峰里が座ったまま小さく頭を下げる。

「本当は何かご馳走したかったんだが、実は明日からちょっと旅行に出るつもりなんでその時間が作れないんだ。それでね……」

鉄平は上着の内ポケットから用意しておいた封筒を取り出した。

「その代わりと言っては何なんだが、これは僕からの御礼の気持ちだ。大して入っていないけど友達と何か美味《おい》しいものでも食べてくれよ」

と言って封筒を差し出す。中には五万円が入っていた。

「そんなとんでもありません」

峰里が周りを気にするように目玉を動かしながら困った顔をしている。

「いいから受け取っておいてよ。せめてもの気持ちなんだから」

鉄平の方はいまさら誰の目を憚《はばか》る必要もなかった。

今後この会社の敷居を跨《また》ぐことはないだろうし、目の前の峰里にしろ、他の面々にしろもう二度と顔を合わせるはずのない人たちだった。

「さあ」

強く促すと、渋々といった様子で峰里が立ち上がって封筒を受け取る。

「ありがとうございます。こちらこそいままで本当にお世話になりました」

今度はしっかりと頭を下げてきた。

昼までには私物の整理もついて、鉄平は昼休みが始まる直前に会社を出た。

誰にも挨拶はしなかった。会社にはこれっぽっちも未練はなかったし、最後に言葉を交わしたいと思う相手も誰一人思い浮かばなかった。

むしろ長居していると、おしゃべりな金崎が昼食時に周囲に言い触らし、見知った連中が席までやって来るおそれがあった。

――こんなことなら社内不倫の一度や二度くらいやっておくべきだったか……。

博多区役所に向かうタクシーの中で冗談半分に思った。

夏代《なつよ》と結婚して以来、鉄平は一度も浮気をしたことがない。

というより夏代以外の相手とそういう関係になる自分の姿がまるで想像できなかった。

夏代以上に美しいと感じる女性に出会ったこともない。たまに部下相手にその種の話をすると、

「本部長もたいがい骨抜きにされとりますね」

と呆《あき》れられた。だが、一度でも夏代と顔を合わせた覚えのある連中は、

「そりゃあ、あげなきれか奥さんやったら、そもそも浮気する必要がなかですもんねえ」と口を揃えて言うのが常だった。

鉄平はずっと夏代一筋で生きてきたのだ。だからこそ、彼女の決定的な裏切りを知って到底容認することはできなかったのである。

十一年近く前に夏代が出資したカナダのバイオベンチャー「トロント・バイオテクニカル」の実質的なオーナーは青島が言っていた通り、あの木内昌胤《きうちまさたね》だった。ネットで検索をかけてみると、トロント社の英文のホームページのみならず、日本語の科学記事の中にも二、三その事実に触れているものが見つかったのだ。

夏代は、兵藤《ひょうどう》弁護士の強い勧めに従っただけだと弁明していたが、それは真っ赤な嘘だった。彼女は鉄平が理不尽なリストラによって会社を首になったちょうど同じ時期に、かつての恋人のために二億円という大金を、彼が設立したバイオベンチャーに出資していたのだ。

この事実を知った瞬間、鉄平は大袈裟《おおげさ》ではなく二十年余りの結婚生活のすべてを否定された気がした。

自分という人間のまさに核心部分をぶっ壊されたような強い衝撃を受けた。

――夏代を信じられなくなったということは、この世界に存在するすべての人間を信じられなくなったということだ。

鉄平はそう思った。

当然、そのなかには息子の耕平《こうへい》や娘の美嘉《みか》も含まれている。

博多区役所で転出証明書を貰《もら》い、さらに天神に出ると、旅行代理店で航空券のチケットを買ってホテルの予約を済ませた。地下街の馴染みの蕎麦屋で好物の卵とじそばを食べ、同じ地下街にある金文堂《きんぶんどう》書店で何冊かガイドブックを購入した。

家に戻ったのは午後二時過ぎだった。

さっそく荷造りを始めた。最初は必需品を段ボール箱に詰めて滞在先のホテルに送るつもりで作業に取り掛かったのだが、やっているうちにそんな必要はないのだと気づいた。どうしても持ち出さなくてはならない物など何もなかった。せいぜい仏壇に置いた父と母の位牌くらいで、それは数日分の衣類と一緒にキャリーバッグに納めてしまえば事が足りる。

雪道を歩く靴にしろ防寒用のダウンコートにしろ、実際に現地の土を踏んでから選ぶのが理に適《かな》っていた。向こうに行っても特段やるべきことはない。ホテルに何日か滞在しながら先《ま》ずは住む部屋を見つけ、それから家具や衣類、日用品の類《たぐい》をおいおい買い揃えていけばいいだろう。

明日の準備が済んだのは午後四時を回った頃合いで、日はまだ高かった。

この十年余りの見納めに中洲《なかす》にでも行って一杯やるかと思ったが、すでに部屋着に着替えていたのでいまさら外に出るのが億劫《おっくう》だった。

——しかし、疲れたな。

朝からめまぐるしく動き回ったせいか、少し頭も痛い。

昨夜はほとんど一睡もしていなかった。

そば一杯食べたきりだが空腹も感じない。といって風呂に入る気にもなれなかった。

あの壊れかけた風呂のぬるい湯に浸《つ》かったら、きっとやるせなさに死にたくなってしまうだろう。

明日、担いでいく予定のリュックサックから三菱東京ＵＦＪの通帳を取り出す。

先月二十六日に入金した一億円とこれまでこつこつ貯めてきた二百五十万円ほどのへそくりが記帳されていた。会社からの月々の給料は福岡銀行の別の口座に振り込まれており、その通帳は夏代が持っている。

——退職金はどうしようか……。

ふとそう思った。どうせわずかばかりの額だろうが、このままだと福銀の口座に振り込まれることになる。

——金崎に頼んで振込口座を変えて貰うべきだろうか？

そこまで考えて、鉄平は苦笑した。

夏代から受け取った一億円を自分はこうして持ち逃げするつもりなのだ。たかだか数百万円の退職金を彼女に渡したとしても罪滅ぼしの「つ」の字にもならないだろう。

通帳に記載された、１０２５４０００という数字をじっくりと眺めた。昨夜もこの数字を眺めながらまんじりともせずに夜を明かしたのだった。

――もはや、俺は、誰のことも信じずに生きていくしかない。この一億円だけを頼りに残りの何十年かの人生をやり過ごしていくしかないのだ。

一晩かけて導き出したその結論を、鉄平は改めて深く嚙《か》み締めていた。

2

小松空港は閑散としていた。

一時間余り前に出発した福岡空港の喧騒と比べると雲泥の差がある。バゲッジクレームも鉄平の乗ったＡＮＡの便の乗客が来るまで誰もいなかったようだ。預けたキャリーバッグを受け取ってゲートをくぐり、到着ロビーに出る。出迎えの人の姿もほとんどなかった。「歓迎　望洋閣《ぼうようかく》」という小さなプラカードを手にした背広姿の男が一人、ぽつんと土産物売り場の前に立っているだけだ。

時刻は二時十五分。

小松近辺には有名な温泉場が幾つも散在しているから、もう少し遅めの便ならば温泉目当ての客やそれを出迎える旅館の人たちでここも賑《にぎ》わうのかもしれない。

とはいっても今日のような平日だとそれもたかが知れているだろうが。

「タクシー乗り場」の表示を見つけ、その近くのドアからターミナルビルを出る。

外は雪だった。

ロータリーの向こうは広い駐車場で、並んだ車の屋根に真っ白な雪が降り積もっている。

その光景に鉄平は足を止めた。

遠くの景色をかき消すほどの勢いで雪は降っている。

——まるで違う国のようだ。

ここに来てやはり正解だった、と思った。

さきほどの到着ロビーの物寂しさにもどこかしらほっとするものを感じたのである。

タクシー乗り場にも行列はなかった。

キャリーバッグをトランクにしまってタクシーに乗り込む。

「金沢のＡＮＡクラウンプラザホテルまでお願いします」

と運転手に告げた。

空港から離れると車はすぐに高速道路に上がった。北陸自動車道だ。

「金沢までどれくらいかかりますか？」

運転手に訊ねると、

「そうじゃねえ、大体四十分くらいかねえ」

のんびりした声が返ってくる。

車窓の向こうは真っ白な雪景色だ。空からは大粒の雪、というより白い切片のようなものがはらはらと、しかし途切れる間なく降り注いでいた。

「この分じゃ、金沢の方はずいぶんと積もっているんでしょうね」

昨日の夜、テレビで観た天気予報では加賀地方は暴風雪となっていた。

「そうでもないでしょう。ちょろちょろって感じゃないかなあ」

とうに還暦は過ぎていそうな運転手が言う。

「そうですか……」

高速に乗っているので街中の積雪の様子はうかがい知れない。

とはいえ、こっちの人たちの「ちょろちょろ」は、東京や福岡でしか暮らしたことのない者にとっては「ドカ雪」なのだろうと鉄平は想像する。

その予想は、「金沢西」インターを降りて金沢市中心部へと進んで行くにつれて大きく外れていった。空を見れば覆い尽くすような鈍色《にびいろ》の雲が垂れ込め、雪も降りしきってはいるのだが、路肩にもそこここにある駐車場や家々の屋根にも雪らしい雪は積もっていなかったのだ。

路面はびっしょり濡れていて、北陸の雪は接地した途端に溶けてしまうのかと不思議に思っていると、どうやらどの道路にも融雪装置が埋設されているらしく、よく見ればセンターラインのあたりからシャワーのように水が噴出しているのだった。

「全然、積もっていないんですね」

「金沢は毎年こんなもんですよ。もっと山の方に行けばたぁんと降ったりもするんですけどねえ」

「そうなんですか。ちょっと意外でした」

今年の冬は北海道、東北、北陸の豪雪が絶えずニュースになっていただけに、その北陸地方の代表都市である金沢市は町全体がそれこそ雪に埋もれているのだろうと勝手に思い込んでいたのだった。

運転手の言った通り、四十分ほどで金沢駅東口そばにあるＡＮＡクラウンプラザホテルに到着した。

タクシーを降りてみれば、いつの間にか雪は止《や》み薄日が射《さ》している。あれだけ空を覆っていた暗い雲が千切れ、雲と雲の隙間からは明るい日差しが覗《のぞ》いていた。その急激な天気の移ろいにも少々驚かされる。

時刻はちょうど午後三時になったところだった。

フロントでチェックインを済ませ、十二階の部屋にベルボーイが案内してくれた。ツインの部屋が朝食付きで一泊一万四千円。それをとりあえず五日間予約しておいた。今日は火曜日だから土曜日までに新しい部屋を確保できれば、日曜日の朝にはここを出ることができる算段だ。ただ、別に急いでいるわけでもなく、いい部屋がなければ見つかるまでホテル暮らしを続けても構わない。

ベルボーイが去ったあと、窓のレースのカーテンを全開にして外の景色を見た。十分足らずのあいだに、また雪が降り始めたようだ。明るい日差しを残したまま結構な勢いで雪片が舞っている。

ここからだと金沢駅前の様子が眼下に見通せる。

北陸新幹線の金沢駅への延伸を見越して作られたという大きな木製の門や駅ビルから門の手前まで長く張り出したガラス張りのドームがはっきりと見えた。木製の門を「鼓門《つづみもん》」、総ガラス張りのドームを「もてなしドーム」と呼ぶというのは、飛行機の中でざっと目を通したガイドブックに書かれていた。

あの門とドームが「観光都市・金沢」の表玄関であるらしい。

なるほど、平日の午後だというのに、雪の中、でっかいカバンやキャリーバッグを手にした大勢の人々がひっきりなしに駅前を行き交っている。

巨大な鼓門の下で立ち止まり、記念写真を撮っている人たちもたくさんいた。

しばらく雪の舞い散る駅前の風景を観察したあと、カーテンを閉めてコートと靴を脱いだ。

窓側のベッドの上に仰向《あおむ》けに倒れ込む。

白い天井をぼんやりと見つめながら、済倫会中央病院で青島から木内の名前を聞いたのがたった二日前というのが信じられない気がした。

そして昨日会社を辞め、今日はもう金沢のホテルのベッドの上でこうやって一人寝転がっている。

美嘉が病院から逃げ出したという夏代の連絡を受けたのが先週の木曜日。それでさえまだ五日前だった。あのあと、夏代からは何の連絡もない。金曜日に真由《まゆ》が鹿児島からやって来ると言っていたから、週末か週明けに美嘉や彼氏と話せていれば御の字といったところだろう。

何らかの結論を夏代が伝えてくるのはもう少し先になると思われる。

だが、その電話に鉄平が出ることはなかった。

美嘉が子供を産もうが産むまいが、耕平が真由と結婚しようが別れようが、もはや鉄平にとっては何一つ関わりのないことだった。

そうした家族の一切合切を含めて、今日、彼は家を捨てて来たのである。

夏代や子供たちが今後どうなっていこうが知ったことではなかった。

みんながみんな好き勝手にやればいい。その代わり、自分だって好き勝手にやる——要するにそれだけの話だ。

昨夜もほとんど眠っていなかった。

夏代にせめて書き置きくらいは、と思い立って筆を執ったが明け方になっても何も書けなかった。こんなことなら博多区役所で転出証明書と一緒に離婚届の用紙を貰ってくればよかったと後悔した。そうすれば署名捺印した用紙に一筆添えてテーブルに残しておくだけですべて事足りたはずだ。

いずれ金沢に転居した事実は夏代にも知られるに決まっている。

正直なところ、もう二度と彼女の顔も見たくはなかったし、声も聞きたくはない。できれば一切の交流なしに離婚に漕ぎつけたかった。だとすれば、この金沢で弁護士を雇い、代理人同士のやりとりに持ち込むしかないのかもしれない。

トロント社が木内の会社だと知ったとき、鉄平の脳裏を真っ先によぎったのは、結婚後も夏代と彼との関係が続いていたのではないか、という疑惑だった。

——美嘉や耕平は本当に俺の娘や息子なのか?

そう案じて、二人の子供たちの顔を子細に思い出そうとしている自分を見つけた瞬間、鉄平は痛烈に、

——男として、というよりも一人の人間として、これほどの屈辱はいまだかつてなかったのではないか?

と感じた。こんな屈辱を自分に味わわせてくれた夏代という人間が許せなかった。

五十年の人生でここまでの怒りを感じた相手は、あの高松宅磨《たかまつたくま》を除けば他に誰もいなかったのだ。

夏代のことを考えていると、胸がざわついてくる。高松のときとはまた異なる意味合いで彼女の顔や名前を思い出さない努力が今後重要になってくるだろう。

彼女に向けてずっと開いてきた窓に厳重に鍵をかけ、シャッターを下ろさなくてはならない。そうやってこの爆発しそうな怒りを鎮めるしかなかった。

そのためにも住み慣れた町を捨て、歴史も風土もまったく異なる土地にやって来たのだ。二十年余りの夫婦生活ですっかり錆《さ》び付いた重いシャッターを下ろしていくには、自分たちのことを誰も知らない町に住むのが最も手っ取り早いに違いなかろう。

ベッドに横になっていると眠気がさしてくる。

今日は、飛行機に乗る前に空港のレストランでサンドイッチをつまんだだけだった。だが空腹は感じない。

適度に空調が効いた部屋は暑くも寒くもなかった。

このまま眠っても風邪を引くような心配はなさそうだ。

そんなふうに思っているうちに鉄平の意識は次第にかすれていった。

3

翌朝は六時前に起きた。

昨夜は七時過ぎにさすがに一度目が覚め、持って来た部屋着に着替えたものの食事もとらずシャワーも浴びずにベッドに舞い戻って、そのまま眠り続けたのだった。

おかげで身体《からだ》の疲れはすっかり抜けていた。

窓の外はよく晴れている。どこを見回しても雪は残っていないようだ。

二月の金沢がこんなふうだとは思ってもみなかった。

気温は低いのだろうが、街の風景だけを取れば、福岡とちっとも変わりがない。唯一違うとしたら、駅前の木々や街路樹に雪吊りが施されている点くらいか。しかし、ここまで雪がないのでは枝の一本一本を縄で吊るされている木々がむしろ気の毒に思えるくらいだった。

ゆっくりと風呂に浸かり、着替えを済ませると部屋を出てカフェレストランのある一階に降りた。

まだ七時前だというのにモーニングビュッフェは大勢の宿泊客で賑わっている。

朝食券をウエイターに渡して広いレストランの中に入る。

例によって中国系の人たちの姿が目立つが、意外に欧米人の数が多いのが鉄平の目を引いた。

窓際の隅の二人掛けの席を確保して、たくさんの料理が並んでいるビュッフェコーナーへと向かう。

こうやってホテルの朝食風景を目の前にするとどうしても夏代のことを思い出してしまう。

年に二、三度、休みの日に夫婦で博多駅前のクリオガーデンホテルの朝御飯を食べに行っていた。ほんのささやかな贅沢だったが、二千五百円のその朝食を食べているときの夏代の嬉しそうな表情はいまでもありありと目に浮かんでくる。

クリオガーデンもこのホテル同様にビュッフェスタイルだったが、夏代は洋食派で鉄平は和食派だった。

今朝も鉄平は和食だ。

加賀野菜をふんだんに使ったおかずの大皿がテーブルにずらりと並べられている。その中から気に入ったものを選び取ったあとご飯と味噌汁のコーナーの前に来る。

ここ数日、何も食べる気がしなかったが、大きなジャーのそばに「能登《のと》産の棚田米こしひかり使用」と書かれたプレートが立てられているのを見て一気に食欲が戻ってきた。

能登産のこしひかりは一度口にすると忘れられないほどのうまさだが、東京やまして九州では滅多にありつくことができない。そんな貴重な銘柄米がこうやって気軽に食べられるのはやはりご当地ならではということだろう。

たくさんの種類のおかずと大盛のご飯、味噌汁をトレーに載せて窓際の席に戻った。

さっそく炊き立ての能登産こしひかりを頰張る。ねっとりとした甘みが口の中にじんわりと広がり期待に違《たが》わぬ味わいだ。

——これはうまいな。

そう頭の中で呟《つぶや》くと同時に、

——ああ、これを夏代にも食べさせてやりたい。

と思っていた。

いかん、いかんと首を振る。

長年にわたって染みついたこの種の性癖を払拭していくのがこれからの一番の課題なのだ。

食事を終えるとルームキーを持ったまま外に出た。

部屋から見下ろしていた鼓門やもてなしドームを通って金沢駅の中に入る。通勤時間帯とあって広い構内は大勢の人でごった返していた。旅行客らしき人たちの姿もちらほら見える。

まっすぐに進んで鼓門のある東口の反対側、西口から外に出てみた。

こちらは左右に大きな駐車場が設けられ、他には幾つかホテルがあるだけで目立った商業施設は見当たらなかった。駅前を太い直線道路が走り、両脇に真新しいビルが建ち並んでいる。見上げた空がとにかく広い。

ガイドブックによれば金沢は戦時中、京都とともに米軍の空襲を受けなかった数少ない大都市の一つだったようだ。そのため、これも京都と同様に古い町並みがいまも随所に残されているという。

金沢城址や歴代藩主の庭園として有名な兼六園《けんろくえん》、東と西の茶屋街など歴史的な建造物はすべて東口方面にある。金沢港に向かって開けたこの西口方面は、かつての「城下町金沢」からすれば郊外地ということになるのだろう。

小一時間、駅の周辺をぶらぶらしてホテルに帰った。

東口の信号を渡ってすぐのビルに不動産屋の看板を見つけたので、時間になったらまずそこに部屋探しに行ってみようと思い立っていた。

部屋に戻って歯を磨き、テレビで今日の天気を確認した。傘マークはついていないので雨は降らないのだろう。ただ、ガイドブックをぱらぱらめくっていると、どうやら金沢の天候は一日のうちでめまぐるしく変化するようだった。晴れの日でも油断は禁物で、地元では「弁当忘れても傘忘れるな」という格言が根付いているらしい。

十時になったところで部屋を出た。

空は快晴だが、郷に入っては郷に従うの心積もりで折り畳みをバッグに忍ばせておくことにする。

鼓門の前の信号を渡ってさきほど遠目に見た不動産屋のビルに向かう。太い駅前通りの左側にビルはあった。

五階建てのビルの入口に「ネモト不動産」という大きな看板が置かれている。オフィスは二階にあるようだった。エントランスをくぐって正面のエスカレーターで二階に上がった。

ガラス張りのドアの前に立ち、中の様子を窺《うかが》う。入口は家の玄関のようになっていて、オフィスのフロアは床が一段高くなっている。そこにこげ茶色の絨毯が敷き詰められてパソコンの載ったデスクが横一列に五つ並んでいた。それぞれのデスクのあいだには低い間仕切りが設けられているが、いたって開放的な雰囲気だった。

やはりこの店ならいい物件が見つかりそうだ、と思う。

駅前広場から通りの左右を眺めると不動産屋の看板が幾つか見えたが、「ネモト不動産」というその看板を遠目にした瞬間に、あの店にしようと決めたのだった。そういう鉄平の勘はほとんど外れたことがない。

まだ開店直後とあって客の姿はなかった。

ガラスドアを開けて店内に入る。

入口に立っても来客チャイムが鳴るわけでもなく、誰も出てこなかった。目の前の接客用のスペースにも人はいなかった。

「おはようございます」

声を太くしておとないを告げる。すると、デスクが並んだ奥の壁のあたりからスーツを着た青年が顔を出した。どうやら壁の向こうが事務所になっているようだ。

「おはようございます。気づかなくて申し訳ありませんでした」

まだ三十歳にはだいぶ間のありそうなほっそりした童顔の青年である。

「すみません。金沢市内で部屋を探しているんですが……」

「どうぞ、こちらへ」

青年は笑顔になって鉄平から一番近いデスクのそばまでやって来て手招きした。

「お邪魔します」

と軽く頭を下げ、青年の立っている一段高くなった絨毯敷きのフロアに上がる。

渡された青年の名刺には「ネモト不動産　金沢駅前支店　賃貸アドバイザー・堀部《ほりべ》圭《けい》亮《すけ》」と記されている。鉄平の方は会社の名刺を出して名乗り、「今月退職したので、もうここには勤めていないんですが」と言い添えた。

「そうですか」

堀部青年は別に気にするふうもなく名刺を受け取り、

「ということはご出身がこちらなんですね」

と当然のような口ぶりで言ってくる。

「いえ、そういうわけではないんですが」

「これは失礼しました。お名前が加能さんなのでてっきり石川の方だと思いまして」

デスクに向かって横並びで着座するとさっそくパソコンのスイッチが入る。

「加能」がなぜ「てっきり石川」なのか、と少し考えて思い当った。加賀と能登から一文字ずつ拝借すれば確かに「加能」になる。

「やっぱり北陸には加能という苗字が多いんですか？」

逆に訊ねてみる。

「そうですね。石川とか富山とか結構いると思いますよ」

堀部青年は言った。

だとすれば、加能家も遠い昔、北陸と何らかの繋《つな》がりがあったのかもしれない。むろん父にも母にもそんな話は聞いたこともなかったのだが。

「実は学生時代の友人が、今度金沢で事業を始めることになりましてね。一緒にやってくれないかと頼まれたんです。それでその名刺の会社を退職して、こっちに移って来ることに決めたんですよ」

「そうだったんですか」

「といっても家族は福岡に残して、僕一人の単身赴任なんですが。なので一人暮らし用のマンションがあればと思っているんです」

「なるほど」

堀部青年はふんふんと頷きながらようやく起動したパソコンの画面に目をやる。

「場所はどのあたりがご希望ですか。あと間取りやご予算も教えていただけるとありがたいんですが」

「友達の会社が片町《かたまち》なので、片町の近くだといいんですが。間取りは1LDKで充分だと思います。予算は、金沢の相場を知らないので何とも言えません。ただ、できればそんなに古くなくてすぐに入居できる部屋が希望です。なにしろ部屋が見つかるまでは、そこのANAホテルに泊まり続けなくちゃいけないんで」

「なるほど」

鉄平の注文を聞きながら、青年はキーボードに条件をぽんぽん打ち込んでいく。物件の一覧表のようなものが画面に現われると、今度はその表に顔を近づけ、マウスをカチャカチャやりながらそれぞれの物件情報を拡大表示しては消すという作業を繰り返していた。鉄平の方は少し距離を置いてそんな堀部青年の様子を観察している。

整った横顔はどことなく耕平に似ているような気がした。

そんなことを思っていると、不意に堀部青年が顔を上げて鉄平を見る。同時にエンターキーを強い調子で叩いた。

「こちらの物件などいかがでしょうか？」

ディスプレーにはマンションの外観写真と間取り図、物件情報が映し出されている。

「ロイヤルパレス香林坊《こうりんぼう》６０２」というマンション名と部屋番号のあとに「オートロック付き・オール電化の築浅デザイナーズマンション。JR北陸本線金沢駅バス10分　香林坊下車　徒歩５分」とあった。引き渡しは「即時」で賃料は管理費込みで九万三千円。敷金二カ月、礼金一カ月、専有面積四十五平米の１LDK。

「住所は片町二丁目、マンション名にあるように香林坊交差点もすぐ近くですし、金沢でこれ以上に便利な場所はないという物件です」

堀部青年はそう言い、

「もし必要でしたら駐車場もマンションの正面に確保できます。駐車料金は別途一万八千円なんですが、いまはキャンペーン中なので七千円でご用意可能となっております。駐車場込みで十万円ちょうど。相場的にも幾らか安めだと思いますよ」

十三畳のリビングダイニングに五畳の洋室、それに二畳ほどのキッチン、洗面所、バス、トイレという間取りだった。

最近、これに似た間取りの部屋を見たような気がしてすぐに思い当る。耕平たちが住んでいた鹿児島のマンションがそうだった。ただ、あそこのリビングは十三畳もなかった気がする。とはいえ、耕平の部屋は家賃五万円だから、金沢の相場は鹿児島よりかなり高めということになるのだろうか。

月額十万円ならば年間百二十万円。

いまの鉄平にとっては何でもない金額だった。

「じゃあ、この部屋にします」

堀部青年がきょとんとした顔になる。

「一応、お部屋をご覧になった方がいいと思いますが」

「いまから見られるんですか？」

「はい。当社管理の物件ですので」

「じゃあ、見せて下さい」

「それでしたら、他にも幾つか似たような物件がございますので、併せてご覧になってはいかがでしょう」

青年としては自社管理物件を最初にぶつけたところ、あっさり相手が乗ってきて面食らっているといった様子だった。

「でも、そこが一番便利なんでしょう」

「はい」

「だったらそこだけ見ればいいと思います」

「分かりました。ではそういたしましょう」

堀部青年の方がまるで覚悟を決めたような口調になっている。

4

住民票は博多区役所で転出証明書を貰うときに併せて請求したものを使い、所得証明書は前年の給与明細を持って来ていたのでそれで代用。保証人は保証会社を使うことにした。入居申し込み書と併せてそれらの書類をその日のうちに提出したところ、翌々日、二月十日金曜日に入居審査を通過し、午後、ネモト不動産の駅前支店で支払いも済ませた上で滞りなくロイヤルパレス香林坊６０２号室の賃貸借契約を結んだのだった。

火曜日にこちらにやって来て、金曜日にはもう部屋の鍵を手に入れたのだから順調すぎるほどの展開だった。

幸先のいいスタートに鉄平はほっと胸を撫《な》で下ろしていた。

夏代からはいまだ何の連絡もなかった。ただ、新生活に向けた準備が始まってみると徐々に自分の気持ちが切り替わっていくのが感じられた。電話があっても出るつもりはないが、そのことも含めて夏代への興味関心が一日ごとにほんの少しずつ薄れていっているような気がする。

これは非常にいい傾向だと思う。

金曜日は、契約を終えるとすぐにレンタカーを借りて、堀部青年から教えて貰ったホームセンターやショッピングセンター、家電量販店、ニトリなどに出かけて様々な生活用品を調達した。ニトリではシングルベッドを購入する予定だったが、配送に十日前後かかると言われて、折り畳み式のマットレスに変更した。さすがに福岡に比べると気温は格段に低いので、保温性の高いベッドパッドや毛布、厚手の羽毛布団を買い揃えた。

値の張る物には一切手を出さなかったが、それでもカーテンやジュータンから始まって、照明器具、テレビ、冷蔵庫、洗濯機、電子レンジ、ソファやテーブル、椅子、寝具、台所用品、洗面道具、洗濯用品、風呂用品などなど一人暮らしに必要なすべての品を調えると出費は馬鹿にならない金額になった。

金曜日だけで四十万円近くの金が飛んでいったのだ。これに中古車を一台買えばあっという間に百万円を超えてしまうだろう。

この二十年以上、夏代と二人で美嘉と耕平を育てながらよくぞ平穏に家庭を営んできたものだと改めて思った。

人間が生涯ごく当たり前につつがなく暮らしていくというのは、それだけで至難の業なのかもしれない。

——一億円が手許《てもと》にあるといっても、これは油断禁物だな。

借りた部屋に荷物を運び込みながらつくづく思った。

毎日、漫然と暮らしていたら一億円といえどもみるみる目減りしていくのは明らかだった。

——せめて家賃と光熱費程度は自力で稼がないと……。

そもそも何かやらないことには、退屈でどうにかなってしまうのも目に見えている。

しかし、だからといって、やりたくないことはもう二度とやりたくなかった。人に使われるのも真っ平御免である。

これからは誰かのために生きる必要はなかった。徹頭徹尾、自分だけのために生きたい。だとすれば好きな仕事しかやりたくないし、あくまで自分が主体となるような仕事をしたかった。

この金沢の土地に馴染みながら、そういう仕事を見つけたい——一億円をそのために使えるのなら鉄平にとってこれに優るものはないだろう。

照明や寝具、ホームセンターで買ったジュータンやカーテンはレンタカーで金曜日のうちに搬入し、冷蔵庫や洗濯機、テレビなどは翌日の午後に届けて貰うことにした。最近の家電量販店では翌日配達は当たり前、場合によっては即日配達も可能になっている。ニトリで買ったダイニングテーブルや椅子、ソファなどは急ぎでも来週半ばの配送とのことだった。

二月十一日土曜日。

この日は建国記念の日だったが、鉄平はホテル暮らしを四日間で切り上げて昼前にロイヤルパレス香林坊の602号室に移った。

三十歳の春に夏代と結婚して以来、こうして独り暮らしに戻るのは実に二十二年ぶりのことだ。

十三畳のリビングと五畳の洋室にジュータンを敷き詰め、ホームセンターで衝動買いしてしまったコタツをリビングの真ん中に置いた。テレビ台とテレビしかないリビングもコタツを据えてみると、ぐんとあたたかみが増して感じられる。これでダイニングテーブルが届くまでの食事や何かにも不便はない。テーブルが届いたらコタツは寝室となる洋室に移動させるつもりだった。

一緒に買ってきた座椅子をテレビと向き合うコタツの一辺に差し入れて、そこに腰を落ち着けてみる。

じんわりとしたぬくもりが下半身を包み込んでくれる。

学生の頃は灯油の匂いが苦手で、冬はコタツ一つで乗り切っていたのを不意に思い出した。

鉄平の時代は大学生がエアコンを使うなど想像もできなかった。みんな石油ストーブやコタツで寒さをしのいでいたのだ。

——あんなにコタツが好きだったのに、どうしていままで使わずにきたのだろう？

そういえば独身時代も夏代と結婚してからもコタツを買った記憶がない。

もしかしたら夏代が嫌がったのか。もとから彼女はフローリング派ではあった。元職が看護師というのもあってか、家でもいつもきびきびと動き回っている人だった。畳にコタツというのが性に合わなかったのかもしれない。

洗濯機の据え付け工事が終わったのが午後二時過ぎ。

ホテルで朝食を食べたきり何も口にしていなかったので、鉄平は、食事がてら散歩に出てみることにした。

マンションを出ると盛大に雪が降っていた。昨日は降ったり止んだりを繰り返していたが、今日は朝からずっと大粒の雪が降り続いている。

雪の中を祭日とあって大勢の人たちが行き交っていた。

香林坊と片町のエリアは金沢随一の繁華街として知られている。片町の名前は、鹿児島からの帰途の新幹線で偶然に再会した藤木波江《ふじきなみえ》に、

「片町っていう繁華街で小さなお店をやっているんです」

と教えられるまで知らなかった。香林坊の方は鉄平でもさすがに聞いたことがあったが、この二つの街が隣同士だとは思っていなかった。

ネモト不動産の堀部青年に「友達の会社が片町なので、片町の近くだといいんですが」

と言ったのは、波江の言葉が耳に残っていたせいだ。別に彼女の店のそばに住みたかったのではなくて、他に思いつく町名がなかったのである。

そもそも金沢に来た理由も、波江に会いたいからというわけではなかった。

夏代の裏切りを知って、一刻も早く博多を出たいと考えたとき、ふと頭に浮かんだのが波江のいる金沢であり、「オークボ」の大将の生まれ故郷でもある金沢だったのだ。

いままで一度も訪れたことのない町であり、夏代が絶対に思いつかない町であろうことも金沢を選ぶ理由になった。

早い話、「別の自分」になれる遠方の町であればどこでもよかったのだ。

鉄平は傘を開き、香林坊の交差点方向へと歩き始める。

すぐ目の前が東急スクエアで、その建物の向こうが香林坊交差点だった。金沢市役所に住民登録に来たときに市役所の周辺を少しだけ散策した。百万石《ひゃくまんごく》通りと呼ばれる市役所前の道を真っ直ぐに進むと四つ目の大きな交差点が「広坂《ひろさか》」で、その広坂の交差点から見て正面が兼六園、左が金沢城公園のようだった。

まだどちらにも足を延ばしてはいないが、百万石通りの左側、市役所のちょうど対面にある「いしかわ四高記念公園」という広い公園には入ってみた。この公園からでも金沢城の堀と見事な石垣が望めたし、園内の芝生や通路の一部に雪が残っていて、いかにも北陸らしい風情が感じられた。

そこはかつて旧制第四高等学校があった場所で、煉瓦造りの四高本館がそのままの姿で記念館として残っていた。そんなところにも空襲を免れた金沢の一端を垣間見ることができる。ちなみに第四高等学校は「だいしこうとうがっこう」と読むのが正式であることをそのとき鉄平は初めて知った。したがって「四高公園」は「よんこうこうえん」ではなく「しこうこうえん」と呼ぶのが正しいらしい。

今日は香林坊一丁目の信号を渡り、大和《だいわ》デパートの前で左に曲がった。右に行けば香林坊の交差点があり、交差点を渡って道なりに進んで行くと片町の繁華街、左折して百万石通りを歩けば五分ほどで市役所前の広場に着くという位置関係だった。市役所のさらに先には金沢21世紀美術館という現代アートの大きな美術館が建っている。

幹線道路である157号線沿いの真っ直ぐの道を歩く。この道路もまた百万石通りの一部をなしているのだが、近辺はビジネス街のようで銀行や証券会社、保険会社のビルや地元紙である北國《ほっこく》新聞の本社ビルなどが国道の左右に建ち並んでいる。地図で見ると157号線は広大な金沢城公園とちょうど並行する形で走っていて、南町の信号の近くには金沢城を背負うような形で藩祖前田利家《まえだとしいえ》を祀る尾山神社が建っていた。

鉄平は、その尾山《おやま》神社の神門の前まで来て立ち止まった。

神門は、和漢洋折衷の非常に斬新なデザインの建築物としてどのガイドブックにも写真付きで紹介されている。雷の多い金沢の気候を反映して、神門のてっぺんには避雷針が設置され、これは現存する日本最古の避雷針なのだという。

なるほど神社の入口とはとても思えないような奇抜な門だった。

このまま国道沿いの道を進んで武蔵《むさし》ヶ辻《つじ》の交差点そばの近江町《おうみちょう》市場まで行くつもりだったが、その前に尾山神社に参拝することにした。

短い参道を抜け、神門の階段を上る。

境内は広々としていて、拝殿の屋根にも薄っすらと雪が積もっていた。拝殿前には傘をさした十数人の参拝客が行列を作っている。リュックを背負った外国人たちの姿も見える。

参拝を済ませ、総ガラス張りのモダンな札所に立ち寄って御札を一枚求める。

御札をショルダーバッグにしまいながら、美嘉と耕平を博多駅まで見送り、夏代と二人で筥崎宮《はこざきぐう》に初詣に出かけたのがつい一カ月ほど前だったというのが信じがたく思われた。

あのとき買った筥崎宮の御札はいまも福岡のマンションの神棚に飾ってある。

そういえば、キャリーバッグに忍ばせてきた父と母の位牌はまだそのままだった。

――この御札を飾るとき、あの位牌も出して祀らなくてはいけないな。

と鉄平は思う。

5

ロイヤルパレス香林坊に入居した翌日から、さっそく車探しを始めた。

駐車場を契約するとき、ネモト不動産の堀部青年に、

「やっぱり、車はあった方がいいんでしょうか?」

念のため確かめてみた。

「車は絶対ですね。片町は便利な場所ですが、それでも金沢で長期間生活するのであれば車がないとどうにもなりません。こっちは完全な車社会なんで」

きっぱりと言われた。

ネットに「金沢市　中古車」と打ち込むと、百店舗以上の中古車販売店のリストがすぐに見つかった。タブレットの画面上にずらりと並んだ販売店の数を見て、なるほど堀部青年の言うように金沢は「完全な車社会」なのだと実感する。

東京にしろ博多にしろ、JRだけでなく大手の私鉄が都市部を走り、加えて地下鉄網も整備されている。見るところ金沢には北陸鉄道という会社があるものの、この北鉄の主力事業は路線バスと高速バスで、鉄道の営業キロ数は東京の私鉄各社や福岡の西鉄とは比較にならない微々たるもののようだった。

私鉄も地下鉄もないとなれば車抜きで暮らしていくのはすこぶる不便に違いない。

金曜日から借りっぱなしのレンタカーを使い、日曜日の午前中にマンションを出て、中古車販売店を見て回った。

まずは石川県庁のすぐ近くにあるスバル専門の中古車販売店に出かけてみた。

長年トヨタ車ばかりだった鉄平が、福岡で初めて買ったのが中古のスバル・レガシィで、この白いツーリングワゴンのおかげですっかりスバル車のファンになった。だから三年前、新車に買い替えるときもその後継車であるレヴォーグを選んだのだった。レヴォーグもレガシィに優るとも劣らぬ走りの良さを感じさせる車だった。

新しい車種であるレヴォーグの中古はとても手が出ないだろうが、それこそ中古のレガシィやインプレッサあたりなら何とかなるのではないかと当たりをつけていた。

スバルの店で目に留まったのは、インプレッサ スポーツ１６００ccだった。初年度登録が二〇一二年。走行距離は一万七千キロ。車両本体価格が百二十九万円。諸経費込みで百四十四万円の車だった。色は青。レガシィは鉄平の乗っていた四代目の在庫はなく、五代目のツーリングワゴンが百九十万円。レヴォーグは中古でも三百万円以上の値がついていた。

この日はそのあと、スバル車に絞って四軒、別の販売店を回った。価格的には専門店より安い車もあったが、メンテナンスの面などでやはり認定中古車と比べるとだいぶ見劣りがした。

翌月曜日は、今度はマツダ車に狙いを定めて店を巡った。なぜマツダ車にしたかといえば、借りているレンタカーが新型デミオで、ステアリングといい足回りといい、とてもこのクラスとは思えない充実ぶりだったのだ。スバル車同様、最初にマツダ車の中古専門店を覗いた。その店は金沢駅と県庁の中間くらいの場所にあった。ちなみに県庁は金沢駅から港方向に二キロ半ほど真っ直ぐに走った場所に建っている。そうやって点在する中古車販売店を車で回っているうちに、徐々に金沢市の見取り図が自分の頭の中にインストールされていくのが分かる。

厄介なのは金沢市に区政が敷かれていないことだった。

東京にしろ福岡にしろ細かい町名の前に区がつくことでおおよその位置をイメージすることができる。ところが〝区のない町〟に来てみると、それぞれの販売店の住所を見ても、どことどこの店が近いのか遠いのかまるきり見当がつかない。町名を見て、いちいち地図の細かい文字を拾うのはひどく面倒な作業だった。

そもそも、金沢市が政令指定都市でないというのが鉄平には意外だったのだ。

マツダ車の専門店では、気に入った車が二台見つかった。一台目はアクセラスポーツ1500cc。二〇一〇年。二万キロ。本体価格百二十九万円。諸経費込みで百四十四万円。値段はインプレッサと同額、色も同じ青だった。

もう一台は、レンタカーと同じデミオだった。１３００cc。二〇一五年。一万キロ。本体価格百十六万円。諸経費込みで百二十二万円。色は黒。

サラリーマン時代はなかなか黒い自家用車には乗れないので、会社を辞めたらぜひそうしたいとずっと思っていた。その点で、黒のデミオにはそそられるものがあった。価格的にも他の二台より二十万円以上安かった。

この日も専門店を出たあと、他の店を三軒回った。

そのうちの一軒で、鉄平が乗っていた懐かしい四代目レガシィ・ツーリングワゴンを見つけた。２０００cc。二〇〇八年。一万九千キロ。本体価格八十五万円。諸経費込みで九十五万円。メンテナンスもよく、前のオーナーがきれいに乗っていたのが見て取れる。値段も手頃だし、これにしようかと店頭でかなり迷ったが、結局は諦めることにした。というのも色が白だったのだ。要するに昔の車とまるきり同じだったのである。

家族を捨ててせっかく新しい人生の一歩を踏み出したというのに、同じ車ではまるで過去に逆戻りするような気がした。三年前、左遷の腹いせに買ったレヴォーグは家族とほとんど関わりのない車だったが、白のレガシィは夏代や子供たちを乗せて様々な場所に出かけた〝家族の思い出〟を象徴する車だった。

車探し三日目の火曜日は、スバルとマツダの店に電話して、インプレッサとアクセラスポーツとデミオそれぞれに試乗をさせて貰うことにした。三台とも車検切れではなく、保険も継続中だったようで両店ともすんなり試乗を認めてくれた。

スバル、マツダの順で回り、営業マンを助手席に乗せて公道を走った。どの車もエンジンやミッションに不具合を感じることもなく乗り心地は悪くなかった。

実際に運転してみて気に入ったのは意外にも型式の一番古いアクセラスポーツだった。もちろん新車で買ったレヴォーグを思い出すと物足りなさがないとは言えないが、それにしても切れのある走りをするいい車だった。

最後の順番になったデミオを降りたあと、「二、三日考えさせて欲しい」と営業マンに伝えてマツダの店を出たのだが、気持ち的にはほぼアクセラに決めていた。即決しなかったのはほんの少しだが黒のデミオにも未練があったからだ。今日、明日、このレンタカーでいろいろな場所を走ってみて、最終的にどちらにするか結論を出そうと鉄平は考えたのだった。

何しろ時間だけはたっぷりある。焦って決める必要はない。

翌日はそのデミオの感触をさらに確かめたくて午前中から市内をぐるぐると走り回った。

金沢は城下町がそのまま中心街となっている。そして、その城下町は二本の有名な川に挟まれるようにして発達していた。一つが室生犀星《むろうさいせい》の小説で知られる犀川《さいがわ》。いま一つが泉鏡花《いずみきょうか》の小説で知られる浅野川《あさのがわ》である。大雑把に言うと現在の歓楽街、香林坊・片町は犀川の此岸《しがん》に、かつての歓楽街であるひがし茶屋街は浅野川の彼岸に配置されている。

鉄平は、まず最初に浅野川大橋を渡ってひがし茶屋街のあたりをドライブした。途中、駐車場に車を置いて茶屋街の中を初めて歩き、近くの海鮮丼の店で昼食をとった。すでに幾つかの店で海鮮丼を食べていたが、今回も他の店と同様にハッとするほど美味しかった。魚介の新鮮さも博多以上だったが、それより何より、どの店に入っても飯がうまいのだ。米だけでなく水もいいのだろうと思ってネットで調べてみると、金沢は「水道水のおいしい町」としてランキング上位に入っていた。

昼食を終えると、車に戻って今度は犀川の方へと向かった。

今日はめずらしく朝からよく晴れている。福岡もどんよりした曇り空の日が多かったが、金沢はそれどころではなかった。雪の小松空港に降り立って九日目。これまで終日晴天だった日は一日もない。印象としては、四割、三割、二割、一割の頻度で「曇り、雨、雪、晴れ」というふうで、しかもそれが一日のうちに順不同で起こるのだ。まさに「弁当忘れても傘忘れるな」を鉄平も実践する毎日だった。

浅野川大橋を再び渡って、金沢城公園と兼六園のあいだの道を抜け、香林坊交差点経由で片町の繁華街へと入って行く。左右に建ち並んでいるビルはどれも年季の入った古めかしいものばかりだった。北陸随一と言われる繁華街がこれで大丈夫なのかと心配になるほどだが、休日はもとより平日も日が暮れるとこの界隈は大勢の人たちで賑わう夜の顔を見せ始める。

昼夜、何度かぶらついてみて思い当たったのは、博多と同様に金沢は地震も台風もほとんどない町だということだった。地震の多発する東京とは違って古いビルでもだましだまし使おうと思えば使えるので、こうした古色蒼然とした街並みが維持されているのかもしれなかった。

片町を抜けて犀川大橋を渡った。

目的地があるわけではないので、とりあえず犀川と並行する形で港の方まで走ってみることにした。時刻は一時を回ったばかりだが、人通りも車の量も少ない。晴れてはいるが風が身を切るように冷たいのでみんな出歩きたくないのだろうか。

デミオは加速もびしっと決まるし、コーナリングの切れ味も鋭い。走り自体も、１３００ccのディーゼルエンジンは想像以上にパワフルだった。年式も二年前と新しく、一人で乗りこなすには古いアクセラよりもこちらの方がいいかもしれない。燃費もデミオの方が十キロ近くよかった。昨日ほぼ固まった決心がどんどんぐらついていくのが分かる。

北陸本線の高架を越え、どこにでもありそうな郊外風景の中を走った。

「入江《いりえ》交番前」という交差点で信号待ちをしているときだった。

ふと反対車線の前方に目をやると「メルセデス・ベンツ金沢」という看板が目に飛び込んできた。

信号が青に変わり、デミオを発進させる。大きなショールームの姿を脇目に見ながら数百メートル走った先の交差点で、自然に車をUターンさせていた。自分でも何をしているのかよく分からなかったが、胸の中にもやもやとした気分が生まれている。

ベンツのショールームが左に見えてきたところで減速した。

――どうやらこの店にぴんときたみたいだな。

他人事《ひとごと》のような気分でそう思っていた。

「お客様駐車場」と表示されている広い駐車スペースにデミオを乗り入れる。車を降りてショールームに向かった。

駐車場の案内板に「北陸ヤナセ」とあるから、ヤナセの系列店のようだ。

ショールームにはベンツの各車種がゆったりとした間隔で並べられている。水曜日の午後一時過ぎ。広いスペースに客の姿はない。レセプションカウンターに制服を着た若い女性が一人座っているだけだった。

各クラスの車をゆっくりと眺めていると、奥からグレーの背広姿の男性が姿を現わした。受付の女の子に笑顔で会釈して、こちらに近づいてくる。

「いらっしゃいませ」

低いバリトンの声で話しかけてきた。中肉中背、鼻筋が通り、日に焼けた肌のかなり二枚目の男性だった。だが、嫌味な感じは全然ない。年齢は四十半ばくらいだろうか。ポケットから名刺を抜いて差し出してきた。

「内海《うつみ》と申します」

一千万円を超える値札のついた車のそばで名刺を受け取る。

「加能といいます。よろしくお願いいたします」

鉄平も名乗った。

「こちらは中古車は扱っていますか？　あれば中古のベンツが見たいんですが」

貰った名刺をダウンジャケットのポケットにしまい、さっそく訊ねる。

「はい、もちろん」

「よかった」

「どのクラスがご希望でしょうか？」

「Cクラスで、できるだけ安い方がいいんです。色は黒が希望なんですが」

「なるほど」

内海はしばし思案するような表情を作る。

「お客様、昨日、掘り出し物がちょうど一台入ってきたところなんです。ぜひご覧になって下さい」

ちょっとほくそ笑むようにして言った。

入ってきた出入口とは反対側にある小さなドアから内海と一緒に外に出た。

そこが建物の裏側で、細い通りを挟んで左右にある広い駐車場に数多くのベンツが駐車していく。内海は通りを渡って左側の駐車場へと歩いて行った。鉄平もその後ろについていく。

一台の車の前で彼が立ち止まった。フロントグリルに例の大きな星印が嵌《はま》った黒いベンツだ。

「一代前のCクラスですが、ご覧の通り、ちょっとめずらしいくらい状態のいい車です。走行距離も二万三千程度ですし、お客様の御希望にぴったりの一台かと思いますが」

鉄平はその車を一目見た途端に「これだ」と感じていた。

「価格は消費税込みで百七十万円。いまなら諸経費込みで価格据え置き、百七十万円ちょうどでお渡しすることが可能です」

第一候補だったアクセラスポーツが百四十四万円だから、それより二十六万円高いというわけだった。

「ちょっと試しに座ってみませんか？」

と言って内海が運転席のドアに手を掛けた瞬間だった。

「じゃあ、これを買います」

と鉄平は口にしていた。

6

一週間後の二月二十二日水曜日。

試乗もせずに即決したベンツを内海が香林坊のマンションまで届けに来てくれた。

「乗り心地は抜群ですよ。本当に掘り出し物の車だと思います」

助手席に座った鉄平に車の基本操作やナビゲーションシステム、オーディオなどの説明をざっとしたあと、スペアキーの入った小袋を渡してくれながら内海が言った。

一緒に車から降りると、鉄平は、近くにある大和デパートで買っておいたクッキーを内海に渡し、

「何か気になったところがあったらすぐに連絡させて貰います」

と言った。

「今回、しっかり整備しておいたので大丈夫だと思いますが、もちろん何かあったときはいつでも僕の携帯に電話を下さい」

内海はクッキーの礼を何度も言って帰って行った。

今日の金沢は朝から快晴だった。予報では最高気温九度、最低気温マイナス二度となっていたが、日差しの明るさはもう春のそれだった。体感温度はぐんと高い気がする。

さっそく近所をドライブしてみることにした。

借りていたデミオは昨日の午後、駅前のニッポンレンタカーに戻しておいた。十二日間借りて料金は八万円。車を借りるなんて十数年ぶりだったが、ずいぶんとレンタル料が安くなっているのに驚かされた。

時刻は十一時ちょうど。晴れ上がった空を仰ぎ、福岡ではなく東京の空を思い出す。強い日差しを受けてオプシディアンブラックのベンツがきらきらと輝いている。一目で気に入ってしまった車だったが、内海の言う通り確かに掘り出し物に違いない。

状態の良さが、外装や内装をしげしげと見れば見るほど感じられる。

一億円の現金をダイニングテーブルに並べたとき、これがあれば、「ポルシェやベンツだって買える」と真っ先に思った。その「ベンツ」がこうして目の前にある。

むろん新車ではないし、価格も中古の国産車とさほど変わらない。しかし、それでも一億円がなければきっと買わなかった車だった。鉄平たちの世代にとってベンツとはそういう車なのだ。

運転席に座り、初めてハンドルを握った。

何十年も忘れていた喜びがじんわりと腕から全身へと伝わってくる。

一人で思うままに生きているという喜び。

それはまさしく自由の喜びだった。

7

そのまま車を出し、ステアリングの感触を確かめながら走った。

しばらく行ったところでコメダ珈琲の看板を見つけ、駐車場にベンツを入れる。初ドライブと洒落《しゃれ》込む前に腹ごしらえをしておくことにしたのだ。

ところが、エビカツサンドとコーヒーで満腹になり、駐車場の車に戻ってエンジンをかけようとしたそのとき、突然のように首筋から背中へと悪寒《おかん》が走り、胴震いが出たのだった。

陽光を受け座面は充分にぬくもっていた。寒気など感じるのは不自然だった。

——まさか……。

思い出したのは、初めて北前《きたまえ》弁護士の電話を受けた日のことだった。洗面所で蛇口の水に両手を当てた瞬間、あのときも身体に悪寒が走った。それが結果的に夏代の秘密を知るきっかけとなったのだ。

しまった、と鉄平は思う。衣装タンスのタミフルを持ち出すのをすっかり忘れていた。

このまま小松あたりまで足を延ばしてみるつもりだったが中止にする。

元菊《もときく》にあるマルエーに行き先を変更して車を出した。マルエーは金沢で人気のスーパーチェーンで市内に数店舗を展開しているようだ。鉄平の住むマンションの目の前に建つ東急スクエアの半地下にもこのマルエーのミニショップが入っている。最初はそこで買い物をして、小規模ながら品揃えがしっかりしているのに感心し、ネットでマルエー元菊店を見つけたのだった。マンションから元菊店までは車だと十分足らずの距離だった。以来、マルエーか香林坊交差点にある大和デパートで食料品は調達するようにしていた。

運転し始めると悪寒はやがて消えた。取り越し苦労のような気もしたが、一方で何となく不穏な気配も残っている。

元菊店の広い駐車場は今日も買い物客の車でほぼ満杯だった。

車を降りてスーパーの出入口まで歩くわずかのあいだに再び首筋のあたりに微《かす》かな寒気を感じた。外はポカポカ陽気で風もほとんどなかった。

まず日用品売り場に行って使い捨てマスクを一箱取り、レジに並ぶ。

サッカー台で買ったばかりの箱からマスクを一枚抜いて着用し、あらためてカートに籠を載せて売り場に戻った。相変わらず店内は人でごった返している。こんなところでウイルスを撒《ま》きちらすわけにはいかない。

もしインフルエンザに感染したのだとすれば我ながら迂闊《うかつ》だったと思う。もっと早くマスクくらい使っておくべきだった。

スポーツドリンク、レトルトのおかゆ、バナナ、みかん、冷凍うどん、アイスクリームなどをさっさと籠に放り込んでもう一度レジに並ぶ。飲料水のコーナーや冷凍食品売り場の冷気に当たっていると寒気が増してくるのが分かる。

——これはやっぱり怪しいな。

また一昨年のように高熱が出るのかと思うとげんなりだった。

帰ったらすぐに、夜間救急をやっている病院とタクシー会社を調べておこう。急に熱が上がったら迷うことなく病院に駆け込まないと大変なことになる。

お気に入りの車を手に入れ、一人きりの自由に快哉《かいさい》を叫んでいた先ほどまでの自分がまるで嘘のようだった。

いまは夏代がそばにいない現状に、ただひたすら不安を覚えている。

この二十年余り、具合が悪くなったときは夏代に頼りっぱなしだった。何しろ嶺央《れいおう》大学病院の優秀な元看護師がつききりで面倒を見てくれるのだからこれほど便利なことはない。耕平がとびきりの母親っ子になったのも、そもそもは幼少期によく熱を出す子だったのが大きいと睨んでいた。幼児とはいえ美しい看護師を思う存分独り占めにできるのだから味をしめないわけがない。一方、美嘉が看護師になりたかったのは、そういう母親に対する憧れや嫉妬があったからだろうと思う。そして、鉄平が何かと夏代を頼りにしてきたのも、彼女が看護師だったことと決して無縁ではなかったという気がする。

俗な見解のようだが、人間なんて所詮そんなものではないだろうか。

マンションに戻ってほうじ茶を一杯飲むと人心地ついた。途中の薬局で買ってきた電子体温計をさっそく脇に挟む。三十六度六分。平熱よりやや高めだが、心配するほどでもなさそうだ。ただの風邪の可能性もあった。

みかんを二つ食べる。風邪となれば何はなくともビタミンCだ。

夕方になっても熱は上がりも下がりもしなかった。三十六度六分。

インフルエンザであれば急激に熱発するはずだから、やはり勘違いだったか。

人間同士もたれ合って生きているといつの間にかこうやって必要以上に臆病になってしまう。

確かに人間は群れをつくることで我が身を守り、分業を発展させ、この世界に君臨するまでになったが、その一方で個体としての生命力を著しく失ったような気がする。動物たちは食物や繁殖という生存の決定的な部分で諍《いさか》うことはあっても、それ以外では常に超然と生きている。飢えているわけでもなく、異性を巡って対立しているわけでもないのに同じ種同士で傷つけ合って、果ては自らの生命を投げ出すような愚かな行為に及ぶのはおそらく人間くらいのものだろう。それもこれも〝一人では生きられない〟という生物としての致命的な不完全さが、人間に無用な恐怖を植え付け、不要な闘争へと駆り立ててしまうためだ……。

冷凍うどんに買い置きのさつま揚げを載せて簡単な夕食とし、念のため風呂に入るのはやめて午後九時過ぎには寝床に入った。

昨日で金沢に来て半月だった。部屋を見つけ、必要な物資を取り揃え、とうとう車まで購入した。これで新生活は準備万端といったところだが、さて、明日から何をするかといえば何もやるべきことがない。

バカンス気分であっという間に時間が過ぎていったが、ずっとこんな生活が続けられるはずもなかった。

――さて、これからどうしようか？

妻を捨て子供たちを捨て、これまでの人生の大半を捨てるために闇雲に家を出ただけの身だから、たとえ部屋を見つけ、暮らしの道具を整えてみたところで、結局は大海を小さなボートで漂流しているに過ぎないのだ。端《はな》から航路もなければ目指す港もあったものではない。

――これからどうしようかなんて思ったところで、どうにもならない。

自嘲めいた呟きが胸の中でこだまする。

夏代からはいまだに何の連絡もなかった。

最後に電話で話してからすでに三週間近くが過ぎている。一月七日に彼女が家を出てからだと一カ月半も経《た》っていた。

夏代は夫が会社を辞めたことにも気づいていないのだろうか？

少なくとも真由のところには圭子《けいこ》さんから連絡が入っている可能性があった。ただ、そうだとすると耕平が夏代に知らせないわけがない。鉄平の退職を知れば夏代は即座に福岡に取って返すだろう。

尚之《なおゆき》は圭子さんに鉄平の退職を伝えていないのではないか？

そもそも尚之自身が何も言って来ないこと自体が異様だった。幾ら仲違《なかたが》いしているとはいえ、実の従兄弟《いとこ》が急に会社を辞めたのだ。経営者として事情くらい問い合わせてくるのが筋である。尚之は一体どうしてしまったのか。「いまの社長に正常な経営判断を望むのは不可能」と仮通夜の席で菅原《すがわら》が言っていたが、実際、彼の精神はすでに破綻状態なのかもしれなかった。

――まあ、これはこれで勿怪《もっけ》の幸いだ。

このまま永久に誰からも連絡が来なければ、それが鉄平にとっては一番ありがたい成り行きだった。だが、世の中、そんなに甘くないというのもよく分かってはいる。

夢にうなされて目を覚ました。

保安球の青白い明かりが見える。枕元のリモコンを摑《つか》んで「全灯」ボタンを押した。

室内が白々とした光に満たされた。消えた闇と一緒にいままで見ていた夢の中身も一瞬で蒸発してしまったようだ。

――何の夢だったのか？

悪夢だったのは確かだ。体内の熱が悪い夢となって意識を覚醒へと導いてくれたのだろう。

右の手のひらをそっと額に当てる。分かり切ったことだったがもの凄《すご》い熱だ。

――動けるうちに動かないと。

立ち上がってリビングまで行く。

テレビ台の引き出しを引いた。昼間買った体温計を取り出して熱を測る。食器などもいまはこのテレビ台の別の引き出しに納めてあった。

立ったまま殺風景な部屋を見回していると電子音が鳴る。

脇から抜いた体温計の表示部を見てめまいがした。四十一度六分もある。

寝室に戻り、急いで部屋着と下着を脱ぎ捨てる。新しい下着と東急スクエアのユニクロで買ったカシミアのセーターを身に着け、ウォームパンツを穿《は》いた。その上に福岡から持ってきたノースフェイスのダウンジャケットを羽織る。

身体の節々に痛みに似たごわごわ感があるが、まだ運転くらいはできそうだった。

家と車の鍵、携帯、財布、マスクをズボンや上着のポケットに突っ込み、ダイニングテーブルの上に置いてあるメモ用紙を摑んで部屋を出た。保険証は財布の中だ。

外は雨だった。大降りではないが、かといって小降りでもない。マンションの前の駐車場にはさいわい屋根があるので濡れずに車に乗り込むことができた。

エンジンを掛け、ナビゲーションシステムを起動させる。

画面に現在時間が浮かび上がって初めて時刻を知った。午前三時二十六分。たっぷり六時間以上は眠れたことになる。不幸中の幸いというべきか。

車の中は冷え切っていた。急いでエアコンをかけ、シートヒーターをオンにする。足元から暖かい空気が吹き寄せてきた。

メモ用紙を見ながら、「金沢医療センター」の電話番号をナビに入力した。ここが一番近い救急病院だった。場所は兼六園のすぐ先で車なら十分もかからない距離だ。ホームページを見ると、かつての国立金沢病院が十数年前の国立病院機構の発足に伴い「金沢医療センター」と改称されたと記されていた。

到着予定時刻は三時三十六分。

携帯を取り出して、今度は同じ電話番号をキーに打ち込んで耳に当てる。数回の呼び出し音のあと男性の声が聞こえてくる。

夕方から具合が悪くなり、いま検温したら四十二度近くあると伝えた。

「看護師に代わります」

そっけない口調で電話が回される。電話口の看護師に同じことを繰り返す。

「いまどちらですか？」

「片町の自宅です」

「それではすぐにいらしてください。もしマスクをお持ちでしたらお願いしますね」

看護師の柔らかな物言いにほっと一息ついた。

電話をポケットにしまったあと、一度肩を回し、大丈夫か？　と自分に無言で問いかける。

「大丈夫だ」

今度は声に出し、ゆっくりとアクセルを踏んだ。

8

二日二晩、高熱にうなされた。

何とかトイレに行くのがやっとで、あとは枕元に置いておいたペットボトルのスポーツドリンクをがぶ飲みするくらいしかできなかった。身体がふらついて一分とまともに立っていられない。レトルトのおかゆを温めるなどとてもじゃないが無理だった。

一昨年と比べてタミフルの効きが悪いような気がした。

あのときも高熱だったが、それでもタミフルを飲んで丸一日が過ぎると三十八度台まで熱が下がった記憶があった。それが今回は十二時間ごとにきっちり四回服用したにもかかわらず四十度を超えっぱなしだったのである。

二日目の深夜に検温して依然四十度だったときは文字通り目の前が真っ暗になった。稀《まれ》にタミフル耐性のインフルエンザウイルスがあるという。その場合はいくらタミフルを使っても薬効は期待できない。今回のインフルエンザはそれなのではないか？　だとすると病院に行って別の抗ウイルス薬を貰ってこなければ熱は下がりっこなかった。

しかし、現状ではとてもそんなことは不可能だった。身体がまるきり動かないのだ。これから服を着替え、タクシーを呼び、部屋を出てマンションの玄関で車の到着を待つ——という一連の動作がいまの自分にできるとは到底思えなかった。

病院に駆け込むとしたら救急車を呼ぶしか方法がない。

鉄平は気を確かに持って自分自身に問いかける。

——このまま放っておけば俺は死んでしまうのだろうか？

水分は相応に摂取していた。二日間何も食べていないから体力は落ちているが、しかし、熱のせいでぼうっとはしても、意識がかすれたり飛んだりということはない。呼吸も辛《つら》くはなかった。

熱も昨日は四十二度まで上がったが、いまは四十度。今日一日はずっと四十度台前半をキープしている。再び上昇を始めているわけではなかった。

だとすれば、このまま一気に重症化して生命に危険が及ぶという確率はかなり低いのではないか。

――今夜一晩は様子を見ても大丈夫だろう。救急車を呼ぶならそれからだ。

比較的冷静にそう判断を下した。

いま慌てて動いた方が却《かえ》って体力を消耗するに違いない。この有様だと、それこそマンションの玄関に辿《たど》り着く前に転倒してしまいそうだった。

夜が明ける頃からようやく熱が下がり始めた。そうなるとタミフルの効き目は劇的で、午後にはもう三十六度八分まで解熱していたのだ。

三日ぶりにおかゆを口にしたときは我ながら涙が出そうになった。

大袈裟ではなく、何とか生き延びたと感じたのである。

おかゆを一膳食べて二時間ほど眠った。

目覚めてみると身体に精気が戻ってきていた。立ち上がってもふらつかず、足に踏ん張りがきく。首を回しても、手や足をぶらぶらさせても節々に痛みは感じなかった。

体内のウイルスが増殖を止め、急速に数を減らしたのがはっきりと分かる。

やったー、と心の中で万歳をする。

今朝までの心境が百八十度ひっくり返るような鮮やかな喜びを感じた。インフルエンザの辛い症状から抜け出しただけとは思えない不思議な歓喜が胸に押し寄せてきていた。

――もうこれで俺は大丈夫だ。

大きな山を越えたような、高い壁を乗り越えたような自信が歓喜と共にふつふつと湧いてくる。

——夏代がいなくても、俺は生きていける。

そう思った。

——だから……。

と自らに言い聞かせる。

——これからはちゃんと生きていかなくては……。

ちゃんと生きていくにはちゃんとした生活をしなくてはならない。これまでのように外食ばかりではいけない。夜更かしの朝寝坊も禁物。ついつい昼酒にはまってしまうのもご法度である。

時刻は夕方の五時を回ったところだ。

いまから着替えて近所に買い物に出ても問題ないような気がする。それくらい体力は回復していた。窓の外はまだ十分な明るさだ。今日は朝からよく晴れ、日中は暖房いらずの陽気だった。

——いやいや、やっぱり今日一杯は用心するに越したことはない。あったかいうどんでもすすって早めに寝床に入り、もう一度しっかりと眠ろう。そして、インフルエンザのウイルスをこの身体の中から完全に追っ払うのだ。

ダイニングテーブルの前の椅子に座って鉄平は殺風景な部屋を見回した。

この新しい町にやって来て、ようやく本当のスタートラインに立てたような、そんな気がしている。

9

古い城下町・金沢には犀川と浅野川から引いた大小五十五本もの用水があって、それらがいまもまちなかを巡っているのだった。

鉄平の住むロイヤルパレス香林坊のすぐ近く、東急スクエアの裏手にも鞍月《くらつき》用水という水の道があり、鞍月用水は香林坊を横切る形で郊外へと流れて現在も灌漑用水として活用されている。

国道157号線と並行する形で香林坊二丁目と片町二丁目、長町《ながまち》一丁目の境目を流れ下るこの用水路は、それまで暗渠《あんきょ》だったものを金沢市が「開渠整備事業」として十年がかりで美しい水の道に生まれ変わらせたらしい。千五百メートルにわたって暗渠の蓋を取り外し、百近くの橋を架け替えたというから相当な大事業だったのだろう。

現在では、水路の両側にさまざまな店舗が建ち並び、その道は「せせらぎ通り」と名付けられて金沢の新しい観光名所の一つとなっていた。

鉄平もせせらぎ通りを一度辿ってからは、近江町市場や金沢駅方向に歩くときは表通りの157号線ではなくて裏道であるせせらぎ通りをいつも通るようにしていた。片側の用水路には絶えず澄み切った水が流れ、石畳の敷き詰められた遊歩道沿いには様々な樹木が植えられている。昼間も雰囲気のある街路だが、店々の明かりが灯《とも》り、古めかしい意匠の街灯に火が入ってからの風情は格別なものがある。そして雪が積もると、それがまた幻想的な風景へと一変するのだった。

そのせせらぎ通りの途中、鉄平のマンションから五分ほど歩いた場所に「菊助《きくすけ》」という一軒のしもた屋風の小料理屋があった。

片町に越してすぐにふらりと入って、以来、足繁く通っている。昼の定食もやっているので昼間訪ねることもあった。

カウンターだけの狭い店内は十人も座れば満杯だが、いつ行っても大体七分の入りで、しかし、夜中まで入れ替わりでこの七分が減ることはない。料理屋や居酒屋のたぐいが建ち並ぶせせらぎ通りの中では恐らく繁盛店の一つなのだろう。たしかに酒も料理もうまく、料金も安いのだから客が入るのは当然の店ではあった。

店の造作は古いが、店主夫妻は若かった。包丁を握る主人が四十そこそこ。女将さんの方は三十半ばくらいか。連日通っても特に話しかけてくるわけでもなく、といって二人とも愛想は悪くない。とにかく居心地のいい店なのである。

料理では店主お手製のブリの叩きがとにかく絶品で、これをつまみに天狗舞《てんぐまい》、手取川《てどりがわ》、菊姫《きくひめ》、常《じょう》きげんといった石川の銘酒を飲めばもう何も言うことはなかった。金沢は、魚にしろエビにしろカニにしろ種類と鮮度が抜群で、東京どころか博多と比べてさえ一枚上手の感がある。彦左の料理がどうりで絶品だったはずだと、鉄平はこの町に来て得心できた気がしている。

解熱してから中一日あけての二月二十七日月曜日。

春めいた陽気にも誘われて夕方早くから「菊助」に出かけた。

午後五時になったばかりとあって、客は鉄平一人だ。

手取川の大吟醸を二合と、ブリの叩き、がすえびの唐揚げ、白子のバター焼きをさっそく注文する。昨日は大和デパートで豆腐とタラ、野菜やきのこを買ってきてタラちりにした。今日も昼は残っていたきのことツナ缶でパスタを作り、それに冷凍しておいた食パンを焼いて食べた。そうやって腹具合を確かめた上で栄養価の高いものを摂取すべく「菊助」にやって来たというわけだ。

早い話、無事にインフルエンザを切り抜けたお祝いに、どうしてもうまい酒が飲みたかったのである。

ぐい呑みに注いだ手取川をくいと呷《あお》る。六日ぶりの酒はまさに五臓六腑にしみわたるようだ。

明日で二月も終わりだった。

最初はさすがに驚いた冬の寒さも、このところ急速にゆるんできている。雪も例年の三分の一だったと昨日のテレビニュースで言っていた。それはそうだろう。鉄平が来てこのかた、数日残るような多めの雪は一度も降っていなかった。

三十分ほどするとぽつぽつと客が入り始める。六時を回った頃には例によって席の七割方は埋まっていた。

——三月に入ったら何をしよう……。

ちょうどいい具合に酒が回ってきて、鉄平は陶然とした心地で思う。

慌てて仕事を探す必要もないが、さりとて日がなだらだらしているわけにもいかない。ちゃんとした生活を送るには何にしろ働くことが必須だった。小説を書くとか、絵を描くとか、音楽をやるとか、そういった芸術方面であれば一人でもできるが、それ以外の仕事となると、まずは誰かの門を叩くなり、伝手を頼りに見知らぬ人たちと新しい縁を結んでみるほかない。そうやって人の海に向かって漕ぎ出して初めて、これという仕事が見つけられるものだ。最初から自分のために働きたい、誰にも使われたくないと贅沢ばかり言ってみても仕方がなかった。

病み上がりでもあり、二合徳利を空けたところでぐい呑みを置く。

時刻は七時。いつの間にか二時間が過ぎていた。

女将に声を掛け、〆のうどんを注文する。

「菊助」のうどんは、関西風のだしがきいたあんかけの卵とじうどんで、常連たちの半分以上が最後にこれを頼むという店の隠れた名物だった。

「一緒にビールの小瓶も下さい」

喉が渇いていたこともあって追加する。あつあつのうどんに冷えたビールはぴったりだろう。

十五分ほどすると土鍋の中でぐつぐつ煮立ったうどんとビールが届く。

冷えたコップにスーパードライを注いだ。思えば、こっちに来てからビールを飲むのは初めてだった。部屋ではもっぱらワインだし、こんなふうに外で飲むときは決まって日本酒だ。あんかけうどんと一緒とはいえビールに手が出たのはやはり春が近づいてきている証拠なのだろう。

生姜《しょうが》がたっぷりと入ったうどんをすすり、ビールを飲む。

身体に籠《こも》っている粘り気のある虚熱がみるみる溶け出していくのが分かった。

ふと、空になった小瓶のラベルに目が留まる。そのスーパードライの銀色のラベルから連想されるものがあった。

――そういえば、藤木に貰ったビールを福岡の家の冷蔵庫に入れっぱなしにしてきたな。

あれも銘柄はスーパードライだった。

鹿児島から戻って三日後には久山工場の爆発火災事故が起き、被災した青島の意識が戻るまではと願掛けの禁酒を始めた。先月末、彼の元気な姿を確かめて解禁したのだが、その頃にはあの二本の缶ビールの存在をすっかり忘れてしまっていたのだ。

ビールを鉄平に渡しながら、「必ず来てくださいね。金沢でずっと待っていますから」と早口で言った波江の顔が脳裏に浮かんでくる。

彼女がやっている「木蓮《もくれん》」という小料理屋はロイヤルパレス香林坊と同じ片町二丁目にあった。

――そろそろ藤木を訪ねてみようか……。

鉄平は額に吹き出した汗をハンカチで拭《ぬぐ》いながらそう思っていた。

10

高松宅磨は三鷹《みたか》市選出の東京都議会議員を四期務め、五期目の途中で前回の衆議院議員選挙に東京二十二区から出馬して落選した。ネットなどの情報では、次の衆議院選挙での再出馬に向けていまも政治活動に勤《いそ》しんでいるらしかった。

もともと高松家は三鷹近郊の大地主で、多摩東部の土地売買や宅地開発を幅広く手がける不動産会社「高松土地計画」の創業家でもある。鉄平が子供の頃は、三鷹駅から高松家の豪壮な屋敷までの三十分ほどの道のりを、宅磨は他人の土地を一歩も踏まずに歩くことができると噂されていた。

宅磨の父、智久磨《ちくま》も長年都議を務めながら高松土地計画を実質的に経営している人物だった。宅磨は大学卒業と同時に父の会社に入社し、役員として籍を置きながら父親の政治活動の手伝いを続け、三十二歳のときに後を継ぐ形で都議会議員に当選した。

前回選挙では連立政権時代の総理経験者が対立候補だったこともあって惜敗したが、彼が今期限りの政界引退を表明しているため、次期総選挙での宅磨の当選はほぼ確実と地元では見られているようだ。衆議院議員になるという父親も果たせなかった高松家の悲願を宅磨が達成する日ももはや目前と言っても過言ではないだろう。

そして見事当選のあかつきには、前島英三郎《まえじまえいざぶろう》元郵政大臣以来、久々の車椅子の国会議員の誕生に世間が大いに注目するであろうことも想像に難くないところではあった。

11

その高松宅磨が同級生だった藤木遊星《ゆうせい》に目をつけ、陰湿ないじめを繰り返し始めたのは、小学校四年生の二学期からだった。

きっかけは毎年の恒例行事になっていた「大菩薩嶺登山《だいぼさつれい》一泊旅行」だ。

奥秩父《おくちちぶ》にある大菩薩嶺は標高二〇五七メートル。日本百名山の一座に数えられる名だたる山だが、二千メートル級でありながら登頂が比較的容易である点から関東近辺の登山客の間で人気の高い山でもあった。

大菩薩峠で有名なその大菩薩嶺に、四年生の九月に全員で登頂し、下山後は麓《ふもと》の温泉宿に一泊するというのが鉄平たちの小学校では長年の習わしになっていたのである。

鉄平と遊星は三年のときに初めて同じクラスになり、すぐに親しくなった。一方宅磨は別のクラスだったが、高松家の跡取り息子とあって級友からも教師からも一目置かれる存在で、すっかりボス気取りで学年全体に睨《にら》みをきかせていたのだった。日頃から大きな顔で他のクラスの生徒にまで何かとちょっかいを出したがる男だったが、遊星もまた宅磨のそうした悪趣味の恰好の標的の一人だった。

というのも、遊星は先天性の股関節脱臼で幼児期に手術を受け、その後遺症で歩くときに左足をわずかに引きずっていたのだ。

登山旅行の前から各組合同の体育の授業中や、講堂での学年集会などの場で宅磨は取り巻き連中と遊星の方へと近づいてきて、「ぴょこぴょこひよこの遊星くーん」などと遊星を笑い者にすることがたまにあった。

ただ、鉄平と遊星がつるむようになって以降は、少なくとも鉄平が一緒にいる場面で彼らがそういう悪ふざけをすることはなくなっていった。

当時の鉄平は人一倍身体も大きく、勉強でも体育でも学年で一、二を争う優等生だったのだ。

二学期の登山旅行の折、足の悪い遊星は当然ながら苦労して山道を登った。といっても決して後れを取ったわけではなく、それこそ必死の形相でみんなに伍して歩みを進めたのだ。その懸命な姿を寄ってたかってからかい続けたのが宅磨と彼の子分たちだった。登山中、鉄平は遊星とは別の班の班長を務めていたので、彼と一緒にいることができなかった。

そして、この宅磨たちの行為が後日、鉄平のクラス担任だった西島妙子《にしじまたえこ》教諭によって大きく問題化されたのである。

西島先生はその三年ほど前に鉄平たちの学校に赴任してきた三十半ばの気風のいい女性で、深川で五代続く旧家の出身というちゃきちゃきの江戸っ娘《こ》だった。曲がったことが大嫌いと常日頃公言していただけに、それまで我慢してきた宅磨の増上慢な態度についに堪忍袋の緒が切れたのだろう。校長、教頭を説き伏せて宅磨の両親を学校に呼び出し、本人同席の上で登山旅行中の不行跡に関して厳しく叱責したのである。

この一件はむろん学校中の評判となり、密かに溜飲を下げた生徒や父兄も少なくなかったのだが、しかし、これを境にして宅磨の遊星に対するいやがらせはむしろ陰湿な形でエスカレートしていったのだった。

西島先生が宅磨を追及したのは何も遊星のことだけが理由ではなかった。宅磨は下山後に宿泊した温泉宿でも制限金額を遥かに超えた小遣いで自分や子分たちのために好き放題の買い物をしていた。そうした身勝手で不遜な行動を先生は見過ごすことができなかったのだ。

五年生になって鉄平と遊星が別のクラスになると、宅磨たちは校内でも公然と遊星をいじめるようになった。遊星は自分からは何も言わなかったが、他の級友から実態を聞いて、鉄平は何度か直接宅磨に食ってかかったりもした。鉄平が詰め寄ると、宅磨は面と向かって反発するようなことは決してせず、

「僕は何にも知らないよ」

と白を切るばかりなのだ。実際、遊星への嫌がらせはもっぱら宅磨の子分たちがやっており、宅磨本人が自らの手を汚すことは滅多にないようだった。

高松宅磨は、実に悪質な人間だった。

この世界には百人か二百人に一人の割合で、そういう邪悪な人間が存在する。宅磨はそのうちの一人だった。

鉄平には宅磨のことがよく分かった。彼は何かの拍子に自分の感情にひびが入ると、その小さな亀裂を修復することができずに次々とひび割れを増大させてしまうのだ。自らの感情をコントロールする能力に欠け、ひびの入った感情はやがて行き過ぎた行動へと結びついていく。そしてその行動が破局的な結果へと繋がると、今度は開き直って自分が傷つけてしまった相手にすべての責任を転嫁しようと図る。

要するに宅磨のような人間は〝エゴのバケモノ〟なのだった。

そんな〝エゴのバケモノ〟からの攻撃に対してただ耐え忍んでいるのはまったく無意味であるどころか、却って向こうを増長させてしまうに過ぎない。高松宅磨のような悪質な人間を相手にする場合は、徹底的にやり返すのが最も有効な方法だと鉄平はよく知っていた。

しかし、遊星はそういう争いを好まない根っからの平和主義者だったのだ。

「ヘンにこっちが反応したら、それこそ奴らの思うつぼじゃないか」

教科書の入ったカバンをどぶに捨てられたり、自転車の鍵を壊されたり、制服のボタンを全部引き千切られたりしても、遊星はただ黙々と耐えているようだった。

そしてそんな中、六年生の夏休みが始まる直前に決定的な事件が起きた。

その日の放課後、隣のクラスがやけに騒がしいのが気になり、鉄平が覗きに行ってみると、なんと宅磨の子分たちが身体の小さな遊星を教室の窓から外したカーテンの中に放り込んで、天井に叩きつけんばかりに何度も放り上げていたのだ。

宅磨は例によって彼らがワッショイワッショイと掛け声を出しながら遊星をもてあそんでいるのをにやにやしながら眺めていた。

このときの鉄平の怒りは圧倒的だった。

脇目もふらずに宅磨めがけて突進し、気づいたときには彼に馬乗りになって、その顔をめったやたらに殴りつけていた。

——殺す。

という明確な意志を持った、あれは最初で最後の経験だったと思う。

顔面を血で真っ赤に濡らした宅磨は何一つ抵抗するでもなく、鉄平が身を離すと、震え上がって遠巻きにしていた子分たちに抱きかかえられながら教室を出て行った。

翌日から彼は学校を休み、結局、夏休みに入るまで登校することはなかった。

鉄平の方はさすがに自分のしでかしたことに愕然《がくぜん》としてしまっていた。宅磨の父親が学校に乗り込んでくるのは時間の問題だったし、手応えからしても宅磨が相当の怪我を負っているのは間違いなかった。暴行傷害の罪で両親ともども重大な責任を問われるのは必至だと覚悟するしかなかった。

だが、実際は何も起きなかったのだ。

夏休み明けに出て来た宅磨は顔もすっかり元通りで、それより何より人が変わったようにおとなしくなっていた。取り巻き連中も例の暴行事件については何一つ洩《も》らさなかったし、二度と遊星をからかうようなこともなかった。

そのうち、宅磨が都心にある名門中学を受験するため家庭教師を何人も雇って猛勉強を始めたらしいという噂が伝わってきた。

彼はすっかり改心したのだろうか？

いやそんなことはあり得ない、と鉄平は確信していた。宅磨のような人間に、悔い改める心など備わっているはずがなかった。

夏休み以降は平穏な学校生活が続き、翌春、鉄平たちは小学校を卒業して地元の中学へと進学した。宅磨は噂通りに都心の私立中学に進んだので、もう彼と顔を合わせることもなくなったのだった。

中学に入ると鉄平は陸上部に入部し、部活に打ち込んだ。休みの日などは遊星と相変わらずつるんでいたが学校では別々に時間を過ごすことが多くなった。波江が入学してからは同じ陸上部の波江と一緒にいる時間の方が長いくらいだった。

遊星は技術部という少人数のクラブに入り、車や列車、艦船模型の製作に熱中していた。彼は足のこともあって運動は不得手だったが、その分、手先が驚くほど器用だったのだ。

平和な中学校生活に波乱が起きたのは二年の三学期だ。

私立に進学したはずの宅磨が、突然、鉄平たちの学校に舞い戻ってきたのである。

どうやら宅磨は前の学校を退学になったらしかった。退学理由はいまひとつはっきりしなかったが、風の噂では、職員室に盗聴器を仕掛けたのがバレて辞めさせられたという。

なぜ宅磨がそんなことをしでかしたのか理由は誰も知らないようだった。

だが、鉄平は、宅磨ならいかにもやりそうだと感じた。

恐らくこれという理由など彼の中にもありはしないのだ。

教師たちが日頃、職員室で生徒たちのことをどんなふうに話しているのか？　宅磨は、それがどうしても知りたかっただけだ。

　または、盗聴を主題にした映画や小説を何かの機会に観るなり読むなりして、自分も同じことをしてみたくなった……。

　そういった他愛もない理由で、職員室に本当に盗聴器を仕掛けてしまうところが、まさに宅磨の宅磨たるゆえんなのだった。

　宅磨が転入してきて半年ほど過ぎた三年生の夏、遊星に「相談がある」と急に呼び出されて、駅前の喫茶店で会った。すでに鉄平も遊星も高校受験モードに突入していたので、一カ月近く彼とは会っていなかった。鉄平は三鷹市内で偏差値の一番高い都立高校への進学を希望していた。遊星は八王子にある工業高等専門学校の機械工学科への進学を目指していた。遊星はとっくに部活を引退していたが、鉄平の方は陸上部のキャプテンを務めながらの受験勉強だったので休みの日も彼と遊んでいる時間はなかったのだ。

　店のテーブルを挟んで差し向かいで座ると、遊星はカバンから何かを取り出してテーブルの上に載せた。

　手紙の束だった。十通近くあったと思う。

「どれでもいいから、一通読んでみてよ」

　うんざりした顔で彼は言った。

適当に一つ選んで、封筒の中から畳まれた便箋を取り出し、鉄平は三枚ほどの手書きの文面を読み始める。

どの封筒の宛名も「藤木波江さま」と同じ筆跡で書かれていたので、とある人物が遊星の妹の波江へ宛てた手紙に違いなかった。

それは歴然とした恋文で、自分がいかに波江のことが好きかを様々な言葉を駆使して書き連ねた内容だった。

一体誰がこんな手紙を書いたのか？

そう思って末尾の名前を見て、鉄平はびっくり仰天した。そこには「高松宅磨」と記されていたのだ。

「あいつが転入してきてすぐから、こうやって波江宛てのラブレターが何通も送られてくるようになったんだ。それも全部、俺宛てで、遊星君から妹さんに渡してほしいと毎回添え状がついているんだよ」

余りに意想外の話に鉄平はただ呆気に取られているばかりだった。

波江は学内でも評判の美人だったから、彼女に思いを寄せている男子生徒は数知れないだろうが、しかし、あの宅磨がその一人だというのは驚きだし、それ以上に薄気味悪い話でもあった。

「もちろん波江にこんなものは見せていないし、何度か高松にも、こういうことはもうやめてくれって直接話はしたんだけどね。例によって、その場は分かった分かったと言うんだが、またしばらくすると、似たような手紙を性懲りもなく送りつけてくるんだよ」

「何か裏があるんじゃないか、あいつのことだから」

鉄平が言うと、

「かもしれないね。それが何かは見当もつかないけど」

ますますうんざりした表情で遊星は頷く。

「だけど、半年も前からこんなものが届いていたんなら、もっと早く俺に言ってくれてもよかったんじゃないのか」

鉄平はそのことも気になっていた。近頃はあまり会っていないとはいえ、この手紙の件を打ち明ける機会は幾らでもあったはずだ。

「鉄平に言ったら、また大事になってしまうんじゃないかと思ったんだよ。今度あんなことになったら、さすがに鉄平だってただじゃ済まなくなるからね」

遊星が小学校時代のことを持ち出してきた。

「そもそもお前が弱気過ぎるんだよ。それであいつが増長しちまうんだ。今回は藤木にも被害が及ぶ可能性があるんだし、断然毅然とした態度を取らなきゃ駄目だろ」

「まあ、それはそうなんだけどね……」

遊星が浮かない顔になる。

「藤木に何かあったらどうするんだよ。宅磨は実際、何をするか分からない奴なんだからな」

自分のことならばいざ知らず、妹の身に危険が及ぶかもしれない事態で、遊星がこんな煮え切らない様子なのは不可解だった。

「どうしたんだよ。何か宅磨に気兼ねしなきゃいけない理由でもあるのか?」

すると、しばらく黙り込んでいた遊星が、重そうに口を開いた。

「実は、高松の親父の会社がうちの店の大家なんだよ」

「大家?」

そんな話は初耳だが、意外な事実に鉄平は虚を突かれた思いだった。

だから、これまで遊星は宅磨の嫌がらせにじっと耐えるしかなかったのだろうか?

「木蓮《もくれん》」が一階に入った古びた駅前のビルの姿が脳裏に浮かんでくる。あのビルの二階で遊星たちは暮らしている。

「駅周辺のビルはほとんど高松土地計画の持ち物なんだけど、中でもあのビルは一番古いらしくて、だいぶ前から建て替えの話が出ているんだ。それをここ数年ずっと待って貰ってるんだよ。うちの店の稼ぎじゃ移転したり、建て替わったビルの一階をもう一度借りるなんてとても無理だからね。高松の親父も息子の同級生の母親がやっている店だからって気にかけてくれてるらしい。そんなこんなで、あいつにはあんまり強く出るわけにもいかないんだよね」

「じゃあ、そのことで宅磨にいろいろ言われてるのか？」

「いや、そういうわけじゃないんだけどね」

遊星は否定したが、宅磨がそうした事情を栖に無理難題を吹っかけている可能性は大いにあると鉄平は感じた。

「だからさ、できれば鉄平の方からあいつにあきらめるよう忠告してくれないかな。この手紙の件は知らないことにして、陸上部のマネージャーの波江から相談を受けたという流れにして貰えるとありがたいんだけどね」

「つまり、『最近、兄貴から高松さんと付き合ってくれないかと頼まれて困ってるんですけど』って藤木が俺に相談してきた話にしろってことか」

「まあ、そうだね。鉄平に言われたら高松も手を引くしかないと思うんだ。何しろ鉄平は高松の天敵だからさ」

そう言って遊星は媚びるような笑みを浮かべてみせたのだった。

12

鉄平はさっそく翌日宅磨の家を訪ね、広い屋敷の外に彼を呼び出して話をした。

夏休み中だったが、昼餉《ひるげ》時を狙ったので宅磨は在宅していた。

例によってのらりくらりとした反応だったが、

「別に、彼女のことなんてそんなに好きってわけじゃないよ。久しぶりに顔を見てみたら可愛くなっていたんで、ちょっと話してみたいと思っただけだよ」

鉄平たちの学校に転入してからも宅磨は相変わらず鉄平を避けていた。半年過ぎて、まともに話したのはこのときが初めてだったのだ。

「藤木がお前のことを怖がってるみたいだし、遊星にも藤木にももう二度とちょっかいは出さないでくれ。妙なことをしたら俺が黙っていないからな」

「そんな物騒なこと言うなよ」

宅磨はへらへら笑いながら、それでも「分かったよ。彼女のことは忘れるよ」と約束したのだった。

それから十日ほどして、鉄平は遊星の家を訪ねた。

宅磨とは話をつけておくと請け合っていたので、その後、宅磨から何も言って来なくなったかどうかを確かめておきたかったのだ。

図書館で勉強した帰り、そろそろ日が暮れようかという頃合いに「木蓮」の二階に上がった。多香子《たかこ》おばさんや波江がいないところで遊星と話しておきたかった。波江は休み中はいつも一階でおばさんの開店準備を手伝っているから、その時間帯が好都合だったのだ。

ところが二階の2DKほどの部屋を訪ねてみると、遊星だけでなく波江も家にいた。あげく玄関先に出て来た遊星も、その背後に立っている波江も何やら陰鬱《いんうつ》な表情を浮かべている。

「上がれよ」

　と言われて部屋に入り、二人が元気をなくしている理由が分かった。

　左の太腿に分厚く包帯を巻かれた飼い犬のシラフが窓辺の毛布の上にうずくまっていたのだ。

「シラフ、どうしたんだよ？」

　窓の方へ近づきながら鉄平は遊星に訊ねた。

　散歩中に車かバイクにはねられてしまったのか？

　シラフは数年前に「木蓮」の常連客から多香子おばさんが貰った犬だった。その客の飼い犬が何匹か子犬を産んで、その一匹を、かねて犬が欲しいとねだっていた子供たちのために譲り受けたのだ。雑種らしいが見た目は赤毛の柴犬そっくりで、この二階で遊星たちと一緒に暮らしていた。

　鉄平とは子犬だった頃からの付き合いなので、シラフの方も鉄平に対しては家族同然に懐いてくれている。賢くて慎重で、気立ての優しい雌犬だった。散歩中に飼い主の手を離れて車にぶつかってしまうような、そんな迂闊な犬ではなかった。

シラフというのはもちろん「素面」をもじって付けた名前で、名付け親は遊星だ。何事にも正面からぶつかってしまう気質の鉄平にすれば、遊星のそういう機知がちょっと羨《うらや》ましかった。

「波江がいつものように井《い》の頭《かしら》公園を散歩させてたら、高松の家の書生が連れていたシェパードに食いつかれたんだよ」

遊星が驚くべきことを言った。

「いつ？」

「三日前よ」

答えたのは波江だった。

「それで？」

「急いでシラフを抱っこして、病院に連れて行ったの」

そこまでで波江はもう涙ぐんでいる。

「左足の骨にまで牙が食い込んでいるから、たぶん元通りに歩けるようにはならないだろうって……」

「で、高松んとこの書生はどうしたんだよ」

「知らん顔して犬を連れて帰ったらしい」

押し殺したような声で遊星が言う。

「そのシェパードとは普段からしょっちゅうすれ違ってたのか？」

鉄平の脳裏には最初から高松宅磨の顔が浮かび上がっていた。

「俺も波江も、シラフの散歩中にそんな犬と出くわしたことはないよ。そもそも高松んちの犬たちが井の頭公園を散歩している姿自体、一度だって見たことがない」

高松家は愛犬家として知られていて、何頭もの大型犬を飼育していた。犬たち専用の立派な犬小屋があり、犬の面倒を見るのが専門の書生まで住み込んでいるという話だった。

「高松家では犬小屋にもルームエアコンがついてるらしいよ」

とまことしやかに噂されていたのだ。

それから鉄平は、落ち込んでいる波江を慰めながらシラフが高松家のジャーマンシェパードに襲われたときの詳細をじっくりと聞き取った。

公園のいつもの散歩コースをシラフと歩いていると、向こうから見慣れない大きな犬と男が近づいてきたのだという。男のたたずまいとひときわ大きなジャーマンシェパードの姿から、どうやら高松家の犬らしいと気づいた波江は反対側の遊歩道にシラフと共に移ったのだそうだ。

すると、突然、男がリードを手放し、解き放たれたシェパードはまるで訓練通りとでもいうように波江の方へまっしぐらに向かってきたのだという。

「襲われると思って、頭の中が真っ白になったの。そしたらシラフがもの凄い力でリードを私の手から奪って、走ってくるシェパードに突進していったの」

要するに、シラフは波江を守るために敢然と巨大なシェパードに立ち向かっていったのだった。少なくとも波江にはそうとしか見えなかったらしい。結果、シラフは左腿に重傷を負った。

「で、高松の家には乗り込んだのか？」

一部始終を聞いて、鉄平が問い質《ただ》すと、

「お袋がやめとけって言うんだ」

遊星が俯《うつむ》きがちに答える。

「どうして？」

「その犬が高松家の犬かどうかもはっきりしないし、もしそうだとしても何の証拠もないから文句をつけに行っても埒《らち》が明かないって言うんだよ」

「そんな……」

すべては宅磨の仕業に違いないと鉄平は確信していた。

シェパードを連れた書生を波江とシラフの散歩道に潜ませ、彼女たちを襲撃させたのだ。シェパードが波江めがけて駆け出したのが事実ならば、失恋の腹いせに波江に怪我でもさせるつもりだったのではないか。

とても見過ごせるような出来事だとは思えなかった。明らかな犯罪行為であろう。

「とにかく、警察にくらい相談してみるべきだ」

鉄平が言うと、

「それもだめだってお袋は言うんだよ。証拠もないのに悪口を言い触らすような真似をしたら高松の親父にここから追い出されるって心配しているんだ」

「じゃあ、このままシラフの治療費も請求しないで泣き寝入りするつもりなのか」

唖然とした思いで鉄平が言うと、遊星も波江も気まずそうな顔で黙り込んでしまったのだった。

13

その後、シラフの傷は順調に回復した。ただ医者の診立ての通りで、左の足にわずかな後遺症が残ることになった。

「何だか、シラフまで俺みたいになっちゃったよ」

そう言って遊星は笑ったが、鉄平はとても笑えなかった。

あの一件以降、遊星も波江も二度とシラフを連れて井の頭公園には行かなかったし、シラフも公園に通ずる道に入ろうとするとリードを強く引っ張って抵抗するようになったという。

鉄平は夏休み中も、休みが終わってからもしばしば井の頭公園を訪ねて、高松家の犬たちがいないかどうかを確認した。遊星が言っていたように、それらしい大型犬を散歩させている若い書生の姿を見ることはなく、やはりあのときだけ書生はシェパードを公園に連れて行ったとしか思えなかった。

学校での宅磨は、何事もなかったかのような顔で過ごしていた。

中学は退学になったものの、今度は関西にある名門の私立高校を受験すべく猛勉強に励んでいるふうだったが、わざわざ関西の学校を選んだ点からしても、彼が前の中学でよほどの事件を引き起こしたのは疑いないことのようだった。

年が明けて、学年全体が受験一色に染まり、やがて宅磨が神戸にある東大進学率トップの難関校に合格したという話が伝わってきた。鉄平たち公立組の入試は三月に入ってからで、合格発表は三月中旬だった。

鉄平は無事に志望校に入ったが、遊星は第一志望の工業高専に落ちて、滑り止めに受けた都立の中位校に進むことになった。

この時点では、多香子おばさんが高橋《たかはし》さんと結婚することになり、子供たちを連れて三月中に名古屋に転居するという話を鉄平はまだ遊星から聞かされていなかった。

遊星が高専の受験に失敗したのは、最後の最後で母親の再婚話が持ち上がり、どうせ入学前に転校を余儀なくされると知って追い込みの勉強に熱が入らなかったためだろう。そして、多香子おばさんが十歳も年下の高橋さんのプロポーズをすんなり受け入れた背景には、恐らく、例の井の頭公園での襲撃事件が色濃く影を落としていたに違いないと鉄平は後になって考えるようになった。

都立高校の合格発表が行われた直後、鉄平はかねての計画を実行に移すことにした。襲撃事件からすでに時間も経ち、宅磨も十二分に油断しているはずだった。まして第一志望の高校にめでたく合格し、いまの彼は有頂天になっているに相違ない。

発表の翌日、鉄平は波江を陸上部の部室に呼び出した。

計画を打ち明けると、彼女はしばらく黙って考え込んでいたが、

「分かった。やる」

きっぱりと頷いた。そして、

「井の頭公園じゃなくて、公園の手前にある味沢《あじさわ》鉄工の廃屋にした方がいいよ」

と提案してきたのだった。

「井の頭公園は遅くなっても結構人がいるけど、あそこだったら昼でも人目につかないし、そっちの方があいつを呼び出すには好都合だと思う」

「だけど、あんな場所に呼びつけるのは不自然じゃないか。向こうも警戒して乗ってこないだろう」

「大丈夫。駅前で待ち合わせして、私が彼を鉄工所まで連れて行くから。先輩は先回りし

てどっかに隠れていればいいよ」

「そんなことできるのか？」

「絶対ちゃんとやる」

計画実行を三日後の日曜日と決め、鉄平は波江の提案に乗り、井の頭公園ではなく鉄工所の廃屋で宅磨を待ち伏せすることにした。

その時点では、背後から宅磨に近づき頭から毛布をかぶせた上で、彼の左足の骨を鉄パイプで打ち砕く予定だった。

「目には目を、歯には歯をだ」

波江にもそう告げてあった。

だが、実際には、毛布をかぶせて首をロープで縛り、宅磨の視界を完全に奪うところまではうまくいったが、そのあとは予想外の展開になった。

押し倒した宅磨の左膝のあたりを鉄パイプで強打したにもかかわらず、宅磨は膝を抱えてうずくまるどころか、首のロープに手を掛けてそれを必死で解《ほど》こうとしだしたのだ。動転した鉄平は、気がついてみると宅磨の身体に馬乗りになって毛布の上から彼の頭部を鉄パイプで殴りつけていた。

「誰かー、誰か来てー」

という波江の叫びにふと我に返る。

鉄平は鉄パイプを握りしめたまま立ち上がり、顔面蒼白の波江に一瞥《いちべつ》をくれたあと一目散にその場から逃げ出した。

殴っている途中から宅磨がもがくのをやめ、微かな呻《うめ》き声を洩らすようになっていたのを不意に思い出したのは、井の頭公園に向かって必死で駆けているときだった。その瞬間、全身の毛が逆立ったのをいまでもはっきりと憶えている。

裏道を通って公園に辿り着くと、鉄平は、ジャンパーの懐に隠していた凶器の鉄パイプを園内の池にこっそり沈めたのだった。

時刻はまだ午後四時を過ぎたばかりで、公園には大勢の人がいたが、誰も鉄平のことを見ている人間はいなかった。

波江との手筈《てはず》では、鉄平が逃走してすぐに彼女が近くの見知らぬ家に飛び込んで救急車を呼んで貰うことになっていた。だが、あんな成り行きになってしまっては警察も同時に駆けつけるのは当然だろう。

ほとんど動かなくなった宅磨は一体どうなってしまったのか?

自分がどれほどの力でどれだけの回数、鉄パイプを振り下ろしたのか鉄平はもうよく憶えていなかった。ただあの様子からして宅磨が瀕死の状態に陥っている可能性もあった。

——死んでしまったらどうする?

池のたもとに置かれたベンチに座って、鉄平は空を見上げた。本当は頭を抱えてしゃがみ込みたかったが、そんな姿を周囲に見られるわけにもいかなかった。

背後からいきなり毛布を掛けられた宅磨は、自分を襲った犯人が誰か分からなかったに違いない。視界を奪われ、押し倒され、左ひざを鉄パイプで殴られ、といった一連の動きの中で彼の意識も動転し、相手のことなど推測する余地もなかっただろう。再度倒されて馬乗りになられてからは、直後に鉄パイプの殴打を受け、意識自体が掠《かす》れるか飛ぶかしてしまったに決まっている。宅磨に犯人を特定する材料は一切与えていないはずだ。

波江とは口裏を合わせてあった。

彼女は鉄平とは似ても似つかない〝犯人の特徴〟を救急隊員や警察官に語ってくれる予定だった。

だが、波江もまさかあんなことになるとは想像もしていなかったろう。

単に足の骨を一本へし折るくらいだと思って協力したら、宅磨が重傷を負ってしまったのだ。彼女の動揺は激しいと思われる。

警察から厳しく追及されて、本当のことを洗いざらいぶちまけてしまう危険性も充分にあった。

――もしそんなことになれば、俺はおしまいだ……。

このときの鉄平は、宅磨の安否や怪我の程度よりも、自分の身の上がどうなるかばかりが気がかりだったのだ。

14

鉄平が自らの犯した罪の重さを実感したのは、結局、犯人が特定できぬままに事件が幕を閉じ、何食わぬ顔で高校生活をスタートさせて半年ほど経ってからだった。

高校では陸上からサッカーに転向し、サッカー部に入って三カ月ほどで彼はレギュラーポジションを手に入れていた。

その年の十月。

千葉で行われた試合に出場したあと電車で三鷹駅まで戻って来た鉄平は、他の部員たちに混じって電車を降りる際、ふと隣の車両から出てきた一台の車椅子に目を留めたのだった。

車椅子には小柄な少年が座っていて、それを背の高い青年が押していた。

だが、その少年の横顔を見た瞬間、彼は思わず息を呑んだ。

てっきり小学生だと思った少年は、よくよく見ればあの高松宅磨だったのだ。顔も身体も見る影もないほど痩せ細り、宅磨は車椅子の上で無表情に俯いていた。

車椅子はホームの階段へとゆっくりと進んでいった。階段のそばには駅員が一人待っていて、近づいてきた宅磨たちを迎えた。青年と駅員とが宅磨の両脇に立ち、肘掛けを同時に持ち上げて慎重に階段を上がっていく。当時はまだエレベーターや専用のリフトを備え付けた駅はほとんどなかったのだ。

サッカー部の仲間たちが、ゆらゆら揺れながら上がっていく宅磨の車椅子を次々に追い越していく。だが、鉄平一人はホームに立ち尽くしたまま動けずにいた。

宅磨が重傷を負い、深刻な後遺症が残ったという話は聞いていたし、関西の私立への進学を断念したらしいという話も聞いてはいた。だが、鉄平はそうした風の便りのたぐいはともかくも、あの事件にまつわる詳しい情報には、各種報道を始めとして一切触れないように努めてきたのだった。部活を陸上からサッカーに鞍替《くらが》えしたのも、鉄平の高校ではサッカー部の方がずっと盛んで、新入部員は入部直後から厳しい練習に明け暮れるという噂をオリエンテーションの折に聞きつけたからだった。

部活に一心不乱に打ち込むことで、彼は現実逃避を図ろうとしたのである。

宅磨を乗せた車椅子が階段を上りきり、視界から消えるまで鉄平はその一部始終をずっと見つめていた。

自分は何ということをしでかしてしまったのだという思いと、いやあの男はあれくらいの報いを受けて当然なのだという思いとが頭の中で交錯した。

高松宅磨は悪質な人間だった。邪悪な人格の持ち主だった。

だが、たとえそうだとしても、あんなやり方で彼に制裁を企てた自分自身もまたどうかしていると判断せざるを得なかった。

被害者である遊星や波江でさえそこまでではなかったのに、なぜ部外者であるはずの自分があれほどの怒りを滾《たぎ》らせてしまったのか？

その理由は一つだった。

自分には宅磨の邪悪さがはっきりと分かるのだ。

では、どうして自分にだけそれが分かってしまうのか？

そこから先を考えるのを、鉄平はいままで必死で避けてきた。だが、この日、宅磨の変わり果てた姿を見て、彼は本当の自分自身、もう一人の自分自身と正面から対峙《たいじ》しなくてはならないと痛烈に感じたのだった。

宅磨の邪悪さが手に取るように分かる理由も一つだった。

鉄平自身の中にも、あの高松宅磨と同じ資質がしっかりと根付いているからに他ならない。

15

三月の終わり、事件のほとぼりも冷めやらぬ頃、遊星から連絡があった。

いつもの駅前の喫茶店で久しぶりに会った。

宅磨襲撃の犯人がいまだ捕まらず、唯一の目撃者となった波江はおそらく何度も警察から事情を聴かれているはずだった。そんな時期に波江や遊星と顔を合わせるのは、自分から犯人ですと名乗り出るようなものだと鉄平は考えていた。

二人とは当分、少なくとも事件が風化するまではなるべく接触を断とうと決めていたし、そのことは事前に波江にも伝えてあった。

「明日、名古屋に引っ越す」

届いた水を一口飲んで、遊星は言った。

「誰が?」

鉄平には彼が何を言っているのかよく分からなかった。

「俺たち」

「俺たちって?」

「だから、店を畳んで一家で名古屋に移るんだ。高橋さんて知ってるだろう。店の常連だった人。あの人とお袋が再婚することになったんだよ。で、高橋さんの実家がある名古屋に一緒に行くことになった。高橋さんが家業を継ぐために名古屋に帰るんで、その機会に二人で結婚を決めたんだそうだ」

「高校は?」

相変わらず訳が分からないまま訊ねる。

「三日前、名古屋の学校の転入試験を受けてきた。大した学校じゃないが、ちゃんと合格したよ」

コーヒーが届き、鉄平は何も言わずにコーヒーに口をつける。味がしなかった。

「鉄平とも今日でお別れだ」

遊星はあくまで淡々としている。別れがたい気持ちをそうやって抑えているのか、それとも何も未練など感じていないのか、そこもよく分からない。

「世話になったな。というか、お前にはちょっと世話になり過ぎた気がするよ」

遊星は笑み一つ浮かべずにそう言った。

「じゃあ、元気でな」

コーヒーには口をつけぬままに彼は伝票を持って立ち上がる。

「俺が先に出る。鉄平はしばらく時間を置いて出ればいい」

これが遊星の最後の言葉だった。

鉄平は下を向いたまま、別れの言葉一つ返すことができなかった。

——波江が口を割ってしまったのか？

そうではない気がした。

宅磨を襲ったのが鉄平だと遊星はすぐに気づいたのだ。

波江に訊ねる必要もなかったに違いない。

16

「はちまき寿司かあ、懐かしいなあ」

堀部青年が手にしたボールペンを耳のあたりで振りながら言った。

「知ってるんですか、はちまき寿司？」

「もちろんですよ。はちまき寿司は有名でしたから」

「やっぱりそうなんだ」

「僕も大学の頃、片町に遊びに行ったときはしょっちゅう買って食べてましたよ。お店のおばあさんがその場で巻いてくれたのをみんなで歩きながら食べるんです。ハンバーガーや牛丼なんかよりずっと好きでした」

堀部青年は今年で二十五歳だと言っていたから、なるほど「はちまき寿司」が閉店した五年前はちょうど大学生の時期だ。最後のユーザーの一人だったというわけか。

表《おもて》さんが言っていた「すごい人気だったんですよ。うちのおばあちゃんのお店」という言葉が嘘でないのを改めて確認した思いだった。もちろん、表さんは物事を大きく言うタイプとは正反対の女性だし、波江も「はちまき寿司」の名前は知っていた。ただ、「木蓮」でバイトをしているあと二人の女子大生、柴田《しばた》さんと油谷《ゆうたに》さんは知らなかったので、実際どうかな、と少しだけ懐疑的だったのだ。まあ、彼女たちはまだ一年生だから、かつて片町の外れにあったテイクアウト専門の小さなのり巻き屋の存在を知らなくても別段不思議ではなかったのだが。

「竪町《たてまち》商店街というのは絶対条件ですか？」

手元のメモを見直して堀部青年が訊《き》いてくる。

「できれば、ということです」

答えながら、表さんも今年で二十五歳だと言っていたから、この堀部青年と同級生なのかと鉄平はふと思った。

竪町商店街というのは片町一丁目の交差点から犀川の上流に向かって真っすぐに延びた約四百メートルほどの商店街で、金沢市民には「タテマチストリート」として馴染みのある通りだった。

「ということは、どうしても竪町で条件に見合った物件が見つからない場合は、周辺に範囲を広げても構わないということですね」

「ええ。のり巻き屋なので、できれば暑くなる前に開店したいんです。店の改装の時間などを考慮すると早めに借りたいので、スピード優先でお願いします」

「路面店で、テイクアウト専門。できれば竪町商店街の中ですぐに借りられる物件ということですね」

「その通りです」

「了解しました。超特急で当たって、今週中には幾つか紹介できると思います」

「よろしくお願いします」

鉄平は頭を下げる。

今日は四月十日月曜日だった。

「加能さんがあの『はちまき寿司』を復活させてくれるのなら、僕も張り切っていい物件を探しますよ。それに、お店はきっとうまくいくと思います。何しろ、『はちまき寿司』のファンだった人は周りにもたくさんいますから。開店したらみんなでじゃんじゃん宣伝させて貰いますよ」

堀部青年はそう言って、持ち前の笑顔でガッツポーズを作ってみせる。彼には、友人の会社を手伝うのとは別に、これは鉄平自身の事業として始めるのだと伝えてあった。

ネモト不動産のビルを出たのは午前十一時過ぎだった。

舗道に一歩踏み出した瞬間、あたたかな春の陽気に全身が包み込まれる。

今日は最高気温が二十四度まで上がると天気予報で言っていた。

三月中は時に最高気温が十度を下回ったり、最低気温がマイナスになって氷雨が降ったりと冬の終わりをなかなか見極められずにいたが、四月に入った途端に一気に春が押し寄せてきた感じだった。

金沢も東京から一週間ほど遅れて桜が満開の時期を迎えている。

桜というのは花が咲いてみないとどれだか分からないことが多く、開花の季節に路肩や家や学校の庭、公園に見事な咲き姿を見つけて胸を衝《つ》かれたりする。東京でもそうだったが、金沢でもそうした驚きがここ数日続いていた。

兼六園の桜も金沢城公園の桜も美しいが、鉄平が一番気に入ったのは犀川沿いに咲く桜だった。

犀川の岸辺は念入りに整備されていて、犀川大橋の上流、下流ともにえんえんと芝地の遊歩道が設けられている。そして、遊歩道沿いの随所に桜の木々が植えられ、この桜並木が幹も枝ぶりも魅惑的な老木ぞろいで、一斉に花を結んでいるのを遊歩道から眺めると、遠く白山《はくさん》連峰の雪をかぶった山並みと桜の花々とが重なって、まるで〝生きている絵画〟のような情景になるのだ。

波江のやっている「木蓮」が犀川べりの片町伝馬《でんま》商店街にあるので、「木蓮」に顔を出すようになってからは犀川の遊歩道をよく散策していた。

片町伝馬商店街は飲み屋や割烹の店が建ち並ぶ夜の街だが、犀川と接して走る「夕焼け通り」と一本香林坊寄りに入った「マイスター通り」、さらに斜めに延びた「ゆめみ小路」、横に短く走る「古都路《ことじ》通り」の四つの通りで構成されている。「木蓮」はかつて職人の店が多く連なっていたという「マイスター通り」の一角に暖簾《のれん》を掲げていた。

「菊助」でインフルエンザの快気祝いをやった翌々日の三月一日水曜日、鉄平はようやく「木蓮」に行ってみることにしたのだった。

客のふりをして訪ね、波江をびっくりさせてやろうかと最初は考えたが、それではろくろく話もできないと思い直して、昼餉時を過ぎた午後二時頃にぶらっと出かけてみた。

名刺の住所を頼りに歩くと、「木蓮」はロイヤルパレス香林坊から十分とかからない場所にあった。

目の前にしてみれば想像していたよりもずっと大きな三階建ての店だった。

金沢は古い町とあってかつての町屋がたくさん残っており、それらを改装してブティックやカフェ、飲食店としている例も多かった。そこまで古くなくてもわざと町屋風にして風情を演出している店も多い。「木蓮」のあるマイスター通りも職人町の名残りで町屋や町屋風の店が軒を連ねているのだが、その中ではめずらしく「木蓮」はコンクリート造りのビルだった。

ビルといっても小さくて決して新しくもない。ただ、ベージュのタイル張りの外壁はきれいに磨かれ、大事に使われている建物であるのはよく分かる。

間口は二間《けん》程度だが、両隣の町屋同様に奥行きはかなりありそうだった。

小さな冠木門《かぶきもん》が設《しつら》えられ、短い敷石の奥に格子戸が嵌《はま》っている。

暖簾はまだ出ていなかったが、二階の袖看板に「木蓮」とあるのでそのビルで間違いなかった。

「こんにちは」

と声を掛けながら格子戸を引く。

戸の先は待合のように少し広いスペースで、黄土色の漆喰の間仕切り壁で奥がすんなり見通せないようになっていた。

そのスペースで立ち止まり、もう一度「こんにちは」と声を出した。

はーい、といささか面倒くさそうな返事があって、白い調理服姿の若い男が顔を出した。

「こんにちは。わたくし、加能鉄平という者ですが高森《たかもり》波江さんはいらっしゃいますか」

名刺の名前を思い出しながら「高森」という苗字を口にした。

「あ、はい」

女将《おかみ》の名前を聞いて、男が少し改まったようになる。

「昔の友人なんです」

と付け足した。

「少々お待ち下さい」

小さな会釈をしてから男が奥に引っ込んでいった。まだ童顔に見えるが幾つくらいだろうか。二十歳《はたち》を過ぎたくらいか。そう思った瞬間、耕平の顔が脳裏に浮かんだ。

しばらく待たされた。

波江は帳場や調理場にはいないようだ。

二階が座敷で三階が住居になっているのは外観から見て取れた。そのどちらかに呼びにいっているのかもしれない。

五分ほど過ぎたところで、先ほど開け閉《た》てした格子戸が音立てて引かれ、着物姿の女性が飛び込むように入ってくる。

波江だった。

17

予想通り、二階が座敷席で三階が波江の住む家だった。板前見習いの芳雄《よしお》君から電話を受け、着替えの最中だった波江は急いで三階から降りてきたのだ。自宅の玄関は店とは別にあって、一度店を出たあと脇の細い路地を抜けてビルの裏に回れば、そこに三階につながる階段があるらしかった。

「先輩、いらっしゃい」

満面の笑みを浮かべて波江が言う。ただ、瞳の中に微かに怪訝《けげん》の色が混じっていた。それはそうだろう。鉄平は背広姿ではなくジーンズにポロシャツというういたって軽装だったのだ。

「実は、先月の前半からこっちに来ているんだ」

様々な意味合いを込めてそう言った。

「えーっ」

波江が、大袈裟ではなく驚いた顔になる。

「いつまで？」

「いや、金沢に引っ越して来たんだよ」

ますます波江はびっくりした表情になった。

「今日は、お時間はあるの？」

取る物もとりあえずという感じで訊いてくる。

「ああ」

「じゃあ、ちょっと上で話しませんか？」

天井の方を指さした。

「いいのかい。店の準備もあるだろうし」

「全然大丈夫」

波江は、先に立って間仕切り壁の向こうへと鉄平を誘《いざな》った。壁のあちら側は右手に白木のカウンターがあって、手前からゆったりと間隔を取ってテーブル席が五つ並んでいた。カウンターの奥が調理場で、その対面はいまは襖《ふすま》が閉じているが小上がりのようだ。二階に上がるエレベーターが一番手前のテーブル席からほど近い左側の壁に設置されている。外観で見るよりも店内はずっと広くて豪華だった。

「芳雄君、私たち『御前《ごぜん》の間』に行ってるから、お茶をお願いね」

と一声を掛けると波江はエレベーターボタンを押す。すぐにエレベーターの扉が開き、促されて先に乗る。

さすがに昇降籠の中は大人四人で一杯になるくらいの広さしかない。ほんの束の間だが狭い空間で波江と二人きりになった。

こんなに間近で彼女を見るのは中学以来だ。顔はかつての面影をはっきりと残しているが、身体つきはまるで違う。腰のあたりの肉付きといい、首筋のぽってりとした白い肌といい別の女性と言っていいだろう。

涼し気な面差しは相変わらずだった。年齢は夏代より一つ上だから今年五十二歳のはずだが、夏代同様にとてもそんな歳には見えなかった。

襟元から香水のいい匂いがしてくる。夏代は看護師だったこともあって香水のたぐいは一切使わなかったが、鉄平は女性の香水は昔から嫌いではなかった。

エレベーターを降りると、二階は左右振り分けの形で個室が並んでいた。取っ付きで靴を脱いで式台に上がる。鉄平の靴を素早く靴箱に納め、波江がスリッパを出してくれる。

中央の通路は板廊下で、左右は襖や障子ではなくて引き戸で仕切られていた。片側に三室ずつ、計六室の部屋があった。天井が意外に高い。

新幹線の中では「小料理屋です」と波江は言っていたが、これなら歴とした割烹料理屋と呼ぶべきだろう。

旅館のようにそれぞれの部屋には木札が掲げられていた。「御前」「剣」「七倉」「四塚」といった文字が見える。どうやら白山連峰の山々から部屋の名前を借りているらしい。

波江は一番手前左の「御前」の扉を引いた。

八畳くらいの茶色の絨毯《じゅうたん》敷きの部屋である。大きなテーブルと前後三脚ずつ椅子が置かれていた。どうぞと言いながら今度は波江が先に部屋に入る。床の間があり、隣室との間仕切りは襖のままだった。廊下側に波江が座り、鉄平は窓のある奥に回って波江と差し向かいの椅子を引いて腰を下ろした。

「立派なお店じゃないか」

ぐるり見渡して鉄平は言った。

「ありがとうございます」

女将然とした仕草で波江が軽く頭を下げてみせる。

「しかし、テーブル席なんだね。他の部屋もそうなの？」

「去年、思い切って全部テーブルにしたんです。最近は正座どころか胡坐《あぐら》をかくのも不得手な方が多いみたいで」

「たしかに、その方がいいかもしれないね」

「はい」

そこでノックの音が聞こえ、「お茶をお持ちしました」という声がした。

「どうぞ」

波江が返事するとゆっくりと引き戸が開いた。芳雄君が茶器を載せたお盆を持って入ってくる。

お茶はほうじ茶だ。小皿に載ったきんつばが添えられている。

金沢でお茶と言えばほうじ茶だった。「加賀棒茶《かがぼうちゃ》」という茎のほうじ茶を金沢の人たちは常飲しているようだ。元は加賀百万石の城下町だけあって、京都に劣らず和菓子の種類も多かった。目の前のきんつばも金沢名物の一つとして知られている。

芳雄君が戸を閉めて去っていくとすぐに二人ともお茶を手にした。

「引っ越したって本当ですか？」

先に波江が湯呑をテーブルに戻して訊いてくる。

「そうなんだ。急にいろいろあって博多を出てきた。会社も辞めたんだ」

「あら」

「いまは、このすぐ近くに部屋を借りて独り暮らしをしている。二月の十一日に入居したからそろそろ三週間かな」

「奥様もご一緒なんですか？」

「いや。いろいろあったというのは、仕事だけじゃなくて妻とのことも含んでいるんだ」

「やっぱりそうですか」

そこで波江はふぅと一息つくようにして言った。

「やっぱり？」

波江の意外な反応に訊き返す。

「鹿児島からの帰りの新幹線で会ったとき、先輩、お一人だったでしょう。それで何となくそんな気がしたんです」

「どうして？」

「だって、息子さんの成人式に出席するのに奥様がご一緒じゃないというのはおかしいじゃないですか。先輩、奥様の話は何もされなかったですし。もしかしたら離婚してるのかなあと思っていました」

「なるほどね」

「じゃあ、これからはずっとこちらで一人で暮らすつもりなんですか」

「そうなんだ。といって、別に何か特別な理由があって金沢に来たわけじゃないんだけどね。正直に言うと、博多から遠くの町だったらどこでもよくて、直感的に金沢に行こうと決めたんだよ。この前、藤木も金沢に住んでいるって言ってたなあ、と思ったりしたもんだから」

「そうだったんですか」

「だけど、いざ来てみたら何だか申し訳ない気になった」

「申し訳ない？」

「ああ。何十年ぶりかで再会した知り合いが、その直後にいきなり自分の住んでいる町に引っ越して来たらちょっと不気味じゃないか。そう考えると会いに行くのも気が引けてね。それでずいぶん迷っていたんだけど、こっちの暮らしにも少し馴染んできたところだし、今日は思い切って訪ねてみようと思ったんだよ」

「何だかずいぶんと水臭い言い方するんですね。まあ、加能先輩らしいですけど」

「そうかなあ」

「はい。もともと先輩は、誰より真面目できちんとしている人なのに、やることはめちゃくちゃ大胆だったりする変わったタイプでしたから」

「うーん」

図星を衝かれたような気もして、鉄平は小さく唸《うな》る。

「ようこそ、とは言えないけど、私は大歓迎ですよ」

波江が言う。

言葉の意味がいま一つ分からず鉄平が戸惑った顔を見せると、

「ようこそ、は金沢では、お客様がお帰りになるときに使う言葉なんです。『よく来てくれましたね、さようなら』って。だからようこそとは言いません」

波江は口に手で蓋をして笑っている。

こうして向き合っていると、どんどん彼女が若返っていくのを感じた。中学時代の姿がくっきりとよみがえってくる。四十年近いブランクがあったとは思えないこの気安さは、やはり同じ町で幼少期を一緒に過ごした仲間だからだろう。

「うちはお昼はやっていないけど、まかないはあるんです。今日はこれからですけど、先輩も一緒にいかがですか?」

鉄平が何も言わないでいると、波江が言葉を重ねてきた。

「いや、今日は失礼するよ。ちょっと藤木の顔を見たかっただけだし」

「先輩、もうお昼は済んじゃったんですか?」

「いや、朝が遅かったからね」

「だったら一緒に食べましょうよ。お店の人たちも紹介しておきたいし。まだ時間はあるんでしょう」

「とにかく今日は遠慮しておくよ」

「そんなこと言わないで付き合って下さいよ。そのあと、三階でおにいちゃんとおかあさんにお線香を上げていって貰いたいし」

さすがに女将だけあって、客を引き留めるときの強引さは堂に入ったものだった。遊星と多香子おばさんの位牌に手を合わせて欲しいと言われれば無下に断るわけにもいかなかった。

「じゃあ、お言葉に甘えることにしようかな」

そうやって、この日、鉄平は「木蓮」の板前や店員たちと一緒に食卓を囲むことになった。

そして、そこで初めて表さんが作ったまかないののり巻きを食べたのである。

18

「はちまき寿司」は、「木蓮」で店員をやっている表莉緒《りお》さんの母方の祖母、表みゆきさんが竪町商店街の外れで営んでいたテイクアウト専門ののり巻き屋で、五年前、みゆきさんが亡くなって店じまいとなったのだった。

みゆきさんは夫を亡くしたあと、「はちまき寿司」の稼ぎで一人娘の薫《かおる》さんを育て上げた。薫さんは、店は継がず、現在は松任《まっとう》にある大きなドコモショップの店長をやっているのだが、もともとみゆきさんとは反りが合わず、ことに彼女が不倫の末に娘の莉緒さんを産んでからは数年間、母親と絶縁状態になった時期もあったという。

「で、この母親と私がまた中学、高校の頃に冷戦状態で、それで私はずっとおばあちゃんの家で暮らしながら学校に通っていたんですよね」

と表さんは言っていた。

みゆきさんの家は「はちまき寿司」のすぐ裏手の一戸建ての借家で、彼女は中学生の頃から学校が休みの日はもちろん、放課後もしょっちゅう店に立ってみゆきさんと一緒にのり巻きを巻いていたのだそうだ。

つまるところ、人気店だった「はちまき寿司」の味はしっかりと祖母からこの孫娘へと伝承されていたのである。

そののり巻きを「木蓮」のまかないで食べたのだから、鉄平があまりの美味しさに感嘆したのも無理はなかった。

みゆきさんが亡くなったとき、表さんは美容師になっていた。

よほど祖母の店を引き継ごうかと思い悩んだらしいが、ちょうど「はちまき寿司」の入っていた古いビルの建て替え話が持ち上がっており、仮店舗でしばらく営業し、家賃の上がった新しいビルに再入居するか、または別の貸店舗を探すかというタイミングで、結局、「はちまき寿司」の存続を断念して、なりたての美容師として腕を磨いていく道を選んだのだという。

ところが、さらに二年ほどが過ぎ、表さんは難治性の手荒れのため美容師を辞めなくてはならなくなってしまった。そこからはアルバイト生活に入り、幾つ目かのバイト先として入ったのが「木蓮」だった。それがちょうど一年ほど前のことで、働き者の彼女はすぐに女将の波江に見込まれてフルタイムの従業員に変わり、現在に至っているのだった。

三月一日に初めてのり巻きを食べた鉄平は、もうその時点でぴんとくるものがあったが、さらに二度、表さんがのり巻きを巻く日に「木蓮」に出かけて、店のスタッフと一緒にまかないの昼ごはんを食べた。

そして、通算四度目、それは三月の最終週の木曜日だったのだが、昼食をみんなで食べ終えたところで、表さんに「はちまき寿司」を二人で復活させないかと持ち掛けたのだった。もちろん当人はもとより波江にも誰にも事前の根回しは一切していなかった。

真っ先に賛成したのは波江だった。

板長の穣一《じょういち》さんも賛意を示した。日頃は無口な穣一さんがこのときばかりはすぐに波江に同調し、

「莉緒ちゃんののり巻きは絶対商売になると俺もずっと思っていたよ」

と言ってくれたのだ。突然の提案を受けて困惑気味だった表さんも、

「板長さんまでそう言って下さるなんて……」

とちょっと感激していた。

開店当初から「木蓮」の板場を任されている櫛木《くしき》穣一さんは、長年、新潟市内の大きな

料亭で修業した人で、料理の腕はぴか一と評判の人だった。「木蓮」が連日繁盛しているのも、この穣一さんの包丁のおかげなのだと波江もしばしば口にしている。

「莉緒ちゃんを引き抜かれるのはうちの店としては痛いけど、でも、先輩の頼みじゃ断るわけにはいきませんよね」

そう言って、波江は表さんの背中を強く押したのである。

板前見習いの芳雄君や有岡《ありおか》君、それにその日、一緒にまかないを食べた油谷さんも、

「このノリ巻きでお店をやったら絶対にうまくいくと思う」

と異口同音に勧めてくれる。

「店の準備や何かは全部、こっちでやります。金銭的な負担も掛けることはありません。収入その他の条件についても表さんの希望に沿うように精一杯努力します。ですから、ぜひ、一緒にやらせて貰えませんか」

鉄平は、その場での決断を求めた。

「食べ物商売は初めてなんですが、長年、販売の仕事をやってきた人間として、どうしても売りたいと思える物を売る自信はあるんです。いろんな事情で、この金沢にやって来て、そういう物を見つけられればと思っていたんですけど、表さんののり巻きを初めて食べた瞬間に、これだと思いました。その手の勘はほとんど外したことがないんです」

同僚たちの中で鉄平に強く迫られて、表さんは返事に困っていた。

だが、鉄平としては、もしも彼女が即断即決できなければこの話はなかったことにしようと決めていたのだ。

商売を始める以上、一緒に組む相手にはそれくらいの勇気はどうしても必要だと感じていた。

表さんはしばらく下を向いて思案していたが、やがて顔を上げると、

「分かりました。私の方こそ、ぜひ一緒にやらせてください」

と鉄平に向かって頭を下げてきたのだった。

19

四月十日にネモト不動産の堀部青年を訪ね、二日後の朝には早くもめぼしい物件が見つかったとの連絡を受けた。

その日は花冷えの寒い一日だったが、さっそく物件を見せて貰うことにした。

メールで送られてきた地図を頼りに約束の午後二時に現地を訪ねると、堀部青年はすでに建物の前で待っていた。竪町商店街のちょうどなかほどに建つ三階建ての細長いビルで、まだそれほど古くはないようだ。築七、八年といったところだろうか。

一階のシャッターには大きなソフトクリームの絵が描かれ、絵の下に「ＡＢＣアイス」

という文字が記されている。

「ソフトクリーム屋さんだったんですね」

挨拶もそこそこに鉄平が切り出すと、

「そうなんですよ。このビルは七年ほど前に建ったものなんですが、そのときから入居していたＡＢＣアイスさんが先月退去して、それで空き店舗になっているんです」

「なるほど」

「二階はこのちょっと先にある大きなブティックの在庫倉庫になっていて、三階は賃貸の住居なんですが、そっちもいまは空いている状態ですね」

堀部青年はてきぱきと説明してくれる。

かつて「はちまき寿司」があった竪町商店街の、しかもこんなど真ん中に空き店舗が見つかるというのは予想していなかった。

ただ、一番の問題は賃料である。

「いまシャッターを上げますね」

堀部青年はそう言って、手提げカバンから取り出したリモコンをシャッターの方へと向けた。ゆっくりとシャッターが持ち上がっていく。

横から見るとかなり奥行きのある建物なのだが、目の前に現われた店舗はそれよりは手狭なようだった。一面ガラス張りになっていて、引き戸形式の自動ドアも一枚ガラスだった。白い受け渡しカウンターがあり、その奥が厨房になっている。厨房といってもソフトクリーム屋だから、ソフトクリームマシンが置かれていたであろうステンレスの台と収納棚くらいしかない。冷凍庫や冷蔵庫のたぐいはすでに撤去されてしまったのか、どこにも見当たらなかった。

「一階の裏が駐車スペースになっているんで、ご覧の通り、店舗として使えるのはこの程度なんです。正味八坪といったところでしょうか。ただ、テイクアウト専門ということでしたらこれでも充分な広さだと思います」

シャッターのリモコンをカバンにしまい、堀部青年は今度は鍵を取り出した。しゃがんで自動ドアの施錠を解いている。

小さな駆動音と共に自動ドアが開き、鉄平は堀部青年の後に続いて店内に入った。ガラス越しに見るよりも中はゆったりとしていた。カウンターの手前のリノリウムの床にはテーブルを置いていた痕跡が残っている。ソフトクリームを買った客は、このスペースで食べることもできたのだろう。

カウンターの奥は狭かったが、それでも三人くらいが動き回れる余裕はあった。のり巻きを販売するとなれば大きめのキッチンや食材の収納棚、業務用の冷凍冷蔵庫なども置かなければならないが、そのへんは目の前の受け渡しカウンターをもっと路面側へ押し出すことで解決できるだろう。店はあくまでテイクアウト専門にするつもりだから、客が飲み食いする場所を設ける必要はなかった。

「いかがですか?」

堀部青年が訊いてくる。

場所的にも外観や店内の広さなどからしてもまたとない物件であるのは確かだった。内装は完全に作り変えるにしても食べ物屋を始めるには「美観」がまずは大切に違いない。いくら老舗の看板を譲り受けるとはいえ、古びたたたずまいを引きずっても集客効果はあまりないだろう。それよりは味以外はガラッと印象を変えてしまった方が話題性も出るというものだ。だとすれば、絶好の立地で清潔感も備えたこの建物がもってこいなのは言うまでもない。

「賃料はどれくらいですか?」

相場自体がまるで分からないが、金沢とはいえ一番の繁華街の一角ということからしてそれなりの金額のはずだった。

「賃料が一カ月二十万円で、敷金が賃料の六カ月分、百二十万円です」

「二十万円ですか……」

想像ほどではなかったが、それにしても高過ぎるという印象は否めない。

鉄平は頭の中で素早く計算してみる。

月に二十万円の家賃を支払うためには、一緒にやってくれる表さんの給与、材料費、水道光熱費などを加味すると月に六十万円ほどの売上げを計上しなくてはならない。

表さんと相談して、かつての「はちまき寿司」とほぼ同じメニューと価格で始めることにしていたので、のり巻き一本の平均単価は百五十円ほどだった。

六十万円を稼ぐには、一カ月当たり四千本ののり巻きを売り上げる必要がある。当分は休日なしで営業するとしても、一日当たり約百三十本。客単価を五百円（一人三本）として計算すれば毎日四十人ほどの客数が見込めないと採算が取れない。それにしたってオーナーの鉄平自身は無給だし、むろん開店準備のための改装費用や広告宣伝に使う資金は鉄平の持ち出しという話だ。

〝一日四十人〟も〝月間四千本〟もそう簡単ではないと思われた。

表さんによれば、

「土日や祝日は五百本以上売れる日もあった気がします」

とのことだったが、月当たりどれくらいの売上げがあったかや年商がどの程度だったかなどは彼女もまるで知らないようだった。今回の件で母親の薫さんにもあらためて訊ねてくれたらしいが、もとから実母と仲の悪かった薫さんは、

「お店のことは何も分からないのよ。おばあちゃんがつけていた帳簿なんかもお葬式のあと全部捨ててしまったし」

と言っていたらしい。

ただ、「はちまき寿司」を娘が再開することに関しては、

「母には絶対反対されると思ったんですけど、話してみたら満更でもない感じなんですよね」

と表さんは意外そうにしていた。

五年のブランクがあり、かつ「おばあちゃんののり巻き」として知れ渡っていたその肝腎の店主がいない形での再出発である以上、希望的な観測は厳に慎むべきであろう。幾ら手元資金が潤沢だとはいえ、ただ働きの上に毎月赤字を垂れ流すようでは、何のために店を始めたのか分からなくなる。そもそも、夏代から受け取った一億円をできるだけ減らさない形で今後の生活を築いていくために新しい商売に手を染めようと決意しているのだ。

「加能さん、よかったら三階の部屋もご覧になりませんか?」

鉄平が言葉を継がずに黙り込んでいると、堀部青年が話しかけてくる。

「三階ですか?」

「はい」

堀部青年が訳ありな笑みを浮かべた。

「実は、このビルのオーナーさんが、『はちまき寿司』を再開してくれるというのなら三階の部屋はどうせずっと空いているんだし、ただで使って貰って構わないとおっしゃって

いるんです」

鉄平には堀部青年の言っている意味がよく分からなかった。

青年の方が焦《じ》れったそうな表情に変わる。

「オーナーさんは小松に住んでいる方なんですが、金大の学生の頃に『はちまき寿司』の常連で、亡くなったおばあちゃんとも親しくしていたらしいんですよ。なので、あのお店をもう一度開いてくれるなら、しかもおばあちゃんのお孫さんがやってくれるというのであれば、できるだけの協力をしたいとおっしゃってくれているんです」

「そうなんですか」

金大というのは金沢大学のことだった。二十数年前までは金沢城内にキャンパスがあったというから、ビルのオーナーはその頃に学生生活を送った人なのかもしれない。金沢城址はこの竪町商店街のすぐ近所だ。

「つまりですよ、もし加能さんが三階の部屋に引っ越して来るのであれば、実質の家賃は二十万円ではなくて半額の十万円になるということなんです」

そこまで聞いて、鉄平はようやく堀部青年が何を言っているのかが分かった。

なるほどいま住んでいるロイヤルパレス香林坊の家賃は駐車場込みでちょうど十万円。三階の部屋に住むことができればその十万円がまるまる浮くことになる。

「それ本当ですか？」

たった十万円でこの物件を借りられるというのは幾らなんでも話がうますぎる気がした。ましてや一年は年中無休でやろうと考えている身としては、店舗と同じ場所に住めるのは願ってもない話である。

「図面で見る限り、上の間取りは2DKで今の加能さんのお部屋より広いみたいです。今回のオーナーさんの反応一つ取っても、やっぱり『はちまき寿司』の熱烈なファンはそれだけたくさんいるということだと思いますよ。とにかく三階に上ってみましょうよ」

堀部青年は相変わらず意気軒昂だ。

20

堀部青年と物件を見た一週間後には正式に賃貸借契約を結んだ。

ビルの名称は「翼《つばさ》ビル」。翼とは小松に住むオーナー「大野《おおの》翼」さんの下の名前で、最初に予想した通り、大野さんは金沢大学がまだ金沢城内にあった頃に「丸の内キャンパス」に通う学生だったのだという。年齢は六十半ばで、地元の小松市で建設機械の部品製造業を営んでいるが、竪町商店街の土地は創業者でもある父親が遺してくれたもので、以前は父の趣味でもあった九谷焼《くたにやき》の販売店だったのを七年前に三階建てのビルに建て替えたのだそうだ。ちなみに九谷焼の店舗の名前は「勝治《かつじ》陶器店」で、これは父親の名前から取った屋号だった。そのひそみに倣って新しいビルも自らの名前を冠して「翼ビル」としたらしい。

鉄平は大野さんと直接会うことはなかったが、堀部青年によると、学生時代、「はちまき寿司のおばちゃん」の作るのり巻きが大好物で、「週に五日は口にしていた」とのよし。なるほど、四十年以上前であれば表さんの祖母のみゆきさんもまだ「おばあちゃん」ではなく「おばちゃん」になるかならないかの年回りであっただろう。

賃貸借契約が済むとすぐに波江の紹介してくれた「矢代《やしろ》工務店」のスタッフを呼んで、店内改装の打ち合わせを始めた。

鉄平と表さんの他に、初回の打ち合わせから山下久志《やましたひさし》という青年が一緒に参加することになった。

この山下君は表さんの美容学校時代の同級生で、彼も表さんと同じ時期に美容師を辞めて、いまは金沢市内のデザイン学校に通っているらしかった。

「私の美容学校の同期に山下君っていう男の子がいて、彼、いまはデザインの勉強をしているんですけど、すっごくセンスがあるんです。だから、オーナーがＯＫだったら工務店さんとの打ち合わせに同席して貰いたいんですけど」

と表さんに推薦され、その場で了解したのだ。

そして、この山下君というのが表さんの言葉の通りで相当に面白い男だった。

とにかくのっけからどんどん自分の意見を言って、遠慮というものがまるでない。初めのうちはその横柄な態度にいささか鼻白むものがあったが、山下君の口から飛び出すさまざまなアイデアを虚心坦懐に聞いているうちに、徐々に彼に対する見方が変わっていった。

たとえば二度目の打ち合わせのとき、山下君はいきなりイラスト画二枚を作業テーブルの上に取り出して、

「こっちがハッチーで、そっちがマッキーっていうんですけど、これをキャラとして使うのはどうですか？」

と言ってきたのだ。

「キャラ？」

思いもよらぬ提案に鉄平も工務店の二人のスタッフも呆気に取られてしまった。

「せっかく店を出すんだったらキャラがあった方がウケるじゃないですか。のり巻きみたいな古臭いものをいまどきの女子中高生に食べさせるんだったらキャラは是非ものだと思いますよ。それに海外からやってくる観光の人たちもこういうアニメキャラ的なノリは大好きですからね」

山下君の自作に違いない二枚のイラスト画は、どちらもやなせたかしの「アンパンマン」のキャラクターをのり巻き風にアレンジした印象だったが、身に着けている衣装から察するにどうやら「ハッチー」が男の子で「マッキー」が女の子のようだ。

彩色もほどこされているその二枚の絵を表さんは両手に持って見比べながら、

「ヒサシ、これってすっごくいいよ」

興奮したような声を出した。

「オーナー、このキャラを使いましょう。ヒサシが言うみたいに私も絶対ウケると思います」

まるで事前に二人で相談ずくのような反応だったが、表さんという人がそうした小細工をするタイプでないのはよく分かっている。

彼女は数日前に自分が新生「はちまき寿司」の店長だと鉄平に告げられ、それ以降は、鉄平のことを「オーナー」と呼ぶようになっていた。

「皆さんのご意見をいただいて、まだ幾らでも手を加えますけど、デザインが固まったらたとえばハッチーとマッキーの人形を作って店頭に飾るとか、幟《のぼり》や看板、チラシにも刷り込むとかいろんな展開ができるはずです。まずはそうやって店の新しいイメージをお客さんに売り込むのが一番大事だと僕は思いますね」

自分の作ったキャラクターの使用がすでに決まったかのような口ぶりで山下君は言う。

「どうですかね、これ？」

鉄平は工務店の二人に意見を求めた。

「僕もイケるんじゃないかと思いますね」

浅利《あさり》さんという若いデザイン担当が最初に賛意を示す。もう一人、主任で施工担当の飯《いい》塚《づか》さんも、

「面白いんじゃないですか」

と頷いた。

鉄平には正直なところ、こうしたキャラクターを使った販売戦術が果たして有効なのかどうか判断がつかない。長年彼が携わってきた医療機器にしても化学製品にしても、取引先はほとんどすべてが法人であったし、こんなキャラクターを宣伝材料や拡販材料として用いたことは一度だってなかった。

結局、二度目の打ち合わせで「はちまき寿司」の宣伝キャラクターとして「ハッチーとマッキー」は正式採用となり、その後の打ち合わせはこのキャラの活用を前提とした改装案を双方で出し合いながら煮詰めることになったのだった。

都合五回の打ち合わせを経て、ゴールデンウィーク直前の四月二十八日金曜日に内装のデザインが確定した。

その晩は、飯塚さん、浅利さんも誘って五人で打ち上げの会を開いた。

会場は表さんがかつてバイトをしていたという金沢駅前の居酒屋にしたのだが、飲み放題付き一人五千円のコースで、それこそ食べきれないほどの品数の料理が出てきた。当然魚介類と加賀野菜が中心のメニューだったが、どれもこれも素材が新鮮で味もよく、鉄平

はあらためて、

――これは博多に引けを取らないどころか、それ以上かもしれないな。

と舌を巻く思いだった。

そんな美食の町で、のり巻き一筋で我が子を育て上げた表みゆきさんの並々ならぬ苦労が偲ばれ、彼女の長年の研鑽に泥を塗らぬよう、新しい「はちまき寿司」も懸命の努力を重ねなくてはと決意を新たにせざるを得ない。

飯塚さんたちは月曜日からさっそく仕事に取りかかり、連休中も休まずに工事を続けることになっていた。工事期間は二十日間。完成は五月二十日土曜日を予定している。

鉄平と表さんはそれから十日余りでさまざまな開店準備を行い、月が変わった六月二日金曜日に新生「はちまき寿司」をスタートさせる手筈だった。

鉄平がロイヤルパレス香林坊から「翼ビル」の三階に引っ越すのは、一階のリフォームが終わってからということにしている。

飯塚さんたちも表さんや山下君もいける口のようで、酒が入るに従って宴会は盛り上がっていった。面々の言葉遣いも徐々にくだけ、思っていることを何でも口にし始める。

今回、初めて仕事上の議論をやってみて、金沢の人たちの気風の一端が垣間見えたような気がしていた。東京や、まして万事ガラッパチな博多とは違って、北陸の人たちはなかなかはっきりとした形で自分の意見を言わない傾向があるようだ。たとえば、およそ承服しがたい提案を受けたとしても、九州人ならば「そげなプラン、全然駄目に決まっとろうも」と一蹴し、東京人だったら「そういうプランで進めても期待値は決して上がらないと思いますよ」ときっぱり言うところを、こちらの人たちは「プラン自体は悪いとは思わないんですが、予算と時間の面で果たしてどうかと……」といった表現で伝えようとする。つまりは相手の真意を把握するのに結構骨が折れるのだった。

それからすると、自分の意見をどしどし主張する山下君というのは非常に例外的な存在ではあった。

鉄平は、ずっと気になっていたその点を直接山下君に訊ねることにした。

「山下君って、やけに押しが強い性格に見えるんだけど、それって生まれつき?」

酔いも手伝ってそのまんまぶつけてみる。

ハイボールばかり立て続けに飲んでいる山下君が、いきなりの突っ込みに、すっかりできあがった赤ら顔をわずかに歪《ゆが》め、

「そんなはずないじゃないですか、オーナー」

と口を尖《とが》らせてきた。

彼も表さんに倣って鉄平を「オーナー」と呼んでいる。最初は「加能さん」だった飯塚さんたちもいまでは同じく「オーナー」と話しかけてくるようになっていた。

「リオに訊いて貰ったら分かりますけど、美容学校時代の僕はいまとは正反対だったんで

すから。押しが強いだなんて誰かに言われたことなんて一度もなかったですよ」

「へぇー、そうなんだ」

「はい」

「じゃあ、なんでそんなふうにはっきりものを言うようになったの？」

するとと山下君は、ジョッキに残っていたハイボールを一息で飲み干し、

「なんかイヤになっちゃったんですよね」

と言った。

「イヤになった？」

「はい。前に勤めていた美容室で朝から晩までこき使われているうちに、文句も言わずに黙々と働いている自分自身に愛想が尽きちゃったんです」

「へぇー」

「なんか、俺、うさぎみたいだなって思っちゃって」

「うさぎ？」

「うさぎっていつもびくびく震えてる感じじゃないですか。自分がそういうふうに思えてきたんです」

「それでいまみたいに何でもずけずけ言うことにしたんだ」

「まあ、そうですね」

「じゃあ、前の職場がよっぽどハードだったわけだ」

「ハードっていうよりもオーナーがとんでもない人だったんですよ」

その一言に鉄平は一瞬ドキリとしてしまった。自分も彼に「オーナー」と呼ばれている身ではないか。

「エクスプリールという美容室なんですけど、金沢に四店舗、野々市《ののいち》に一店舗を展開している割と大きな店で、そこのオーナーが〝奴隷の喜多嶋《きたじま》さん〟って呼ばれていて、もう滅茶苦茶な専制君主だったんです」

「奴隷の喜多嶋さん？」

いまひとつぴんとこない。専制君主がなぜ奴隷なのか？

「もちろん奴隷というのはオーナーじゃなくて、スタイリストやアシスタントの方です。その喜多嶋さんがスタッフを人間扱いしないトンデモオーナーだったんですよ」

こちらの疑問を察したように山下君が言葉を付け加える。

なるほど「奴隷の喜多嶋さん」とは「スタッフを奴隷のようにこき使う喜多嶋さん」という意味なのか……。

「僕のようなアシスタントは奴隷以下で、スタイリストが奴隷、そして喜多嶋さんはカネの奴隷なんです」

「カネの奴隷？」

「はい。喜多嶋さん本人がいつもそう言っていましたから」

「本人が？」

「そうです。オーナーは能登の端の端の貧乏を絵に描いたような家で育ったらしくて、お金以外は何も信用してないんです」

「それも本人が言ってたの？」

「そっちは、オーナーの奥さんの言葉です。彼女は僕が勤めていた本店の店長だったんですけど、自分のこと奴隷頭だって言ってました」

「何、それ」

「で、二年前、僕が店を辞めようかどうか悩んでいるときに連絡をくれたのがリオだったんです。リオの方は金沢駅前にある大きなヘアサロンで働いていて、そこは美容師にもすごく評判が良かったんです。そしたら、リオが、『私は手荒れでどうしようもなくて引退することにしたけど、ヒサシがエクスプリールでひどい使われ方してるって噂を聞いたから、もし移籍する気があるんだったらうちのオーナーに掛け合って、私の後釜で入れるように話をつけるけどどうする？』って言ってきてくれたんです」

「そういうことだったのか」

表さんが山下君を推薦してきたとき、鉄平は、

「その彼って、もしかして表さんの彼氏なの？」

と訊ねた。すると表さんは「まさか」と笑って、

「美容学校からの親友の一人なんです」

と答えたのだった。

「そんなふうにリオに声を掛けられて、それで僕もようやく決心がついたんです。もうこれからは自分のやりたいようにやろうって。せっかくの誘いは断ったけど、あのときリオが連絡してくれなきゃ踏ん切りがつかずにいまでも〝奴隷の喜多嶋さん〟の下で働き続ける羽目になっていたかもしれません」

そう言って山下君は飯塚さんたちと楽しそうに話している表さんの方へちょっと眩《まぶ》しそうな視線を送ったのだった。

21

鉄平がロイヤルパレス香林坊602号室を引き払い、「翼ビル」三階の部屋に引っ越したのは、五月二十四日水曜日のことだった。

引っ越し業者には頼まず、表さんと山下君の手を借りて自分で家財道具や段ボール箱を運んだ。運搬用の軽トラックは山下君が実家から借り受けてきてくれた。彼の実家は白山市で大きな豆腐屋を営んでいて、スーパーや学校への商品配達用の軽トラが何台かあるら

しい。

大物と言えば洗濯機くらいで、あとはテレビにしても冷蔵庫にしても小型だったから三人で片づければあっという間に部屋は空になる。積み込みや搬入は鉄平と山下君とでこなし、きれい好きの表さんが出る部屋も入る部屋も念入りに掃除してくれたので、何の不都合もなく午前中いっぱいで引っ越し作業は完了した。

午後一時過ぎには新居の中もすっかり整い、ダイニングに据えたテーブルを三人で囲んで表さんが作ったのり巻きとカップラーメンでささやかな引っ越し祝いを行った。

新居の間取りは2DK。八畳のダイニングに六畳の洋室が二つ。内覧の際に堀部青年が言っていたように前の部屋よりも広さはあった。ただ、水回りやキッチンの設備などは築浅のロイヤルパレスの方がずっと新しくて使い勝手が良さそうだ。

もっとも、この部屋に転居するだけで一階店舗の家賃が実質半額になるのだから文句は言えない。一年間は年中無休を貫くとなれば店舗と同じ建物で起居できるのは何にも代えがたいメリットでもあった。

表さんの作るのり巻きは相変わらずのうまさだった。

かれこれ一カ月以上、鉄平も表さんの手並みを間近で見ながら、ご飯の炊き方、酢飯の作り方、材料のさばき方や仕込み方、そして最も難度の高い海苔の巻き方などを学んでいるのだが、何回試してみても、表さんの巻いたものと同じ味を再現することができないで

いる。それでも、表さんに言わせると、

「オーナーは筋はすごくいいですよ。もしおばあちゃんが生きていたらびっくりすると思います」

ということらしい。

幾度も「それって気休めじゃないよね」と確かめたのだが、表さんは「そんな大事なこと、嘘はつきません」と繰り返す。

そうは言っても、当分のあいだ「はちまき寿司」の味は表さんの腕に頼るしかない。鉄平が同じ味を出せるようになるまでは、表さんも休日返上で店に立って貰わなくてはならないのだった。

二時過ぎに表さんと山下君は引きあげた。

内装工事も冷凍冷蔵庫やキッチンの据え付けなども予定通り二十日で終わり、現在は商品の試作やチラシ作り、店の飾りつけ、食材の手配やさまざまな備品の買い付けなどに精出している。開店まであと十日と迫り、準備作業は順調に進んでいた。今日も表さんたちはこれから野々市市の工房に出向いてハッチーとマッキーの人形のプロトタイプをチェックする手筈になっている。

山下君の提案を入れて、店頭にキャラクター人形を設置することにした。

大きさは六歳児の平均身長にしたのでハッチー、マッキーともに百十五センチ。ソフトビニール製で、もちろん特注だから一体あたり三十万円近くの値段になった。見積もりを見て鉄平はもっと小型のものにしたいと言ったのだが、表さんも山下君も〝六歳児サイズ〟を主張して譲らなかった。鉄平が折れる恰好《かっこう》で二人の案を受け入れたのだ。

「翼ビル」の家賃、敷金、改装費用、備品代、人形代、幟やチラシ代、包装紙や容器代などなど初期費用だけですでに五百万円ほどの資金が費やされていた。開店すればそこに表さんの人件費や材料費などが加わってくる。

帳簿をつけていると、一体いつになったら店の経営が採算ラインに乗るのかまったく先が見えなかった。不安は大きいが、ただその分、何とも言えないわくわく感もある。

長年商売をやってきたつもりでいたが、こうして自前の店を持ち自前の商品を自らのリスクで売るとなると緊張感がまるきり違う。店舗経営など〝ほんの小商い〟と見下すようなところがこれまであったが、それがとんだ勘違いだと思い知る気分だった。

改装が済んだ日の午後、波江が板長の穣一さんと一緒に店舗を覗きに来てくれた。

「お花にしようと思ってたんですけど莉緒ちゃんに聞いたら、お花は飾らないって言うからお金にしました」

と言って祝儀袋を差し出してきた。隣の穣一さんも上着の内ポケットから祝儀袋を出してくる。

「おめでとうございます」

二人に言われて、頭を下げ、お祝いをありがたく頂戴した。

開店当日、店頭に花輪や生花のスタンドを飾らないという方針も表さんと山下君が決めたことだ。

「花輪も生花も汚れたり枯れたりしたらかわいそうだし、雨の日はなんだかうらさびしくなっちゃいますから。それにせっかくのハッチーとマッキーの人形が目立たなくなるのも考えものですし」

と言われて、鉄平も同意した。

新装開店の店に花輪の一つもない方がよほど「うらさびしい」気もしないではなかったが、店長の意向とあらば従うしかないと考えたのである。

波江たちとは立ち話だけだったが、彼女から一つ貴重なアドバイスを貰った。

「先輩、とにかく商売は追いかけちゃ駄目なんです。どんと受けて立たないと」

母の代から続く「木蓮」の暖簾を守ってきた人の言だけに、この一語には重みを感じた。

彼女の言う通り、ちまちまと計算ばかりしていても先の見通しなど立つわけがない。自分も先代の暖簾を引き継ぐ立場として、採算うんぬんはとりあえず頭から取っ払って、まずはお客さんのために骨身を削るしかないと思った。そうやって頑張っていればいずれ商売は軌道に乗っていくに違いないのだ。

表さんと山下君を送り出した後、キッチン、トイレ、洗面所、浴槽などの水回りを再度念入りに掃除して、鉄平はロイヤルパレス香林坊の駐車場に車を引き取りに向かった。荷物と一緒に軽トラで「翼ビル」にやって来たので愛車のベンツはあっちに置いたままだ。車は「翼ビル」一階の駐車スペースに置けることになっている。そのスペース代も三階の部屋代も込みで月額二十万円というのは破格の上にも破格の家賃であろう。

竪町商店街とロイヤルパレス香林坊とは歩いて十分もかからない距離だ。歩き慣れた道をたどってあっという間に旧居に到着した。

時刻はちょうど三時。

エントランス前の駐車場からいましがた引き払ったばかりの六階の部屋を見上げる。二月十一日に入居し、三カ月余りしか住まなかった我が家だったが、あの部屋から新しい人生が始まったと思えばなにがしかの感慨はある。

一番の思い出はやはりインフルエンザで寝込んだことだろう。ここに入居して二週間足らずの出来事だった。

あのときはこのまま死んでしまうのかと思うほどだったが、あれを乗り越えて初めて、何とかこの見知らぬ土地でも生きていけるという自信が生まれたのだ。傍からすれば大袈裟な話かもしれないが、人間が立ち直るきっかけというのは案外そうした小さな出来事なのかもしれない。大切なのは事の大小ではなく、あくまでタイミングと実感の方だ。

インフルエンザといえば、夏代の莫大な遺産の存在に気づいたきっかけもインフルエンザだった。去年の十二月、インフルエンザを疑って会社を休んだその日に偶然東京の弁護士事務所から連絡が来て、担当弁護士と単独で面会する成り行きになった。そしてその北前弁護士から四十八億円の遺産の件を知らされたのだ。

夏代からは二月二日の電話以来、何の音沙汰《おとさた》もない。

あの日は、病院を抜け出して彼氏のところへ身を寄せた美嘉にすっかり嫌われたとぼやいていた。次の日には鹿児島から真由が駆けつけると言っていたが、あれから美嘉とはどうなったのだろう？

いずれ電話が掛かってくれば、開口一番離婚を切り出し、今後の交渉は代理人に任せる旨を申し渡すつもりだった。しかし、結局一度も夏代からの着信はない。

すでに四カ月近くが経過し、夏代が何も知らないはずはなかった。鉄平が会社を辞めたことも家を出たことも知っているに違いないし、博多区役所で転出手続きをしたうえで金沢市の住民登録も行ったのだから鉄平が金沢に住んでいることもすでに確認しているはずだ。さすがに美嘉や耕平にもこんなに長いあいだ父親の家出を黙っているわけにはいかないだろう。

にもかかわらず当の夏代からも子供たちからも一切連絡が入らないのは奇妙と言えば奇妙な話だった。

車に乗る前に一階の郵便受けを覗きに行く。部屋の鍵はまだ手元にある。正式な解約日は明日だった。エントランスのオートロックを解除してメールボックスへと進む。念のため郵便物の転送手続きをしておかなくては、とふと思った。万が一、夏代から手紙が送られてきたとき、住所が変わっていると受取人不明で持って帰られてしまう。

「602」の郵便受けの前に立ち、ダイヤルをつまんで暗証番号の通りに左右に回す。ロックが外れたところでつまみを引いた。

北國新聞の朝刊が入っていた。今朝はバタバタだったのでまだ取っていなかったのだ。

金沢のあれこれを手っ取り早く知るにはこれを読むのが一番だと波江に教えられて読み始めた新聞だった。石川県ではこの北國新聞が七割を超える購読率を誇っているらしい。

実際、紙面は一面から最終面まで地元のニュースで溢《あふ》れている。まるで石川県の広報誌のようだが、確かにその分、石川や北陸三県のヒト、モノ、カネの動きを知るにはもってこいの新聞だった。

新聞を取り出そうとして、その上に封筒が載っているのに気づく。

――なるほど転送手続きをするまでもなかったか……。

喉が詰まるような圧迫感が一気に胸のあたりで生まれる。

これまで鉄平宛てに手紙が届いたことはなかった。退職手続きもメールで済ませ、総務部長の金崎にはまだ何も知らせていない。退職時に会社から返還される書類などはとりあえずこちらから受け取りに行くまで保管しておいてくれるよう依頼していた。

差出人が誰かは見なくても分かる。

まず封筒の方だけを郵便受けから取り出した。

ずっしりと重みのある手紙だ。

「加能鉄平様」という宛名の文字を眺め、夏代の顔を久しぶりにはっきりと思い出した。

22

「はちまき寿司」は予定通り、六月二日金曜日に開店した。

営業時間は午前十時から午後九時までで年中無休。テイクアウト専門なので昼休憩なしの通し営業だ。

鉄平は学生の頃に何軒か飲食店で働いたことがあったが、テイクアウト専門店もコンビニもなかったそんな時代の経験が役に立つはずもない。

どの程度の量の食材を用意するか表さんと二人でずいぶん頭を悩ました。

店頭で注文を受けてからのり巻きをこしらえるのが「はちまき寿司」の流儀だが、表さんによると売れ筋の商品はあらかじめ一定数作り置きする場合もあったという。

「といっても、お昼と夕食の時間帯にタコマヨとかチーズおかかとかをある程度作っておくくらいで、おばあちゃんは本当はそれもしたくない感じでしたね」

その話を聞いて、しばらくは注文生産に徹しようと決めたのだが、それにしても酢飯や具材をどれくらい準備しておくかは難題だった。

「初日は三百本くらいじゃないですか？」

やけに強気の数字を表さんが口にして、鉄平はちょっと驚く。

「三百本ってことは、客単価五百円としてお客さんが九十人も来てくれるってことだよ」

「でも、当日の北國新聞の金沢版にチラシを入れるんだったらそれくらいはいくと思いますよ。もしかしたらもっと多いかもしれません」

「それホント？」

そんなやりとりの末に、表店長の読みの通り三百本分の酢飯と材料を揃えて開店初日を迎えることになったのだった。

開店三十分前の九時半にシャッターを上げると、意外な光景が目の前に現出していた。なんと数人の行列ができていたのだ。

最初は何が起きているのか分からず、近くのブティックが在庫品の倉庫として使っている二階で何か安売りのイベントでもやるのだろうかと思ったほどだった。

そのうち人の数がみるみる増え、中に今朝新聞に折り込んだチラシを持っている人がいるのを見つけて「はちまき寿司」の顧客だと理解した。

「店長、行列ができてるよ」

一心不乱に材料の仕込みをしている表さんに告げると、彼女はちょっと顔を上げて店先に視線をやり、

「やっぱり三百じゃあ足りないかもしれないですね。仕込みの量を増やしましょう」

冷静な口調で返してきたのだった。

表さんへの報酬は、それまで「木蓮」で彼女が受け取っていた給与に〝のれん代〟と〝技術料〟をほんの少し上乗せした程度だった。そのかわり店が順調にいって採算ラインを超えた時点で、その〝基本給〟に加えて売上額に応じた歩合給を支払う約束になっている。さらに万が一の話だが、「はちまき寿司」が着実に成長し、二号店、三号店と出店できるようになった暁には株式会社化し、彼女にも応分の株式を持って貰うつもりだった。

開店前の三十分で行列は二十人近くに達した。

東京と違って滅多に行列を見ることのない金沢でそれだけの数が並ぶというのは異例な出来事に違いない。

そしてこの日、そこから閉店までの十一時間、鉄平たちは怒濤《どとう》のような忙しさの中に投げ込まれたのである。

休憩を取ることも不可能で、昼食も厨房の陰に回って交代でのり巻きをつまむことしかできなかった。

最終的にレジを確認してみると来客数は百五十人、売り上げはなんと十二万円に達して

いた。表さんは一人で六百本以上ののり巻きを巻き上げ、最後は腕や肩が痺《しび》れて苦しそうにしていたくらいだ。

夕方には急遽、山下君に応援を頼んだ。表さんが注文に従ってのり巻きを作り、鉄平が包装、さらには会計もこなしていたのだが、それでは行列が伸び過ぎて埒が明かなくなったのだ。昼のピークを越えたところで、たまらず鉄平が山下君の携帯を鳴らしてしまったという次第だった。

山下君が包装を担当し、鉄平が会計に集中することで夕方のピークはかなりスピードアップを図ることができた。

閉店後、竪町商店街入り口のマクドナルドで買ってきたハンバーガーを店内で食べながら三人で反省会を開いた。

「この分だと明日明後日の土日は今日と同じかそれ以上の来客数があると思いますね」

開口一番、山下君が言う。

夕方はボリュームゾーンと想定する女子中高生もたくさん詰めかけ、ハッチー、マッキーの人形と記念写真を撮って帰る子たちも続出した。山下君は直にそうした光景に触れてかなりご満悦の様子だった。

「私もそう思います」

ハンバーガーを食べてすっかり元気を取り戻した表さんが言う。言いながら右手でいじっていたスマホの画面を鉄平の方へと向けてきた。

ツイッターなのだろうか、ハッチー、マッキーと一緒に写った女子学生たちの画像がずらりと並んでいる。

「ハッチー&マッキーでハッシュタグもできてて、投稿数も結構な数いってますよ」

「ふーん」

しかし、鉄平の方はついつい気のない返事になってしまう。

火事場のような忙しさに、彼は文字通り綿《わた》のように疲れてしまったのだ。ハンバーガー二個とマックシェイクだけであっという間に体力を回復してしまう表さんの若さが羨ましい。

「山下君、悪いけど明日も手伝いに来てくれないかな」

鉄平は言った。

「すみません、明日は学校のイベントで抜けられないんです」

「そうなんだ」

あっさり断られて力抜けする。

「だけど、確かに明日も誰か応援を頼まないと、とてもオーナーとリオだけじゃお客さんをさばけないと思いますね」

「そうだよね」

鉄平は表さんの方を見ながら大きく頷いた。

開店初日からの嬉しい誤算ではあるが、もしも今日のような日々がしばらく続くのであれば可及的速やかにあと一人か二人、臨時にスタッフを増員しないと店を回していけない気がした。表さんの負担も何とか軽減する方法を考えなくてはならない。

一日営業してみて、注文生産が「はちまき寿司」の肝腎要であることがよく分かった。かつて「はちまき寿司」を使っていたと思《おぼ》しき客も、そうではなさそうな客も注文したの り巻きをその場で巻いてくれる販売法に価値を見出しているようだった。その分、彼らは待たされることに不満顔を見せなかったし、中には注文だけして、

「何時くらいに受け取りに来ればいいですか？」

と一旦引きあげる客も相当数いた。加えて電話注文も十件近く入った。電話による客注は注文数が多く、売り上げに大きく貢献することもよく分かった。

「ちょっと油谷さんか柴田さんに当たってみます」

表さんが言った。

「まずは土日だけでもどっちかに来て貰えればいいし、無理だったら彼女たちの連絡網で誰か空いている人を派遣してくれるように頼んでみます」

「もうこんな時間だけど大丈夫かな」

時刻は午後十時に近づいている。

「全然平気ですよ」

表さんではなく山下君が笑いながら言う。

「最初に油谷さんに掛けてみますね」

そう言って表さんが目の前でスマホの画面を触り、それを耳にあてがった。
一、二分ほどの簡単なやりとりのあと、鉄平たちに向かってOKサインを作る。電話を切ると、
「油谷さんは明日、木蓮のバイトらしいんですけど友達の竹中《たけなか》さんという金大の子をこっちに回してくれるそうです。竹中さん、先週バイトを辞めて新しい仕事を探してたらしいんです。すごく気のつく子だから心配ないって言ってます」

万事のんびり屋だと思っていた表さんだったが、店を起ち上げると決まってからは人が変わったようにしっかりしてきている。

——適材適所とはこういうことか……。

鉄平はそんな彼女を見ながら痛感していた。手荒れが原因で美容師を辞めたのも表さんの人生にとっては必然だったのかもしれない。

「助かったよ」

礼を口にしたあと、どうしてだか鉄平の脳裏にはあの青島雄太《ゆうた》の顔が浮かんできたのだった。

木内昌胤が経営するトロント・バイオテクニカル社に転職すると言っていたが、事故の傷も癒えて、彼は、家族を連れて無事にカナダに渡ることができたのだろうか？

「オーナー」

という声でふと我に返る。

束の間茫然《ぼうぜん》としていたようだ。

「ああ、ごめん。ちょっと考えごとしてた」

表さんが苦笑している。

「やっぱりオーナーが調理をするのはやめた方がいいと思います。オーナーには会計とか店全体のことに集中して欲しいですし」

「そうかな……」

「僕もそうした方がいいと思います」

山下君も同調する。

「誰かもう一人、料理の上手な人を雇ってリオが特訓するのが一番いいんじゃないですか」

鉄平は二人の話がどんどん先に進んでいくのがいささか不安だった。

「まあ、その竹中さんの件はともかく、増員とか調理専門の人を入れるというのはしばらく様子を見てからじゃないと決められないよ。この週末はチラシの効果もあって千客万来かもしれないけど、そのうち客足も徐々に落ち着いてくるだろうしね」

「オーナー。それはちょっと違うと思いますよ」

例によって山下君がはっきりと異を唱えてくる。

「僕が見るところ、今日の反応はまだ序の口のような気がします。この店はこれからもっともっと繁盛していくんじゃないですか。つまりは『はちまき寿司』のブランドはいまも全然衰えていなかったってことですよ」

「うーん」

鉄平には何とも答えようがない。

23

鉄平の慎重論はあっけなく覆され、山下君の予想通り、「はちまき寿司」の売上げは日を追うごとに伸びていった。

更なる起爆剤となったのは北國新聞にでかでかとした紹介記事が掲載されたことだった。

開店翌週の水曜日の午前中、記者とカメラマンが突然やって来て三時間近く取材を行った。鉄平や表さんも忙しい合間を縫ってインタビューを受け、アルバイトの竹中さんまで話を聞かれた。店内風景、行列を作るお客さんたちの様子、さらには鉄平たちスタッフ三人の集合写真まで撮影して記者たちは帰っていったのだ。

二人とも四十がらみのベテランという感じで、どちらも〝みゆきおばちゃんののり巻き〟の長年の大ファンだった。一番人気の「タコマヨ」を試食してもらうと、

「これ、これ、この味！」

本気で大喜びしていたので、もしかするとかなり大きく扱ってくれるのではないかという期待はあった。

しかし、土曜日の早朝、寝床から起きてすぐに寝ぼけ眼で新聞を捲《めく》ってみると、社会面のど真ん中に鉄平たち三人の笑顔の写真がびっくりするほどの大きさで載っていて、余りのことに啞然とさせられたのだった。

――みゆきおばちゃんの味が帰って来た!!

という太い横見出しの下には、

〈タテマチストリートに伝統の風　はちまき寿司五年振りの復活〉

と縦見出しがつづき、記事中では「モダンな店内に新キャラ登場」というキャプションとともにハッチーとマッキーの写真も掲載されていた。

まだ六時前だったが慌てて表さんの携帯を鳴らして記事のことを告げると、

「すぐに家を出ます。竹ちゃんにも電話しておきます」

表さんは覚悟を決めたような口調で言って、そそくさと自分から電話を切った。

六時半には三人とも一階に集合し、おおよそ一日五百本前後で落ち着き始めていたのり

巻きの本数を一気に倍の千本にするための仕込みに取り掛かったのである。

六月中にはアルバイトの竹中さんがあと三人の同級生を紹介してくれ、その遠衛《とのえ》さん、平岡《ひらおか》さん、中村《なかむら》さんに竹中さんを加えた四人でシフトを組む体制が整った。

鉄平は表店長の要望に従って会計と注文取りに徹し、竹中さんたちアルバイトの子二人がのり巻き作りと包装を手分けして行うことになった。

特に竹中さんと遠衛さんのふたりは手先が非常に器用で、一週間もしないうちに表さんと同じようなのり巻きを巻くことができるようになった。これで、作り手の側も何とか二人体制が可能となり、表さんの負担もかなり軽減させられたのだった。

売上げは凸凹はあるものの平日は一日当たり十五万円程度で推移していった。さらに土日祝日は二十万円を超える日もざらだったから、月当たりの売上げはなんと四百五十万円超と驚くべき金額に達した。

そして、その売上げが七月、八月と夏をまたいでも鈍化することなく続いたのである。

何がこれほどの大成功の秘訣だったのか？

たちまち人気店として地元市民だけでなく金沢を訪れる大勢の観光客にも注目されるようになり、オーナーの鉄平は北國新聞以外の各紙や地元テレビ局の取材を何度も受ける羽目になった。

そんななかでいろいろ喋《しゃべ》っているうちに、かつての人気店の暖簾を引き継いだからでも、ハッチー&マッキーを始めとした今様のイメージチェンジが図に当たったからでもなく、結局は、表みゆきさんが編み出した「はちまき寿司」の豊富なメニューと手頃な価格が今回の成功の一番の要因だと鉄平自身が気づかされたのだった。

「はちまき寿司」ののり巻きのメニューと価格は次の通りだ。

タコマヨ　１２０円　タコわさ　１２０円　タコタル　２００円　お好み巻（タコ・おかか・マヨ）１５０円　フレーク（まぐろ）１２０円　フレーク（かつお）１２０円　ウインナ１２０円　ウインナフレーク（かつお）２００円　かんぴょう　１３０円　玉子　１５０円マヨ玉子　１７０円　かっぱ　１２０円　マヨかっぱ　１２０円　がり巻（紅）１２０円　がり巻（白）１２０円　うめ　１３０円　梅くらげ　２００円　マヨくらげ　２００円　梅いそ（うす昆布巻）１４０円　山芋　１５０円　山芋（梅風味）２００円　うぐいす（うめ・きゅうり）１５０円　チーズおかか　１５０円　マヨわさチーズ　１７０円　奈良漬　１２０円しば漬　１２０円　お新香　１２０円　納豆　１２０円　マヨ納豆　１４０円　梅納豆　１９０円　おかか納豆　１５０円　かに納豆　２２０円　いか納豆　２２０円　いか塩辛　１５０円いかマヨ　１７０円　いかきゅうり　２００円　いかしそ　１７０円　いかくずし（いか・明太子）２５０円　いかオクラ　２２０円　ゲソ　１４０円　明太子　２００円　明太子変わり巻（明太子・タルタル・マヨ）２５０円　どきどき（日替わりアラカルト）２５０円　ね

ぎとろ　300円　鉄火　250円　マヨ玉フレーク（玉子・かつおフレーク・マヨ）250円　かにマヨ　200円　穴きゅう250円　太巻　400円　サラダ巻　400円

このメニューを見れば見るほど、鉄平は、表みゆきさんの努力と独創性を感じないわけにはいかなかった。

24

九月に入った途端にめっきり涼しくなった。

八月中も夕暮れ時になると心地よい風が吹き始め、博多の夏のような寝苦しい熱帯夜はほとんどなかったのだが、それにしてもカレンダーを捲ったとたんに〝秋風が立つ〟という表現がしっくりくる明らかな風の変化が感じられた。

これも北陸地方ならではの季節の移ろい方なのだろうか？

引っ越しの日に届いた夏代の手紙に返事を出したのは一カ月以上経ってからだった。開店後の怒濤の日々にほんの少しだけ余裕が見えた六月末、一晩じっくり時間を費やして鉄平も長い手紙をしたためたのだ。

あれから二カ月余り、夏代からは何の音沙汰もなかった。

彼女の手紙には美嘉が子供を産むと決めたこと、予定日が八月初旬であることなどが記されていた。なので八月には何らかの形で連絡があるのではないかと予期していたが、それもなかった。

美嘉は無事に子供を産んだのだろうか？

長年いつくしんできた娘だけに、こうして離れてしまったとはいえ鉄平の頭の中にはいつもその心配がくすぶっている。

ただ、もしも美嘉の身によからぬ変事が生じたのであれば、さすがに夏代なり耕平なりから一報が入るはずだから、それがないのは彼らが息災にしている何よりの証拠なのかもしれなかった。

「はちまき寿司」の盛況ぶりは相変わらずだ。

八月のお盆を過ぎたあたりから訪問客の数とほぼ拮抗するくらいの電話注文が入るようになった。あくまでテイクアウト専門を謳っているので配達は行っていないが、電話注文の場合は一件当たりの販売数が大きく、この客注のおかげで月商はさらに大幅にアップしている。

八月後半に入ると、のり巻きの作り手が表さん、遠衛さん、竹中さんの三人ではとても追いつかず、新たに調理師経験のある水野《みずの》さんというフルパートの女性を雇い入れることになった。現在は水野さんも厨房に入り、表さんたちと一緒にのり巻きを作ってくれている。客対応の方はアルバイトの平岡さんと中村さん、それに鉄平の三人でシフトを組んで回していた。それでも、竹中、遠衛、平岡、中村の四人は学生だから学業優先は当たり前で、今後どの程度の期間働いて貰えるかも不透明だ。

どんなに売上げが伸びても当面はパートとアルバイト従業員で営業を続けていくつもりではいるが、そうは言っても、いざ二号店、三号店という話になってくれば鉄平と表さんだけで「はちまき寿司」を運営していくことは到底不可能だった。当然、しかるべき時期に会社組織に衣替えして正規の従業員も雇い入れ、一般的な企業の体裁を整えなくてはならなくなるだろう。

それにしてもこんなに早い時期からそんな先行きを視野に入れざるを得ないとは想像もしていなかったので、鉄平は、日々の忙しさに押し潰《つぶ》されそうになりながら、いつの間にか自分が自分自身を見失いかけているのではないか、と不安に駆られるときもあった。

たとえば、店を閉めたあと三階の自室に戻って深夜まで帳簿の整理をしている折などに、ふと、

――この仕事が、俺が本当にやりたかったことなんだろうか？

と疑問を感じたりするのだ。

波江の店で初めて表さんののり巻きを口にして、これはいけると直感したのは事実だった。こんなに美味しいものを「木蓮」のまかないだけにしておくのは惜しいと思った。モ

ノを売ることにかけては満々たる自信があったので、自前の店で商品化すれば繁盛間違いなしと確信したのだ。そして、実際に店を始めてみれば望外なほどの成功が口を開けて待っていた……。

そこまでは自他ともに認めて構わない順調な展開だったと思う。

だが、開店から三カ月、寝る間も惜しむように働きづめに働き、十二分の成果も上げ、いまが安堵と喜びがないまぜになった最も昂揚感の高まる時期に違いなく、実際、店長の表さんや助っ人の山下君、アルバイトの面々たちも乗りに乗っているのに、当のオーナーである鉄平自身は、いまひとつ彼らの昂《たかぶ》りに同調できない気分なのだ。

本物の手応えのようなものが薄かった。

たとえ初戦の快勝に過ぎなかったとしても、それでも自然に込み上げてくる喜びがあるはずなのだが、その喜びをほとんど感じることができない。

なぜだろうと鉄平は我と我が身を訝《いぶか》しみ、いろいろと理由を考えた。

最近になって分かってきたのは、自分は〝本当にやりたかった仕事〟をやっていないから不満足なのではなくて、その仕事を〝ちゃんとやっている〟自信を持てないために充実感を得られないでいるのだ、ということだ。

原因は、「はちまき寿司」が鉄平の店ではなく、あくまで「創業者・表みゆき」の孫である表さんの店だからだと思われる。

実際それはその通りだった。

祖母の味を受け継いでいるのは表さんであり、山下君を連れて来たのも、一緒に頑張ってくれているスタッフたちを集めたのもみんな表さんだ。鉄平がやったのは表さんを誘ったことと開店資金を提供したことくらいで、肝腎のその資金にしても夏代から受け取った一億円を使い回したに過ぎなかった。

いまの「はちまき寿司」に、鉄平がこれまで培ってきた営業マインドが反映されているかと言えば、ほとんど反映されていないと言っても過言ではない。

正直なところ鉄平は何もしていないようなものなのである。

それでは店の大成功をみんなと共に喜ぶ気になれないのは当然と言えば当然のことだった。

もうこれからは誰かに使われるのではなく、自分本位に、自分のやりたいようにやろうと考えていたが、現在鉄平が立っている場所はそこからはずいぶんと離れた地点にある。

そもそもゼロからではなく表さんの力を借りての出発だったため、苦労という名の〝達成感の土台〟がほとんど築かれなかったのも誤算だった。苦労のし過ぎもよくないが、まるで苦労がないのも考えものだろう。

――ちょっと急ぎ過ぎたのかな？

金沢に来て四カ月足らずで自分の店を持ったのが早計だった気もしていた。

あげく、その短兵急の裏には、夏代への敵愾心《てきがいしん》があったし、彼女や子供たちときっぱりと縁を切るためにも一刻も早くこの土地に根を張らねば、という焦りもあった。

「もともと先輩は、誰より真面目できちんとしている人なのに、やることはめちゃくちゃ大胆だったりする変わったタイプでしたから」

いつぞやも波江が言っていたが、あれは、妻子を捨ててさっさと金沢に転居してきた鉄平のことを過去の一件と重ね合わせて口にしたセリフだろうが、今回の「はちまき寿司」の復活劇に関しても、そっくりそのまま当てはまるような気がしないでもない。

25

九月十三日水曜日は鉄平の五十三歳の誕生日だった。

この日、彼は初めて休暇を取った。

水野さんが来てくれてからは表さんにも週一は休んで貰うようにしている。

年中無休の看板は降ろさないつもりだが、予想以上の繁盛店となり人件費に回せる資金が潤沢になったいま、鉄平や表さんまで年中無休にする必要はなかった。今年中にはさらにパートやアルバイトを増員し、少なくとも表さんが月に九日間は休みを取れるような体制作りをしようと鉄平は考えていた。

午前十時まで眠り、目覚めてみるとまたとないような絶好の秋晴れだった。

窓を開ければ爽やかな風が吹き込んでくる。

何も予定など立てていなかったが、真っ青に広がる空を眺め、久々に愛車を駆って遠出でもしてみようと思い立つ。

——そうだ。富山市に行こう。

アルバイトの平岡さんが富山市の出身で、彼女は金大に通うために金沢市内のアパートで独り暮らしをしているのだが、一緒に接客しているときいろいろと故郷の話を聞かされて、是非一度訪ねたいと思っていたのだ。

職住近接は確かに便利だったが、その分、ほとんど外にも出ないまま時間が過ぎていく日常になってしまった。気づいてみれば開店から三カ月余り、運転したのは雨の日にアルバイトの子たちを自宅まで送って行った数度のみで、車はずっと一階の車庫に眠ったままの状態だ。せっかくのベンツが宝の持ち腐れになってしまっていた。

トーストとコーヒーで簡単な食事をし、さっそく着替えて一階に降りる。

店の様子を覗きたくなる衝動を抑え、そのまま裏手の車庫へと回った。

運転席に腰を落ち着け、一つ大きな息を吐く。エンジンをかけてゆっくりとアクセルを踏み込んだ。

金沢市役所の脇から百万石通りに出ると、金沢城の森の向こうに雲一つない空が見える。

城の周囲をまずは一巡りし、それから富山を目指すことにする。春に一度、高岡の古城公園の桜を見に行ったが、富山市へ足を延ばしたことはまだなかった。

富山市内までは北陸自動車道を使えば一時間程度の距離のはずだ。

緑の里山と青い空の風景を眺めながら車のほとんど走っていない北陸道を駆け抜けているうちにみるみる気持ちが軽くなっていくのが分かった。

——幾ら大繁盛していても、あの狭い店の中に閉じ籠っていると、どうしたって煮詰まってしまうな……。

つくづくそんな気がした。

午後一時過ぎに富山市の中心街、総曲輪に着いた。大和デパート富山店の駐車場に車を置いて総曲輪通り商店街へと向かう。

総曲輪は「そうがわ」と読むが、文字通り富山城の外堀を埋め立てて造られた町だ。この繁華街に平岡さんのお薦めの寿司屋があるはずだった。

誰かに道を訊ねるまでもなく商店街をぶらぶらしているとお目当ての寿司屋はすぐに見つかった。昼時もそろそろ終わりで人通りはまばらだったのだが、その店の前だけは数人の行列ができていた。多分あそこだろうと近づいて屋号を確かめると案の定、平岡さんが言っていた店だったのだ。

行列の最後尾についた途端に六人ほどの客がばらばらと外に出てきて、ろくに並ぶでもなく入店することができた。

カウンターだけの店だったが、コの字形の朱塗りのカウンターは長く、二十人近く座れるようだ。品書きを見ると昼は「ランチ」のみの営業らしく、松竹梅、それぞれ三千五百円、三千円、二千五百円となっている。さっそく松を頼んだ。

最初はマグロと赤いかだった。それから二貫ずつ富山湾の朝採れの魚を使ったにぎりずしが出てくる。どのネタも鮮度と風味が抜群だったが、ことにカワハギと白エビは格別のうまさだった。のど黒の潮汁も絶品だ。

デザートのメロンまでしっかり完食し、鉄平は満腹になって店を出た。

腕時計を覗くとまだ二時にもなっていなかった。

デパートの駐車場に戻り、カーナビに「富岩運河環水公園《ふがんうんがかんすいこうえん》」と入力する。

今日、もう一つのお目当ては、この公園のなかにあるスターバックスに行ってみることだった。そこも平岡さんの推薦で、なんでも「世界一美しいスタバ」として海外にも知られている店舗らしい。

「外国の人たちもたくさん来るんですけど、ほんとうに素晴らしいロケーションなんです。オーナーもぜひ一度行ってみて下さい」

富山市内での平岡さんのイチオシ・ポイントはここだったのだ。

ナビの画面で見ると「富岩運河」というのは富山市の中心を流れる神通川《じんずうがわ》に沿う形で富山

湾から市内へと引き込まれた運河で、その終点が環水公園として整備されているようだった。たしかに運河のすぐ近くに「スターバックスコーヒー」のマークと名前が記されている。

そのスタバの駐車場を目的地に設定して鉄平はナビのスタートボタンを押した。

発車する前に助手席のリュックを持ち上げて念のため中身を確認する。

封書が一通とクリアファイルに入ったＡ４サイズの書類が一通。

封書は五月に夏代から届いた手紙で、書類の方は六月末に鉄平が出した返信の複写だった。夏代の手紙は手書きだったが、鉄平の方はパソコンを使って書いたのだ。

「世界一美しい」というスタバで、この二通の手紙をあらためて読み直してみようと鉄平は思っていた。

二十年ぶりに一人きりの誕生日を迎えた今日、富山行きを決めた一番の理由は、実はそれだったのである。

26

鉄平さん

何から書き出していいのか、こうしてペンをとったあとも頭の中はちっともまとまりません。それでも今日は最後まで書き進めようと思っています。

鉄平さんが家を出て、ずいぶん長い時間が経ってしまいました。こんなに長い間、連絡一つしないままになってしまってごめんなさい。まず一番にそのことを謝らなくてはと思います。

鉄平さんが会社を辞めたことは、真由ちゃんからの電話で知りました。尚之さんから聞いた圭子さんがすぐに連絡してきてくれたんだそうです。最初に知ったときは、訳が分かりませんでした。だって、つい数日前に美嘉のことで電話したばかりでしたから。

卓郎《たくろう》君のところへ身を寄せた美嘉とはまだ話せていなかったけれど、産むという二人の決心はすでに真由ちゃん経由で確かめていたので、私は、取る物もとりあえず博多に戻ることにしました。急に会社を辞めた理由も聞きたかったし、美嘉の今後についても鉄平さんと話し合いたいと思ったのです。

でも、玄関を開けて、部屋に上がった瞬間に鉄平さんが家を出て行ったことが分かりました。慌ててリビングに入り、仏壇の位牌がなくなっているのを確かめ、やっぱりそうなのだと呆然《ぼうぜん》としたのです。

会社を辞めたのも、家を出て行ったのも全部私のせいなのだと思いました。

伯母の遺産の存在をずっと隠していたこと、美嘉や耕平たちについても黙っていたこと、そういう私の態度に鉄平さんがとうとう愛想を尽かしたのだろうと。

その一方で、それにしても無言で姿を消すのは鉄平さんらしくないという気持ちもありました。

三年前、確実だった役員昇格が反故《ほご》になり、いまの部署に移って以降、鉄平さんが会社でつらい立場に立たされているのはよく理解していました。長崎に行く前に伯母のお金を二人で一億円ずつ分けたとき、このお金で鉄平さんが真っ先にやりたいのはきっと会社を辞めることだろうな、と思っていました。なので、真由ちゃんから連絡を貰ったとき、「どうして先に私に言ってくれなかったの？」とは感じましたが、「どうしてそんなことをしたの？」とはまったく思わなかった。

ただ、家を出て行く鉄平さんが書き置き一つ残していないというのが不思議でした。

鉄平さんはときに思い切り大胆になれる人ですが、基本はきっちりと真面目で律儀で、けじめを重んじる人です。そんな人が、たとえ愛想を尽かしたとしても、置き手紙もなしに家を出るとは到底思えませんでした。

何かよほどの事情があったとしか考えられなかった。

ぱっと頭に浮かんだのは、誰か好きな人がいたのかしら、ということでした。その人と新しい人生を始めるために家を出たのではないかと……。

でも、幾ら思いを巡らしてみても、鉄平さんにそういう人がいたとはどうしても思えません。

だから、私は翌日、総務部長の金崎さんに会うために加能産業を訪ねたのです。鉄平さんがなぜ退職を申し出たのか、その理由を知りたいと思いました。

私の問いかけに金崎さんも首を傾《かし》げるばかりでした。あまりに急な話で自分も面食らってしまったのだと。「加能さんが辞めてしまったのは、大袈裟でもなんでもなくいまの会社にとって大打撃です」と金崎さんは言っていました。ただ、彼は面談の終わりに、ふとこんなことを洩らしたのです。

「ご本人は会長が亡くなった日に決心がついたとおっしゃっていましたが、部下思いで知られた加能さんのことだから、大怪我をした青島君がこの会社を辞める運びとなって、僕たちが想像する以上に責任を感じておられたのかもしれません」

そこで私は初めて、あの爆発事故で大怪我を負った方が鉄平さんの直属の部下であった事実を知ったのです。

どうしてそんな大事なことを私に教えてくれなかったのだろう？

そう疑問に思った瞬間、私が美嘉の問題にすっかり気を取られて、事故が起きたあともろくろく鉄平さんの話を聞かなかったことを思い出しました。それどころか事故のニュースを見て慌てて電話を掛けたとき、鉄平さんに向かって「ずいぶん冷たいのね」と口走ってしまった。何も知らなかったとはいえ、何てひどいことを言ってしまったのだろうと思います。いまでも申し訳なさで身がすくみます。

加能産業を出た後、私はその足で済倫会中央病院に向かいました。金崎さんが、「加能さんが辞表を持って来られたとき、昨日、青島君に会って退職の意志を確かめたとおっしゃっていましたから、青島君に聞けばもっと何か分かるかもしれませんよ」と言い添えて入院先を教えて下さったからです。

病室を訪ね、鉄平さんが退職したことを伝えると、何も知らなかった青島さんは、「本部長がお辞めになるなんて」としばし声を失っていました。そして、私が「主人は、青島さんを見舞った翌日に辞表を出しているんですが、何か変わった様子はなかったですか？」と訊ねると、しばらく考えるようにしたあと「そういえば、ちょっと気になったことがありました」と言ったのです。

「実は、今度僕はトロント・バイオテクニカルというカナダにあるバイオベンチャーに転職することになっていて、そこの会社のオーナーは日本人なんですが、その人の名前を口にしたとたんに本部長の顔色が変わったんです」

と。

この青島さんの一言で、どうして鉄平さんが手紙も残さずに家を出て行ったのか、私にもその理由がようやく分かりました。

ここまで書き進めて、ちょっと胸が苦しくなってきました。少し休んでからつづきを書こうと思います。

鉄平さん。

伯母の遺産の話をしたときに、木内さんの会社に私が二億円を出資した事実を隠してしまったことをいまさらながら深く後悔しています。そもそも、それまで一カ月近くあなたからは何も言って来なかったというのに、筥崎宮に初詣に出かけた日に私の方から遺産の話を切り出したのですから、あのときちゃんと木内さんの会社のことも打ち明けるべきだったと思います。なんて愚かだったのだろうと、どれだけ悔やんでも悔やみきれません。あの場に及んでも正直になれなかった自分自身の弱さが本当に恥ずかしい。

忘れもしません。あれは二〇〇六年の二月初めのことでした。

突然、木内さんから家に電話が掛かってきたのです。あなたも美嘉や耕平も会社や学校に行っている平日の昼間のことでした。木内さんがどうやって私たちの家の電話番号を知ったのかは分かりません。いろいろ手を回して調べたのでしょう。折り入って相談したいことがあるのですぐに会って欲しいと木内さんは言いました。十年以上も声さえ聞いたことのない、とっくに別れた人からの申し出です。そんなこと承諾できるはずもありません。ただ、木内さんがアメリカに渡った後、向こうでも大きな成果を上げ、今や世界的な研究者となっているのは報道などでそれとなく知っていました。そんな人が一体何の相談だろうと訝しい気持ちにもなったのです。

「どういう相談なんですか？」

と思わず問い返していました。すると木内さんは、

「きみの持っているお金の一部を、これから僕がカナダで起《た》ち上げようとしているバイオ関連企業のために出資して欲しいんだ。もちろん、絶対に損をさせない自信はある。ここは、これまでの僕の長年の研究成果を使って、さまざまな医療用の薬剤を商品化する会社なんだ。きっと世界中の人たちにとって福音となる薬を開発できると思う。だからこの投資は、きみにとっても意義のある投資になるはずだ。詳しくは会って説明したいから、ぜひ早急に時間を作って欲しい」

と言ったのです。十年経っても彼の強引な性格は何も変わっていないようでした。

「そういうお話ならお断りします。あのお金は一切使わないと決めていますから」

もちろん私は即座に拒絶しました。


ここまで読んで、鉄平さんは、どうして木内さんが伯母の遺産のことを知っているのか疑問に感じたと思います。

あなたもご存知のように、木内さんの奥さんが身ごもったという事実を知って、私は精神的に参ってしまいました。ひどい鬱症状で勤めにも出られなくなった。鉄平さんも何度

か私のアパートの近くまで来て、あのファミレスで一緒にご飯を食べてくれましたよね。そういう状態だったある日のことです。突然、木内さんが私の部屋を訪ねてきたのです。それまでも幾度かそういうことがあって、私は一回も彼を部屋に上げたことはありませんでした。でもそのときは、ちょうど鉄平さんとご飯を食べて帰って来たばかりの時間帯で、何となく気分がよかったのです。きっと魔が差してしまったのでしょう。私はつい木内さんを招き入れてしまった。しばらく二人で話しました。といっても一方的に木内さんが喋って、こちらは黙っていただけですが。彼が何を話したのか、いまはもうなんにも憶えていません。

そして、十五分くらいしたところで木内さんがかばんの中から分厚くふくらんだ封筒を取り出し、ダイニングテーブルの上に置いたのです。

私は信じがたい気持ちで、その封筒を見つめました。それが何を意味するかはもちろんすぐに察したけれど、こういうことを平気でする人が実際にこの世の中にいるんだという現実がすんなり受け入れられなかった。

一瞬で頭の中が真っ白になりました。心がガタガタ震え出していまにも壊れそうでした。こんなことで取り乱してはいけない、と自分に何度も言い聞かせたのを憶えています。

「五百万円入ってる。これが僕のいまの精一杯なんだ」

と木内さんは言った。

私は、その言葉を発した彼の顔を見てびっくりしました。まるで、「どうだ、すごいだろう」と言わんばかりだったのです。

その表情を見た瞬間に、私はなんだか物凄《ものすご》くおかしくなってきました。自分でもどうしてそんな風になったのか分かりません。でもとにかく、木内さんのこれみよがしの顔が面白くてたまらなかった。私は思わず噴き出し、彼の前でお腹を抱えて笑い出してしまいました。木内さんの方は気でも触れたのではないかと思ったのでしょう。怒ると言うより困惑の態《てい》で笑い続ける私を啞然とした様子で眺めていました。

「私、お金なんてちっとも欲しくない」

自分でも驚くほど不意に笑いが止まって、私はそう口にしていました。

「お金だったら幾らだって持っているから」

ああ、どうして自分があんなことを口走ってしまったのか、いまになっても理由が分からない。あのときの意識や感情は現在の自分だけでなく、当時の自分自身にもまるで理解のつかないものだったと思います。

気づいたら私は、加津代《かづよ》伯母さんから受け継いだ遺産のことを木内さんに打ち明けていました。といっても、さすがに三十四億円とは言えなかった。三億円余りの遺産があるのだと話したと思います。「幾らだって持っている」という自分の言葉を真実だと木内さんに分からせたかった。「私はあなたと違って、お金で愛や恋を清算するような卑しい真似はしない人間なのだ」と思い知らせたかった。自分が嘘つきでないことを伝えたかった。やっぱり若かったのだと思います。そして、そんなふうに言いたくはないけれど、まだ私は彼のことを愛そうとしていたのだと思う。

木内さんがお金で私たちの愛情を売るつもりなら、その何十倍ものお金で買い戻してやろうと心のどこかで考えたのかもしれません。

木内さんは私の話を信じたようでした。幾ら鬱状態に陥っているといっても、私がそういうことで作り話をしたりする人間ではないことは承知していたのでしょう。木内さんはテーブルに置いた封筒を再びかばんにしまうと、

「夏代、俺が悪かった。許してくれ」

深々と頭を下げてきました。彼の口から謝罪の言葉が出たのはそれが初めてのことでした。

一カ月ほどして私は職場に戻りました。木内さんからはもう何の連絡もなくなって、結局、お金を持ってきたあの晩が最後だったのだと思っていました。ところが半年ほど経った頃、また突然、彼が私の部屋を訪ねて来たのです。

奥さんと離婚したといきなり木内さんは言いました。さらに、

「夏代、一億円貸してくれないか。とりあえず、その金で女房への慰謝料を全額支払ってしまいたいんだ。もちろん何年かかけてお金は必ず返す。約束するよ」

まるで右にあったお皿を左にひょいと移すかのように事もなげにそう言ったのです。

私の木内さんへの愛情が一瞬で蒸発したのは、まさしくそのときでした。

ああ、どうして自分はこんな人を好きになってしまったのだろうと思った。そういう自分自身が恐ろしいくらいだったし、それ以上に、いま目の前にいる木内昌胤という人間が心底恐ろしいと感じました。この人は自我の怪物なのだと……。

「ごめんなさい。私はもうあなたのことが好きじゃない」

と嚙んで含めるように口にしながらも、そんな曖昧な物言いではきっとこの目の前の男を宥《なだ》めることも、まして諦めさせることもできないだろうと思っていました。

何か決定的な言葉を投げつけないと、彼は今夜ここから出て行ってくれない。徹底的に突き放し、それでも、相手のプライドを保持させたまま退散させるための一言とは一体何だろう？

ほんの数秒のことでしたが、私は必死にその一言を探しました。そして、ぽかんとした顔で私を見つめていた木内さんに言ったのです。

「他に好きな人がいるの」

と。

不思議だったのは、鉄平さんの名前を耳にしたとき木内さんは最初からそれを信じたことでした。「そんなはずがない」とか「嘘をつくな」とか「あんな男のどこがいいんだ」

とは一切言わなかった。彼は「あいつなのか……」と絶句しただけでした。

木内さんは何度も「参ったな」と呟き、それからしばらくして帰って行きました。そのあと一度、長い手紙を送ってきたのですが、私は開封して最初の一枚に目を通しただけでもうあとは読まずに捨ててしまったのです。彼とはそれきりでした。

一度、相談があると私が誘って久しぶりにファミレスで一緒にご飯を食べたことがありましたよね。木内さんが離婚したという話を鉄平さんに伝えた日です。あの日は、木内さんからその長い手紙が届いて、それでどうしても鉄平さんに会いたくなってしまったのです。あなたの方は、何で急に呼び出されたのだろうとちょっと訝しそうな顔をしていましたが。

あなたを愛しているのではないかと感じたのはあの日でした。感じたというより確かめたという方が正しいのかもしれない。

鬱がひどかったときは何にも物が食べられませんでした。鉄平さんが初めて来てくれた日なんて、三日間くらい水しか飲んでいなかった。そのあとも食べたり食べられなかったりがずっと続いたのです。だけど、鉄平さんと一緒だと何とか食べることができた。そのうち一緒にファミレスでご飯を食べているときだけはちゃんと味が分かるようになり、やがて美味しいという感覚を取り戻すことができました。休職している間、鉄平さんが来てくれなかったら私はもしかしたら餓死していたかもしれない。いまでも本気でそう思っています。

どうしてこの人と一緒だと食べられるんだろうと最初は謎でした。でもそのうち思い出したんです。元気だった頃も、木内さんに連れられて鉄平さんとの会食に出向くと、出てくる料理が本当に美味しかったことを。鉄平さんが木内さんのために美味しいお店を選んでいるからだろうとずっと思っていたけれど、実はそうじゃなくて、鉄平さんが一緒だったから美味しかったんじゃないか。というのは、木内さんと二人で同じお店に再度出かけてみたことが何回かあって、そのたびに私は、前より味が落ちている気がしてがっかりしていたのです。

あの日、久しぶりに鉄平さんと会って、いつものファミレスでご飯を食べたら、やっぱり本当に美味しかった。私は確信しました。ああ、自分はこの人と一緒に食べるご飯が一番美味しいのだと。私はこの人のことをきっと愛しているのだと。


出資の申し出を断ると、電話の向こうの木内さんは急に口調を変えて、「きみに断る選択肢はないと思うけどね」と言ってきました。「もし、きみが断るんだったら会社を訪ねて、加能君の方に話を持ち込むしかないんだけどな」と。そして、彼はさらに驚くようなことを口にしたのです。「しかし、三十四億円とは想像を絶する金額だからね。加能君も知ったらさぞやぶったまげるだろうな」。なんと木内さんは、どこで突き止めたのか、伯母の遺産の正確な金額を知っていました。だからこそ自分の場合がそうだったように、あなたが少なくとも三十四億円という本当の金額を伝えられていないと踏んだのです。もしも三十四億円の遺産を手にしていれば、鉄平さんだってきっと独立しているはずで、前と同じ会社で同じ仕事をしているのは遺産の金額を知らないからだと木内さんは推理したのでしょう。

何もかも後の祭りでしかありませんが、いまにして思えば、あの木内さんからの電話があった時点で、私は鉄平さんに伯母の遺産の存在を打ち明けるべきでした。そうすれば、こんな形であなたと離れ離れになってしまうこともなかったかもしれない。

結局、私は木内さんの脅迫的な言辞に負けて、その翌日に木内さんと会い、二億円を出資する約束をしてしまいました。兵藤先生には、「昔、お世話になった先生が資金が足りなくてとても困っていると人伝に聞いて、たった一度きり例外としてお金を出そうと思います。ただ、この出資が仮に利益を生むことがあったとしても、それはあくまで伯母の遺産の一部としてこれまでと同じように凍結させるつもりです」とお話しし、兵藤先生も了解して下さいました。以来、十年余り、投資した二億円がどうなったのか私は一切知りませんでした。今回、兵藤先生が亡くなり、後任の北前弁護士と話をして、あなたもご承知の通り、あの二億円の株式が時価で十六億円にも跳ね上がっているのを知ったのです。

私が木内さんの会社に出資した理由は以上の通りです。

トロント・バイオテクニカルが木内さんの会社だと青島さんから聞かされて、さぞやあなたは驚いたことでしょう。私のことがひとかけらも信用できなくなったと思う。それは当然だと私自身も思います。

でも、鉄平さん。

結婚してからの二十年余り、私は一度だってあなたを裏切ったことはありません。こんな私と結婚し、のみならず美嘉と耕平という二人のかけがえのない子供まで授けてくれたあなたに、私は心から感謝しています。そういうあなたを誰よりも、それこそ子供たちよりも大切な存在だと思っています。

美嘉は子供を産むことになりました。予定日は八月の初めなので、次第にお腹も目立ってきています。卒業間近だった看護学校は退学し、長崎で新しくマンションを借りて、卓郎君と一緒に暮らし始めました。私もときどき長崎に出かけて二人の様子を見ているところです。本当は博多に呼び戻して、私のそばで出産に備えて貰いたかったのですが、美嘉がどうしても卓郎君のそばを離れようとしません。卓郎君はとても性欲が強く、一人にしておくとまた浮気をしてしまうと言ってきかないのです。そういう二人の関係が果たして今後どうなっていくのか一抹の不安は禁じ得ませんが、いまはなるようにしかならないと半分開き直ったような心境です。もちろん卓郎君の親御さんたちとも話しました。あちらのご両親も子供が生まれた時点で二人が結婚するのを認めておられます。型通りの謝罪の言葉はいただきましたが、先方も、こちら同様に、我が子の想像外の行動に溜め息をつきっぱなしというのが正直なところでしょうか。私は先月から仕事に戻りました。美嘉が臨月になったらまたしばらく休暇を貰って長崎に行こうと思っています。耕平も真由ちゃんと何とかうまくやっているようです。真由ちゃんは四月から歯科技工士の専門学校に通い始めています。二人ともアルバイトに精出していて、できるだけ親の力に頼らないようにと努力はしているので、私たちも黙って見守るしかないのだろうと圭子さんとも話しているのです。

鉄平さん。

あなたのお怒りはよく分かります。もう許して貰うことはかなわないのではないかと思います。雲仙《うんぜん》の温泉宿に泊まっていたあいだ、私は、自分は一体何を間違ってしまったのだろうとずっと考えていました。あなたのことが信じられなくて遺産について黙っていたわけではありません。私自身にとって存在しない遺産なのだから、夫であるあなたにとっても存在しないのだと私はずっと考えてきたのです。あんな遺産などなくても、私は充分に幸せでした。でも、考えてみればそういう私の姿勢そのものが、あなたが言うように傲慢でひとりよがりなものだったのでしょうね。結婚したときにちゃんと事実を伝え、あなたと一緒にもう一度、この遺産は決して使わないのだと決めればよかった。そうしなかった私は、やはり三十四億円という法外なお金が恐ろしかったのだと思います。そんな大金のせいで、木内さんがそうだったようにあなたが変貌するのではないかと怖かった。それ以上に、この私自身がパンドラの箱を開けたときのように変わってしまうのが恐ろしかったのかもしれません。

あなたのいない温泉宿で美味しいご飯を食べても、気持ちのいい温泉に浸かってもちっとも楽しくなかった。いまこうしてあなたと暮らしたこの家で一人きりで生活していても同じようにちっとも楽しくありません。美嘉も耕平も好き勝手に自分たちの道を歩み始め、結局、私には鉄平さんしかいないのだと身に沁《し》みるように感じています。

そんな大事な鉄平さんを長い年月、騙《だま》し続けてきた罪をいまは深く深く反省しています。いまさら私からあなたにどうして欲しいとお願いする資格はありません。でも、もしよかったらもう一度一緒にやり直させてくれませんか？

そのチャンスを私に与えてはいただけませんか？

私はこの福岡で、鉄平さんがお帰りになるのをいつまでもお待ち申し上げております。

平成二十九年五月二十二日　夏代

第三部

1

今年の石川県における「ひやおろし」の一斉蔵出しは九月八日だった。

それからしばらくは様々な場所で試飲会や日本酒にまつわるイベントが催され、鉄平《てっぺい》の住む香林坊《こうりんぼう》、片町界隈《かたまちかいわい》は週末ごとに大勢の酒好きを集めて賑《にぎ》わっていた。

新潟や富山にもひけを取らない白山《はくさん》水系という上質の水脈を持ち、米どころとしても知られる石川県には銘酒の蔵元が多数存在する。加賀といえば「天狗舞《てんぐまい》」や「手取川《てどりがわ》」、「菊姫《きくひめ》」などが全国的な銘柄として知られているが、ほかにもうまい酒がたくさんあった。

「ひやおろし」というのは春先に火入れ（加熱殺菌）した新酒をひと夏寝かせ、二度目の加熱殺菌をしない「冷や」のまま樽に「卸して」出荷する酒のことをいう。

暑い夏のあいだ、ひんやりとした酒蔵でじっくりと熟成させた「ひやおろし」は、地元の人にとっては加賀・能登《のと》の秋の豊かな食材に欠かすことのできない相棒であるようだ。

出荷直後のひやおろしが「夏越《なご》し酒」、秋も深まったところで飲むのが「秋出し一番酒」、そしてさらに熟れ切ったものを「晩秋旨酒《うまざけ》」と業界では呼んでいるらしい。

四高《しこう》記念公園のモミジバフウの並木も色づき始めた十月半ばの日曜日。

鉄平はいつもの「菊助」で、「木蓮《もくれん》」の板長である櫛木穣一《くしきじょういち》とその「晩秋旨酒」を酌み交わしていた。

「木蓮」は日曜定休だが、「菊助」は火曜定休で日曜は営業している。そんなわけで穣一と飲むときはもっぱら「菊助」を使っているのである。

鉄平が小松空港に降り立ったのが二月七日。初めて「木蓮」を訪ねたのが三月一日。こちらに来て八カ月余り、穣一と知り合ってからでも七カ月半が過ぎた。

「はちまき寿司」の開店からでもすでに四カ月半だ。店を始めてからは時間がますます速くなっているような気がする。

穣一とは不思議な縁だった。

波江に「この人が、うちの板長の櫛木穣一さん」と紹介されたとき、鉄平も穣一も思わず顔を見合わせてしまった。

というのもその半月ほども前から、二人はすでに顔見知りになっていたからだ。

そういう奇縁も手伝って、「木蓮」で再会して以降、たまに声を掛け合って一献酌み交わす仲となっていた。

今日は「常《じょう》きげん」のひやおろしをぬる燗で飲んでいる。板長によれば、ひやおろしの一番は「常きげん」なのだそうだ。

「このひやおろしは酸味とうまみの〝間合い〟が抜群なんです」

とのこと。

ちなみに親しくなってからは、鉄平は穣一のことを「板長」と呼び、板長は鉄平を「加《か》能《のう》さん」と呼んでいた。板長は今年四十六歳。先月五十三になった鉄平より七歳年少である。

「うーん」

藪《やぶ》から棒に深刻な話を聞かされて、しかし今夜の鉄平は酒の味どころではない心境だった。

むしろ当事者である板長の方が淡々とした感じに見える。難題が持ち上がったときというのは案外そんなもので、一番気を揉むのは周囲の家族、友人、知人というのが通り相場ではある。

「繰り返しになるけど、板長がその話を知ったのは三日前の木曜日なんだね」

「そうです。店が終わったあとで女将《おかみ》さんの部屋で聞かされました」

「そのとき、藤木《ふじき》は、板長の奥さんといつ頃会ったかは話してた?」

「そんな前じゃないと思います」

「どうして?」

そこで板長が怪訝《けげん》な表情で鉄平を見返した。

「具体的な日時とかは言わなかったわけでしょう。だったらそんな前じゃないとどうして思ったのかと思ってね」

「なんとなくですけど……」

にわかに板長の口調が弱々しくなった。

「まあ、たしかに奥さんが乗り込んで来たわけだからね。藤木だってそんなに長い間黙ってるわけにもいかないか」

「はい」

いきなり「あなたの奥さんが訪ねて来たわ」と愛人から告げられたのだ。動転してしまった板長が、詳細を聞けなかったにしろ、話の内容を憶えていなかったにしろ、それは仕方のないことではあろう。

「で、今日までのところ奥さんからは何も言って来てないってわけか」

「はい」

「板長の方から連絡は？」

「女将さんに話を聞いてからは一度も」

そう言って板長は少し口ごもるようにする。

「ただ、前の日に周子《しゅうこ》とは電話で長話をしたんです。遼一《りょういち》が体育の授業中に怪我したっていうんで。まあ、たいした怪我じゃなかったみたいですけど」

周子というのが板長の奥さんの名前だった。遼一というのは今年小学生になった板長の一人息子の名前だ。

「前の日って先週の水曜日だね」

板長が頷《うなず》く。

「周子からは女将さんと会ったなんて話は一切出ませんでした」

「水曜日だったら、奥さんは藤木ととっくに会ってるはずだよね」

「そうなんです」

「うーん」

わざわざ愛人宅に直談判に出向いておきながら、その事実を夫に伝えないというのは一体どういう料簡だろうか。愛人である波江《なみえ》から伝わるのを見越して、板長の方が何か言ってくるのを待っているというのか？

それにしても、その真意がよく摑《つか》めない。

板長から鉄平のスマホにラインがあったのは今日だった。

最近は板長だけでなく、表《おもて》さんやアルバイトの子たちともラインで連絡を取り合っている。開店当初からみんなにずっと勧められ、先月、自分への誕生日プレゼントのつもりでスマホに買い替えたのだが、実際使ってみるとたしかに便利で、とりわけラインでアルバイトの子たちのスケジュールを即座に確認できるのはシフトを組むうえで大助かりだった。

〈今晩、時間いただけませんか。相談したいことができました〉

という板長からのメッセージが届いたのが午前中で、すぐに、

〈じゃあ、菊助で七時にしましょう〉

と返信した。

今日は早番だったので鉄平の勤務は四時までだった。とはいえ、それから一、二時間はレジを手伝ったり、三階で事務処理をするのが常だったから七時待ち合わせにしたのである。

「はちまき寿司」は依然として好調な売上げをキープしていた。

来年早々には二号店を起《た》ち上げようかと表さんと検討を始めている。フルパートとして雇った水野《みずの》さんは来月から正社員として採用することになった。それも今後に向けての布石で、二号店が誕生すれば水野さんが店長として着任する予定だ。

鉄平としては、会社組織に衣替えする段階でぜひ山下《やました》君をリクルートしたいと考えていた。九月の時点でそれとなく本人に打診し、悪くない感触も得ていたのだが、結果的には不首尾に終わってしまった。びっくりするような話だが、山下君はデザイナーの夢を捨てて、今月から古巣のエクスプリールに復職している。あれほど嫌っていたはずの〝奴隷の喜多嶋《きたじま》さん〟に懇願され、マネージャー兼任のスタイリストとして本店に戻ったのだ。マ

ネージャーとしては全店舗を見ているらしく、着任早々から寝る間もないほどの忙しさのようだ。ここ半月は一度も店に顔を出さないし、まるで山下君と入れ替わりのように喜多嶋オーナーの方がよくのり巻きを買いに来てくれているのだった。

板長が波江の出した求人広告に応募して、「木蓮」に採用されたのは三年ほど前だったという。

板長の前職は新潟でも老舗料亭として有名な「紀清《きせい》」の副料理長で、そんな〝大物〟が求人広告一本を頼りにわざわざ石川までやって来て、しかも開店準備中の割烹料理屋の板場に身を落ち着けたのには、当然ながら事情というものがあった。

波江は、「穣一さんは新潟で一、二を争う料亭の花板さんだった人なのよ」としか言わなかったが、鉄平は初めて飲んだその日のうちに本人から詳しい話を聞かされた。

もともと板長が妻の周子さんと知り合ったのは十年以上前のことだった。

過労が原因で急性膵炎を発症した板長が入院したのが新潟市民病院で、彼女はそこの看護師だったのだ。

馴れ初めを聞いて、「奇遇だね。僕の別居している女房も看護師だったんだよ」と鉄平が言い、「そうだったんですか」と板長も驚いていたが、そうした似通った境遇も二人を近づける大きな要因になった。

それから三年ほど彼らは恋人関係にあったが、周子さんの妊娠が分かり、結婚へと進む。

ただ、その結婚前後にもすったもんだがあったようだ。

とにかく板長の来歴を聞けば聞くほど、彼の抱える最大の課題は〝おんな〟だと痛感せざるを得ない。

その点では、今回の波江との関係もなるようになったと言うしかない話ではある。

結婚前にも板長には別の彼女がいて、その人は店の馴染み客の一人だったらしいが、それが周子さんに露見して一度は本格的な別れ話に発展したのだという。そんな折も折、周子さんが身ごもっていることが分かり、結局二人は元のさやにおさまったのだった。

ところが遼一君が生まれて二年後、今度は「紀清」の跡取り娘と板長ができてしまった。板長の言い分によれば、彼女はなかなかの「やり手」で、女子高生の頃にも一回きり、そういう関係を結んだことがあったのだという。

「別にやけぼっくいに火がついたとか、そんなんじゃなかったんですが、運の悪いことにその子が妊娠しちゃって、それでおおごとになってしまったんですよ」

板長はぼやくように言い、だが、事の重大さはいまでもうまく理解できていないふうだった。

この不始末で当然ながら、板長は店にいられなくなり、同時に妻の周子さんにもすべて知られて、怒り心頭の周子さんは実家のある糸魚川《いといがわ》に出戻り、離婚にはならなかったものの板長は住み慣れた新潟の地を捨てて単身金沢に流れてきたというわけなのだった。

「で、そのお腹の子はどうなったの？」

鉄平が訊《たず》ねると、

「産んだらしいですよ。男の子だったそうです」

浮かない顔で板長は答え、

「だけど、怪しいんですよね」

と付け加えた。

「怪しい？」

「たぶん僕の子供じゃないんだろうと。本当の父親は他にいるはずなんです」

「どうして？」

「相手の様子を見てれば分かりますよ。『紀清』の旦那さんだって、本当に僕の子供ならもっと別のやり方をしてた気がするし」

「別のやり方って？」

「とにかく大馬鹿なくらいの親馬鹿でしたからね。大金はたいてでも周子と別れさせて、僕を婿として店に入れたと思いますよ。彼女だって、そうして欲しいって父親に泣きついたはずです」

「なるほど」

糸魚川にある周子さんの実家は小さな内科医院で、父親はまだ現役の医師として働いているという。看護師になった彼女はいずれ糸魚川に戻って医者の婿を取る予定だったのが、板前の男と一緒になってしまったこともあり、実家の両親は最初から二人の結婚には猛反対だったそうだ。

板長から事情を聞くだに、それでも離婚に踏み切らなかった周子さんの心の内も鉄平には解せなかった。実子かどうかはともかく、長年世話になった店の跡取り娘に手をつけて妊娠までさせたような男になぜ未練があるのだろう？　生家が医者ならば生活の不安はなかろうし、きっぱり別れて、それこそ新しい婿でも迎えればいいのではないか。やはり、息子から父親を奪うのが不安なのか。だとすれば、女癖のすこぶる悪い夫をこんなふうに独りきりで遠い町に追いやってしまった彼女にも責任の一端があるように思われる。

あげく、波江のもとへいきなり乗り込んで来て、一体彼女は何をどうしたいのだろう？

「それにしても、奥さんはどうして板長と藤木の関係に気づいたのかな？」

まずは素朴な疑問から鉄平は辿《たど》り直すことにする。

「おおかた、探偵にでも頼んだんじゃないですか？　前もそんなふうなことしてたみたいだったし」

板長が呟《つぶや》く。

「前？」

「結婚前ですけどね」

例の結婚前の一悶着のときだろうかと鉄平は思う。

「だけど、藤木のところへ乗り込んで、奥さんは何を言ったんだろう。藤木はどんなふうに話してた?」

板長は、つついていたブリカマの塩焼きから箸を離し、ぬる燗のコップ酒をちびりとすすった。今夜はさすがに酒があまりすすまないようだ。

「どんな人か、顔を見に来たって言ったみたいです」

「それだけ?」

「らしいです」

「それだけ言って帰ったの?」

「女将さんは、そう言ってました」

ますます周子さんの真意が分からない。

「女将さんは歳も歳だし、幾らなんでもそんな年上と僕がどうにかなるとは思えなかったんじゃないですか」

「で、自分の目で確かめに来たってわけか」

「たぶん……」

周子さんは板長より八つ下だと言っていたから今年三十八歳。波江は鉄平の一学年下だから五十二歳。たしかに周子さんからすれば、よりによってそんな大年増と夫が関係を持つとは信じがたかったのだろう。

だが、実際に波江と対面してみれば、そういう先入観は一挙に覆されたに違いない。

「で、藤木は奥さんにどんな話をしたの？」

「そんな根も葉もない話、誰が言ったか知らないけれどとんだお門違いだって思い切り突っぱねたんだそうです」

「へぇー。それで？」

「あんな女とはすっぱり別れて、私のところへいらっしゃいよって女将さんには言われました」

その物言いはいかにも波江らしいと鉄平は思う。

「じゃあ、藤木はかなりご立腹だったんだ」

「さあ……」

そこで板長は曖昧な表情を浮かべる。

この男のこうしたどっちつかずの雰囲気が却《かえ》っておんな心をくすぐるのだろう。

板長は男の鉄平の目から見ても相当にいい男だった。身体《からだ》は痩《や》せぎすなくらいだが、腕や胸のあたりの筋肉はいかにも鍛え上げたそれで、ほっそりと整った顔は、いわゆる〝苦み走った〟という表現がぴったりはまった。これで腕のいい料理人とくれば、たいがいの女性はその気にさせられてしまうだろう。

波江と板長は同棲しているわけではない。彼の方は金沢駅近くの古いマンションから「木蓮」に通っている。だが、週の半分はどうやら三階の波江の部屋に泊まっているようで、店の人間はみんな二人の関係を黙認している。探偵など雇わなくても事実はすぐに知れる状態なのだ。

「で、板長としてはどうしたいわけ？」

「うーん」

板長は白木のカウンターに目を落として考え込んでいる。

僕は生まれつきっていうか、ふわふわした男なんですよ——初めて飲んだときに彼が言っていたセリフを鉄平は思い出していた。

「自分でもちょっとうんざりしてるんですけどね。子供の頃から、なんか地に足がついてない感じがずっとあるんです。板前修業は別にたいへんじゃなかった。大将や先輩にいくらどつかれても小突かれてもへっちゃらでしたね。だけど、そうやって包丁修業してるあいだも、なんだかいっつもふわふわというかふらふらというか。ずっとそんな感じでこの歳まできちゃった気がしてます」

「要するに、それって全部おんな絡みの話でしょう？」

そのとき鉄平が念を押すと、

「おおかたはそうですけどね。ただ、どっちが先か分からない感じもあるんですよ」

「どっちが先？」

「ええ。おんなのせいでふわふわしてしまうのか、ふわふわしてるから、ついどうでもいいおんなにまで手を出してしまうのか」

「板長さん、そういうのをデラシネって言うんだよ」

「デラシネ、ですか？」

「そう。フランス語で根無し草っていう意味」

「そうなんですか……」

それから板長はデラシネ、デラシネと何度か呟き、どこか納得したような面持ちになっていたのだった。

2

十二時前には家に帰り着いていた。

ふだんなら「菊助」のあともう二、三軒はしごして別れるのだが、今夜は互いにそういう気分にもならなかった。

板長は、別れ際に「加能さんに話を聞いて貰《もら》ってよかったです。ありがとうございました」と丁寧に頭を下げてきたが、しかし、どこまで鉄平の言葉に納得したのかは分からない。

彼は、まだずいぶんと波江に未練があるように見えた。

「女将さんはエロいんです。あんなおんなは初めてですよ」

鉄平の話を聞いている最中、ふと洩《も》らした一言がいまも耳に残っている。

たしかに波江には妖しい魅力があった。

いまにして思えば、あの高松宅磨《たかまつたくま》もその妖しさに魅せられてしまった一人だったのだろう。

波江は怖い女だと鉄平は思っている。そのことをもっと伝えたくもあったが、あんまり他人様《ひとさま》の色恋に口を出すのも無粋に思えて控えたのだった。それでも、大切なひとり息子のいる奥さんのもとへ帰った方がいいという点は強調したつもりだ。

「僕がそんなことをしたら店はどうなるんですか？」

〝エロい〟という本音が洩れる前、真っ先に板長が口にしたのはそれだった。

「有岡《ありおか》や芳雄《よしお》にはまだまだあの店を任せるわけにはいきません」

「そこはまた腕のいい板長を見つけてくるしかないだろう。そのへんは店の女将である藤木の才覚次第ってことだよ」

鉄平が言うと、

「それはそうかもしれませんが……」

妻子のもとに戻るべきだという言葉には首肯しつつも、板長は気乗りしないふうだった。だが、実際問題として一度男女の仲になった女将の店でこれからも仕事を続けていくのは不可能だろう。妻である周子さんがそんな非常識を受け入れるはずがない。この際、彼はきっぱりと「木蓮」を辞めるしかなかった。

部屋に入るとテレビを点《つ》ける。

着替えたり手を洗ったりする前に真っ先にやるのはテレビを点けることだった。そういう習慣がしみついてみて、そういえば学生時代も同じだったと思い出した。

飲み足りなかったのでビールでも抜くかとちらっと思うが、やめておくことにする。家では極力アルコールは控えるようにしていた。閉店後飲みたいときは、外に出るか誰もいない店で飲むようにしている。そのため業務用冷蔵庫の隅にいつも缶ビールを冷やしてあった。つまみはおおかた売れ残ったのり巻きで、週に何日かはそれが鉄平の夕飯に化ける。

表さんともうまくやっているし、アルバイトの子たちとも上手に付き合っていた。

売上げも好調だし、仕事面では何の問題も不満もない。

夏代《なつよ》の一億円は、開業資金を借りただけであとは手つかずだった。それも返済しようと思えばすぐにできるし、来年の二号店が成功すればさらに店舗数を増やし、業績は右肩上がりに伸びていくだろう。

来年中には一億円をそっくりそのまま夏代に返却してもいい、と鉄平は思っている。離婚の際に金銭関係もきれいに清算できれば何のあとくされもなくなる。

ただ、六月に返信を送って以降、当の夏代からは一切連絡がない。

美嘉《みか》や耕平《こうへい》の様子も知れないし、そもそも夏代が音信不通だとしても、母親に代わって子供たちが何か言って寄越してもいい時期だとは思う。彼らまで沈黙を守っているのは、却って面妖に思える。

とはいえ、捨ててきた家族に煩わされるでもなく、事業も順調に発展している。現状に充分満足してもいいはずなのだが、やはり言葉にならないわびしさは消えてくれないのだった。

消えるどころか、むしろしっかりと胸の奥に根付いてしまったような気がする。

「はちまき寿司」の株式会社化がスケジュールに上り、鉄平の領分もそれなりに確立されつつある。表さんにおんぶにだっこという状態からは徐々に抜け出してきている。その分、仕事の手応えも感じ始めていた。

にもかかわらず、こころはそれほど満たされてはいないのだ。

簡単にシャワーを浴びて厚手のスウェットの上下に着替える。十月に入った途端、最低気温がぐんと下がり、夜は冷え込むことも多くなっている。油断すると風邪を引いてしまいそうだ。全国の天気予報を見ると、日中の最高気温は金沢も博多もさほど変わらないが、最低気温にはかなりの開きがあった。九州と北陸はつくづく遠いと、そうやって天気図を目にするたびに実感する。

台所で緑茶を淹《い》れ、あつあつの湯呑を持ってダイニングテーブルの前に腰を下ろした。時刻は零時半を少し回ったところだった。

リモコンを手にしてチャンネルを変えていく。

来週の日曜日は、衆議院選挙の投開票日だった。先月末の臨時国会冒頭での解散以降、どの局も選挙関連の番組ばかりだ。そうでなければ、十年一日代わり映えしないお笑いタレントやアイドルたちのバラエティ。ことに深夜帯は低予算のその種の番組が各局ずらりと並んでいる。

鉄平は政治にはほとんど興味がなかった。

それはいまに始まったことではなく、若い頃からずっとそうだ。夏代と結婚してからは彼女にせっつかれて一緒に投票所に足を運ぶようになったが、学生時代は一度も選挙に行ったことがなかった。むろん新聞の政治面くらいは読むし、ニュースで政治がらみのものがあれば眺めはする。まるきり何も知らないというわけではなかった。

だが、本当の意味で政治に関心を抱いたことは一度もない。政治家に対しては「平気で嘘をつく人々」という印象しかなかった。

チャンネルをサーフィンしていると、フジテレビ系列の局でやはり選挙関連の特番をやっていた。別に観たいわけでもないが、他局よりは騒々しくないという理由でチャンネルを固定する。

どうやら東京の注目選挙区を選んで、そこでの選挙戦の模様を報じているようだ。いまやっているのは主要三党が有力候補を立てて鎬《しのぎ》を削る都心の選挙区だった。

茶をすすりながらぼんやりと小さなテレビ画面を眺める。

選挙も東京も、そして鉢巻きたすき姿で駆け回る画面の向こうの候補者たちも全部丸ごと、別世界の存在のような気がした。

酔いは抜けているはずだが、何となくうつろだった。といって眠気もきざしてはいない。時間や空間から遊離してしまったようなヘンな感じだった。そういうことが年に何度かはある。今夜はそのうちの一つに違いない。

不意に鉄平の目が見開かれた。

一瞬で拡散していた意識が集中を取り戻すのを自覚できる。

都心の選挙戦のレポートが終わり、今度は郊外の激戦区へと舞台が変わったのである。

「東京二十二区」

という文字が大きく画面に映し出され、男性司会者が、「次の注目選挙区は、引退を撤回し、新党の最高顧問に就任、再び国政への意欲をみなぎらせる元総理と、前島英三郎《まえじまえいざぶろう》元郵政大臣以来、十二年ぶりの車椅子の国会議員を目指す新人とが激しく票を争う東京二十二区です」と言っている。

東京二十二区。

あの高松宅磨の選挙区だった。

3

東京二十二区に関する十五分ほどのレポートが終わったところでテレビを消した。

壁の掛け時計の針は午前一時を回っている。

鉄平は空になった湯呑を持って立ち上がり、台所へ行く。冷蔵庫から缶ビールを一本抜いてもとのダイニングテーブルの席に戻った。プルトップを持ち上げ、缶のまま冷えたビールを胃袋に流し込んだ。

何十年ぶりかで高松宅磨の姿を見て、気持ちがざわついていた。酔いを取り戻さないと眠れない気分だった。

明日は十時半に店に出ればいいが、その前に銀行に行く予定がある。北國《ほっこく》銀行の片町支店で二号店開店に向けての大事な融資の相談があるのだ。今夜はしっかり眠っておく必要があった。

高松宅磨は何も変わっていなかった。

鉄平が味沢鉄工の廃屋で背後から襲撃した、あのときの宅磨とそっくりそのまま同じ人間だった。

むろん鉄平同様に年齢を重ね、まして彼は車椅子に乗って活動している。見た目や話しぶり、物腰は十二分に世慣れして柔和になっていた。東京都議会議員としての実績も積み重ね、支持者への応対、演説ぶりなども堂に入ったものだ。

しかし、高松宅磨の本質は、鉄平がよく知っていた少年時代と何一つ変わっていない。他のどんな人を宅磨が騙《だま》しおおせたとしても、それでも俺の目を曇らせることはできないと、彼の車椅子姿や声をテレビ画面を通してつぶさに観察しながら鉄平は確信した。

こんな男を国政の場に送り出すなど言語道断だろう。

高松こそが「平気で嘘をつく人々」の代表選手なのだ。彼のような人間に権力を持たせるのは危険極まりない行為と言うほかない。

この世界には更生不能な邪悪な人間が一定数いる。

彼らの多くは凶悪な犯罪者として法の裁きの対象となるが、なかには、そうした目の粗い監視網をかいくぐって平気な顔で社会生活を営んでいる者たちもいる。そして、さらにそのうちのごくごく少数の人間たちは、この世界の支配層にもぐり込み、大多数の臆病だが善良な人々を自分たちの欲望の生贄《いけにえ》として、何の痛痒も感ずることなく不幸のどん底に追い込んでしまうのだ。彼らには一般的な感情というものがない。というよりも、一般的な感情を自分自身の都合に従って何時《いつ》いかなる時点でもまるでライトのスイッチでも切るように切断してしまうことができるのだ。

高松宅磨とはそういう人間だった。

自分にも似たような側面があるのを鉄平は知っている。

だが、彼はそうやって自らの感情のスイッチを欲望のためにあっさりＯＦＦにするような真似は絶対しないように心がけてきた。

――どんな理由があったにしても、共感や思いやり、同情や憐憫《れんびん》といった感情のスイッチを切った瞬間、人間は人間でなくなる。

鉄平はそう考えているからだ。

軍人や政治家のなかにはその種の〝感情スイッチ〟を手に握りしめ、利己心を満たすために容易《たやす》く切ってしまう者が大勢いる。そして、自分が決して邪悪だと疑われないように最も巧みにスイッチを切る方法を身につけた者だけが、権力者として最高の地位を獲得できるのだ。

五月に夏代からの長文の手紙を受け取り、そこに記された告白を読んで、鉄平は高松宅磨とはまた違ったタイプながら、やはり生来の邪悪さを隠し持っていた二人目の人物を発見した。

あの木内昌胤《きうちまさたね》だ。

そう気づいた途端、木内が若い営業マンの鉄平をなぜあんなに可愛がってくれたのか、本当の理由が分かったような気がした。木内は鉄平の中に自分と同質のものを嗅《か》ぎ取ったのだろう。感情スイッチを自在に操れる人間同士は、利害関係を結べば大いに利用し合うことができる。ただ、互いがひとたび競争相手となれば今度は血で血を洗う争いに発展する。鉄平と高松宅磨の場合もそうだった。

彼らは手段を選ばない。どんな卑劣な手でも、いかに残酷なやり方でも躊躇《ちゅうちょ》なく実行に移す。それが生まれ持った特性なのだ。

一回目のリストラ勧告を受けたとき、鉄平は夏代の勧めもあって常務の種田《たねだ》に直談判に及んだ。実際に対決してみると、種田は大いに動揺し、しどろもどろの態《てい》だった。さほど強く抗議する前から、「たしかに有能なきみを外すのは会社にとっても得策ではないな。とりあえず今回のことはなかったことにしよう。気を揉ませてしまって悪かった」とあっさりリストラ勧告を白紙撤回したのだ。

そして、ここから先は夏代にも打ち明けていなかったが、二度目の勧告を受ける直前、鉄平は営業部長の上条《かみじょう》に呼び出され、種田が鉄平のリストラに固執する本当の理由を教えられたのだった。

種田は、〝とある取引先〟から大口の契約を結ぶ交換条件として、鉄平の解雇を求められているというのだ。

「それって一体どこの会社ですか?」

余りのことに呆《あき》れながら鉄平は訊いた。

自分が営業に回っている得意先で、そんな理不尽な要求をつきつけてくるところがあるとは到底思えなかった。

「具体的な名前は俺にもよく分からない。ただ、そこが加能を辞めさせてくれと強く求めているのは確かだそうだ。取引額もでかくて契約も長期にわたるというんで、もとから加能嫌いだった種田常務が二つ返事で承諾して、人事部が作成中だったリストラ名簿にお前の名前を急遽ねじ込んだというのが真相らしい」

上条が本当に相手先の名前を知らなかったのかどうかはいまもってはっきりしない。

ただ、そうした経緯を知らされた時点で、鉄平の方から嫌気がさしたのは事実だった。再度、辞めろと言われたときはとっとと辞めてしまおうと腹を括《くく》った。

夏代からの手紙で、同時期に木内が二億円の出資を依頼してきたことや、彼女がそれを拒むと鉄平に話を持ち込むと脅しをかけてきたことを知って、あのとき、種田に鉄平の首と引き換えの大口契約を持ち掛けたのが木内昌胤だとようやく分かった。

嶺央《れいおう》大学病院の実力者だった木内と種田とはむろん面識があった。鉄平も年に一、二度は木内との会食に種田を同席させたりもしていたのだ。

木内は夏代から二億円を引き出すだけでは飽き足らず、そういう方法で会社に圧力をかけて恋敵だった鉄平の放逐を画策したのだろう。というよりも、むしろそちらの方が木内の主眼だった可能性もある。自分を捨てた夏代を困らせ、同時に夏代を奪った鉄平を、夏代からせしめた金を使って窮地に追い込む——いかにも〝平気で嘘をつく〟タイプの人間なら思いつきそうな手口だった。

二〇〇六年の三月、最初のリストラ勧告を受けた直後に夏代に相談すると、彼女は、
「きっと種田常務はあなたのことで何か大きな誤解をしているのよ。ちゃんと会って、その誤解を解くのが一番いいと思う」

としきりに言った。

いまにして思えば、もうあの時点で彼女は木内が鉄平に何らかの意趣返しを計画しているのを知っていたのではないか。木内本人からそのようなことを匂わされていたのかもしれない。

木内は夏代からまんまと二億円をせしめ、トロント・バイオテクニカル社のオーナーとして、その二億円も含めた巨額な医療機器購入の長期契約を旧知の種田に提案して、見事に鉄平を会社から追い出すことに成功した。

彼は思わぬ理由で夏代から捨てられたとき、鉄平に対して何一つ文句を言ってこなかった。夏代に対しても未練がましい態度は一切見せなかったという。しかし、あれほどプライドの高かった木内が、一介の出入り業者に恋人を奪われて怒りを滾《たぎ》らせなかったはずはない。

渡米し、研究者として大きな業績を挙げ、さらには自前の会社をカナダに設立して事業家としての才能を一気に開花させようとする段になって、彼は満を持して本格的な復讐を実行することにしたのではないか。その並外れた執拗さ、執念深さはいかにも木内という男に似つかわしい気がする。

先ほどのテレビのリポートによれば、東京二十二区の選挙戦では高松宅磨と元総理とがデッドヒートを繰り広げているという。各紙が報じる情勢分析からして、たとえ小選挙区で敗れたとしても高松宅磨は比例区で復活当選を果たす可能性が濃厚だろう。彼は今月中には晴れて衆議院議員となるに違いない。

一方の木内もすでに世界的バイオベンチャーのオーナー経営者であり、その一方で、いまやノーベル生理学・医学賞の有力候補との呼び声も高いともっぱらの評判なのだ。

高松や木内のような者たちが、社会に対して大きな影響力を行使する。許されていいはずのないことが大手を振ってまかり通る。それが現実の世の中だと鉄平は思っていた。

缶ビール一本でほろ酔い気分が戻ってきている。それでも眠気はまだ訪れなかった。

むしろ高松宅磨の映像を見たことでいろんな思いが頭の中に渦巻き始めていた。高松や木内、藤木、種田や上条、さらにはすっかり忘れてしまったはずの加能産業の面々の顔が自然と脳裏によみがえってくる。

――そういえば……。

川保《かわまた》常務の顔を思い浮かべたところで、鉄平ははたと思い当たるものがあった。

――あの川保善治郎《ぜんじろう》という男もまた、高松や木内同様に〝感情スイッチ〟を簡単に切ることのできる人間の一人なのではあるまいか……。

叔父の孝之《たかゆき》の通夜の席で取締役の菅原《すがわら》に聞いたところでは、川保常務は青島雄太《あおしまゆうた》が重傷を負った例の爆発火災事故について、「災い転じて福となす絶好のチャンス」だとうそぶいていたという。近隣住民にも多大な迷惑をかけ、いまだ事故原因の究明さえ始まっていない段階で、「新プラントの建設を諦めないどころか、ますますその気になっている」とも菅原は呆れ顔で話していた。そしてそのために、川保は事故調査対策委員会の委員長に自ら就任することを望み、事故原因のすべてを塩ビプラントの老朽化に帰そうと目論んでいるのだと。

恐らく社長の尚之《なおゆき》は、いまでは完全に川保の操り人形と化しているだろう。

叔父の時代に両輪として働いた川保と菅原だが、常に正論を語る菅原を尚之はえらく煙たがっていた。そもそも当の孝之叔父でさえも、川保の利己心の大きさを見極められなかったのだ。

経営者としてさらに小粒の尚之には川保の法外な野心など見抜けるはずもない。

4

犀川《さいがわ》に日が暮れていく。

昼過ぎまで降っていた雨で川沿いの遊歩道は濡れていた。普段なら散歩する人たちの姿が目立つ時間帯だが、いまは人影もまばらだった。

雨のあと、冷たい北風が吹き始めたからだ。

今日から十一月だった。

北陸地方は晩秋を越え、そろそろ本格的な冬へと踏み出していく。観光都市金沢の代名詞、兼六園《けんろくえん》では毎年この日から雪吊りの作業が始まる。雪吊りもまた冬の金沢の風物詩であり、昼の県内ニュースはどのチャンネルを回してもこの兼六園の雪吊りがトップニュースだった。

ハイサッシの窓は壁一面がガラスだった。目の前にいつも歩き慣れている犀川の美しい景色がパノラマのように広がっている。

こうして部屋の中から、しかも見下ろすような位置から犀川の風景を眺めるのは初めてだった。午前中の雨で空気が洗われたのか、夕日を浴びた河川敷の景色は澄み渡り、左へと視線を送れば遠くに白山連峰の山々の姿がくっきりと浮かび上がっていた。

「こうやって川を眺めるのもいいもんでしょう」

いつの間にか隣に立っていた喜多嶋オーナーが声を掛けてくる。

「あの遊歩道を散歩しているとき、しょっちゅうこのマンションのそばを通ってたんですが、中から眺めるとこんなふうに見えるとは想像もしてなかったですよ」

「そうなんですよ。僕もこの景色に惚れてここを買うことに決めたんです」

それからしばらく、二人で黙って日が沈んで行くのを見ていた。

オーナーの奥さんのあずみさんと表さんはキッチンで料理を作っている。「ちょっと遅れます」と先ほど連絡がきた山下君はまだ現われていなかった。

時刻は五時半を回ったところだ。残っていた光はみるみる失われ、前面の美しいパノラマもあっという間に闇に没していった。

それをきっかけに鉄平も喜多嶋オーナーも大きなテーブル席に戻る。二面採光の巨大な窓が電動カーテンで静かに隠されていった。

広いリビングルームは三十畳以上はありそうだ。その奥のキッチンもちょっと覗《のぞ》いたらえらく立派だった。他にも部屋がたくさんあるようだが、玄関から直接入れるのはリビングルームだけなので、あとの間取りがどうなっているかは定かではない。

それにしても犀川沿いを歩いているときから、川岸に建つこのマンションの威容には目を瞠《みは》っていたが、内部がこれほど豪華だとは思っていなかった。

「三年前に新築された金沢随一の高級マンションで、オーナーは最上階の一番高い部屋をキャッシュで買ったって話ですよ」

とは、今夜の食事会に誘ってくれた山下君が数日前に教えてくれたことだった。

なるほど、この部屋であれば確かに「一番高い部屋」かもしれない。金沢とはいえ、少なく見積もっても一億円は下らない物件に相違ないだろう。

さすがエクスプリール・チェーンの創業者であり、「カネの奴隷」と自ら吹聴して憚《はばか》らない喜多嶋オーナーの自宅だけはあった。

オーナーと二人で鉄平が持ってきた赤ワインを飲んでいると、あずみさんと表さんが次々と料理の大皿を六人掛けのダイニングテーブルへと運んでくる。

「すごいですねー」

鉄平が思わず声を上げると、

「そんな大したものは何もないんですけど」

ジャガイモとタコの炒め物を盛りつけた角ばった皿を置きながらあずみさんが言う。

あっという間に、八つの皿が所狭しと卓上に並んだ。

ローストポーク、魚のフライの甘酢あんかけ、小松菜の木の実和え、れんこんと人参のきんぴら、アスパラとカリフラワーのサラダ、だし巻き玉子、それに表さんが持参した自慢ののり巻き。のり巻きは店のメニューとは違って、今日は太巻きだった。塩麴《しおこうじ》に漬けたサーモンとクリームチーズと雑穀米を海苔で巻いたこの太巻きは絶品で、鉄平も何度か店のまかないとして食べさせて貰ったことがあった。

さっそく各人のグラスがワインで満たされる。

あずみさんのグラスにもオーナーは少しばかりワインを注いだ。

「ヒサシのことは待たなくていいんですか」

そこで表さんが言う。

「あいつはいいの。僕たちだけでとっととやっちゃいましょう」

オーナーがにやついた表情で言う。

「それもそうですね」

表さんも笑いながら頷いた。

「山下君には何だか悪いけど、ま、いいでしょう」

あずみさんも笑みを浮かべる。

「それじゃあ、あずみさん、無事に治療も終わって、長いあいだおつかれさまでした。そして、晴れて全快、本当におめでとうございます」

鉄平の音頭取りで一同グラスを掲げる。

「かんぱーい」

グラスがぶつかる音と四人の声が重なった。

鉄平があずみさんに会うのは今日で二度目だった。前回は、これも山下君に引き合わされたのだが、彼女はまだ金沢大学附属病院に入院中だった。もうかれこれ二カ月ほど前のことだ。

術後の放射線治療もようやく終了し、あのときと比べればあずみさんは見違えるように元気になっている。

「加能さん、表さん、今日はわざわざお越しいただき誠にありがとうございます」

あずみさんに代わるようにしてオーナーが頭を下げる。

「こちらこそ、こんな立派なお宅に招待していただいて、本当にありがとうございます」

鉄平と表さんが揃ってお辞儀を返した。オーナーと鉄平が窓を背にした席に陣取り、向かい側にあずみさんと表さんが座っている。

三十分ほど経《た》ったところでインターホンが鳴って山下君の到着を告げた。表さんが立って玄関まで迎えに行った。

山下君がバラの花束を抱えて部屋に入ってくる。

抱えきれないほどの大きな花束に、あずみさんもオーナーも思わず立ち上がっていた。

「店長、おめでとうございます」

そう言って山下君があずみさんの方へと近づいた。

「これ、加能さんとリオと僕の三人で用意しました。だから三色なんです」

確かに赤とピンクと白のバラがきれいに三等分された形で束になっていた。

「僕的には加能さんが白、リオがピンク、そして僕が赤なんですけどね」

意味不明なことを呟きながら、山下君が照れたようにあずみさんに花束を手渡した。あずみさんは闘病のため長期間仕事を休んでいるのだが、いまでも東金沢にあるエクスプリール本店の店長に変わりはなかった。

花束を受け取ったあずみさんは笑顔ながらも少し涙ぐみ、それを見ているオーナーもそっと目頭をおさえていた。

とはいえ、山下君が加わると、それだけで場の雰囲気がぱっと明るくなった。

あらためてみんなで乾杯し、皿の料理もみるみる減っていく。

こちら側に座った山下君は、右隣のオーナーとしばらく店の話をしていた。そのやりとりを聞いていると彼らの息がぴたりと合っているのがよく分かる。二号店出店を皮切りに「はちまき寿司」をさらに拡大させていくためには、やはり山下君はなくてはならない人材だったと鉄平はいまさらながら臍《ほぞ》を噛《か》む思いだった。

〝奴隷頭〟のあずみさんが乳がんで金沢大学附属病院に入院したという噂を山下君が聞きつけたのは九月に入ってすぐのことだ。いまもエクスプリールで働いているかつての同僚から教えられたのだった。

本店勤務だった山下君は、店長のあずみさんにはずいぶん親切にして貰ったらしい。三年前に退職する際も強く引き留められたという。

「店長はオーナーとは違って、優しくてとても面倒見のいい人なんです。おまけにカットの腕は抜群でした。エクスプリールが繁盛したのも、元はと言えば、店長のスタイリストとしての技術が圧倒的だったからだと言われてたし。だから、そんな店長がどうしてあんなオーナーと一緒になったのかって、みんなが不思議に思ってたくらいでした」

あずみさんの病気を知って、山下君はすぐに病室に駆けつけた。

そして、そこで三年ぶりに〝奴隷の喜多嶋さん〟と再会したのだった。

喜多嶋オーナーは、かつてとはまるで別人のようだったという。

「もともと、店長のことを〝奴隷頭〟と言い出したのはオーナー本人だったんです。僕たちが見てても、まるで使用人か何かのように扱っていて、あれじゃ従業員以下じゃないかって憤慨していました。それが、病室で会ってみると、顔つきから言葉遣いから、ほんと何から何まで三年前のオーナーとは違う人みたいになってた。僕の顔を見た瞬間に、もう泣きっ面みたいになっちゃうんですから。あずみがこんな病気になったのは全部俺の身勝手のせいだって、それればっかり繰り返して、却って店長の方が戸惑ってる様子でした。あげく、あずみにもしものことがあったら自分は生きていけないって、今度は本気で涙ぼろぼろこぼしちゃうんですよ」

その最初のお見舞いのときに、喜多嶋オーナーからさっそく「はちまき寿司」の話題が持ち出されたのだという。

「初めて知ったんですけど、オーナーも若いときに『はちまき寿司』の大ファンだったみたいで、今回の新規開店のことも詳しく知っていて、僕が紹介された新聞記事なんかにも全部目を通していたんです」

山下君が発案した店のキャラクター、ハッチーとマッキーは、いまや金沢市の非公認キャラとして大人気で、某テレビ局などはわざわざ着ぐるみを作製して様々なイベントに出演させているほどだった。生みの親である山下君も地元メディアに引っ張りだこの状態が続き、かつての従業員の思わぬ活躍は、当然、喜多嶋オーナーの目にも留まっていたというわけだ。

山下君の話で一番驚いたのは、あずみさんが金沢大学附属病院に入院している間、喜多嶋オーナーがしばしば「はちまき寿司」に立ち寄り、のり巻きを買って病院に行っていたという部分だった。そもそも山下君の誘いに乗って鉄平までがあずみさんのお見舞いに出かけたのは、その話を聞いたからなのだ。

「手術後のなかなか食欲が出ない時期に、なぜかオーナーの買ってきたはちまき寿司だけは食べられたみたいなんです。それでオーナーも店長もすごく感謝してるみたいなんですよ」

実際、このとき、病室に詰めていたオーナーの顔を一目見て、鉄平はすぐに常連の一人だと分かったのだった。いかにも温厚そうな佇《たたず》まいの男性で、身なりにこだわっている印象もなく、まさか彼が例の〝奴隷の喜多嶋さん〟だとは思いもよらなかったのだが。

山下君は、しばしばあずみさんの見舞いに行くうちに、人変わりしたオーナーとも突っ込んだやりとりを交わす仲となり、最終的にはオーナーの懇願に負けてスタイリスト兼マネージャーとしてのエクスプリール復帰を決めたのだった。

その時点ですでに喜多嶋オーナーは経営の一線から身を退《ひ》くことを決意していたようだ。

「うちは子供もいないし、これからはとにかくあずみを第一に考えて生きていきたいんだ。乳がんは怖いがんではないというけど、その分、完治したかどうか見極めるのに十年近くかかるとも言われているからね。今後十年、あずみにできるだけストレスをかけないようにしながら、夫婦二人の時間を大事にして暮らしていこうと思っている」

オーナーはそう言って、

「だからこそ、僕に代わってうちの経営を任せられるきみのような優秀なマネージャーがどうしても必要なんだよ」

と山下君を口説いたのである。

九月の末に訪ねて来た山下君が、「加能さんには申し訳ない話なんですが」と切り出してきた途端、鉄平にはぴんとくるものがあった。

喜多嶋オーナーとは一度会ったきりだったが、彼が山下君を高く買っているらしいのは鉄平の目にも明らかだったからだ。

5

食事会は、喜多嶋オーナーの少年時代の極貧エピソードで大いに盛り上がった。

彼は能登半島の突端にある寒村で育ったのだが、漁師だった大酒飲みの父親が小学校に上がる前に亡くなり、直後に母親も村を出て行って、それからは父方の祖母の手で育てられたのだそうだ。その祖母にもこれといった田畑があるわけでも手に職があるわけでもなく、港で分けて貰った魚を町に売りに行ってわずかな生活費を工面するのが精一杯だったという。

「最近、風間《かざま》トオルさんをはじめ、いろんな俳優さんやタレントさんが幼少期の貧乏エピソードをテレビで喋《しゃべ》ってますけど、大半は僕の経験に比べれば何てことない部類だと思いますね。まあ、僕とタメ張れるのは風間さんくらいじゃないかなあ」

そう言って、今年五十歳になったというオーナーは面白おかしく子供時代の極貧話を披露してくれたのだった。

鉄平は耳を疑うような気分でその体験談に聞き入りながら、二つのことを思っていた。

一つは、あずみさんがそうだったように夏代がいま重い病気だと知らされたとしたら自分は一体どうするか、ということだった。

美嘉なり耕平なりから電話が入り、実は夏代にがんが見つかってもうすぐ手術することになっている、と告げられたとき、

「それはたいへんだな。おかあさんの手術が成功するのを祈っているよ」

と、あっさり電話を切ることができるだろうか？

「おとうさん、そんな冷たいこと言わないでよ。おかあさんはずっとおとうさんが帰ってくるのを待っているんだよ」

そんなふうに美嘉や耕平から詰め寄られたら、それでも彼らの言葉をはねつけて、夏代の病室に飛んで行かずに済むだろうか？

あずみさんの身体を心底気遣っている喜多嶋オーナーの姿を目の前にして、鉄平は、深く考え込んでしまわざるを得ない。

そしてもう一つは、あの高松宅磨と喜多嶋オーナーとは似通っているようでいて、実は決定的に異なる人間である、ということだった。

高松宅磨は先月二十二日の投開票で、鉄平の予想通り、小選挙区では落選したものの比例区で復活当選を決め、晴れて衆議院議員のバッジを手に入れていた。奇しくも今日が彼ら新人議員の初登院の日で、十二年ぶりに誕生した車椅子議員の宅磨が満面の笑みを浮かべて国会の女性職員からバッジを付けて貰っている光景がどの局の全国ニュースでも映し

出されていたのだった。

たしかに、高松宅磨や木内昌胤、川俣善治郎のような人間たちと喜多嶋オーナーとは全然違う——鉄平はそのことをあらためて再確認する。

従業員や妻に対して人を人とも思わないような態度を取ってはいても、喜多嶋オーナーの体内には間違いなく人間の血が通っている。だからこそ、こうして最愛の妻が病に倒れると、すべてを放り捨てて悔いのないような献身を示す。要するに彼のような人たちは自らの感情を表に出すのが不得手なだけで、いざとなれば豊かな感情を充分に周囲の人々に向かって注ぐことができるのだ。

翻って、高松や木内、川俣らはそのような人間関係における最も重要な局面において、喜多嶋オーナーとはまったく真逆の態度を取ることができる。彼らはたとえ大恩のある相手であっても、それまで二人三脚で歩んできた伴侶であっても、自己保身や欲望の達成のために平気で切り捨てることができるのだ。

鉄平は、この世界には〝冷たい人間〟などいないと思っている。彼らは〝冷たい〟のではなくて〝冷たく見える〟だけなのだ。

だがその一方で、ごく少数ではあるが、如才なく誰にでも優しそうな素振りを見せながらも実は身の毛もよだつような〝冷酷な人間〟が確実に存在していることもよく知っていた。

そして、彼はいままでずっと悩み続けてきたのだ。

――俺は一体どっちの人間なのだろうか？

と。

6

十一月に入った途端から雨ばかりになった。

気温も一気に冷え込み、鉄平は寝床に湯たんぽを入れている。福岡で失《な》くした習慣だったが、東京で暮らしているときは真冬になると夏代が子供たちの分と自分たちの分と、必ず毎晩湯たんぽを準備してくれていた。足元に湯たんぽを置くだけで、どんな寒さのときでもあたたかく眠ることができた。

それを思い出して北陸の冬にも使ったのだが、東京時代のように毛布一枚でも平気というわけにはいかない。とはいえ毛布と薄手の羽毛布団を使えば充分な寒さしのぎにはなった。

ただ、東京の真冬に湯たんぽ一つで事足りたのは、そもそも夏代と毎夜同衾《どうきん》していたからだと、鉄平はあらためて気づかされる思いだった。

板長は波江のことを「女将さんはエロいんです。あんなおんなは初めてですよ」と言っていたが、実は夏代にも独特のエロさがあった。鉄平が他の女性に興味を持たずに過ごしてきたのはそれも大きな理由だったのだ。福岡時代も、ときどき二人で中洲《なかす》や海の中道のラブホテルに出かけていたし、美嘉と耕平が家を出てからは、自分たちのベッドで週に二度は夏代と交わっていた。

五十を過ぎても夏代の肌はしっとりとした餅肌で、生来の美貌とあいまって鉄平の欲望を萎《な》えさせるところがなかった。というより歳を追うごとに身体の反応は繊細で敏感になっているふうで、そういう彼女を組み敷くたびに鉄平も妻の「エロさ」を存分に味わっていたのだ。

だから、板長の独り言めいた呟きを耳にしたときも、そのいわんとするところがすぐに伝わってきたのだった。顔立ちも性格も夏代と波江とではまるで異なるが、一点〝おんなぶり〟に絞れば、二人にはどこかしら似通ったものが感じられた。

7

十一月七日火曜日。

明け方に轟《とどろ》くような雷鳴が聞こえ、鉄平は四時過ぎに一度目を覚ました。窓の外はまだ闇夜だったが、稲妻で窓ガラス全体が一瞬真っ白に光る。少し間を置いて落雷の轟音が腹の底を揺さぶった。それが何度となく繰り返される。

結局、二度寝を決め込んだものの、あまり眠れずに六時前には寝床から這《は》い出した。

今日は休みなので、午前中は自宅で帳簿の整理などやりながらのんびりと過ごしている。

晴れていれば犀川の河原を散歩したいところだが、月が変わってからは雨続きでそうもいかなくなっている。

九時頃、ほんの一瞬薄日が射したものの以降は雨音ばかりだ。しかも雨足がころころと変わる。本降りが小雨になったと思っても、いきなり篠突く雨が来る。

雨勢を読んで外出したらえらい目に遭う、というのはここでは日常茶飯だ。

豪雨になると風も逆巻くことが多くて傘がまるで役に立たない。早い話、長時間の外出は冬の金沢では禁物なのである。

実際、十一月に入ると日中でも人通りがめっきり減っていた。市民たちは近場の移動でもたいがい車を使っているのだろう。

十二時半になったところでパソコンの電源を落とし、鉄平は身支度を始めた。

一時前に部屋を出て一階のガレージに向かう。昼餉《ひるげ》時とあって、店の前には数人の行列ができている。雨は弱まっていた。夏場に日よけのつもりで大きめの店舗用テントを設置した。十人程度の行列であればこの庇《ひさし》で雨を防げるが、それより多くなると傘をさして貰わざるを得ない。これから本格的な雪の季節を迎えることでもあり、そろそろ庇を延ばすことのできるオーニングタイプのテントに付け替えなくてはと表さんとも相談しているのだった。

鉄平は店を覗くことはせずに、裏の駐車場に回る。

数日前にスタッドレスタイヤに履き替えた愛車のCクラスが待っていた。タイヤが新品になってますます見栄えが良くなった気がする。

とにかく鉄平はこの車が気に入っている。

シートに腰を落ち着けてシートヒーターをオンにする。Cクラスでシートヒーターが備わっているのもありがたい。腰のあたりがじんわりとあたたまってくる。

時刻は十二時五十分。約束の時間は午後一時半だから少々早過ぎるが、このまま待ち合わせ場所に向かうことにする。エンジンをかけ、鉄平はゆっくりと車を出した。

一時十五分に着いてみると広い駐車場はほとんど車で埋まっていた。端のスペースに何とか入れて、このまま車の中で時間が来るのを待つことにする。

櫛木周子の車は新潟ナンバーの青いステップワゴンだった。

三日前、糸魚川の「有田内科・小児科医院」を訪ねたとき、鉄平は患者用の駐車場に車を駐めたのだが、医院の隣の周子の実家には別に広いガレージがあって、そこに白いクラウンと青いミニバンが駐車していた。クラウンが長岡ナンバーでミニバンが新潟ナンバーだった。ミニバンの方が周子の車だろうと思いながら、鉄平はおとないを告げるために大きな家の玄関をくぐったのだ。

帰り際、ガレージまで見送りに来てくれた周子に、

「糸魚川は長岡ナンバーなんですね」

と訊ねると、

「なぜかそうなんですよ。長岡だってずいぶん遠いんですけどね」

と彼女は言った。そして、

「七日は、この車で金沢まで行きます。遼一を乗せないでドライブなんて久し振りです」

ミニバンの方を指さしながら小さく頬笑んだのだ。

波江が久しぶりに連絡を寄越したのは、鉄平が糸魚川に出かける前日、十一月三日のことだった。

「先輩、今晩、ちょっと時間を作って貰えませんか？」

と言われて、鉄平は了解した。

「今日、僕は六時には上がれるけど、そっちはどうなの？」

と口にしてから、そういえば文化の日だから「木蓮」は休みなのだと鉄平は気づく。

「だったら、六時半に先輩のお部屋に伺ってもいいですか？　ちょっと内密のご相談なので」

そう波江に言われて、鉄平はすぐにぴんと来たのだった。「内密のご相談」というのは

板長の件に違いなかった。

六時半ちょうどに訪ねてきた波江は、最初から顔つきが変わっていた。嫌な予感を抱きながら部屋に上げたのだが、案の定それから一時間近く、彼女は鉄平に食ってかかり続けたのである。

なんとかなだめすかして波江を帰したあと、鉄平はすぐに板長に電話を入れた。

「いまさっき藤木が怒鳴り込んできたよ。自分と板長のことで余計なちょっかいを出さないでくれって言ってた。それにしても、僕が一方的に藤木と別れるように勧めてるみたいな言い方をされるのは心外なんだけどね」

波江は、自分と別れたくないのが本音の板長に向かって鉄平がしきりに「妻子の元へ戻れ」とそそのかしていると思い込んでいるようだった。

板長は恐縮しきった声になって、「すみません。加能さんにまで大層なご迷惑をお掛けしてしまって」と繰り返した。

「で、結局、板長の真意はどうなの？　藤木が言ってたみたいに、本音では彼女と別れるのがどうしても嫌なわけ？」

「そんなことはありません。僕としては、周子と遼一のところへ戻りたいと思っているんです。ただ女将さんがどうにも聞き分けがなくて……。それでつい、加能さんにも相談したら、早く木蓮を辞めた方がいいと言われたと口にしてしまったんです」

「なるほどね。僕もずっと話を聞いてきて、板長のその気持ちが動かないと見て取ったから店を辞めて糸魚川の奥さんのところへ戻るべきだって言ってたわけだよ」

「はい。ありがとうございます」

「だったら、藤木が幾ら嫌だと言ったところで、板長がさっさと木蓮を辞めちゃえばいいじゃない。板長の代わりがどうのなんて、そんなことは女将の藤木に任せればいいんだから」

「はい……」

相変わらず板長の物言いははっきりしなかった。

「何か、奥さんのところに帰るに帰れない別の事情でもあるの？　たとえば藤木から多額の借金をしているとか？」

「そんなことは一切ありません」

「本当？」

「はい」

「じゃあ、なんでそんなに踏ん切りがつけられないのよ？」

波江の剣幕に圧倒されたばかりとあって、鉄平も気持ちが多少ぐらついていた。板長の例によっての歯切れの悪い受け答えに苛々《いらいら》が昂じてくる。

「周子の方がどう言うかと思って」

「だけど、周子さんはいまだに藤木と会った話は板長にしてないんでしょう？」

「ええ。と言っても最近はほとんど連絡も来ないもんですから」

「ていうことは、やっぱり奥さんとしては板長に戻って来て貰いたいんじゃないの」

「さあ。あいつもキツイところのあるおんななんで……」

とにもかくにも板長の口調にはしゃきっとした部分がない。くたくたに煮た野菜のような男なのだ。

「要するに、板長は、周子さんが迎えに来てくれたら帰ってもいいってことだね」

ようやく彼の心理が透けて見えた気がして鉄平は言った。

「そういうわけじゃあ……」

どうやら図星のようだった。

彼は奥さんに自分から詫びを入れて帰るのが不本意なのだろう。彼女が連れ戻しに来てくれれば、頭の一つも掻《か》きながら「悪かった」とぼそっと呟く程度が望みなのだ。いかにも甘々のジゴロ風というわけだった。

「だったら、明日、僕が周子さんに会って気持ちを確かめよう。店は表さんたちもいるし、昼頃で切り上げて糸魚川までひとっ走りすればいいからね」

「とんでもない。そんなだいそれたことを加能さんにしていただくわけにはいきません」

そう言いながらも板長はまんざらでもなさそうだった。少なくとも迷惑だとか却って困るといった雰囲気は微塵《みじん》もない。

「まあ、僕も乗りかかった船だしね。それくらい何でもないよ」

鉄平は、先ほどの波江の態度が実は腹に据えかねていた。「余計なちょっかい」などと言われてはこちらの立つ瀬がない。

あげく、例の事件についてずっと疑問に感じていたことを波江に突きつけてみれば、彼女は否定はしたものの明らかに激しく動揺してみせたのだ。

その波江の様子に鉄平は自分の長年の推理が間違っていなかったのを確信した。

そうであるならば、波江に遠慮する必要など一切なかった。まして彼女にこの程度の一件で捩《ね》じ込まれる筋合いなどどこにもあるまい。

鉄平は、板長から奥さんの実家が「有田内科・小児科医院」であることを聞き出し、

「じゃあ、明日、奥さんと話して来るよ。その代わり無事に話がついたら、必ず奥さんのところへ戻るんだよ」

と告げ、自分から電話を切ったのである。

一時半ちょうどに駐車場の入口から青いステップワゴンが入ってきた。

待っている十五分のあいだに駐車場は空き始めている。ランチを済ませた客たちが次々と店から出てきて、各々の車で走り去っていく。

鉄平は車から降りて、ゆっくりとこちらに進んでくる青いステップワゴンの方へと近づ

いて行った。運転席に櫛木周子の姿が見える。彼女の方も鉄平にすぐに気づいたようだった。

店の出入口に近いスペースが空いていたので、そこに周子の車を誘導した。彼女のハンドルさばきは堂に入っていて、思い切りよく車と車との隙間にミニバンを滑り込ませる。そういうところにも性格が表われているような気がした。

三日前に初めて会い、しかも、あのときは息子の遼一君を上越《じょうえつ》市の運動施設まで連れて行かなくてはならないと言われて、彼女の実家でほんの短いやりとりを交わしただけだったが、それでもきびきびとした物言いに周子の気風の好《よ》さが察せられた。板長が言った「キツイところのあるおんな」というのは一面の真実を衝《つ》いているのだろうが、鉄平自身はむしろ初対面の彼女に夏代とも一脈通じる「頼りがい」を感じたのだ。やはり看護師出身という共通点があるからだろうか、とも思う。

また日を改めて出直してくると鉄平が告げると、周子は今度は自分が金沢に出向くと言ってきかなかった。そういうところにも夏代に似た雰囲気があった。

うまい具合に雨は止《や》んでいる。

周子が車から降りてくる。ベージュのダウンジャケットにジーンズという飾らないいでたちだが、痩せて上背があるから何を着ていても恰好《かっこう》がいい。とりわけスリムフィットジーンズに包まれた両足はすらりと長く、とても三十八歳には見えなかった。

「わざわざ雨の中をすみませんでした」

「こちらこそ、先日はろくにお話もできなくて本当に失礼いたしました。あのあと母に話したら、そんなことなら運動教室には自分が遼一を連れて行ったのに、と叱られてしまいました」

「いや。僕の方こそ事前に何の連絡もなく突然お邪魔したわけですから」

鉄平がいきなり訪ねて来て、周子は面食らった様子だった。ただ、鉄平については板長から話を聞いていたらしく、名前を名乗ると「主人がいつもお世話になっております」と丁寧に頭を下げてきた。

つまり三日前の鉄平は周子から体よく追い返されたというわけではなかった。それもあって次は自分の方から出向くと言って彼女は譲らなかったのだ。

周子は店の外観を眺めながら、

「なんだかずいぶん立派な回転寿司屋さんですね」

と言う。

平屋だがとにかく大きい。四角い建物の上から三分の二は茶色の外壁で、下の三分の一には格子が嵌《はま》っていた。外壁には「回転寿司　すし食いねぇ！」という箱文字看板が二カ所に、格子の方には「すし食いねぇ！」という大きな板看板が掲げられている。

金沢駅から東金沢駅方向へ車で五分ほど走った場所に、この「すし食いねぇ！」金沢高柳《たかやなぎ》店はあった。石川県内に五店舗、富山県に二店舗を展開する回転寿司チェーンだが、鉄平が利用しているのはここ高柳店だけだ。

金沢には幾つも人気の回転寿司店があり、いまや有数の観光資源ともなっているのだが、繁華街や名所旧跡の近くに店舗を構える人気店はいつも行列待ちの状態だった。

それが嫌で回転寿司は敬遠していたところアルバイトの遠衛《とのえ》さんから、この店を薦められたのだった。

「とにかく一度行ってみて下さい。安くて美味《おい》しいのにオーナーもびっくりしますから。それにこのお店は地元の人が中心なんで、少し時間をずらして行けば駅や近江町《おうみちょう》のように並ぶこともありませんから」

騙されたと思って六月に一度覗いてみたところ、遠衛さんの推薦文句はまさにその通りで、余りのうまさと安さに鉄平は舌を巻いてしまったのだった。

以来、非番の日にときどき食べに来ていた。店内も清潔でテーブル席も多いから会合や商談にも充分に使えるとかねて思っていて、それもあって周子との待ち合わせ場所をここにしようと閃《ひらめ》いた。

「じゃあ、オススメの回転寿司のお店が金沢駅の近くにあるんで、そこで一緒に遅めのお昼ご飯でもどうですか？」

さっそく周子に持ちかけてみると、

「いいですね。金沢には回転寿司の美味しいお店がたくさんあるんですよね」

彼女もすぐに乗ってきたのだった。

格子の壁で囲まれた出入口を入って行くと、レジのそばがL字形の長いカウンター席になっていて、その先にはずらりとテーブル席や小上り席が並んでいる。客は七分入りくらいだろうか。店内は賑やかな雰囲気で満ちているが、カウンター席にもテーブル席にも空席はあった。

迎えてくれた店員に「テーブル席で頼みます」というとすぐに先導してくれる。

「すごいですね」

店の規模と活気に周子が少し驚いている。

二列目の一番奥、左側のテーブル席に案内された。前後四人ずつ、八人は座れそうな広さだ。独りの鉄平はいつもカウンター席なのでテーブル席は初めてだった。

二人とも長い席を辿ってレーンに一番近い位置に腰を下ろす。お茶を淹れるための湯呑やお茶パックなどはレーンの下に準備されていた。

「このタッチパネルで注文するんですね」

給湯用の蛇口と蛇口とのあいだにタブレット型のタッチパネルが据え付けられていた。

「そうなんですよ。いちいち職人さんに声を掛けたり店員さんに注文書を渡さなくていいんでとても便利なんです」

「へぇー」

周子は俄然興味を持った感じだ。タッチパネルに指を当てて、種類別のメニューをさっそく開き始めていた。

「おもしろーい」

笑顔で鉄平に言う。

「味も抜群ですよ」

「たのしみー」

周子がはしゃいだ声を出す。

深刻な話し合いを前に無理に明るく振る舞っている——といった気配は彼女にはまるでなさそうに見える。

8

昨日が加能ガニの解禁日だったので、メニューにはさっそく「香箱《こうばこ》ガニ」が載っている。隣県である福井のカニが有名な「越前ガニ」だが、同じズワイガニを石川では加賀と能登のカニという意味で「加能ガニ」と名付けている。中でも県民が好んで食べるのは大型のオスのズワイガニではなく、値段も手頃な小型のメスのカニだった。人々はこれを「香箱ガニ」と呼んで珍重するのだ。その香箱ガニのカニ身、内子、外子を丁寧に取り出して握り寿司にしたのが「香箱ガニの軍艦巻き」で、これはカニ味噌とカニの卵とカニの身が混然一体となった絶品の味わいの寿司だった。

その香箱ガニの軍艦やこれからが旬の寒ブリ、それに能登産のマダイやカンパチのトロ、アオリイカなどを鉄平は先《ま》ず二人分ずつ注文した。

回転寿司と言っても、金沢ではこうして注文したネタを食べるのがもっぱらで、レーンを流れる皿を取る客はあまりいない。カウンターの中にはたくさんの寿司職人がいて、ほとんどの寿司は彼らが握ってくれる。その点では普通の寿司屋と変わりがなかった。職人の握った寿司が皿に載って直送用の高速レーンを使って届けられるのが一般店との大きな違いということになろうか。

二人とも車だから酒は飲めないし、酒を飲むような性格の会食でもなかった。

とはいえ、届いた香箱ガニの軍艦巻きを一貫まるごと頬張り、

「めちゃくちゃおいしい！」

と周子は満面の笑みを浮かべてみせる。

鉄平もこの店で香箱ガニの軍艦を食べるのは初めてだったが、たまに出かける木倉町《きぐらまち》の寿司屋と比較しても味に遜色はなく、たしかに「めちゃくちゃ」なうまさだった。

北陸の魚介類の鮮度と味は圧巻だ。江戸前が売りの東京はもとより、玄界灘《げんかいなだ》の海の幸が

自慢の博多と比較してもやはり北陸の海鮮の方が一枚上手の感がある。ことに寿司は、能登産のコシヒカリや白山の豊かな水の力も借りてどこで食べても特上の味を堪能することができる。こういう回転寿司の店でもその点は変わらないのだった。

初めてこの店で食べたとき、ふと夏代のことを思い出し、彼女を連れて来ればどんなに喜ぶだろうと久々に思った。洋食派の夏代も寿司は大好物だった。どことなく雰囲気の似ている櫛木周子をここに誘おうと閃いたのも、そんな素地が自分の心の底に貼り付いていたからかもしれなかった。

「雨だったし、運転たいへんじゃなかったですか?」

新しく届いた寒ブリの皿を周子に手渡しながら鉄平が訊ねる。

「実家を出たときは降ってなかったんです。石川に入ってから雨になりました」

「そうですか。二時間くらいでしたか?」

三日前、鉄平が出かけたときは二時間弱で糸魚川に着いた。

それにしても一時間半は早い。ずいぶんと飛ばしてきたのだろう。

「一時間半ぴったりでした。道も空いてましたし」

それからしばらくは先日の訪問時と同じように当たり障りのない話を続けた。周子は、鉄平が「はちまき寿司」の経営者であることも知っていた。そのあたりの事情も板長から聞いていたらしく、夏に一度、金沢駅近くの板長のマンションを訪ねた折には鉄平の写真が載った新聞記事も見せられたのだという。

「主人の部屋に行ったのは一年振りくらいだったんですけど、そのとき、ああ、またいつもの病気が始まってるなあって思いました」

三日前、周子はそんなふうに語っていた。

実際に波江と板長が初めて関係を持ったのは去年の秋口あたりのようだから、周子の直感はさほど外れていなかったわけだ。

「三年以上前に半分離婚みたいな話になって、だけど遼一のこともありますし、主人が生まれ変わってくれればと思って私と遼一は実家に戻ったんです。だから向こうがたまに糸魚川に顔を出すことはあっても私からはなるべく金沢に行かないようにしていました。だけど、久しぶりに訪ねたらもう明らかに女の人の影が見えて。結局、あの人は何にも変わっていなかったんです」

とはいえ、そうだとすればこれからどうするつもりなのか、という肝腎の話を持ち出す余裕はあの日はなかった。なぜ彼女が波江のもとへ乗り込んだのか、その理由を訊ねることもできなかったのだ。

「遼一君のリハビリは効果が上がってますか?」

鉄平は口に放り込んだ寿司を飲み下すと、思い出したような感じで、その点を確かめる。

「生まれつきの障害なので、良くするというよりはこれ以上悪くならないようにと始めた運動療法なんです」

この前、遼一君と会ったとき、彼が左足をわずかに引きずっているのに気づいた。その姿を一目見た瞬間、鉄平が藤木遊星《ゆうせい》を思い出したのは当然だろう。聞けば、遊星と同じように生まれつきの股関節の障害なのだという。

鉄平は、おとなしそうな遼一君と二言三言、言葉を交わしながら、何としてもこの子のもとに父親を返してやらなくては、と思った。

同時に、もしも波江が遼一君の左足の障害を知っていながら、それでも板長を奪おうとしているのであれば、そんな理不尽は決して許してはならないと腹を固めたのだった。

「上越市の運動教室に通い始めたのは二年前の九月からなんですけど、それでも小学校に上がると駆けっこもできるようになって、指導の先生たちもちょっと驚いているくらいなんです。この前なんて『ひょっとするとひょっとしますよ』なんて言われました」

「ひょっとするとひょっとする?」

次々に注文した皿が届き、鉄平は話に耳を傾けつつ周子の分の皿を彼女の前に並べる。

「赤かれいと金目鯛、それにとらふぐの味噌汁も頼みましょう」

などと次の皿やお椀の注文も進めていった。周子はせっせと箸を動かしながら、

「完治とはいかなくても、パッと見では分からないくらいまで改善するかもしれないっておっしゃってくれたんです」

「そうですか。それはよかったですね」

「はい」

周子が大きく頷く。

それから三十分ほどは二人とも自分の皿を空にしていくことに専念した。

「だけど、このお店のお寿司、本当に美味しいですね」

各々七皿、十四貫ずつを腹におさめたところで、周子が箸を置いて言った。

「追加、どうしますか？」

「さすがにもうお腹いっぱいです」

彼女は新しい湯呑にお茶パックと湯を入れて鉄平に渡し、続けて自分のお茶も淹れた。

「このお店には、主人と来たこともあるんですか？」

「まさか」

鉄平は苦笑した。

「板長は回転寿司なんて食べないでしょう」

「そんなことないですよ。ぜひ今度連れて来てあげてください。きっと大喜びすると思います」

周子はそう言って、

「修業中はカップラーメンとかコンビニの弁当ばっかり食べてた人ですから。当時はお金もないし、自分の口にはもとからあんまり関心がないんです、あの人」

と付け加える。

「自分の口？」

「はい。興味があるのはお客さんの口だけだって、若い頃からよく言っていました。あんなふうでも板前としては非凡な人なんですよね」

「たしかに」

そこでお茶を一口すすって、周子はじっと鉄平の方を見た。

「加能さんとは、何か特別な縁を感じるって、よく言っているんです」

「板長が？」

周子が頷く。

「あの人がそんなこと言うなんて珍しくて……。どちらかというと人間には興味の持てないタイプで、包丁一本あればそれでいいってところがありますから」

「感情表現が苦手なんだと思いますよ、板長は」

「それにしては女の人には積極的ですけどね」

今度は周子が苦笑いを見せる。

「積極的と言うよりは消極的なのかもしれない。誘われたらふらふらっと行っちゃうんでしょう、彼の場合は」

そこで周子はしばし沈黙した。

「僕も木蓮で板長と顔を合わせたときはびっくりしました」

話題を変える意図で鉄平は言った。

「その前に犀川の河原で顔見知りになっていたんですよね」

「そうなんです。何度かすれ違っているうちに喋るようになって」

どこまで周子が知っているか分からないので鉄平は曖昧な物言いになった。

「散歩させていた犬が加能さんに最初からすごく懐いたんだって主人に聞きました」

どうやら彼女は詳細を知っているようだった。

板長と初めて会ったのは、「木蓮」を訪ねる二週間ほど前だった。まだ二月半ばで厳冬の時期だったが、その朝は珍しく真っ青な空が広がり、数日前に降った雪が解け残って朝日に映えている光景に触れたくて、鉄平は厚着をして河原の散歩に出かけたのだった。

午前七時頃だった。人気《ひとけ》のない犀川岸の遊歩道を歩いていると、向こうから犬を連れた細身の男性が近づいてくる。薄手のコートにマフラーも巻かず、手袋もしていないその姿に地元の人はさすがだな、と思いつつすれ違おうとしたら、彼が引いていた犬が突然のように鉄平の足にまとわりついてきたのだった。

そこでようやく鉄平はその犬に注意を向けた。赤毛の柴犬で、よく見るとあのシラフに似ていなくもない。身体つきも優し気な顔立ちも、遠い記憶の中の懐かしい犬と重なるものがあるような気がした。徐々にシラフの姿が脳裡に甦《よみがえ》ってくるにつれなおさらそう感じられてくる。

犬の方も尻尾を盛大に振って舌を出し、二足立ちになって両手で鉄平の腿《もも》のあたりを叩いてくる。腰を落としてその場にしゃがむと一気に抱きついてきたのだった。

「ノンちゃん、ノンちゃん」

男がリードを引くのだが、ノンちゃんと呼ばれた犬は鉄平から離れようとしなかった。

「すみません」

困ったような声で男がぼそっと言い、

「全然構いませんよ」

鉄平は答えた。しばらくすると犬は落ち着き、鉄平の身体から離れてゆったりとした姿勢で芝地に座り込んだ。

「ノンちゃんていうんですね。雌ですか？」

「はい」

鉄平がしゃがんだままでいると、男もノンちゃんを間に挟む形で鉄平の隣にしゃがみ込む。

「この子がこんなふうにしたのは初めてです。なかなか人には懐かない犬なんで」

「毎日、散歩させてるんですか？」

「まあ、ときどき。僕の犬ではないんです」

「そうなんですか？」

「はい。知り合いの犬なもんで」

ノンちゃんは鉄平たちの会話を悠然とした様子で聞いている。鉄平が腕を伸ばして頭をなでると気持ちよさそうに目を細めた。

「何十年も前に、この子とよく似た犬を知っていました。その子も僕の犬というわけではなかったんですが」

「そうなんですか」

「シラフという名前で、雑種でしたけど見かけはノンちゃんとそっくりでしたよ」

「シラフですか。じゃあ、ノンちゃんとは正反対だ」

そう言って男が小さく笑った。鉄平は意味が分からず彼の方を見た。

「いや、すみません。ノンちゃんのノンは飲兵衛のノンなんです。この子の飼い主が名付けたんですが」

「素面に飲兵衛か。なるほど正反対ですね」

鉄平も笑った。

まさかそのときは、ノンちゃんが波江の飼い犬だとは想像だにしなかったのだが、「木蓮」を訪ねて彼女に板長を紹介されたとき、鉄平は自分と板長との不思議な宿縁を感じると同時にノンちゃんがどうして「ノンちゃん」になったのか、その理由に大いに合点がいったのである。

「考えてみたらあの人が、女将さんの飼い犬に散歩をさせてるのってヘンですよね。しかも早朝に。でも最初にその話を聞いたときは、私、全然気づきませんでした」

周子が面白そうな表情になって言う。

「それもそうですね、たしかに」

鉄平はそう答えたが、彼の方は、波江に板長を紹介された瞬間に二人の関係を察したのだった。板長も女将の先輩だという思わぬ人物が登場し、すぐに自分たちの関係を見抜かれたと分かったに相違ない。

「奥さん」

そこで鉄平は姿勢を改めて周子の大きな瞳を見つめる。

「ご主人は本心ではいますぐにでも店を辞めて奥さんと遼一君のところへ帰りたいと思っているんです。だけど、こんなことになって果たして御二人が自分をすんなり受け入れてくれるだろうかと不安になっています」

周子は何も言わずに黙っている。

「ここは一つ、奥さんの方からご主人を迎えに行ってあげてくれませんか。そうすれば、彼も安心して戻ることができると思うんです」

鉄平は単刀直入に言った。

目の前の周子もわざわざ波江のところへ乗り込むような真似をしたのだ。不倫相手への牽制と夫への警告が目的だったのは明らかだ。だとすれば、彼女だって本気で離婚したいと思っているわけではないだろう。

「あの『木蓮』の女将は、亡くなった僕の親友の妹なんですが、実のところかなり性悪なおんなです。彼女と一緒にいてもご主人は決して幸せになれない。そのことだけは断言できます。ですから、今回は、罠にはまったご主人を危機から救い出すつもりになって、重い腰を上げて貰うわけにはいきませんか」

この一言に、周子の瞳が大きく見開かれる。

波江が鉄平の部屋にやって来て、「余計なちょっかいを出すな」と凄《すご》んできた折、鉄平はかねて不審に思っていた点を彼女に問い質《ただ》した。

あの高松宅磨を鉄工所の廃屋で背後から襲撃した際、毛布を頭からかぶせられて鉄平の打撃を何発も食らいながら、宅磨は、悲鳴を上げる合間に掠《かす》れ声でこう叫んだのだ。

「なみちゃーん、どこー。誰か呼んで来てよー。なみちゃーん、助けてよー。なみちゃーん」

無我夢中で鉄パイプを振り下ろしていた鉄平が、この宅磨の叫びを思い出したのは、現場から逃げ出し、井の頭公園に向かって全速力で走っている最中だった。

「なみちゃーん」

という宅磨の声が頭の中でこだましました。鉄平の中でむくむくと不気味な疑念が湧き起こってきた。

なぜ、宅磨は「なみちゃーん」などという馴れ馴れしい呼び名を、あんな切羽詰まった状況で喉から絞り出すことができたのか？

振り返れば胸に引っかかっていたことがあった。

鉄平が陸上部の部室で高松襲撃の計画を波江に打ち明けたとき、彼女は、「分かった。やる」と言った直後に、

「井の頭公園じゃなくて、公園の手前にある味沢鉄工の廃屋にした方がいいよ」

と提案してきた。

「あそこだったら昼でも人目につかないし、そっちの方があいつを呼び出すには好都合だと思う」

「だけど、あんな場所に呼びつけるのは不自然じゃないか。向こうも警戒して乗ってこないだろう」

鉄平が返すと、波江は自信たっぷりな様子で、

「大丈夫。駅前で待ち合わせして、私が彼を鉄工所まで連れて行くから」

と言ったのだ。

「そんなことできるのか？」

尚も問うと、

「絶対ちゃんとやる」

と言い切った。そして、彼女は言葉通りに高松宅磨を味沢鉄工の廃屋まで連れて来たのだった。

かつて一度も二人きりで会ったことのない宅磨のことを波江はどうやってあんな廃屋まで誘導することができたのか？　宅磨だって、これまで袖にされ続けてきた相手が急に連絡してきて、しかも駅前で待ち合わせてみれば、いきなり廃屋に一緒に行こうと誘ってきたのだ。頭の回転が速く、人一倍猜疑心と警戒心に富んだ彼がおいそれとそんな怪しい誘いに乗るものだろうか？

波江が「味沢鉄工の廃屋」と名指ししたのも不自然と言えば不自然だった。井の頭公園の近くとはいえ、十数年も前に閉鎖されたあの廃屋を容易に思い浮かべる地元民は余りいない。

「なみちゃーん」

高松宅磨の助けを求める声が頭の中で何度も再生され、鉄平は、

——もしかしたら波江と宅磨は遊星や自分に隠れてとうの昔から付き合っていたのではないか？

と思った。

そうでなければ、宅磨が「なみちゃーん」などという呼び方をするわけがないし、そもそも彼がのこのこ廃屋まで付いて来たりするはずがない。

すでに二人は関係を結んでいて、あの鉄工所の廃屋にもこれまで何度も足を踏み入れていたのだとすれば、宅磨が波江を馴れ馴れしい呼び名で呼んだことも、波江が即座に襲撃場所を廃屋に指定したのも頷ける気がした。

——あの高松が送りつけていた手紙はカムフラージュだったのではないか？

事件後しばらくして、鉄平はそんなふうに推測したりもした。高松と波江は内緒で付き合っていたが、それが兄の遊星に露見するのを恐れて、高松はああやって波江へのラブレターを遊星宛てに出し続けていたのではないか。あの高松のことだから、単に面白半分でそういう悪ふざけに走った可能性も充分にある。

ところが、突然鉄平が介入してきたことで高松は波江が裏切ったと捉えたのかもしれない。波江から相談を受けたと聞いた高松がそれを鵜《う》呑みにし、彼女を逆恨みしたのではないか。

波江は波江で、高松に愛犬のシラフを傷つけられ、彼のことを許せなくなったのだろう。

そこへ鉄平から襲撃の話を持ち込まれて一も二もなく乗ることに決めた。

彼女が警察から執拗な事情聴取を受けても何一つ事実を喋らなかったのは、そうした込み入った背景があったからではないか。一方、高松の方もいつもの密会場所に出向いたところで何者かに襲われ、波江が襲撃に加担した可能性を大いに疑ったに違いない。ただ、犯人が鉄平ではないかと薄々勘づいていたとしても、そんな当て推量を口にしてしまえば、波江と自分が付き合っていたことや、その波江を高松家の書生と犬を使って襲わせたことが波江の側から露見する可能性がある。その一点を高松は極度に恐れたのだろう。

長年の疑念を突きつけてみると、波江は一瞬、表情を凍らせたが、すぐに鉄平の推理を一笑に付して、

「先輩、どうかしてるんじゃない。そんなことあるわけないじゃない」

と尚更に憤懣《ふんまん》をぶつけてきたのだ。

しかし、そうした反応をつぶさに観察しながら、鉄平は波江が間違いなくクロであるとの確信を得たのだった。

周子は鉄平の問いかけに、一分近く無言のままこちらを見ていた。大きく見開かれた瞳は次第に元の大きさに戻り、すると鉄平同様に居住まいを正した。

「分かりました。加能さんのおっしゃるようにします。私が主人を迎えに行こうと思います」

彼女ははっきりとした口調で言った。

見送りのためにＡＮＡクラウンプラザホテルのロビーに行ってみると、休日とあってロビーは人々でごった返していた。

9

時刻は午前十一時半。

十二時前の「はくたか」に乗ると周子は言っていたから、もうそれほど時間はなかった。金沢から新潟へは、新幹線で上越妙高《じょうえつみょうこう》まで行き、そこで新潟行きの特急「しらゆき」に乗り換えるのが便利なようだ。乗り継ぎがうまくいけば三時間ちょっとで新潟駅に着く。昨夜、ネットで調べてみるとそんな感じだった。

十一時半待ち合わせだったので、周子たちはフロント近くに佇んでエントランスの方へ視線を向けていた。

鉄平を見つけて親子三人で手を振ってくる。鉄平の方もすぐに気づいて、小走りで彼らのもとへと近づいた。

両親に挟まれて小柄な遼一君が大きな笑顔を作っている。会うのはこれで二度目だったが、前回とはまるで違った明るさが感じられた。

やはり「余計なちょっかい」を出して良かったと鉄平はつくづく思う。

板長が波江に辞意を伝えたのは先週の初めだと聞いている。

「今月いっぱいで辞めさせて下さい」

と告げると、波江の方が、

「もう来週から来なくていいわよ」

と言ってきたという。

その話を周子から聞いて、いかにも波江らしいと鉄平は思った。

周子はあの日、鉄平と回転寿司を食べたあとすぐに板長に連絡を入れたのだった。翌日、板長と面と向かって話をして、仕事を辞めて戻ってくるよう説得したらしかった。

その後の周子の動きは素早かった。板長が波江に辞意を伝えた週には糸魚川の実家を引き払い、新たに借りた新潟市内のマンションに引っ越している。そういう一々を彼女は律儀に鉄平に報告してきてくれた。

「まさか主人を糸魚川の実家に連れ戻すわけにもいきませんから」

と彼女が言うので、

「そちらの御両親とまた仲違《なかたが》いになってしまったんですか？」

と鉄平は訊ねた。

離婚が確定的と考えていただろう周子の両親からすれば、この期に及んで二人が縒《よ》りを戻すと知って愛想を尽かしてしまったのではないか。

「そういうわけじゃないんです。父はいまはすっかり遼一に期待をかけていて、正直、私たち夫婦のことはどうにでも好きにしろって感じなんです。というか、父も母も遼一のためには離婚はしない方がいいと思ってるみたいで、今回のことはむしろ歓迎してくれてるんです」

「遼一君に期待？」

鉄平には言葉の意味がよく分からなかった。

「はい。遼一が、自分も大きくなったらおじいちゃんみたいなお医者さんになると言っているんで、それをすっかり真に受けて父はがらりと態度を変えちゃったんです。最近は、遼一が一人前の医者になるまでこの病院を守らなきゃいけない、とか言って俄然やる気を見せているくらいで……」

「なるほど、そういうことですか」

「遼一は勉強はすごく得意みたいで、自分の足のこともあるので、お医者さんになりたいという気持ちは案外本気のようなんです。その本気さが父にもきっと伝わっているんじゃないかと思います」

周子は真面目な口調で言った。

「しかし、いきなり新潟に戻って生活はどうするつもりですか？　板長の仕事もまだ決まっていないわけでしょう」

「それは何とかなると思います。主人には内緒ですけど、父が少しまとまった額を退職金として渡してくれましたし」

「退職金?」

「ええ。この三年余り、ずっと父の病院を手伝っていたので、その退職金だそうです。それに主人も仕事はすぐに見つけてくれると思います。あの人は包丁を握っていないと生きていけない人ですから」

「たしかにそうかもしれませんね」

鉄平もそこは同意する。「板前修業は別にたいへんじゃなかった。大将や先輩にいくらどつかれても小突かれてもへっちゃらでしたね」という板長の言葉が思い出された。

近寄ってみると板長の頭が丸刈りになっている。

十月の半ばに「菊助」で飲んで以来、彼とは顔を合わせていなかった。今日は十一月二十三日勤労感謝の日だから、一カ月以上の期間が空いていたことになる。電話で話したのも、波江が乗り込んできた三日の夜が最後だった。以降の板長の動向は全部周子から聞いたことで、それにしても彼女は彼が頭を丸めたなどとは言っていなかった。

「なんかずいぶんすっきりしちゃったね」

開口一番、坊主頭を眺めながら言うと、

「一から出直しですから」

板長はさっぱりした表情になっている。

幾らか頬がこけて、苦み走った顔に凄味《すごみ》のようなものが入り混じっていた。これではどこに行ってもおんなが放っておかないのは必定だろうと鉄平は内心で小さな溜め息をつく。

板長の隣で周子が頭を下げる。

「加能さんには本当にお世話になりました。何と御礼を言っていいのか分かりません」

板長の部屋の片づけは昨日一杯で終わり、昨夜は家族水入らずでこのホテルに宿泊して、今日の昼前の電車で三人は金沢を離れることになっている。

「じゃあ、十一時半にホテルのロビーに行くから、最後の挨拶だけさせてください」

昨日、周子に電話して言うと、

「加能さんには改めて主人と二人でご挨拶に上がるつもりです」

と言ってきた。

「そんな大袈裟《おおげさ》なことはやめてくださいよ」

と断って、今日の待ち合わせの約束を取りつけたのだった。

「加能さん、この御恩は一生忘れません」

板長まで殊勝な顔になって周子と一緒に頭を下げてくる。

鉄平は上着の内ポケットから用意しておいた白い封筒を取り出した。中に十万円入れておいた。

「これ、大して入ってないけど餞別代わり」

そう言って封筒を差し出した。

「こんなものはとても受け取れません。御礼をしなくてはならないのは私たちの方ですから」

周子が身を引いて胸前で大仰に手を振ってみせる。

「断られるほど入っていないから」

鉄平が封筒をさらに突き出すと周子が隣の板長の方を見た。

「加能さん、この御恩は一生忘れません」

板長がさきほどと同じことを言って、封筒を両手で受け取る。

「ありがたく頂戴します」

板長は頭を下げ、手にした封筒を周子に渡す。周子もそれを押し戴くようにして再び頭を下げた。

「とにかく家族三人、仲良く暮らしてください」

「はい」

板長がくっきりとした声になり、

「加能さんもぜひ一度新潟にいらしてください」

と周子が言い添える。

「そうですね。板長の店が決まったら一回顔を出させてもらいます」

鉄平が頷くと、

「そろそろ自分たちの店を持とうかとこいつと話しているんです」

板長が不意に言った。

「この人、ひとりにしとくとろくなことしませんから」

周子が笑みを浮かべながら付け加えた。

「それはいい。板長の腕があればそれが一番かもしれない」

「店ができたら、加能さんを真っ先に招待させていただきます」

その話を聞いて、鉄平は周子がどうして急いで新潟に転居したのか分かったような気がした。

父親から貰った「まとまった額」の「退職金」とは要するに自分たちの店を持つための開業資金ということなのだろう。というより、板長を連れ戻す切り札が、その「自分たちの店」だったのかもしれない。糸魚川の両親が「今回のことはむしろ歓迎してくれてるんです」というのもそうした話であればすんなり筋が通ってくる。

三年余り別居していたというのに、いかにも長年連れ添う女房然として見える周子の笑顔を見つめ、波江に限らずおんなは魔物だと感じた。

波江にしたところで、板長を妻子から引き剝がし、「木蓮」を彼に任せて所帯を持つつもりになっていた。そんな波江に対抗するために、周子は「自分たちの店」を用意して夫を取り戻す作戦に出たというわけなのだ。

そう考えると、夏代もまた自分に対して同じようなことをしたと鉄平は思う。長年秘匿してきた莫大な遺産の件が露見した途端、彼女は自らに課していた強固な戒めをあっさりと放り捨て、鉄平に一億円という大金を渡してきたのだった。

五分ほど立ち話をしたところで、両親の間で大人しくしていた遼一君が、

「おかあさん、トイレ行きたい」

と言い出し、それを潮に鉄平は板長たちに別れを告げた。

「もう電車の時間も近づいているし、じゃあ、僕はこれで失礼するよ」

「加能さん、本当にありがとうございました」

板長があらためて頭を下げてくる。

「じゃあ、お元気で。店を開いたら連絡下さい」

鉄平は言って、さっさと踵《きびす》を返した。

10

風は冷たかったが、空はよく晴れていた。天気予報では午後からみぞれが降ると言っていたが、この分なら夕方まで大丈夫そうな気がした。

ＡＮＡクラウンプラザホテルを出て鉄平は片町まで歩いて帰ることにする。

今日は休みを取っているから店に出る必要はない。ただ、いよいよ二号店の出店も本決まりとなり、あれやこれや片づけるべき書類仕事があった。

最近は、休暇でなくとも店頭に立たない日が増えてきている。販売に関しては表店長や、新しく社員となった水野さんに任せておけば何ら問題はない。

鉄平が経営に専念する方が今後の「はちまき寿司」のために有益であるのは間違いなかった。

金沢駅を左に見ながら、近江町市場へと通ずる正面の目抜き通りではなく、鉄平は進路を右に取って「六枚《ろくまい》」の交差点方向へと歩き始める。

「六枚」で左折してしばらく行った細い路地を右に入り、大きな寺や小さな商店の建ち並ぶ古い街並みを抜け、市立図書館がある玉川《たまがわ》公園を経由してせせらぎ通りに出るのが鉄平のお気に入りの散歩コースだった。

せせらぎ通りを道なりに進むと香林坊の交差点に行き当たる。

この時間帯は鞍月用水《くらつきようすい》の水量が多く、人通りの少ない道を歩いているとさやかな水音が耳に心地よかった。四百年前から変わらないという道筋は金沢城防衛の観点からわざと曲がりくねって引かれているらしく、いまはその曲線に沿った形で洒落たブティックやインテリアショップ、和洋中それぞれの飲食店が隙間なく軒を連ねている。何度往来しても飽きのこない景観がずっと続いているのだった。

鉄平は左右の店のショーウィンドウをひやかしながらのんびりと歩を進める。そのうち身体がぽかぽかとあたたまってくるのが分かる。日差しはさほど強くないが、風がないせいでちっとも寒くない。

またとない陽気でもあり、このまま翼《つばさ》ビルに戻るのはもったいない気がした。少し寄り道をして帰ることにしよう。

東急スクエアの手前まで来たところで左に折れた。東急ホテルの入口と日本銀行金沢支店とのあいだにあるこの坂を上がると「日銀前」の交差点に出る。

交差点の向かいには大和デパートが入った複合商業施設・香林坊アトリオが建っていて、ここが金沢市の中心地点だった。休日とあってそのアトリオ前は買い物客やバス待ちの客でごった返している。

信号を渡り、団子になった人の群れを掻き分けるようにして鉄平はアトリオの中へと入った。この建物を通り抜ける方が近道なのだった。

裏口から出ると、もう目の前が「いしかわ四高記念公園」だ。

犀川の遊歩道、せせらぎ通りと並んで、「四高公園」も鉄平が好きな場所の一つである。梅雨が明けると犀川は早朝から日差しが照りつけ、夕方になると蚊柱も立つので散歩にはあまり適していない。だから、夏場はいつもこの「四高公園」の周辺やせせらぎ通りを歩くのが日課になっていた。

今日の公園はさすがに人の姿が目立つ。

とはいっても東京や福岡の人出と比べればはるかに少ない。広い園内にぱらぱらと人影が散っている程度で、ところどころに置かれたベンチにもまだ空きがあった。

金沢市の中心地にあり、ここから金沢城公園、兼六園、21世紀美術館などの観光名所へ徒歩で行くことができるというのに「四高公園」はいつも閑散としている。平日の午前中などは人っ子一人いないときもあるくらいだ。

その代わり、春から秋にかけての土日や祝日はさまざまなイベントが目白押しで、公園と隣接する「しいのき緑地」とあわせた広大な敷地内に色とりどりのテントが立ち並び、大勢の市民や観光客でいつも賑わっているのだった。

鉄平は通りを渡って園内に入って行った。

右手には旧制四高の赤レンガの校舎が保存されている。これは国の重要文化財に指定された建築物で、現在は「石川四高記念文化交流館」と名付けられて、館内には四高記念館と近代文学館が設けられていた。外観だけでなく内部も往時の状態のままなので、中に入ると明治から昭和にかけてのレトロな雰囲気を存分に味わうことができた。

鉄平は大きな杉の木の近くに設置されたベンチの方へと近づいて行った。先月まではときどきそのベンチに腰掛けて昼食のパンや弁当を食べていたのだ。

ベンチに座ってみると照りつける日差しのせいでほんのりあたたかい。吹きさらしの場所だが相変わらず風は凪《な》いだままだった。

首を回して周囲の景色を眺める。

美しかった紅葉もそろそろ終わりのようだ。風もないのにモミジバフウの赤く染まった葉が静かに散っている。百万石通りや仙石通りの色づいた木々もだいぶボリュームを減らしていた。

金沢城の石垣と森の向こうに広がる空は真っ青で雲一つない。

雷が鳴る季節に、こんな真夏のような青空が広がるのは滅多にないことだろう。

その青い空を何羽ものカラスたちが飛び交っていた。

鉄平はベンチに座ったまま両腕を高く掲げて大きく伸びをした。思い切り息を吸い、腹に溜めた息をゆっくりと吐き出す。

深呼吸を何度か繰り返した。

板長が辞意を伝えた後も、波江からは何も言ってこなかった。

だが、これでもう自分が「木蓮」に顔を出すことはなくなったと鉄平は思う。波江との長年の宿縁も今回の板長の一件をきっかけにようやく断ち切れたということか……。

波江はある意味で高松宅磨と通じ合う人間だった。

だからこそ彼女は兄の遊星や鉄平に内緒で彼と付き合ったのだろうし、宅磨の方も自分と同質のものを感じ取ったがゆえに波江に惹かれたのであろう。そしてそんな波江と組んで宅磨を襲った鉄平も、ある意味で彼らと同質の人間なのだった。

宅磨は襲撃犯が誰かが分かっていたと思われる。彼は、波江が鉄平をそそのかして自分を襲わせたと推理したに違いない。だが、誰にもそのことを打ち明けなかった。たとえ鉄平が捕まっても未成年の犯人が刑務所送りになることはないし、逆に再度の復讐の対象になりかねない。さらには鉄平が捕まることで自分が書生に命じて波江を襲わせた事実が露見することを宅磨は恐れたのだ。

自分と波江、そして鉄平――宅磨にすれば、自らが半身不随になってしまったとしても、あの事件はあくまで〝身内の争い〟という認識だったのだろう。

だからこそ、彼は周囲に何も言わなかった。そして、そうした暗黙の了解のようなものは宅磨だけでなく、たしかに鉄平の中にもあった気がする。同様に波江にもあったのではないだろうか。

さきほど板長から聞いた話では、「木蓮」の新しい板長はすぐに見つかったらしい。奥能登の旅館で料理長をしていた人物で、腕は確かだという。板長はほっとしていた。その人の好さそうな表情を見るにつけ、鉄平は、彼と波江を別れさせてよかったと改めて感じたのだった。

波江のようなおんなと一緒になれば、所詮は普通の男に過ぎない板長はあっという間に取り込まれ、いいように振り回されてしまうに決まっている。

鉄平は顔を上に向けて、空の青を見つめる。

二羽のカラスがその青の中を気持ちよさそうに舞っていた。

金沢に流れて来て十カ月足らず。事業は思わぬ幸運に恵まれて順調に運んでいるが、人との繋《つな》がりは寥々《りょうりょう》たるの感を拭《ぬぐ》えない。

そもそも金沢を目指すきっかけとなった波江との縁もこうして切れ、小さく結んだ奇縁もあっという間に消えていってしまう。板長との関わりもそうだし、山下君との繋がりにしてもそうだった。

この歳になって、これから深々とした人間関係を作り上げるというのがもとから無理な相談なのかもしれなかった。少なくとも夏代のような伴侶、美嘉や耕平のような存在をいまさら作り出すのは不可能と言ってもいい。人間と人間との繋がりにはやはり長い時間が求められるのだ。濃密な関係は一朝一夕にでっちあげられるものではない。咄嗟《とっさ》に結んだ縁はよほどの事由がない限りあっさりほどけてしまう。それが世の習いであり、そこは一期一会とはまた別の話であるのだろう。

上空を優雅に旋回していた二羽のカラスが同時に地面に降りて来た。

鉄平の座るベンチから十数メートル先の芝地に着地して、首を小さく振りながらくちばしを地面に突っ込んでいる。二羽はきっとつがいに違いない。

鉄平は目を凝らしてカラスを観察する。

どうやらハシブトガラスのようだった。

先日読んだ北國新聞の記事によれば、金沢城公園とその周辺には七千羽以上のカラスが生息しているという。たしかに夕方になるとカラスの大群がねぐらである金沢城公園の森へと帰っていく姿をよく見かけた。

父の俊之《としゆき》が「カラス博士」と呼ばれていただけに、鉄平はカラスが大好きだ。

カラスについては不思議な思い出があった。

父が亡くなった日、当時住んでいた墨田区《すみだく》の公団住宅のベランダにカラスがやって来たのだ。その日は日曜日で、時刻は昼過ぎだった。カァーという大きな一声を聞きつけて鉄平がベランダに目をやると、それはもう見たこともないような巨大な一羽のカラスがベランダの手すりにとまってじっとこちらを見ていたのである。

その巨大カラスは鉄平と視線がぶつかると再びカァーと大音声を発し、それからしばらく手すりに身じろぎもせずにとまっていた。

電話が鳴ったのは大カラスが飛び去って五分も経たないときだったと思う。三鷹《みたか》の母からで、買い物から帰宅してみると書斎で父が倒れていて息をしていないという。動転している母を落ち着かせ、急ぎ救急車で父を近くの総合病院に担ぎ込ませた。だが救急車に乗せた時点で父はすでに事切れていた。死因は心筋梗塞だった。

あの大カラスは父の死を知らせに来てくれたのだ。

生涯をカラスの研究に捧げた父に敬意を表し、全カラスを代表してあの巨大カラスが一人息子である鉄平のもとへ訃報を届けに来てくれたのだろう。

父は六十五歳で亡くなった。

最後の最後まで鉄平は彼のことが理解できなかった。「お父上はどんな方でしたか？」と問われてもちゃんとした答えを口にすることができない。

「まるで分からない人でした」

というのが最も適切な回答だといまでも思っている。

親子というのは案外そんなものなのかもしれない。美嘉や耕平だって、鉄平がいかなる人間であるかちっとも分かってはいないだろう。子供というのは親を見て親を知るのではなく、自分自身の中に親を見つけて親を知るのだ。自らの体内に流れる血が、否応なく父親や母親との類似点を突きつけてくる。要するにそういうことなのだろう。

だが、鉄平の場合、父の俊之とのあいだにそうした同じ血を感じさせるものがほとんどなかった気がする。彼の場合は、父の弟である孝之叔父とのあいだに相通ずる資質を感ずることが多かった。むしろ俊之と似ていたのは従兄弟の尚之の方だった。学究肌の尚之はどう見ても経営者ではなく学者の方が向いていたと思う。

父は生涯、経済的には不遇だったが、そのことに痛痒を感じている気配はなかった。祖父の昇平《しょうへい》が一代で築き上げた加能産業という会社にも、祖父が遺した財産にもまるで興味がなかったようだ。相続放棄を悔いているそぶりは一切見せなかったし、その点はそういう偏屈な父親と結婚した母の美奈代《みなよ》にしても同じだったと思う。

祖父の遺したものを受け継ぐということは、すなわち孝之叔父のように加能産業という会社を引き継ぐということでもあった。父は、大勢の従業員を預かるそのような立場に自分が立つことがいかに不釣り合いであるかをよく知っていたのだと思う。そして、母も、自分の夫が会社の経営者となった姿など想像もつかなかったのだろう。

そんな両親が、すでに絶縁状態だった祖父の意を受け入れて一人息子に「鉄平」と名付けたのは、考えてみれば非常に不思議ではあった。

孝之叔父は、鉄平と二人きりになると口癖のように、

「いずれお前にもその意味が分かる日が来るだろう」

と繰り返していた。

――祖父が自らの名前の一文字を授けるとき、父と祖父とのあいだに一体どんなやりとりがあったのか？

鉄平はたまにそんな疑問に駆られ、もしかすると孝之叔父は生前の祖父から二人のやりとりの中身を知らされていたのではないか、と思うこともあった。

芝生をしばらく往ったり来たりしていた二羽のカラスが再び飛び立った。飛び立つときもほとんど同時だった。

カラスの世界は一夫一婦制で、夫婦となったカラスは共同でなわばりを守り、子供を産み育てる。一説では、一度つがいになったカラスは生涯、同じ相手と添い遂げると言われているのだ。

上空高く舞い上がり、互い違いになりながら仲睦《むつ》まじそうに飛んでいく二羽のカラスの姿を目で追いながら、鉄平は、

――夏代は今頃どうしているのだろうか？

と考えていた。

11

二号店のオープン日は来年二月三日土曜日と決まった。

場所は金沢駅西口から徒歩十分ほど。新装開店したコンビニエンスストアの隣で、もとは持ち帰り弁当の店が入っていた平屋の簡易建築の建物だ。コンビニと兼用の広い駐車場も併設されている。

ベストの立地とまでは言えないが、西口方面の幹線道路「けやき大通り」沿いであること、周辺に各企業の金沢支店や北陸本社がたくさんあり、三年前に近江町市場の隣から移転してきた北國銀行の本店もすぐ近くであること、さらには賃料が手頃である点などを考慮の上で出店を決断した。

この二号店によって金沢駅から金沢港にかけての西部エリアを商圏化できるのは大きかった。

駅西口から港へと広がる地域は商業地としての開発が続いているだけでなく、住宅地としての整備も熱心に行われている。ショッピングモールや飲食店、大規模な各種小売店舗も次々に建設され、そうしたさまざまな施設が、十五年ほど前に市中心部の広坂《ひろさか》から移転してきた石川県庁舎を取り囲むような形で点在している。

開店日の二月三日は節分だ。

節分の日に恵方巻を食べるという大阪発祥の習慣は、近年北陸でも定着してきており、それもあって三日は、「はちまき寿司」にとってまたとない日取りでもあった。

当日は恵方巻用の特製太巻きを数百本用意し、来店客に無料で一本ずつ配ることにしている。

二号店の店長は予定通り、水野さんに引き受けてもらう。

十二月に入ってからは彼女も新しい店の開業準備におおわらわだった。新規のアルバイト店員の採用、彼らへの接客指導、さらにはのり巻き作りの手ほどきなど、休日返上で頑張ってくれている。

片町店は表さんと鉄平で引き続きやっているが、鉄平は二号店開店と同時に行う「はちまき寿司」の株式会社化のための準備で忙しく、終日店舗に張り付くことがなかなか難しくなっている。その点では表さんにも通常以上の負担がかかっているのは確かだった。

株式会社化のあかつきには、表さんと水野さんにも株を持って貰うことにしている。

表さんが二十パーセント、水野さんが五パーセントとし、残りの七十五パーセントの株式を鉄平が所有する。いずれはその鉄平の持ち分から新たな第三者に株の譲渡を行っていこうと考えていた。

額面的にはさほどの金額ではないが、それでも自分の会社の株式を持つというのは格別な意味合いがある。同時に役員として代表取締役の鉄平と共に定款に名を連ねるというのも、表さんや水野さんにとっては大いに励みになる出来事のようだ。

二号店出店と株式会社化が本決まりとなり、彼女たちはこれまで以上に身を入れて「はちまき寿司」の運営に力を入れてくれている。

その一方で、信頼できる人材を社員として確保することも急務だった。

意中の人だった山下君を持っていかれたからというわけでもないが、先月、鉄平は喜多嶋オーナーにその件で相談を持ち掛けた。誰か有能な人材がいれば紹介してくれないか、と頼み込んだのだ。

すると喜多嶋オーナーは一人の青年の名前を即座に挙げたのだった。

彼の名前は五十嵐蒼汰《いがらしそうた》。三十二歳。数年前までエクスプリールで働いていた美容師だという。

「スタイリストとしてもとびきり優秀でしたが、それ以上に、とにかく賢い男でね。秘蔵っ子という感じだったんです。ずっと僕の手元に置いて育てていました。そしたら、四年前、急に店を辞めると言ってきたんです。三十歳までに海外を見ておきたいから、仕事を辞めて世界放浪に出ると言うんですよ。こっちはびっくり仰天です。相当慰留したんですが本人の意志が固くて駄目でした。その五十嵐が、今年の夏に金沢に戻ってきたんです。山下に声を掛ける前に、実は、彼に会って店に戻ってくれるよう頼んでみました。山下同様、五十嵐にならエクスプリールを任せられると思っていましたから。ところが、二度と美容師業界に戻るつもりはないと一蹴されちゃいましてね。しかし、全然別の仕事だったら案外乗ってくるかもしれません。まだはっきりした約束はできませんが、もし加能さんがOKなら、この五十嵐に声を掛けてみようと思うんですが。人材的には山下に優るとも劣らない男だと思います。その点は僕が保証します」

喜多嶋オーナーにそこまで言われては断る理由もなかった。さっそく頼みますと頭を下げたところ、数日後にはオーナーから連絡が来たのだった。

「五十嵐に話したら結構乗り気のようです。彼、目下バイクで日本中を旅してるらしいんですが、年末には金沢に帰ってくるそうです。そこで加能さんに紹介するということで話を進めてもいいですか?」

オーナーの話によれば、五十嵐蒼汰が「はちまき寿司」に興味を示した理由は、

「世界中を回って痛感したんですが、やっぱりコメの飯が一番うまいですよ。俺、コメの飯が大好きです」

ということだったらしい。

「分かりました。じゃあ、年末に表さん、水野さんも交えて一度五人で食事でもしましょう」

鉄平は喜多嶋オーナーの提案に一も二もなく乗ったのである。

まだ顔も見たことのない相手ではあるが、五十嵐蒼汰という青年が「はちまき寿司」に参加してくれれば、店の隆盛は間違いないような気が鉄平はしていた。同時に、事実上エクスプリールの経営から身を退いてしまった喜多嶋オーナーにそのうち自分の株の一部を持ってもらいたいという気持ちもある。

山下君に代わる人材探しを喜多嶋オーナーに依頼した時点で、鉄平の狙いの半分はそちらの方にあった。

なぜそんなふうに考えるようになったのか、いま一つ理由は判然としなかった。

株式会社化し、いよいよ「はちまき寿司」は事業拡大の第一歩を踏み出すことになる。優秀なマネージャー候補を獲得するだけでなく、すでに実績を充分に積んだ経営の先達に顧問のような立場で事業に参加してほしいと望むのは妥当な発想ではあろう。その点で、喜多嶋オーナーほどの適任者は恐らくいないに違いない。

とはいえ、できたてほやほやの会社を第三者の知恵を借りながら大きくしていく——という手法は無難に見えて、一方である種の弱気の表われのような気もする。

——自分の心の中に、いかんともしがたく「はちまき寿司」に本気になれない部分があるのではないか？

鉄平はそんな自問自答を実は繰り返している。

12

十二月五日火曜日。

鉄平は昼過ぎまで眠って、目覚めるとすぐに外出する支度を始めた。

三週間ぶりの休日だ。溜まりに溜まった家事雑事を片付ける大事な日でもある。

まずは大量の衣類を紙袋に詰めて車まで運んだ。このところ役所に出かけたり、銀行関係者や税理士と会ったりでスーツやコートを着る機会が多かった。急いで何着か買い揃えたのだが、とっかえひっかえしていても次第に着崩れが目立ってくる。ワイシャツも次々に購入しては脱ぎ捨てていたからあっという間に枚数が増えてしまった。

そもそも溜まった洗濯物をクリーニング屋に持っていく余裕がなかったのだ。

四個の大きな紙袋を車のトランクに積んで、マルエー元菊《もとぎく》店を目指して車を発進させた。マルエーの隣にいつも使っているクリーニング屋があった。

先月の下旬から格段と冷え込みが厳しくなっている。

山沿いでは雪が降り始め、金沢市内も温泉街のある湯涌《ゆわく》のあたりは結構積もっているようだ。中心部の雪はまだだが、冬型の気圧配置が続き、朝晩の寒さはとびきりだった。

今日も晴れてはいるが、一歩外に出ると吐く息が真っ白になる。来週からはさらに寒さが厳しくなると昼のニュースでは言っていた。

マルエーの広い駐車場に車をとめて、紙袋四つを両手に提げてクリーニング屋のドアをくぐった。

量が多いので、受付だけで十分以上かかってしまう。一万円近い料金を支払って店を出た。時刻はちょうど一時半になったところだった。

このあとは家に戻って洗濯機を回し、久しぶりに部屋の大掃除をするつもりだ。年の瀬にかけて仕事がきつきつになるのは分かっているから、時間のあるときに私用をこなしておかなくてはならない。

飲み食いせずに出てきたので、お腹が空いていた。マルエーで何か買って帰ることにする。

食事は相変わらずだった。遅番だろうが早番だろうが、夕食はできるだけ自分で料理して食べるように心がけているが、作るものといえばうどんやパスタ、ラーメン、それに一人鍋くらいがせいぜいで、あとは生野菜を添えた豆腐サラダを食べるか野菜ジュースを飲むくらいが関の山だった。忙しい日はそのうどんやパスタも冷凍食品に頼ることがままあった。

若い頃から食べ物にはほとんどこだわりがなかったので、独身時代に戻ったような食生活でもさほど痛痒は感じていない。

ただ、夏代と一緒だった時分と比べると食事内容が貧弱になり、栄養バランスも失われているのは明らかだった。五十代も半ば近くになってこんな暮らしでは、いずれ体調に悪影響が及ぶだろうと漠然と感じている。

広い店内は買い物客で賑わっている。このスーパーはいつも混んでいた。惣菜やパン、弁当なども種類豊富で、野菜、果物、魚や肉も新鮮なものを置いている。

それでいて値段が安いのだから人気があるのも当然ではあった。

〈本日、冷凍食品全品3割引き!〉

という垂れ幕が入口のところに掲げられている。

鉄平はさっそく冷凍食品コーナーに足を運ぶことにした。そろそろ冷凍庫のストックがなくなってくる頃合いだったのだ。

特売日とあって据え置き型の巨大な冷凍ケースの前には客が群がっている。お惣菜系の冷凍食品が置いてあるあたりは割り込むのが憚られるほどの混みようだった。鉄平のお目当ての麵類コーナーはそれに比べると空いている。

うどんやそば、パスタ、ラーメンなど日頃から買っているものをどしどしカートに載せたカゴの中に放り込んでいく。先だって、ここで好物の冷凍皿うどんを偶然見つけ、以来それも常食の一つとなっていた。前回買いに来たときは在庫切れなのか見当たらなかったが、今日はずらりと並んでいる。まとめて五袋、カゴに入れた。

昼はこの冷凍皿うどんとおにぎりにでもするか――鉄平は思いながらカートを先へと進めていく。麵コーナーの隣はチャーハンやピラフ、グラタン、ドリアのコーナーだった。

冷凍チャーハンもよく食べるのでストックを切らしたことがない。

大量に陳列された馴染みの銘柄のチャーハンの袋を眺めていると、ふと、視界の隅に思わぬものを見つけたのだった。

それは冷凍ケースの一番奥に一山だけひっそりと面陳されている。

一目見た瞬間に脳裏に浮かんだのは、加能産業本社ビルの二階にある広い社員食堂の光景だった。そして、青島雄太の顔、峰里愛美《みねさとまなみ》の顔、総務部長の金崎《かなさき》の顔、さらに次々とあの会社の面々の顔が思い出されてきた。

その中には、白いコック帽をかぶった痩せた男の顔も交じっている。長年社員食堂の料理長を務めていた島袋《しまぶくろ》シェフの顔である。

島袋シェフはもとは天神《てんじん》の老舗の中華料理店で鍋を振っていたのだが、店の常連だった叔父の孝之が熱心に口説いて加能産業の厨房に入って貰った人だった。叔父が腕を見込んだだけあって、シェフの作る社食の料理はどれも抜群に美味しかった。ことにチャーハンと中華丼は絶品で、日替わり定食でこの二品のどちらかが出るときは社員の大半がそれを注文するという超人気メニューでもあった。

その島袋シェフ自慢のチャーハンにひけを取らないほどの冷凍チャーハンが、いま鉄平の目の前にあった。

鉄平は腕を伸ばして赤い袋を手に取り、あらためて銘柄を確認する。

あの城ヶ島フーズの「香味えび炒飯」に間違いなかった。

通販サイトでしか買えないはずの商品が、どうしてこんなところに置かれているのか？

袋の裏側を子細に見てみると、製造販売元の「城ヶ島フーズ」の住所が加賀市になっていた。さすがに地元のスーパーでは店売りが行われているというわけか……。

青島雄太に教わってネットで注文したときは、まさか自分が北陸に住むとは想像もしていなかったからメーカーの所在地など気にも留めなかったのだろう。

鉄平はカゴに入れていた冷凍皿うどんのうちの三袋をケースに戻し、かわりに「香味えび炒飯」を三つ取ってカゴにおさめた。

――そうだ。白菜の漬物も買って帰ろう。

冷凍チャーハンと一緒に旨み調味料とごま油、醤油をたっぷり振りかけた白菜の漬物を食べるのが鉄平の好みなのだ。

支払いを済ませ、冷凍食品でパンパンに膨らんだレジ袋を両手に提げて車に戻る。助手席に袋を載せてエンジンをかけようとしたところで上着のポケットの携帯が鳴った。

携帯を抜いて画面を見る。表示されているのは未登録の番号だ。

銀行や税理士事務所からの可能性があるので迷わず応答ボタンにタッチする。

「お久しぶりです」

ややくぐもった声。

一体誰だろうか？

「加能産業の菅原です」

意外な名前が耳に飛び込んできた。

13

部屋に戻って、さっそく「香味えび炒飯」と白菜の漬物で昼食にした。

加賀棒茶《かがぼうちゃ》を淹れて、フライパンで熱々にあたためたチャーハンを頬ばる。

島袋シェフが作った社食のチャーハンの味が口の中でよみがえってきた。

この「香味えび炒飯」を見つけ、久々に会社のことを思い返していたところへ菅原から電話が入った。

彼はすでに金沢入りしていて、今日明日でぜひ時間を作って欲しいとのこと。

すんなり承諾したのは、直前にそうやって会社の面々や島袋シェフの顔を思い出していたからでもある。偶然にしてはちょっと出来過ぎている気がしたのだ。

それにしても菅原は今頃、何のためにわざわざ金沢までやって来たのか？

所在については総務部長の金崎に聞いたと言っていたが、金崎は夏代から教えられたのだろうか……。

彼の目的は一体何なのだろう？

加能産業はいまどういう状況になっているのか？

菅原の身に何か大きな変化があったのかもしれない。たとえば川俣一派によって取締役をすでに解任されてしまったとか。ただ、「加能産業の菅原です」と名乗ったところからしてそういうことではないような気もする。

彼が会いたいというからには、やはり会社の案件だろうか？

久山《ひさやま》工場の爆発火災事故からすでに十一カ月近くが経ち、事故調査対策委員会の最終報告も終わり、関係省庁や自治体などに報告書が提出されたはずである。結局、調査対策委員長の座には常務の川俣が座ったのだろうか？　彼やその一派の思惑通りに事故原因はプラント設備の老朽化一本に絞られ、人災の側面は捨象されてしまったのか？

叔父の仮通夜の席での菅原の話では、すでに社長の尚之は川俣の言いなりのようだった。だとすると川俣は、事故の教訓を黙殺する形で当初の計画通りに新プラント建設に邁進しているのかもしれない。

事故前の時点でも新たな塩ビプラントの建設にはかなりの財務リスクが伴っていた。まして、あれほどの大事故を起こしてしまったいま、幾ら川俣が辣腕を揮《ふる》ったとしても新プラント建設に着手するのは容易ではないはずだ。無理に強行すれば加能産業の財務基盤は一気に脆弱《ぜいじゃく》化し、債務超過の状態に陥る危険性もある。といって、信用失墜はなはだしい現状で株式市場や金融機関から安全な資金を調達するのは到底不可能だろう。

そう考えると、川俣一派といえども菅原を筆頭とした社内の〝良識派〟の反対を封じ込めるのはなかなか難しいに違いない。

スプーンを止め、いつの間にか加能産業の行く末に思いを巡らしている自分に鉄平は呆れる。

――いかん、いかん。もう俺には何の関係もないのだ。

加能産業がどんな末路を辿ろうが関知するところではない。菅原が何の相談で来るのかは分からないが、たとえオーナー一族の流れを汲む立場だとはいえ、いまさら何かを求められても鉄平にできることは一つもないし、あの会社や加能家のために何かをする意志も皆無だった。

――せいぜい菅原の愚痴に付き合うくらいしかできないだろうに……。

鉄平はこれ以上、古巣について考えるのはやめてせっかくの美味《うま》いチャーハンを味わうことに専念する。

昼食の後は予定通り、部屋の大掃除をし、洗濯機を二度回した。

全部の作業が終わったのは夕方の六時だった。菅原との約束は午後七時だったので、急いでシャワーを浴び、着替えをして部屋を出た。通りに出てタクシーを拾う。

待ち合わせ場所は、櫛木周子のときと同じ「すし食いねぇ！」金沢高柳店にしてあった。回転寿司の店だから予約は不可だが、平日の夜であれば満席ということはあるまい。

七時五分前に店内に入ると、待合スペースに菅原の姿がなかった。律儀な男だからずいぶん前に先着してすでに着席している可能性が高い。出てきた店員に「待ち合わせです」

と告げてテーブル席の方へと進んで行く。

案の定、奥の広い小上り席にぽつねんと菅原が座っていた。鉄平を見つけて小さく手を上げて合図してくる。鉄平も会釈を返して彼の方へと近づいていった。

鉄平が靴を脱いでいると掘り炬燵《ごたつ》式の席から菅原が立ち上がろうとした。

「お久しぶりです。そのまま座ってて下さい」

鉄平は片手で制するようにして急いで小上りに上がり、自分の靴を揃えた。

中腰の菅原が鉄平の言葉に従って座り直した。

向かいの席に腰を下ろし、菅原を見る。少し頬がこけたような気もするが、それ以外は以前と別段変わりはない。菅原の方もじっと鉄平の顔を凝視している。

「加能さん、ご無沙汰しております。お元気そうで何よりです」

「さっき電話を貰ったときは驚きました。しかも金沢にもう来ていらっしゃるというんで二重にびっくりでしたよ」

「申し訳ありません。いきなり押しかけてしまって。今夜は、ご多忙のところ貴重なお時間をいただき恐縮しております」

「いえいえ。たまたま今日は非番だったんです。ちょうどタイミングがよかった。こっちに来て新しい仕事を始めたんですが土日が休みというわけではないものですから」

鉄平が言うと、

「存じ上げております。のり巻き屋さんをお始めになったとか。いま金沢では大評判のお店のようですね」

そこで菅原は思いもかけぬ言葉を口にしたのだった。

「どうしてご存知なんですか?」

鉄平は驚いて訊《き》き返す。

「お訪ねする前に、新聞記事やネットの記事などにざっと目を通してきたんです」

「新聞記事と言っても載ったのは地元紙ばかりですよ。それに、ネットの全国ニュースにうちの店のことなんて出ているんですか?」

「ちょっとばかり伝手を頼ったりもしたんです。財務本部にも金沢市と縁のある人間がいたものですから。『はちまき寿司』というんですね。来年早々に二号店も出店する予定だと聞きました」

「凄いなあ。さすがに菅原さんだ」

鉄平が笑うと、

「それほどでもありません」

菅原も淡々とした笑みを浮かべる。

午後の電話では何も言っていなかったが、これで菅原が鉄平に会う目的でこの金沢にやって来たのは間違いなかった。

それからしばらくは鉄平がもっぱら喋った。「はちまき寿司」設立の経緯や現状を説明し、さらにはこの「すし食いねぇ！」を始めとした金沢の回転寿司事情にも触れた。

鉄平が言うと、

「実は、のり巻き屋の次は回転寿司の店をやってみようかと思ってるんですよ」

「そうなんですか」

菅原が興味深そうな表情になる。

「と言っても、北陸でやるんじゃなくて、この素晴らしいノウハウを海のない県に持ち込めば面白いんじゃないかと考えているんです。たとえば長野とか群馬とか」

これはまんざら誇張した話でもなかった。「はちまき寿司」の業績が順調に拡大していけば、いずれその方面にも手を伸ばそうかと半ば本気で鉄平は考え始めている。もちろん「はちまき寿司」ののり巻きは回転寿司店でも提供するつもりだった。

喋る合間に、周子のときと同様、タッチパネルを使って次々と皿を注文していった。今夜は寿司だけでなく、つまみの皿やアルコールも追加する。加賀鳶《かがとび》の純米大吟醸の300ml瓶があったのでそれぞれ一本ずつ頼んだ。

届いた冷酒で乾杯し、続々届く寿司の皿を取り分けていく。

「いやあ、たしかにこれは凄いですね。味といいシステムといい従来の回転寿司の概念を完全にひっくり返してますよ」

菅原が感心した声を出した。

「そうでしょう。魚の美味い博多の人間からしても、この寿司はちょっと衝撃ですよね」

「まったくです」

冷酒の盃《さかずき》を傾けつつ、菅原はうまそうに握りを頬ばっている。天ぷらの盛り合わせや鯛とみかんのカルパッチョ、とらふぐの唐揚げなども広いテーブルに並んでいる。

菅原は社内でも聞こえた酒豪の一人だった。水のように加賀鳶をすいすい飲み進めていく。例によって顔色はちっとも変わらない。300ml瓶がじきに空になり、同じものを追加した。

二本目の瓶の封を切ったところで、菅原がちょっとあらたまった気配になった。

ゆっくりと自分の盃に酒を注ぐ。酒瓶を置いて盃には手をかけず、彼はまっすぐに鉄平を見た。

「実は、今日は亡くなった孝之会長の名代として加能さんに会いに来たのです」

重々しい口調になってそう言った。

14

――亡くなった叔父の名代?

菅原の意外な一言に鉄平は束の間、たじろいでしまう。

一体どういう意味なのか？

「社長の方から加能さんのところへは何か言ってきましたか？」

菅原が言った。

「社長から？」

それもよく意味が分からず、鉄平は問い返す。

「会長の遺言の件ですが」

「遺言？」

首を傾《かし》げざるを得なかった。尚之からは何一つ連絡はない。

「やはりそうですか……」

菅原は勝手に合点がいった表情になる。

「実は、会長は生前に遺言状を作成され、それを公正証書として残しておられたのです」

叔父が遺言状を残していたというのは初耳ではあった。だが、あの立場の人間であれば
そういうことは至極当然だろう。

それが一体自分とどういう関わりがあるというのか。

「そして、その遺言状の執行人には私が指名されているのです」

「はあ」

頷くしかない。

「私が会長からそのことを知らされたのは、会長が亡くなる二日前でした」

「そうですか……」

何気なく相槌《あいづち》を打ったあと、ふと疑問が湧いた。

「亡くなる二日前？」

叔父が亡くなったのは今年の一月二十日の夜のことだった。

「十時過ぎでした。三日ほど前から心臓が弱ってきていて、お医者様も今度こそ危ないかもしれないとおっしゃっていたんですが、まさかこんなに早く逝くとは私たちも思っていなくて……」

翌日の昼間に連絡をくれた尚之の妻、圭子《けいこ》さんはそう言っていた。五年前、二度目の脳梗塞に倒れた後、叔父は一度も目を覚ますことなく亡くなったのだ。

「主人はショックを受けていますが、いまとなっては意識が戻らないまま逝ってくれてよかったかもしれないと申しております」

電話口で圭子さんもはっきりと言っていた。

だとすれば、亡くなる二日前に菅原が、自分が遺言状の執行者に指名されていることを「会長から知らされた」というのはあり得ない話だ。

「叔父から知らされたというのはどういう意味ですか？」

　鉄平は確かめざるを得なかった。

　叔父の遺志を別の誰かに告げられたのか？

「会長は亡くなられる三日前に意識を取り戻されたのです。私は京子《きょうこ》夫人から連絡を貰って、翌日、病院に駆けつけました」

「まさか」

　にわかには信じがたい話だった。

「本当です」

「じゃあ、そのことは社長たちも知っているのですか？」

　半信半疑ながらも質問する。

「もちろんです」

　菅原は厳粛な面持ちで首を縦に振った。

「意識を戻されてすぐに尚之社長らご家族とも会われたようです。それで逆に不安になって私を呼んだのだろうと思います」

「逆に不安？」

「会社の話をしたら、どうも社長がしどろもどろだったようなのです」

「じゃあ、叔父は単に意識を回復しただけでなく、経営者としての判断力も充分にあったということですか」

「そうです」

ますます信じがたい話だった。四年ものあいだ昏睡状態にあった人間が突然目を覚まし、そのうえ十全な思考力まで一気に取り戻すということが果たしてあり得るだろうか？

しかも叔父はその三日後には亡くなっているのだ。

「加能さんがお疑いになるのはよく分かります。私も、以前と変わらぬ会長の姿を目の前にしたときは信じられないような心地になりましたから」

だがこんな話を冗談や酔狂で喋り散らすために菅原がわざわざ金沢までやって来たというのは、叔父の覚醒以上にあり得ないことのように思える。

「会長にお目にかかって、加能産業の現状をつぶさにお話しさせて貰いました。例の爆発火災事故のこともお伝えしました」

「そうだったのですか」

鉄平は何も言えない。まだ、菅原の話が真実だとは思えなかった。

「加能さんが閑職に追いやられていることも話しました。会長はやっぱりそうか、と深い溜め息をついておられました」

脳梗塞で倒れる直前、叔父は鉄平を社長にすると尚之に通告した。そのことで尚之は鉄平を恨み、彼を左遷したのだった。だがそうした裏事情は当然菅原は知らないはずだった。だとすると、叔父が「やっぱりそうか、と深い溜め息をついておられました」というのは、彼の話の真実味を増す証言と言えるだろう。

「会長は不思議なことをおっしゃっていました」

そこでようやく菅原は手元の盃を手に取って一息で空にした。盃を戻し、また酒を注《つ》ぐ。

鉄平もつられたように自分の盃を飲み干す。

「三途の川を渡ろうとしたら、お父上が川岸に立っていて『まだお前はやり残したことがあるだろう。いっぺんあっちに帰って、それを片づけてから戻って来い』と追い返されてしまったんだそうです。『だから、きみにこのことを話したら俺はさっさと三途の川に戻るつもりだ』と笑っておられました」

その「お父上」というのは鉄平の祖父、昇平のことだ。

加能産業の創業者であり、鉄平に自分の名前から一文字を与えてくれた人でもあった。

相変わらず淡々と話す菅原の様子を眺めつつ、鉄平は、仮通夜の席で彼と会ったときのことを思い出していた。叔父宅の居間でウーロン茶で献杯し、しばしやり取りを交わすと、菅原はあっさりと席を立った。

「もうお帰りですか？」

鉄平が訊ねると、彼は「ええ。会長とはさきほどしっかりお別れをさせていただきましたので」と言い、

「加能さん、近々、あらためてご相談させていただくこともあるかと思います。そのとき

はまたよろしくお願い致します」

と深々と一礼してきたのだ。あの場で彼が口にした「そのとき」というのが今日この場のことなのかもしれない。

「遺言状は公証役場に正本が保管され、副本は遺言状作成のときに立会人になってくれた藤堂《とうどう》弁護士が持っていると会長はおっしゃいました。そしてその遺言状の中で、私が遺言執行人に指名されているのだと。自分が死んだら藤堂弁護士と相談して、遺言の内容を忠実に履行して貰いたいと頼まれたのです」

「そうだったんですか」

藤堂弁護士というのは叔父の大学時代の友人で、天神で大きな弁護士事務所を開いている藤堂光一《こういち》のことだろう。

「はい。さらに一つだけ会長からご指示をいただきました。それがあったので、こうして加能さんをお訪ねするのが遅くなってしまったのです」

「はあ」

鉄平にすれば菅原の話はいかにも要領を得ない。どうやら彼が虚言を弄しているのではなさそうだが、仮に叔父が一時的に意識を回復させたのが本当だとしても、叔父の遺言状と自分とのあいだにどのような関わりがあるというのか？

「その指示というのは何ですか？」

とりあえず黙り込んでいるのも気まずくて、鉄平は先を促す形の問いを口にする。

「遺言状の存在を明かすのは自分の死後、適当な時期を選んで欲しいとおっしゃったのです。私から加能産業の現況を耳にして、会社がそういう状態であれば、しばらくは尚之や川俣たちの動向を見極めてから遺言状を持ち出した方がいいだろうと会長はおっしゃっていました。もちろん遺言状の中身については事前に藤堂先生から概略を聞いておくように言われましたし、さらには、遺言状を公開する時期はすべて私に任せるともおっしゃってくれたのです。そして会長は病室から直接藤堂弁護士に電話をされて、私に遺言状の内容をあらかじめ知らせておくよう指示もされていました」

「そうですか」

「もしご不審であれば、いまこの場で藤堂弁護士に確かめていただいても結構です。今日は遅くまで事務所にいると藤堂先生はおっしゃっていましたから」

菅原は真剣な面持ちになって言う。

「いえ、そんな必要はありませんよ」

鉄平は慌てて胸前で手をひらひらさせた。

「で、その遺言状と僕とのあいだにどんな関わりがあるのでしょうか？」

今回の菅原の用向きは当然その遺言状にまつわるものだろう。遺言状の中に何らかの形で鉄平に触れた部分があったのに違いない。菅原はその中身を伝えにきたのだ。

「いまから二十日ほど前、十一月十五日に会長の遺言状が存在することを社長にお知らせしました。むろん通告にあたっては私一人ではなく藤堂弁護士にも立ち会っていただきました。社長の方ではすでに相続手続きを始めておられたのですが、その頃には、会長から引き継ぐ財産の使途についておおよその見当がついてきていましたので、私としてはいよいよ遺言状を公開すべき時期であろうと判断したのです」

「はい」

鉄平はさらに真剣味を増した表情で語る菅原を注視するほかはない。

「加能さんもご承知の通り、加能産業の発行株式はその七割が創業家である加能家の所有となっております。内訳は、亡くなった会長が七割の半分、つまり総株式数の三十五パーセントを持ち、残りの三十五パーセントは三十パーセントが尚之社長、五パーセントが長女の元美《もとみ》さんの所有となっております」

「はい」

そのことは鉄平もむろん知っている。

「で、会長の遺言では、会長所有の三十五パーセントの株式のうちの二十パーセントが加能さんに渡されることになっているのです。残りの十五パーセントは売却、現金化したうえで、あらかじめ指定された複数の福祉関係の施設や団体に寄付するよう指示されております。そして、その他の預貯金、有価証券、不動産などにつきましては京子夫人と長男尚之さん、長女元美さんが法律に従った割合で相続するようにとされているのです」

叔父が持っている加能産業の三十五パーセントの株式のうち、二十パーセント分が自分に引き継がれる――鉄平は思わず耳を疑った。しかも残りの株式も長男の尚之には渡らず寄付に回されるというのだ。

「それは一体どういうことですか？」

予想もしていなかった話に鉄平は呆気《あっけ》に取られるしかなかった。

菅原が叔父の遺言状の存在を口にした瞬間、鉄平の脳裏に「もしや」と思い浮かんだのは、自分を加能産業の社長に指名するという一言を叔父が遺していたのではないか、ということだった。

仮に遺言状にそのように書かれていたとしても、鉄平はもう二度とあの会社に戻るつもりはなかったし、そもそもたとえ代表権を持つ前会長の遺言であったとしても現社長の尚之がそんな人事を受け入れるはずもなかった。

だが、叔父がまさか自身が所有する株式の半分以上を鉄平に譲ると遺言しているとは思ってもいなかった。遺言通りに加能産業の株式を叔父から譲り受ければ、鉄平は一夜にして社長の尚之に次ぐ大株主の座に座ることになる。

「目覚めた会長と話したとき、会長から聞かされたのですが、そもそも会長所有の株式の過半を加能さんに譲るというのは、会長の発案ではなくて創業者である昇平元社長から託された遺言だったようです。このことは、加能さんのお父上である俊之さんが加能家の財産を放棄すると約束した時点で昇平元社長の方から持ち出されたことらしく、最初は逡巡していた俊之さんも思案に思案を重ねた末に、父親の意向を受け入れることにしたのだと会長はおっしゃっておられました」

さらに信じがたいような話が菅原の口から語られる。

「それは本当ですか？」

あの父が、そんな約束を祖父と交わしていたとはとても思えなかった。生前、父はそんなことはおくびにも出さなかった。

「はい。会長がはっきりとそうおっしゃっていましたから事実だと思います。そして、自分もそうすることが加能産業のために一番良いことだと思う、と病室でも明言されておられました」

「しかし……」

余りの話に鉄平には言葉もない。

「会長の遺言状の存在を知らなかった加能家の方々は、京子夫人、尚之社長を始めとして非常に驚かれたようでした。ですが、私が亡き会長の言葉に従い、そして私自身の判断で先月半ばになって遺言状の存在を明らかにしたのは、そうすべき理由がはっきりとあったからなのです」

「理由？」

「そうなんです」

菅原はそこで大きく頷いてみせる。

15

十二月十七日日曜日。

金沢に十二月としては十二年ぶりの大雪が降った。三十センチを超える積雪は、冬を通じても実に五年振りのことだという。

「はちまき寿司」のある竪町《たてまち》商店街も街路が雪に埋まり、朝から店の前の除雪に店員たちはおおわらわだった。鉄平もスタッフと一緒に慣れない手つきで雪かきを行ったが、昼になっても激しい雪は降り止まず、当然ながら客足もほぼ皆無の状態だった。結局、午後三時で店を閉めることとして、アルバイトの子たちには早々に引き揚げて貰ったのだった。

鉄平は非番の表さんにさっそくラインで、

〈この大雪だし、少し約束の時間を早めるか、または日を改めませんか？〉

とメッセージを送ってみた。

すると三十分ほど経ってから、

〈そうですね。だったら、七時に早めて場所は同じにさせてください〉

と返事が来たのである。

待ち合わせの時間は、鉄平の仕事終わりを考慮して午後九時にしてあった。場所はにし茶屋街にある「桜桃」というカフェバーで、表さんが指定してきた店だ。ネットで調べると「桜桃」と書いて「ゆすら」と読ませるらしい。元は有名な寿司屋だった町屋を数年前、カフェに改装したらしく、なかなかの人気店のようだった。

にし茶屋街は、常に観光客で混雑しているひがし茶屋街とは違って、こぢんまりとしている分、落ち着きのある茶屋街だ。片町からは徒歩でも十五分ほどの距離で、鉄平も何度か散歩がてら出かけたことがあった。

「桜桃」という店も、通りすがりに看板を見た記憶はある。突然のドカ雪ではあるが、にし茶屋街ならば雪道を歩いて行けば問題はなかった。

閉店後は三階の自室に上がって、さらに増えてしまった書類仕事に精出した。ふと壁の掛け時計を見ると六時半で、鉄平は慌ててパソコンを閉じ、ダウンジャケットを羽織って手袋、毛糸の帽子で重装備し、長靴を履いて家を出たのだった。幸い、日の沈む頃合いに雪は止んでいた。

一歩外に出ると一面の銀世界だ。

風はないが空気は凍りそうなくらい冷え切っている。街灯の明かりにも自分の吐き出す息が真っ白に煙るのが分かる。

慣れない雪道を鉄平は一歩一歩踏みしめながら歩いて行く。

空を見上げれば、月も星も何も見えない。ただのっぺりとした暗闇が張り付くように天上を覆っていた。

金沢の冬は雷と雨と風と寒さの連続だった。いっそのこと山間部のように大量の雪が降り積もってくれた方が気分的にさっぱりする気がする。だらだらと続く氷雨、夜半の雷、すぐに解けてしまうみぞれやあられ、そして傘が飛ばされそうな冷たい強風――こんな気候が何カ月も続けば誰だって気分が滅入ってくるに違いない。

生まれ育った東京は年間を通して晴天の大都会だったし、十年暮らした博多も温暖な土地柄の賑やかな街だった。

――北の街というなら、こんなふうにずっと雪に閉じ込められていた方がよほど気が楽だろう……。

だが、こちらの雪は水気が多く、あっという間に溶けてしまう。こうして三十センチ以上積もっている目の前の雪も、明日、明後日と降らなければ、三日後には跡形もなく消えてしまうのだ。

これから先、三月末まで続くという鬱々とした冬が、鉄平にはいささか不安だった。

表さんが、「今度の日曜日、ちょっとお時間いただけませんか?」と言ってきたのは五日前のことだ。

「いいけど、なんで？」

鉄平が訊ねると、

「三号店のことで少しご相談したいことがあって」

「それはいいね。じゃあ水野さんも入れて三人で話そうか」

鉄平が提案すると、

「とりあえずオーナーと私の二人の方がいいんですけど。今度の日曜日は水野さん、遅番ですし」

と彼女は返してきたのだった。

三号店に関しては降って湧いたように決まった案件で、表さんや水野さんとみっちり話す機会が作れていなかった。半ば独断のような形で鉄平が決めてしまっただけに、一度ゆっくり二人の考えも聞いておきたいとは思っていたのだ。

この話を持ち込んできたのは、二号店開店にあたって何かと世話になった北國銀行の融資担当者だった。その彼が十日ほど前に「折り入って相談したいことがあるのですが」と連絡してきた。さっそく会ってみると、

「実は来年四月に野々市《ののいち》市にオープンするショッピングモールに出店予定のテナントさんが一軒、キャンセルしてきたんです。フードコートに入る海鮮丼のお店だったんですが、

預けて、「表さんという名前で予約が入っていると思うんですが」と言った。「もうお越しになっていますよ」と笑顔になった彼女がジャケットを小脇に抱えて奥の方へと案内してくれる。

腕時計で確かめると時刻はちょうど七時になったところだった。

連れて行かれたテーブル席には、しかし、表さんの隣に意外な人物がもう一人座っていた。

鉄平の顔を見ると、彼がすぐに立ち上がる。

「オーナー、ご無沙汰しております」

山下久志《ひさし》君だった。仕立ての好さそうな厚手のジャケットを着こみ、髪も短く刈り込んでいる。以前よりもぐんと精悍《せいかん》な印象が増していた。

とはいえ、なぜこの席に山下君がいるのか？

鉄平は一瞬、「ご相談したい」というのはそういうことか、と察しかけ、しかし反芻《はんすう》してみれば表さんが「三号店のことで」と枕を振っていたのを思い出す。

彼らの雰囲気からしても「結婚報告」といったものではなさそうだった。

三人揃ったところで、山下君が店の人を呼んで、てきぱきとワインやつまみを注文した。

こういうところはいつも通りの山下君だ。

届いたおしぼりで手を拭い、

「しかし、今日の雪は凄かったね。毎年こんな感じなの？」

鉄平が訊ねる。

「こんな大雪は久し振りですよ」

山下君が答え、表さんも頷いてみせた。

「でも、このあいだ見たニュースだと、去年の降雪量は平年の二割程度だったそうじゃない。ということは今年は平年並みにこんなふうに雪が降るってことなのかな」

期待も込めて鉄平が言う。

「いやー。例年、市内中心部から海沿いにかけてはほとんど積もらないんですよ、金沢は」

ところが山下君はがっかりするようなことを言った。

「だけど、兼六園でも駅前でも念入りに雪吊りしているし、長町《ながまち》の武家屋敷にはしっかり薦掛《こもが》けもされてるよ」

「まあ、雪吊りも薦掛けも、いまでは伝統技術の継承っていう側面が強いんですよね」

山下君の返事はさらに身もふたもない。

「そうなの？」

「そうですね。私が子供の頃から市内はほとんど積もらなくなってるんです」

表さんも山下君にあっさり同意している。

冷えた白ワインが届き、とりあえず三人で乾杯した。しばらく金沢の風物詩や山下君の近況など聞いたところで、

「ところでオーナー」

一杯目のワインを飲み干した表さんがようやく本題を切り出してきた。

「三号店のことなんですけど、私は、今回は出店を見合わせた方がいいと思うんです」

予想外のセリフに鉄平は思わず口を開けてしまった。

「見合わせるって？」

「オーナーもあのとき、急な話過ぎる気もするっておっしゃっていたと思うんですが、あれからずっと考えてみて、私もちょっと三号店を出すのは時期尚早のような気がしてきたんです」

「だけど、もう先方にはＯＫの返事をしてしまったんだよ。そのことも伝えたと思うんだけど」

「はい。でも今ならまだキャンセルも可能だと思うんです」

「だけど……」

表さんは鉄平の目をしっかり見据えて言葉を発していた。隣の山下君は表情一つ変えずに黙り込んでいる。どうやら、彼は表さんに事前にこの話を聞かされ、助っ人役として呼び出されたようだった。

となれば、これは相当に断固たる要請ということになるのだろう。

いささか面食らった気分で鉄平は二人の顔を交互に見ていた。

「表さんが時期尚早だと考える一番の理由は何なの？」

あくまで「はちまき寿司」のオーナーは全額出資している鉄平だった。これは二月に株式会社化し、表さんが二十パーセントの株式を持ったあとも揺らぐことはない。従って出店計画の採否はすべて鉄平の手に握られている。

だが、そうは言っても共同で店を起ち上げた表さんの意向を無視した出店を強行するわけにはいかなかった。それこそ「はちまき寿司」という〝伝統技術〟の継承者は他ならぬ表さんなのである。

「このまま店を増やしていったら『はちまき寿司』の味を守れないと思うんです」

きっぱりとした口調で表さんが言う。

「味？」

「ええ。オーナーは、三号店の店長は亜子《あこ》ちゃんに頼みたいっておっしゃっていましたよね」

「うん」

亜子ちゃんというのは、十月に入った辻田《つじだ》亜子というアルバイトの子だが、いまは表さん、水野さんと交代でのり巻きを巻いている〝巻き方〟のエースだった。彼女の巻くのり巻きは表さんや水野さんと変わらぬ味を保ち、いまや本店にとって欠かせない人材となっている。三号店を出すと決まれば、この「亜子ちゃん」に任せるしかないと鉄平は考え、そのことも表さんや水野さんには伝えてある。むろん、そうなれば彼女も正社員として「はちまき寿司」に迎えるつもりだった。

　辻田亜子は未婚の二十三歳。短大卒業後、老舗の和菓子屋での勤務を経て「はちまき寿司」のアルバイト従業員に応募してきた。表さんや水野さんともすぐに親しくなり、鉄平が彼女に店長を引き受けてもらうと言ったときは、表さんも水野さんも異存があるようには見えなかった。

「だけど、辻田さんの名前を出したときは、表さんも了承してたんじゃなかった？」

「オーナーから言われたときは、亜子ちゃんなら何とかなるかも、とは思ったんです。でもよくよく考えてみると、まだ彼女には無理だという気がしてきたんです」

「というのは？」

「たしかに彼女は器用な人だし、〝巻き方〟としては有望だと思います。でも、正直なところ、私の目から見れば水野さんののり巻きでも合格点ぎりぎりなんです。まして、亜子ちゃんの巻いたのり巻きはまだまだ『はちまき寿司』の本当の味には達していません。百歩譲って、亜子ちゃんののり巻きが何とか及第点だったとしても、じゃあ、彼女が店長になってバイトの子たちに巻き方のツボを教えられるかというと、それはとても無理だと思います。だとすれば、三号店で出す商品はいずれ『はちまき寿司』ののり巻きとは似て非なるものになっていくし、そうなると、私たちにとって最も大切な『はちまき寿司』の味を守ることができなくなってしまうと思うんです」

店を起ち上げてしばらくしてから分かったのだが、表さんは祖母譲りと思われる鋭敏な舌の持ち主だった。

彼女はコップの水にサイダーを一滴垂らしただけで、水の味のかすかな変化を舌によって読み取ることができる。

最近はスタッフを集めて打ち上げをしたりすると、その舌を使った隠し芸でみんなを沸かせてくれている。

夏の暑気払いの宴会では、水を張った六個のグラスを用意し、表さんに見えないように一つのグラスにだけ三ツ矢サイダーを一滴垂らして、どのグラスにサイダーが入っているかを当てて貰ったのだが、このときも、彼女はそれぞれのグラスの水を舐《な》めるか舐めないかでずばり的中させてしまったのだった。

しかも、さらに凄かったのは、実はもう一つのグラスには日本酒をわずかに加えておいたのだが、表さんは、

「こっちのグラスには誰か日本酒を入れたでしょう?」

と自分から指摘してきたのだった。

これには一同、文字通り舌を巻くしかなかったのである。

その表さんから、「店の味が守れない」と言われてしまうと、鉄平としても何とも反論のしようがない。

16

九時過ぎに鉄平は「桜桃」を出た。

表さんと山下君はもう少し飲んでいくと言うので一足先に失敬したのだ。

雪はすっかり止んで、風も吹いていなかった。行きがけよりも寒さを感じないのは何杯か飲んだワインのせいなのかもしれない。

ふと空を見上げるといつの間にか星が光っている。大した数ではないが、明日はどうやら晴れそうな気配だった。そうなれば目の前の雪景色も泡のように消え去ってしまうのだろう。

また寒いだけの日々が始まる。

鉄平はゆっくりと歩き出しながら月のありかを探した。薄い雲間にわずかな明かりを見つけて足を止める。その冴えた光に目を凝らした。

にし茶屋街の通路は森閑としていた。通りを歩く人の姿は皆無だ。

鉄平には正直なところ、水野さんの巻いたのり巻きと辻田さんの巻いたのり巻きの味の違いが分からなかった。それどころか、表さんの巻いたのり巻きと辻田さんの巻いたのり巻きの違いもはっきりとは見分けられないのだ。

「私の目から見れば水野さんののり巻きでも合格点ぎりぎりなんです」

と言われても、そんなものか、と思うしかない。

だが、表さんにそう指摘され、辻田さんに三号店を任せては「店の味が守れない」と断言されてしまえば、鉄平としても出店を見合わせる以外に選択肢がなかった。

「そういうことなら、明日にでも先方に連絡して四月の出店は難しくなったと伝えることにするよ」

鉄平は表さんの話を聞いて、すぐに決断したのだった。

雲間の月明かりはあっという間に隠れてしまう。鉄平は再び歩き出した。

一歩進むごとにサクサクと小気味のいい雪の音が聞こえた。

――やはり「はちまき寿司」は俺の店ではなく表さんの店なのだ……。

今夜は改めてそのことを思い知らされたような気分だった。

山下君は同席はしていたもののさすがにオブザーバーに徹して、鉄平と表さんとのやりとりに一言も口を挟むことはなかった。だが、彼もまた表さんと同意見だからこそ無言の援軍を買って出たのであろう。

鉄平が出店断念を口にすると表さん同様にほっとした顔つきになっていたのが、その証拠であるに違いなかった。

——なんだか、もういいなあ……。

ふとそんな呟きが白い息になって洩れる。

結論を出したあとも鉄平は表さんの話をじっくりと聞いた。彼女が今後の「はちまき寿司」をどんな形で成長させていきたいのか、この際、しっかりと存念を確かめておこうと思ったのだ。

表さんは、しばらくは店舗数を無理に増やさず、小さな商売で足場を固めたいという考え方のようだった。

「いまのメニューを大事にして、あくまでみゆきおばあちゃんの『はちまき寿司』の延長として店を続けていくべきだと思うんです。だとすれば、そんなにたくさんのお店は出せません。だから、もしもオーナーが事業の規模をもっともっと大きくしたいというのであれば、『はちまき寿司』とは別のブランドを起ち上げて店舗展開していく方がいいんじゃないでしょうか」

表さんはそんなふうに言っていた。

「別のブランド?」

試しに訊いてみると、

「はい。『はちまき寿司』同様にテイクアウト専門に特化した新しいタイプの店を起ち上げるとか」

と彼女は言った。

「新しいタイプって？」

「さあ、そこはよく分かりませんけど、何か一つの食材に絞ったお惣菜屋さんとかは面白いとずっと思っています」

「食材を絞った？」

「はい。たとえばお豆腐とか」

「豆腐？」

「そうです。お豆腐とか油揚げとかがんもどきとか、町のお豆腐屋さんの作る物に絞っていろんな料理を用意して売るお店です。お惣菜屋さんってたくさんありますけど、そういう『はちまき寿司』的な一品限定のお店って案外ないと思うんですよね」

「なるほど」

「お豆腐って健康食の代表ですし、実はすごく人気の高い食材だと思うんです。お豆腐を使ったいろんなメニューを売る店ならきっと当たるような気がします。もちろん私の勝手な想像なんですけど」

この表さんのアイデアには、実家が豆腐屋である山下君がすぐに食いついてきた。

「豆腐専門の惣菜店って、案外いけるかもしれないね。人気の豆腐屋さんから材料を仕入れて調理すれば、もうそれだけで売りになる。僕だったらそれを『はちまき』ブランドで売るね」

と言った。

「はちまきブランドって？」

表さんが訊くと、

「だから『はちまき豆腐編』とかってネーミングで『はちまき寿司』の近くにまずはパイロットショップを作るんだよ」

「ヘンって」

「ヘンは前編後編の編。はちまき寿司編の次は豆腐編ってこと」

「それ、おもしろいかも」

表さんが我が意を得たりという表情になった。

そうした二人のやりとりを眺め、「他県で回転寿司」くらいしか考えていない鉄平は何だか自分一人が置いてけ堀を食らったような気分にさせられたのである。

——とどのつまりは、俺は金主ってだけの存在か。その肝腎の事業資金だってもとをただせば持ち逃げしてきた夏代の一億円から出ているのだ。

開店後しばらく悩んでいたことが頭の中で再び息を吹き返してくるのを感じた。

そういえば、山下君に五十嵐蒼汰の話も聞いた。

先日、喜多嶋オーナーから連絡が入り、五十嵐とは年末、十二月二十八日木曜日に面談をすることになっている。表さん、水野さんにも出席してもらう予定だ。

「来年から五十嵐さんが『はちまき寿司』に参加するそうですね」

喜多嶋オーナーに聞いたのか、山下君はすでにその件を知っていた。

「彼のこと知ってるの？」

年末に会うのだと伝えて、鉄平が訊ねると、

「もちろん。エクスプリールのエースでしたから」

「どんな人？」

この問いに「そうですねー」と山下君は微妙な顔つきになった。そして、

「五十嵐さんは抜群に出来る人だけど、性格はかなりきついですよ」

と言ったのである。

二十分ほどかけて翼ビルに辿り着き、鉄平は家に入るとすぐに風呂を沸かした。風はなくても、雪道をのんびり歩いているうちに身体が冷え切ってしまっていた。

設定温度を上げた湯に首まで浸《つ》かる。

身体の芯に巣食っていた冷えが体表へとじわじわ滲《にじ》み出し、やがてそれが湯の中へと徐々に溶けていくのを感じる。

鉄平は目を閉じて、深呼吸を繰り返した。

――これからどうしようか……。

三号店の出店を取り止めることにはさほどの抵抗はなかった。鉄平自身もちょっと性急過ぎる気はしていたのだ。仲介してくれた北國銀行の担当者には申し訳ないが、事情が変わったと伝えれば、そこは納得してくれるに違いない。あとあとのしこりになるようなものでもないし、ショッピングモールの運営会社とのあいだでも同様だろう。

フードコートの店の入れ替えは折に触れて頻繁に行われる。改めて話が来れば、その段階で前向きにもう一度検討させて貰えばいい。

問題はそういった目先のあれこれではなかった。

――どこまでいっても表さんの会社としか思えない『はちまき寿司』の経営を、自分が果たしてこのまま続けていっていいのだろうか？

開店当初から存在するその肝腎の問題が、要するにいまも大問題なのである。

加能産業の菅原伸一と会って十日余りが過ぎていた。

叔父の残した遺言状の中には、加能産業の発行株数の二割に当たる株式を鉄平に譲るようにと明記されていたという。この遺言状の存在と内容を先月になって初めて知らされた社長の尚之や加能家の面々は、非常なる驚きと共にあからさまに不服の意を表わしているらしく、代理人を通じて、遺言執行人である菅原と立会人の藤堂弁護士に対して、遺言状の真贋を争うむねの通知書まで送りつけて来たのだと菅原は言っていた。

「公正証書として残されている遺言状ですから真贋を争う余地などはなからないんですよ。にもかかわらずそんなことを言い出しているのは、少しでも時間稼ぎをしたいからだと思います。そのあたりもどうせ川俣君の入れ知恵なんだろうと私は睨《にら》んでいるんですけどね」

鉄平が想像していた通り、いまや加能産業は常務の川俣善治郎の手によってすべてが取り仕切られているらしい。社長の尚之は川俣の出した方針をただ追認するだけの有名無実の存在と化し、人事権もすっかり手放したような状態なのだという。

「私も来年の改選期には会社を追われることになると思います。こういう言い方は何ですが、そうなればもう誰も川俣君を止めることはできなくなる。加能産業は空中分解してしまうでしょう」

菅原はあくまで淡々とそう言っていた。

そして、彼が先月になって遺言状の存在を尚之たちに明かした理由というのも驚くべきものだった。

「川俣君は、三精《さんせい》化学に加能産業の買収を持ちかけているんですよ。春くらいからそういう噂はずっとあって、しかし、役員会では議題にまったく上りませんし、私は密かに彼の動きを注視していました。するとどうやら噂は本当のようで、川俣君は三精化学とのあいだで本格的な買収交渉を始めているらしい。そういう具体的な情報が入ってきたのが先月の初めで、それで、私としてはいよいよ会長の遺言状を公開すべきときが来たと判断したのです」

三精化学は国内最大手の化学メーカーだった。川俣常務は加能産業をその三精化学の子会社とすることで三精からの出資を仰ぎ、懸案の塩ビモノマーの新プラント建設を実現しようと目論んでいるのだという。

「彼にすれば、新プラントを建設できなければ、どちらにしても加能産業の命運は尽きてしまう。それならば三精グループの一員となって会社の存続を図るべきだという考えなのでしょう」

「そんなに会社は危機的なのですか？」

鉄平は思わず訊いていた。

この一年足らずで加能産業はそこまで業績を悪化させてしまったのか。

「そんなことはありません。確かに爆発火災事故以降、売上げが伸び悩んでいるのは事実ですが、いまの財務状況であればまだまだ独立独歩でやっていくだけの余力はあるのです。要するに川俣君は、何が何でも新プラントを起ち上げたいんです。それに目がくらんでしまって、目的と手段があべこべになっている。彼のやろうとしていることは、まさしく本末転倒だと私は思っています」

ないか。

財務本部長の菅原が言うのだから、会社の現状はその通りなのであろう。だとすれば、川俣の企てていることは、加能産業に対する裏切り、それこそ売国行為のようなものでは

「社長は何と言っているんですか?」

祖父の代から続いてきた加能産業をみすみす三精化学に売り渡すような真似を幾らなんでもあの尚之が認めるとは思えない。

「社長は、三精の傘下に入ってもいいという考えのようです。加能産業の名前さえ残してくれれば、後はすべて川俣君に任せると指示したという噂がすでに社内でまことしやかに流れているくらいですから」

「そんな……」

この菅原の言葉には、さすがに鉄平も絶句せざるを得なかった。

「社長は、会長が持っていた株をすべて遺産として自分の手におさめようとしていたのです。そのために母親の京子さんや妹の元美さんには、加能産業の株式以外の会長の遺産の大半を譲って、加能産業の株式を自分が譲り受ける形にしようとしておられた。京子さんはむろん了承されましたが、元美さんは会社の現状を案じておられることもあってその提案にはいまだ同意しておりません。社長は自分の株と会長の株の合計、すなわち加能産業の全株式の六十五パーセントを所有し、名実ともにオーナーとなるつもりだったのです。

そしてその段階で、川俣君の誘いを受け入れて、持ち株の半分を三精化学に売却し、会社を三精グループの一員にしようと考えていた。一方、三精の方は川俣君と相談ずくで、まずは社長の株式の半数を取得し、その上で、取引先や各金融機関が保有している残り三十パーセントの株式を可能な限り買い取り、最終的には五十パーセント超の株式を確保して加能産業の完全子会社化を実現しようと動いているのです。そのために川俣君は三精の企業買収担当者と連れ立って取引先や金融機関を回り始めています。五パーセントの株を持っている元美さんのところにも先日、三精の担当者から連絡があったと聞きました」

「それじゃあ、まるで川俣常務と三精化学がタッグを組んで会社を乗っ取ろうとしているようなものじゃないですか」

「その通りです。三精が株を握ってしまえば、恐らく社長はお飾りの会長に棚上げされ、川俣君が加能産業の社長に就任することになるのでしょう。そうなれば加能産業はもうおしまいです」

大株主とはいえ実権を奪われた尚之はいずれ会社を追われ、その時点で「加能産業」の社名も消滅するのは明らかだと鉄平は思った。

しかし、そんな分かり切った展開が、なぜ尚之には見通せないのだろうか？

その点を菅原に確かめると、

「三精側からは、かなりいい買い取り条件を提示されているようです。それで、社長は浮き足立ってしまったのだと思います」

という答えだった。

「三精の話はもう社内で知れ渡っているのですか?」

「ええ。私が加能家に対して遺言状の存在を明かした時点で、役員会でその件を表沙汰にしましたから」

あの日、平然と菅原は言った。

どうやら現在の会社は、川俣常務派と菅原取締役派のあいだで全面戦争状態に突入している気配だった。

「社長は、本来手に入るはずだった会長の株の半分以上が加能さんに渡ることになって大慌てなんですよ。それは川俣君にしても同じです。少なくとも二十パーセントの株が加能さんのものになってしまっては、川俣君にしても社長にしても、そうやすやすと三精化学への身売りを強行するわけにはいかなくなる。彼らにすれば予想外の大事件が起きたというわけです」

菅原としては、「しばらくは尚之や川俣たちの動向を見極めてから遺言状を持ち出した方がいいだろう」という叔父の最後の指示を忠実に守り、川俣や尚之が会社を三精化学へ売却するという噂の真偽をしっかりと見定めたうえで遺言状という伝家の宝刀を抜いたというわけだった。

そうした説明のあと、菅原は鉄平に対して、加能産業に復帰するよう強く求めてきた。

「それが亡くなった会長の御遺志だと思います。加能さんが戻って来て、大株主の一人として尚之社長と一致協力して経営に当たって貰えれば会社は今後も発展していくことができます。加能家全体では、十五パーセント分を遺言状に従って福祉団体に寄付したとしても、いまだに五十五パーセントの株を所有しているわけですから、創業家でありオーナー家でもある事実は何ら変わりません。その加能家として会社の将来をどうするかご家族でしっかり話し合っていただければ、自ずと真っ当な結論が導き出されると思います」

要するに菅原は、すっかり経営に熱意を失ってしまった尚之に代わって、社長の立場であれ専務の立場であれ鉄平が経営の実権を握る体制を整えて欲しいと要求しているのだった。

尚之に次ぐ大株主となればその資格があるし、社長の尚之や加能家の人々も、話の持って行きようで充分に説得可能だと菅原は計算しているふうだった。

「元美さんは、加能さんが経営者として会社に復帰されることを強く望んでおられます。京子夫人も決して反対はされないはずです」

彼は元美とは常に連絡を取り合っているようだった。

復帰を迫る菅原に対して鉄平は明確な言質《げんち》を与えることはなかった。

とはいえ、会社の現状をつぶさに聞いて、鉄平自身も動揺する部分は大いにあった。ことに尚之と川俣が二人して会社を三精化学に売却してしまおうと画策している事実には、啞然呆然《あぜんぼうぜん》を通り越して怒りに似たものを感じたほどだ。

そうだとすると、叔父が遺してくれたという加能産業の株式を無下に断るわけにはいかなかった。鉄平が相続を放棄してしまえば、それはそのまま尚之や川俣の思うつぼという話にもなってしまう。萱原としてもそこは絶対に譲れない一線だろう。

だが、だからといって叔父の持ち株を、すでに会社から遠ざかってしまった自分がすんなり受け取って大株主の座に座るというのもはなはだ気が進まなかった。

何より萱原の話には大きな疑問点があった。

彼の話では、叔父所有の株式の過半を鉄平に譲るというのは、叔父自身の判断ではなくて祖父である昇平からの申し送り事項だったのだという。父の俊之が相続放棄を行ったとき、祖父からの提案を思案の末に父が受け入れたのだと叔父は萱原に語ったのだそうだ。

叔父が意識を取り戻した翌日、病床に萱原を呼んでそうした話をしたのは事実だろうと鉄平も思う。

だが、話の内容に関してはおよそ信用できなかった。

仮に叔父が祖父からそのような申し送りを受けていたとしても、では、現実に祖父と父とのあいだでそのような約束がなされていたかというと、それはほとんどあり得ないと鉄平は感じた。

一番の理由は、父である俊之の人となりだった。

あの俊之が、自ら相続放棄を行っておきながら、その一方で長男のために加能家の財産を確保するといった姑息な手段を弄するとは到底考えられなかったのだ。

第一、そんな約束が祖父とのあいだに交わされていたのであれば、俊之が遺言状なり口頭なりであらかじめ伝えておかなかったはずがない。生涯を研究者として生きた父がそういう単純なミスを犯すというのも考えにくかった。

「叔父の遺言に関しては、しばらく時間を下さい。じっくり考えてから、どうするか返事をさせて貰おうと思います。もちろん、叔父が遺してくれた株を社長や川俣さんの陣営に売ったり譲ったりしないことはお約束します。その点だけはどうか心配御無用に願います」

と伝えて菅原と別れたあと数日間、鉄平はなぜ叔父の孝之がそんな遺言を残したのかを考え続けた。そして、おおよそこういうことだろうという一つの結論を導き出したのだった。

要するに、自身の株を鉄平に譲るという判断は、祖父の昇平から申し送りされたものではなく、おそらくは叔父の孝之自身が決めたことだったのだろう。祖父と俊之とのあいだでそのような取り決めが行われていたという件はあくまで鉄平が株を受け取りやすくするための方便だったに違いない。

もともと次男だった孝之は、長男を差し置いて自分一人が加能家の全財産を相続したことにずっと負い目を感じているふうだった。だからこそ、鉄平が前の会社を追われたと聞きつけた途端、すかさず加能産業で働かないかと誘ってきたし、その後も何かと目をかけてくれたのだった。

二人きりで話す機会があると、ゆくゆくは尚之と二人で会社を盛り立てて欲しいと叔父はよく口にしたし、そうした話の流れの中でたびたび、祖父がただ一人、鉄平にだけ自分の名前の一文字を与えたことを強調して、「いずれお前にもその意味が分かる日が来るだろう」と繰り返していた。あれは全部、自身の死後、持ち株を鉄平に譲るための布石だったのではなかろうか。

なぜ、創業者の昇平が、兄の息子である鉄平にだけ「昇平」の一文字を与えたのか、ずっとその意味を問い続けてきたのは他ならぬ叔父本人だったのだろう。そして多少口幅ったい言い方をするならば、現実に自らの膝下で鉄平を使ってみて、昇平の経営者としての直感に叔父自身も深く同意せざるを得なかったのかもしれない。

我が子の尚之と甥の鉄平を比較してみれば、経営者としての適性を有しているのはどう考えても鉄平の方だったからだ。

17

地下鉄箱崎線の「馬出《まいだし》九大病院前」で降り、鉄平は七番出口の方へと歩いていく。数人の乗客たちと一緒に長い地下通路を進んで階段とエレベーターが二基並んだホールに出た。エレベーターのうちの一基はサイズが大きい。このすぐ上が九州大学病院の東門なので車椅子でも乗り込めるようになっているのだ。

鉄平はちょうど降りて来た狭い方のエレベーターにみんなと一緒に乗った。

福岡空港から空港線、箱崎線と地下鉄を乗り継いでここまで二十分足らず。もともと空港が福岡市街から近いという面もあるが、それにしてもやはり地下鉄は便利だ。

冬の寒さの厳しい金沢に地下鉄もなければちゃんとした地下街もないというのは、北陸最大の都市としてはいかがなものかと思わざるを得ない。

鉄平も実際に行くまで、金沢に区政や地下鉄がないとは思っていなかった。せめて広島のように路面電車が発達していればいいのだが、金沢にはそれもない。市民たちはバスを使うかもっぱら自家用車で移動する。車両以外の大規模輸送機関が整備されていないことが駐車場の確保を困難にし、中心街区のリニューアルと規模拡大化を阻んできたのではないかと鉄平は最近考えるようになっていた。

一緒にエレベーターを降りた人たちは、鉄平以外全員、九大病院の東門の方へと吸い込まれていった。時刻はとっくに一時を回っているから患者というより病院の関係者や見舞い客なのだろう。鉄平は東門には背を向けて目の前を走る道路を右方向へと歩き始めた。ちゃんとした歩道がないので、すぐ脇を車がどんどん走り過ぎていく。九大医学部の高い塀の際を身を縮めるようにして二百メートルほど先にある正門まで進んで行った。

正門の近くの信号を渡って通りの向こうへと渡る。反対側にはしっかりと歩道が整備されていた。立ち止まってスマホを取り出し、グーグルマップを呼び出す。

マッピングしておいた待ち合わせ場所はこのすぐ近くだ。地図を拡大して細かな経路を確かめ、鉄平はスマホをズボンのポケットにしまって再び歩き出した。目的地まであと五分もかからないだろう。

年を越えても、北極から張り出してきた零下四十度の巨大寒気団の影響で日本列島は全国的に厳しい寒波に見舞われていた。金沢も氷点下の日々が続いている。昨日八日は成人の日だったが、晴れ着姿の新成人たちが雪混じりの冷たい風に身を震わせている光景が地元のテレビニュースでさかんに報じられていた。

十一カ月ぶりにやって来た博多の街もずいぶんと冷え込んでいる。

ただ、そうは言っても北陸の底冷えするような、手先や足元に絡みついてくるような寒さとはやはり寒さの質が違うように思えた。

うまく表現はできないが、こちらの寒さにはどことない「目の粗さ」が感じられる。今朝、小雪が舞う小松空港で触れたのは、これに比べればみっちりと目が詰まった逃げ場のない寒さであった。

青島雄太が指定してきた店はすぐに見つかった。

地下鉄が下を走る幹線道路には中洲のようになって続く店舗群があり、その真ん中あたりの店舗と店舗との隙間を縦に抜けると福岡県庁の建物が目の前に見える表通りに出る。そこから三十メートルほど行った先に「長浜ラーメン」と染め抜いた真っ赤な幟《のぼり》が立っている店があった。

青島が九大の学生の頃から行きつけにしているという「小龍亭《しょうりゅうてい》」はきっとあの店に違いない。腕時計で時刻を確かめると午後一時二十五分。一時半の約束だからちょうどよい頃合いだ。

青島の妻の美穂《みほ》から手紙が届いたのは年末十二月二十八日のことだった。

五十嵐蒼汰とのランチ面談を終えて、表さんや水野さんと一緒に翼ビルに戻り、郵便受けを覗くと分厚い封書が入っていた。封筒を裏返し、差出人の「青島美穂」という名前を見ても最初は誰だか分からなかった。というのも、差出人住所が「福岡市東区貝塚《かいづか》」となっていたからだ。青島と一緒にとっくにカナダに渡っているはずの夫人からこんな形で手紙が来るとは思ってもいなかったのだ。

長い手紙を一読して、さらに鉄平は一驚することになった。

昨年二月末日付で加能産業を依願退職した青島は、あのトロント・バイオテクニカル社に再就職することなく、いまもまだ福岡で暮らしているというのである。

予想外の事実に鉄平は面食らうと同時に、その手紙を読み終えたときには暗澹《あんたん》たる気分に陥っていたのだった。

美穂夫人によれば、青島は退院後も体調が戻らず、一度は単身カナダに渡ってトロント社の人事担当者とも面接を行ったが、結局はカナダで働くことを断念したのだという。

一番の理由は、激しい頭痛だった。

カナダに向かう飛行機の中で頭痛は始まり、市販の鎮痛剤を飲んで臨んだ面接のときもトロント社の面々の前で痛みをこらえるだけで精一杯なくらいだったようだ。面接翌日にはさすがに耐え切れず、トロント社に誘ってくれた先輩に頼んで現地の病院を受診し、そこで三日も入院したのち帰国の途についている。ところが帰りの機内でも再び激しい頭痛に襲われ、福岡空港に着いた頃は息も絶え絶えなほどで、そのまま済倫会中央病院に直行して爆発火災事故で入院したときに担当してくれた医師の診察を受けている。

しかし、済倫会中央病院で調べても頭痛の原因は特定できなかった。

大量の安定剤や痛み止めを貰っただけで青島は家に帰され、その後は、ずっと頭痛と戦う日々が続いているらしかった。

もちろんカナダでの再就職などおよそできる状態ではなく、せっかくの誘いではあったものの青島の方から招聘を断らざるを得なかった。

美穂はそうした現況を細かく手紙に記したあと最後に、

〈たまに調子の良い日には、夫はよく加能さんの話をしております。加能さんが会社を辞めたことを奥様から知らされ、さらにご家族とも離れて金沢へ向かわれたことをかつての同僚の口から耳にして、「本部長をそんな目に遭わせたのは自分の責任だ」と言っては悔やんでおります。そして同時に、「こんなことなら本部長の下でずっと働きたかった」といまもしきりに申しているのです。

頭の痛みも一向に取れず、頭痛薬でだましだまし日々を過ごす毎日で、さすがの夫もここ数カ月は気持ちが塞《ふさ》ぐことも多く、娘の世話もなかなか任せられない状況です。「一度金沢に行って加能さんに会って来ればいいじゃない」と私は言うのですが、飛行機での移動のみならず長時間の列車の旅にも自信が持てないようで、「もう少し元気になったらそうしようと思っている」と言うばかり。

ほんの束の間のご縁をいただいたに過ぎない私からこんなお願いをするのは誠に恐縮で、かつ御迷惑であろうとは存じますが、一度是非、加能さんの方から夫へご連絡いただけませんでしょうか？　お目にかかるのは遠方でもあり困難と存じますが、せめてお電話でも頂戴できれば夫にとっても私にとってもこれにまさる喜びはございません。

どうかくれぐれもよろしくご勘案下さいますよう、衷心よりお願い申し上げます。〉

と書いていた。

鉄平はいろいろと思案の末、青島宛てに年賀状を出すことにした。その中で、所用で年明けに福岡に戻ることになったので、もし時間があれば会えないかと誘ったのである。むろん美穂から手紙を貰ったことは伏せ、こちらもかつての同僚からの話で、まだ青島が在福であるのを知ったのだと記しておいた。

すると賀状が届いたその日のうちに、鉄平のスマホに青島から連絡が入ったのだった。いかにも嬉しそうな声で、「ぜひ会いたい」と彼は言い、その電話で頭痛のことも少し詳しく聞くことができた。

青島は先月から九州大学病院の頭痛外来に通っているという。外出するのは週に一度、外来の診察を受けるときだけだと言うので、「だったらその日、九大病院の近所でご飯でも食べないか」と鉄平は誘った。青島の方はいささか恐縮の態だったが、「本当にそんなわがままを言っていいんですか」というセリフに、ちょっとした外出でも負担になるらしい彼の深刻な現状を察することができたのだった。

「本部長、何か食べたいものはありますか?」

と訊かれ、

「そりゃ博多ラーメンやろ」

と鉄平は久々の博多弁を交えて答えた。

「えー」

と青島が声を出し、「本当に博多ラーメンでいいですか?」と言う。「もちろんたい」と念を押すと、

「だったら、大学時代から行きつけにしているめっちゃうまいラーメン屋があるんでそこにしましょう」

と言って彼は「小龍亭」の名前を口にしたのだった。

案の定、幟の立っている店が「小龍亭」だった。店の入口の壁には「博多名物　長浜ラーメン　小龍亭」という赤い看板が掲げられ、足もとのスタンド型の黒板には四百六十円のラーメンをはじめとしたメニューが手書きで記されていた。

店のそばまで来るととんこつスープのいい匂いが漂ってくる。

ガラスの引き戸を引いて店内に入る。

青島は奥の四人掛けのテーブル席に出入口の方へ顔を向けて座っていた。鉄平を見つけるとゆっくりと立ち上がる。

長身の彼が立つとそこそこ広い店内が急に狭くなったような感じがある。

「お久しぶりです」

といって丁寧に頭を下げてくる。

「こちらこそ」

と返事をしながら鉄平は青島と向かい合う席に腰を下ろした。

他の客はコの字形のカウンターに背広姿と作業着姿の若者が間をあけて座っているだけで、残り四つのテーブル席は空いていた。昼餉時も終わり、大半の客が姿を消したのだろう。

いらっしゃい、と言いながら七十歳は過ぎていそうなおばあちゃんがコップの水を持ってくる。カウンターの奥ではもう一人、こちらも古稀間近という雰囲気のおばあちゃんがラーメンのスープを丼に注いでいるところだった。店に入ると濃厚なとんこつスープの匂いが鼻腔に押し寄せてくる。

今朝、空港でサンドイッチをつまんだだけだったので腹の虫が鳴った。

「よかったよ。見たところ元気そうで」

水を一口飲んで鉄平は言った。

すでに十カ月以上も頭痛に悩んでいると聞き、相当やつれているのではないかと案じていたが、青島の外見はさほど変わっていなかった。最後に会ったのが病院でのパジャマ姿だったから、むしろあのときより顔色は健康そうに見えるくらいだ。

「すみません、ご心配をかけてしまって」

「いやいや。僕の方こそ最近まで何も知らなくて申し訳なかった。きみはとうの昔にカナダに渡ったものだとばかり思っていたんだ」

「まったく我ながら情けない話です」

青島が苦笑いを浮かべる。

何にしますか、とおばあちゃんが注文を取りにくる。鉄平は慌ててテーブルのメニューを眺め、

「ラーメンの大盛りをカタ麺で頼みます」

と言った。

「ラーメンの大盛り、カタ麺で一つね」

おばあちゃんはそう言って席を離れて行く。

「きみは食べないの？」

鉄平は青島に訊ねた。

「いや、僕はこの店ではきくらげラーメンの大盛り煮玉子入りと決まってるんです」

青島が苦笑を残したままに言う。

「本部長は煮玉子はいらないですか？」

「煮玉子か、いいね」

そう言うと、青島は厨房の方にいるもう一人のおばあちゃんに向かって、

「きよこさん、大盛りにも煮玉子ね」

と声を掛ける。しかし、おばあちゃんは無反応だった。

「聞こえなかったのかな?」

鉄平が小声で言うと、

「聞こえてますから」

再び青島が苦笑した。

「ここは学生のときも院生のときも二日に一回は通ってた店で、会社に入ってからも週一くらいで来てたんです。だからおばあちゃんたちにとっちゃ僕は空気みたいなもんなんですよ」

「へぇー」

十分もしないうちにラーメンが届いた。なるほど青島の「きくらげラーメン大盛り煮玉子入り」もちゃんと出てきたし、鉄平の大盛りラーメンにもしっかり煮玉子が入っている。

一口麺をすすって鉄平は「うーん」と小さく唸《うな》る。

「どうですか?」

青島が訊いてくる。

「いやあ、これは聞きしに勝る絶品ラーメンだね」

彦左《ひこざ》の作る「オークボ」のラーメンと比べても引けを取らないほどのうまさだ。

「でしょう」

我が意を得たりという面持ちで青島がようやく自分の丼に箸を入れた。

それからしばらくは互いに口もきかずにラーメンをすすった。途中青島は、卓上の丸い壺から辛子高菜をトングでつまんで盛大にラーメンに投入した。

「本部長、この辛子高菜も絶品ですよ」

と言う。

あつあつのラーメンを食べて上気したその顔はおよそ病人とは思えない。

二人ともあっという間に完食した。普段は滅多にスープを飲み干さない鉄平も今日ばかりは一滴残さず平らげてしまった。

金沢は〝食の殿堂〟だと鉄平は思っているが、ことラーメンに限ってはやはり博多に太刀打ちできない。金沢にもとんこつラーメンの店は多々あるのだが、どこに行ってもこれほどのラーメンにありつくことはできないだろう。

おばあちゃんが鉄平たちの丼を片づけた頃には、先客二人も帰って、店は鉄平と青島だけになっていた。

すると、きよこさんと呼ばれたおばあちゃんがカウンターの奥から出てきて、緑茶と羊羹の載った皿を持って来てくれた。何も言わずにそれを卓上に置いて戻っていく。青島も青島で礼の一つも口にしないですましていた。

なるほど、先ほどの言の通り、彼はこの店にとって「空気みたいなもん」のようだ。

「食欲もあるみたいだし、症状もだいぶ改善しているようだね」

そう言って、鉄平は熱い緑茶をすする。口の中に残っていたラーメンの脂が緑茶できれいに洗い流されていくのが分かる。

美穂が手紙で書いていた内容より明らかに青島の状態は良さそうだった。

「それが、この一週間くらい不思議とあまり頭痛が出ないんですよ」

青島が言った。

「さっきも頭痛外来の担当医にその話をしたらしきりに首をひねってましたね」

「そうなんだ」

「先日も電話でお話しした通りで、最初に行った済倫会病院でも、この九大病院でもしっかり検査を受けて、それでも原因が見つからなかったんです。なので、ひどかった頭痛がこうして急に軽くなっても、どうしてなのか理由が分からない」

「やっぱり例の事故の後遺症ってことなんだろうね」

「医者はそれは関係ないだろうと言っているんです。僕自身もあの事故の怪我と今回の頭痛は関係がないような気がしています」

「そうなんだ」

「はい」

青島は素直な表情で頷いた。

「じゃあ、他に思い当たる理由はないの？」

「それがさっぱりなんです」

「この前の電話だと、カナダ行きの飛行機の中で激痛に見舞われたって言ってたよね」

「はい」

「となると飛行機が原因なのかね」

青島は首を傾げてみせた。

「それまでも何度か海外に行ったことがありましたし、長距離の空の移動も経験していましたが頭が痛くなるようなことは一度もなかったですからね。もちろん事故後、初めて乗ったのがカナダ行きの便だったので、あの事故のせいで僕の身体に何か特殊な変化が起きていて、それで発症してしまった可能性は否定できません。ただ、自分の実感としてはそういうことではないような気がするんですよね」

「だとすると、何が原因なんだろう」

「それがまるでよく分からないんです」

そう言いながら、しかし、青島は何かもの言いたげな顔つきになっていた。鉄平が無言で続きの言葉を待っていると、

「実は一つ、もしかしたらと思うことはあるんです。先週、本部長と電話で話して以来、嘘みたいに頭痛が軽くなったのを経験して、あらためてやっぱりそういうことなんじゃないかと感じたんですが……」

しばらく溜めがあってから青島は話し始めた。

「結局、あの爆発火災事故の落とし前を僕はつけていないんですよね」

だが、そのあと彼は意外な一言を口にしたのだった。

「落とし前？」

思わず鉄平は聞き返す。

「はい」

青島が大きく頷く。

「娘の病気や美穂の育児ノイローゼもあって、僕は会社に鬱病だと嘘をついて久山工場から外れ、休職後は本部長の下に配転して貰いました。そしてその結果として、あんな大事故が発生してしまった。もしも僕が仮病なんて使わずにずっと久山の塩ビプラントの面倒を見ていれば、恐らくあれほどの大事故を引き起こすことはなかったと思います。何しろ、あのプラントについては僕が一番詳しかったわけですからね。

だとすると、僕には重大な過失責任がある。にもかかわらず僕は最後まで会社に嘘をついたまま労災扱いで退職し、挙句、自分だけさっさとカナダのバイオベンチャーに転職しようとしていた。カナダに渡る機内で突然激しい頭痛に襲われてしまったのは、おそらくそういう自分に自分自身がとうとうレッドカードを突きつけたからじゃないかと思うんです。『おいおい、お前は一体いつまで頬《ほ》っ被《かむ》りを決め込んで、逃げ続ける気なんだよ』って。そして、いままで頭痛が取れなくてろくに仕事探しもできなかったのが、こうして本部長にお目にかかると決まった途端にいきなり痛みがなくなってきたのも、これでようやくあの事故の落とし前をつけることができると自分が知ったからじゃないかという気がするんです」

青島はいかにも真剣な眼差《まなざ》しで話していた。

しかし、その話の内容は鉄平にはおよそ同意できるものではなかった。

確かに彼が久山工場で塩ビプラントのメンテナンスを続けていれば事故は未然に防げたかもしれない。だが、どんな理由にしろたった一人のエンジニアが抜けただけであれだけの大事故を起こしてしまうのは、明らかに会社側の危機管理上のミスと言うほかはなく、一エンジニアに過ぎない青島のせいのわけがなかった。そもそも彼は事故が起きるはるか以前に休職し、その後も正規の人事異動で鉄平の部署へ配置換えになったのだ。むろん休職中も代わりの人員はきちんと手当てされていたのである。

青島は当日も現場に出張り、事故を防ぐために誰よりも最善の努力を続け、その結果として唯一の被災者になるという悲運に見舞われた。

そんな人間に重大な「過失責任」などあるはずもなかった。

むしろ、そうやって自身を過度に責め続けていること自体が、青島の現在の精神不安を象徴しているのではないか？　さらにはそうした精神不安が長引く頭痛の本当の原因になっているのではないか――彼の言葉を耳におさめながら鉄平はそう感じていた。

「青島君、それはきみの考え過ぎだと僕は思うよ」

冷めてしまった緑茶を一口飲んで茶碗を置き、鉄平は青島の目を見つめながら言う。

「あの事故に関して言えば、きみはあくまでも被害者であって、一ミリだって加害者の側に足を踏み入れてはいないと僕は思う」

それから鉄平はそう思う理由を丁寧に青島に説明したのだった。

18

鉄平の話を聞きながら、青島はしばらく考え込むような様子で俯《うつむ》いていた。話が一区切りついたところで顔を上げる。

「本部長のおっしゃっていることもよく理解できます。ですが、現にこうして僕の頭痛が取れていることの理由が、それではよく分からないと思うんです。あの事故の責任が僕個人にだけ帰すものでないのはその通りでしょうし、会社の安全対策と管理体制に不備があったのも事実でしょう。しかし、それはそれとしても、やっぱり僕が仮病を使って久山を出ていなければ事故は未然に防げた可能性が高いと思います。結果論として、自分のついた嘘のせいで会社が創業以来の大事故を起こしてしまった。これは隠しようのない事実ですよ。それに、僕が責任を感じる必要なんてないとおっしゃいますが、その一方で、本部長が会社を辞めたのは部下に怪我を負わせた責任を痛感してのことだろうと金崎部長は言っていました。だとすれば、いま本部長が話されたことは、そのまま本部長御自身にも跳ね返ってくるのではないでしょうか?」

青島の強い瞳に幾分気圧《けお》されるものを感じた。

〝落とし前〟云々は措《お》くとしても、青島の頭痛がにわかに軽減している事実と、年明けに鉄平が彼との再会を約束したことのあいだにはある種の関連があるのかもしれない。そこはあながち的外れとは言えないような気が鉄平にもしている。

「きみには申し訳ないが、僕があの会社を辞めたのはそれだけが理由ではないよ」

とりあえずそう言ってみた。

「そんなことは分かっていますよ。本部長のような方があんな処遇を受けているのは余りに理不尽だと、社内の誰もが思っていたわけですから」

「それは買い被り過ぎだよ」

鉄平は苦笑する。

「でも、今回、本部長が戻って来て下さると知って、会社の連中はみんな本当に喜んでいるんです。年末に同期で久々に集まったときも、これでようやくうちも立ち直ることができると全員が胸を撫《な》で下ろしていました」

すると青島が奇妙なことを言った。

「本部長が戻って来て下さる」というのは一体どういうことなのか？　よく意味が分からない。

「僕が戻るって、一体どこに？」

今度は青島がきょとんとした顔になった。

「取締役として会社に復帰されることになったのではないのですか？」

「加能産業に？」

青島が大きく首を縦に振った。

「違うんですか？　そのために今回、福岡に戻って来られたのではないんですか？」

童顔の大きな瞳を丸くしている。

「そんな話はまったく出ていないよ」

青島が絶句している。

「誰がそんなことを言っているの？」

相手が声を失った態だから、こちらから質問するしかあるまい。

「誰がって、会社中がいまやその噂で持ち切りの状態のようですが……」

「会社中？」

「はい。年末に同期たちと会ったときも、亡くなった会長の遺言で本部長が大株主になり、晴れて役員として復帰してくれることになったとみんな大喜びしていました」

「何、それ？」

「加能産業の株式の二割を本部長が会長から譲られたという話でした。先月、遺言執行人に指名されている菅原取締役がイントラを使って会長の遺言状を公開して、それで社員全員がその事実を知ったと聞いています」

「何だって！」

今度は鉄平の方が仰天する番だった。

19

エレベーターのボタンを押してもなかなか昇降籠は降りてこない。

鉄平は諦めて階段を使うことにした。

コンクリートの階段を一段一段踏みしめながら、今朝も夏代はこの階段を降りて仕事に出掛けたのだろうと思う。

外階段だから冷たい風が直に吹き寄せてくる。壁は煤《すす》け、手すりには無数の錆《さび》が浮いている。長年自分も使ってきたはずの階段だが、こうして久々に眺めてみればずいぶんと古びて汚かった。

マンションの正面玄関に立って建物全体を見上げたときも、こんなにくたびれたマンションだったかとちょっと胸を衝かれるようだった。

たった一年足らずの不在に過ぎなかったが、夏代の日常から自分がいかに遠く離れてしまったかを実感せざるを得ない。

この寒さと暗い曇り空が尚一層そういう印象を強めているのではあろうが……。

今日は平日だから夏代は仕事に出ているはずだった。

念のため地下鉄の出口を出たところで自宅の電話番号に掛けてみて留守録に切り替わるのを確かめ、さきほどは裏手の駐車場に回ってシルバーメタリックのスバル・レヴォーグが出払っているのも確認してきた。

福岡で青島と会うと決めたときからこんなことをしようと考えていたわけではない。

夏代のいない隙に空き巣のように家に上がり込むなど、思いつきもしなかった。

地下鉄で最寄り駅の「東比恵《ひがしひえ》」まで向かうあいだも、

——余りに馬鹿げた行為ではないか？

と何度も自問を繰り返した。

だが、駅に降りた途端、なぜだか一瞬で腹は固まったのだった。

さきほどまで会っていた青島雄太が、こんな突飛な行動に自分を駆り立ててしまった――そう言えなくもない気がした。

鉄平が二度と加能産業に戻るつもりはないと伝えたときの青島の落胆ぶりは激しかった。

「残念です」

と幾度か口にして、それ以上は何も言ってこなかったが、その様子を見ていれば、彼が何を切望しつつ今日の鉄平との再会に臨んだのかが手に取るように察せられたのだった。

青島は加能産業に復帰した鉄平の下でもう一度働きたいと思っていたのだろう。そうやって彼なりにあの爆発火災事故の〝落とし前〟をきっちりつけたいと願っていたのだ。

そうすることでしか、いま抱え込んでいる正体不明の頭痛を克服することができないと彼は思い詰めているに違いなかった。

一時間余りのやりとりのあと、一緒に「小龍亭」を出た。「馬出九大病院前」まで連れ立って歩きながら、鉄平はこのまま別れてしまっては、恐らく今夜にも青島は激しい頭痛に見舞われるだろうと危惧したのだった。

それがいかにも気の毒に思え、青島が乗る貝塚行きの電車がホームに入って来る直前、

「さっきはあんなふうに言ったけれど、きみの話を聞いて加能産業に戻ることも少し考えてみようかと思ったよ。どのみち叔父が遺してくれた株は譲り受けるつもりでいるんだ。

僕が相続を放棄してしまうと、それこそ社長や川俣常務の方針を追認することになってしまうからね。もしも、あの会社に復帰すると決めたときは、きみにも是非一緒に戻って欲しいと思う。むろん体調のことは十二分に配慮させて貰うし、当分は治療優先の勤務で構わない。だからそのときはくれぐれもよろしく頼むよ」

と鉄平は言ったのだった。

「本当ですか？」

駅までの道すがら俯きがちに黙り込んでいた青島が、この一言で表情を一変させ、

「分かりました。僕の方でもこれから会社の連中に連絡して、いまの社の現状をしっかりヒアリングしておきます。耳寄りな情報が入ったらその都度、先ほどいただいた名刺のメールアドレスに送信させていただきます」

にわかに精彩を取り戻したのである。

店を出る前に「はちまき寿司」の名刺を彼に渡してあった。そこには店の住所、電話番号だけでなく、鉄平のメールアドレスも記されている。

「そうだね、よろしく頼むよ」

鉄平はそう言って、滑り込んできた電車に乗り込む青島を見送ったのだ。

それから五分ほど、中洲川端《なかすかわばた》方向に向かう電車をホームの反対側で待っていた。今日の宿は博多駅の近くに予約してある。青島には「所用」があると言っておいたが、実際は、

彼と会うためだけに福岡に戻って来たのだ。

時刻はまだ三時前だった。

これからどうしようかと考える。そしてそのうち鉄平は次第に腹立たしい気持ちになってきたのだった。

青島の語っていたことを反芻すると尚更にその気持ちは高まり、やがてくっきりとした怒りへと変わっていった。

一月十二日の爆発火災事故でただ一人重傷を負った青島が、いまも頭痛に苦しみながら、事故を防ぐことのできなかった自分自身をずっと責め続けている。

にもかかわらず、本来事故の責任を最も重く受け止めねばならない常務の川俣や社長の尚之は私利私欲にはしり、川俣に至っては事故の反省など端から放り投げて、再び塩ビプラントの新設へと突き進んでいるのだ。彼はそのために加能産業という会社そのものを業界最大手の三精化学に売り払おうとまでしているという。

果たしてそんな理不尽がこのまま罷《まか》り通っていいのだろうか？

鉄平の脳裏に浮かんでくるのは川俣善治郎の顔だけではなかった。川俣の顔と重なるようにあの高松宅磨や木内昌胤、さらには藤木波江の顔がよみがえってくる。

――この世の中をあんな連中の好きにさせてはならない。

強く思う。

先月、菅原が社員全員に対して叔父の遺言状を公開したということは、いよいよ事態は切迫し、川俣と菅原との戦いは正念場を迎えているに違いない。菅原からはあれから何も連絡はなかった。「しばらく時間を下さい。じっくり考えてから、どうするか返事をさせて貰おうと思います」という鉄平の言葉を信じて、あくまで律儀な彼はずっとその返事を待ち続けているのだろう。

青島と会ったことで鉄平の心のうちに大きな変化が生まれ始めている。

家の様子を覗きに行ってみようと思い立ったのもそのせいだった。

万が一、加能産業に復帰するとすれば一番引っかかるのは夏代との関係だ。むろん「はちまき寿司」をどうするかや、加能産業の現在の経営状況も気がかりではある。だがそれらに増して気になるのはやはり夏代や家族との今後の関わり方だった。

再び福岡の地に戻ってくるとなれば、自分は彼らとどのように付き合えばいいのか？

そこをしっかりと見極めない限り、加能産業への復職など到底できるはずがなかった。

20

四階に辿り着き、見慣れたドアの前に立つと突然のように懐かしさがこみ上げてきた。

リュックから鍵を取り出す前に呼び鈴を鳴らしてみる。予想通り応答はなかった。

時刻は午後三時過ぎ。この時間帯に車を使って家を空けているということは、十中八九、夏代は仕事に出ているのだ。そのことを確かめられただけでもよかったと思う。

五月に手紙を受け取って以来、彼女からは何の音沙汰もない。

ひょっとして体調を崩して連絡しようにもできない状態になっているのではないか――それならばさすがに美嘉や耕平から一報が入るとは思うものの、そうした微《かす》かな不安はずっと消えないままだったのだ。

鍵を取り出して錠を解く。

何千回も引いてきた丸いドアノブを引いてドアを開けた。

急いで中に入り、後ろ手で鍵を掛ける。

家の様子は記憶の通りだった。靴箱も靴箱の上の置物も、スリッパラックも式台の玄関マットも何も変わってはいない。そして、入った途端に鼻腔をくすぐってくる家の匂いも以前と同じものだった。

靴を脱ぐ前から夏代にも子供たちにも善からぬことは何も起きていないのが分かる。

この家の変わらぬ佇まいを見れば、それは一目瞭然だろう。

胸を撫で下ろす気分で鉄平は部屋に上がった。

長居はできない。勝手に上がり込んだ痕跡を残すわけにはいかないし、夏代がいつ帰って来るか分からないのだ。

もうここは自分の家であって自分の家ではないのだから……。

それぞれの部屋も何一つ変わってはいなかった。

リビングの壁には去年と同じように生協のカレンダーが掛けてあった。夏代はおそらくいまもあの弁当工場で働いているのだろう。

ただ、サイドボードの上に置かれた写真立ての中身が新しくなっていた。

美嘉の成人式の晴れ着姿と耕平の大学入学式のスーツ姿がどちらも別の写真に入れ替わっていた。

耕平の方は真由《まゆ》と並んで微笑んでいる室内写真だった。場所ははっきりしないが、どうやら耕平の部屋でもこの家でもなさそうだ。もしかしたら耕平と真由が新居に引っ越したのかもしれないと思う。

わざわざ手に取ったのは美嘉の写真の方だった。

三人の集合写真に変わっている。

夏代と美嘉、そしてそのあいだにもう一人。といってもその子はおくるみを着て美嘉の懐に抱かれていた。

最初は指紋を残さないようにと写真立ての縁を両方の手のひらで挟むようにして持っていたのだが、いつの間にかしっかり指で摑んで顔の近くまで寄せていた。

その赤ん坊の顔をまじまじと見つめる。生後どのくらいだろうか。目は開いているが、まだ二、三カ月という感じだ。顔立ちでは性別が分からない。ただ、おくるみの色が淡いピンク色であることからして女の子なのだろう。

——これが俺の孫娘なのか……。

実感はまるで湧かないが、しかし、これまで味わったことのない奇妙な感情が胸の奥から滲み出してくるのを感じた。

さらに意外なのは美嘉の方だった。立っている夏代に寄りかかるように座って我が子を抱いている美嘉は、いままで一度も見たことのないような穏やかな笑みを浮かべていた。

鉄平はその写真立てをサイドボードの上に寝かせて、ポケットからスマホを取り出した。カメラのレンズを向けてシャッターを切る。ベランダの窓からの光が反射しないようレンズの向きを変えながら何枚か複写を行った。画像を呼び出して反射のない一枚だけを選び、あとはすべて削除する。

「よし」

と声に出す。

そのあと窓越しにベランダのプランターを眺めた。植物たちがちゃんと手入れされているのが分かる。

リビングを出て玄関に向かう。

そろそろ退散したほうがいいだろう。すでに十分近くが経っていた。

ふと思い立って玄関脇の洗面所と浴室を覗いた。

洗面所はそのままだったが浴室はドアが新しくなっている。明かりをつけてドアを引くと風呂場全体が新品になっていた。

——孫娘のために風呂だけは新調したのか……。

年末年始は美嘉たちも帰省したに違いない。耕平や真由も戻って来たかもしれない。あの温度調節の効かなくなった給湯器ではとても赤ん坊を入浴させることはできないだろう。

鉄平は浴室の扉を閉じ、照明を消して玄関に戻る。

——俺がいなくても夏代たちは元気に暮らしている。

リビングのドアや両脇の各部屋のドアが開きっぱなしになっていないか目で確かめながら鉄平はそう思った。

一億円の通帳を握ってこの家を出たときも肩の荷が下りたような気がしたが、いまこうして自分がいなくなったあとの夏代たちの暮らしぶりに触れ、鉄平はまるで憑《つ》き物が落ちたような安堵感を覚えていた。

たとえ菅原や青島たちの要請に応じて福岡に戻って来るにしても、このまま金沢で「はちまき寿司」を発展させていく道を選ぶとしても、そうした自らの選択とは何ら関わることなく、夏代たちの人生と自分の人生とは、もはや無理に交わらせる必要がないのだろう。

——俺は、俺の生きたいように生きればいいのだ。

鉄平は自らにしかと言い聞かせてみる。

21

青島雄太と会って福岡に一泊し、鉄平は翌朝の飛行機で金沢に帰った。

小松空港から香林坊までリムジンバスを使ったのだが、香林坊で下車した頃から雪が降り始め、時間が経つごとに雪の勢いは増していった。

この日、一月十日から金沢は七年ぶりという大雪に見舞われたのである。

雪は四日間にわたって降り続け、最大積雪量は市内中心部でも六十センチを超えた。

十二日の金曜日には一部小中学校が休校に追い込まれるほどの降り方だったのだ。

大雪の影響で、二月三日開店を予定していた二号店の開店準備が大幅に遅れ、そのため水野さんだけでなく鉄平も新店にかかりきりにならねばならなくなった。

本店の方は表さんと、そしてさっそく正社員として採用した五十嵐蒼汰の二人で切り盛りして貰う形になったが、五十嵐がいち早く「はちまき寿司」の仕事を飲み込むためにはそれはそれで好都合ではあった。

五十嵐の採用に関しては表さんが年末のランチ面談のときから大乗り気だった。彼を一目見た途端にぴんときたようだ。

「エクスプリールにいた人に訊いたら、五十嵐さんて仕事はすごく出来るけど性格が超きついって言ってましたけど、本当ですか？」

顔を合わせて間もないうちに彼女が本人にそれをぶつけて、鉄平は内心冷や冷やさせられた。

だが、五十嵐の答え方は実にそつのないものだった。

「あの頃は正直そうでしたね。この数年間、真ん丸い地球を歩き回って自分自身もだいぶ丸くなったつもりなんですけど、当たりがきついと思ったときは遠慮なく言って下さい。そういうことは自分ではなかなか気づけないんで」

予想とは違って、五十嵐は穏やかな目をした青年だった。

本人が言うように世界中を旅したことでエクスプリール時代とだいぶ趣きが変わっているのかもしれなかった。

そして何より、年明けから一変したのは「はちまき寿司」の雰囲気の方だった。

それまではアルバイトも含め女性従業員しかおらず、男性はオーナーの鉄平一人だったわけだが、五十嵐という青年が加わったことで店内の活気が明らかに増したのだ。

五十嵐はかつて優秀な美容師だったこともあり、女の子たちとの接し方が堂に入っていた。アルバイトの子たちと如才なく接している姿を見るにつけ、鉄平はあらためて五十嵐を「はちまき寿司」に強く推薦してきた喜多嶋オーナーの慧眼《けいがん》に気づかされる思いだった。

二号店のために動き回っているうちに、鉄平の方も、自分の気持ちが次第に固まっていくのを感じていた。

青島と会った日、夏代の部屋を訪ねたのがやはり大きかったように思う。

夏代や子供たちがしっかりと自分たちの日常を生きているのを知って、鉄平も自らの日常を積み重ねていくしかないのだと悟った。

そして、その〝日常〟を積み重ねる場所はやはり福岡ではなくてこの金沢の地であるに違いない。

まだ決して多くはないものの「はちまき寿司」を通して知り合った仲間たちがいた。

二号店開店に向け彼らと共に精出していると、いま自分が突然抜けるような無責任なことは到底できないと気づかされる。

――本気で腹を括るしかない。

という気持ちが日増しに強くなっていくのだった。

青島からは定期的にメールが届いていた。

むかしの同僚たちから逐一情報を取って、そこに彼なりの分析を加えたものをレポートしてくれている。それだけで、加能産業のおおよその現況を知ることができた。

十一月には三精化学への株式売却の件が表沙汰になり、十二月には亡き会長の遺言状が社員全員に公開された。これによって社内世論の激しい反発にさらされた尚之社長と川俣常務は、ひとまず三精化学への身売りを断念せざるを得なくなったようだった。

かわりに川俣が狙っているのが、今年六月での尚之社長の会長昇格と自身の社長就任であるらしい。いまや川俣の操り人形と化している尚之は、この棚上げ人事に関してもどうやら受け入れそうな気配だと青島は書いてきていた。

青島の頭痛は、あの日以来、すっかりおさまっているようだ。

鉄平は青島宛のメールで、菅原取締役に青島を加能産業に復職させるよう求めたので、菅原からの連絡を待つようにと伝えた。彼からはすぐに感謝のメールが返ってきた。

鉄平の持ち株と従妹の元美の持ち株を合計すると全株式の二十五パーセントにあたる。それだけの株数があれば、たとえ尚之や川俣が菅原を取締役から解任しようとしても鉄平たちの力で阻止することが可能だった。

福岡から戻って数日後に菅原に送ったメールで、鉄平は、孝之叔父の株を相続するための手続きを進めて欲しいむね依頼すると同時に、いざというときは株主としてそうした実力行使も辞さないつもりだと告げておいた。青島の件にもこのメールの中で触れたのだ。

菅原からは、「それではただちに手続きに入ります。青島君のことは万事承知しました」という簡単な返信が届いただけだった。

やけにそっけない内容だったが、とりあえず三精化学の子会社化が消え、仮に「川俣社長」が六月に誕生したとしても、鉄平や元美の後ろ盾を得て、引き続き川俣と対峙《たいじ》できる立場にいられると分かって、菅原も少し落ち着きを取り戻したのだろうと鉄平は推測したのだった。

一月三十一日水曜日。

三日後に開店を控えた新店舗で水野さんと共にアルバイト従業員への接客指導をしていると、鉄平の携帯に電話が入った。

時刻はちょうど二時になったところだった。

本店からだったので少し場所を移動してすぐに通話ボタンを押した。今日は表さんも五十嵐君も在店のはずだった。彼らがいる日に本店から電話が入ることは滅多にない。何かよほど大きなトラブルでも起きたのではないかとちょっと心配になる。

電話機を耳に寄せて「はい」と言うと、

「オーナー」

幾分戸惑った感じの表さんの声が届く。ますます嫌な予感がした。

「どうしたの？」

「実は、奥様がいらっしゃってるんですが……」

最初はよく意味が分からなかった。

「奥様って？」

一体誰の奥様なのだろうか？

喜多嶋オーナーの妻のあずみさんの顔が一瞬脳裏に浮かんで消えた。

「オーナーの奥様です。さきほどこちらに見えられて。オーナーはいま新しいお店に行っていますとお伝えしたら、申し訳ないけど電話して貰えないかと頼まれまして。自分が掛けたらきっと出てくれないからと……」

オーナーの奥様？　そう耳にしても思い当らず、

「オーナーの奥様って、僕の女房ってこと？」

問い返していた。

「そうです」

表さんがさらに困惑した声になる。

「その人、夏代という名前の人？」

鉄平の方も余りの事態にすっかり混乱してしまった。

表さんが、電話の向こうで、「奥様、夏代さんですか？」と相手に訊ねる声が聞こえた。

「ええ。加能夏代です」

意外に鮮明にその声が耳元に響く。

そこでようやく鉄平は現実を理解した。

それは間違いなく夏代の声だったのだ。

22

夏代を二階の事務所に案内しておくよう表さんに頼んで、接客指導に戻った。

一時間ほど水野さんと二人でアルバイト採用した女性たちに「声かけ」「包装」「レジ打ち」などの要領を教え、時計の針が三時を回ったところで鉄平は新店舗を出たのだった。

そうやって時間を稼ぎ、別の作業に集中することでようやく混乱していた頭が少し元に戻ったようなあんばいだった。

それにしても、どうして夏代が突然、訪ねてきたのか？

何らかの変事が出来《しゅったい》してのことではないように思われる。夏代や子供たちが常に変わりなく暮らしていることは、ついこの間、確かめてきたばかりなのだから。

二号店開店と株式会社化が決まって、鉄平は翼ビルの二階を事務所として借りることにした。去年の暮れに大家の大野《おおの》さんから連絡が入り、近所のブティックが倉庫代わりにしていた二階の部屋が年始から空くのだが、「はちまき寿司」で使わないかと誘ってきたのだ。

提示された家賃も例によって相場よりだいぶ安かった。

渡りに船の申し出で、鉄平はすぐに了解し、さっそく正月明けから矢代《やしろ》工務店の飯塚《いいづか》さんたちに入って貰って二階の部屋の簡単な内装替えを行ったのである。

これで株式会社「はちまき寿司」は本店の上が本社、そしてその上がオーナーの住居という願ってもない体裁を整えることができたのだった。

二階には事務スペースだけでなく、従業員たちのロッカールームや狭いながら休憩室も設けてあった。事務スペースには鉄平や表さん、水野さん、そして五十嵐君のデスクがあり、小さな応接セットも据えてある。

一月半ばに内装が終わると、三階の一室に詰め込んであった様々な資料や備品のたぐいを二階に移し、それからの事務作業は全部事務所でこなすようにしていた。

鉄平は車を一階の駐車場に入れると、二階に上がる前に店舗に立ち寄った。

厨房でのり巻きを巻いている表さんに近づき、

「さっきはありがとう」

と声を掛ける。手を止めた表さんが顔を上げて、

「お茶しか出していないんですけど」

時間のかかった鉄平に少々呆れ気味の様子で言う。

鉄平が福岡からこちらにやって来た事情について彼女はある程度知っていた。夫婦関係が破綻し、鉄平が離婚を視野に入れているという話もしてある。

「何の連絡もなく、急にやって来たんだ。少しくらい待たせても罰は当たらないさ」

いかにも平静を装って鉄平はうそぶいてみる。

「奥様、ものすごくきれいな方ですね。最初入ってこられたとき女優さんかと思っちゃいました」

表さんは鉄平の虚勢を察した気配もなく、これまで聞いていた話とちょっと違うじゃないか、という感じで言った。

「とにかくずいぶんお待ちですから、オーナー、早く行ってあげて下さい」

彼女はそれだけ言うとふたたび手元に視線を落としてのり巻きを巻き始めた。

店を出て、駐車場の横にある屋内階段を上る。翼ビルにエレベーターはない。

事務所のドアの前に立って鉄平は一度深呼吸をした。

このドアの向こうに夏代がいると思うと緊張が舞い戻ってくる。

ノックはせずにドアノブを回した。日中、事務所には鍵を掛けていない。最近はおおかた鉄平か五十嵐君のどちらかが在室しているからその必要もなかった。

ドアを開けるとすぐがミニキッチンのついた事務スペースになっている。休憩室やロッカールームはスペースの先にあった。三階にある小さなベランダが付いていない分、二階の方が少し広かった。

その十五畳ほどの事務スペースの右の窓際に応接セットが置かれていた。パーティションで囲ったりしていないので奥側の二人掛けのソファに座っている夏代の姿がすぐに目に入る。

ドアが開く音で顔をこちらに向けた彼女と目が合った。

「やあ」

笑みを作って鉄平が近づいていく。夏代も中腰になってぎこちない微笑を浮かべた。

「一体どうしたの？　急にこんなところまで」

言いながら扉側のソファに座った。鉄平が腰を下ろすのを見極めて夏代もソファに戻る。

卓上には手がつけられていなさそうな茶碗が一つ。

暖房はしっかりきいているので寒くはなかった。

長年着ているカシミアのコートが彼女の横に畳んで置かれていた。あとはこれも見慣れたハンドバッグだけだった。

「もう一年以上もあなたの顔を見ていないし、なんだか待ちくたびれちゃったわ」

夏代は肩をすくめるようにして言った。

雑談めいたやりとりもなしに最初から本題に触れてくるのはいかにも彼女らしかった。

「僕の返事は六月に出した手紙の通りなんだけど」

鉄平も居住まいを正す心地ではっきりと答える。

五月に長い手紙が届き、それから一カ月ほどして鉄平も長い返信を送っていた。その中で、もう一度やり直す気持ちがないことはきちんと伝えてあった。

「そう言われると思った」

夏代が言った。

最後に顔を合わせたのは去年の一月六日、例の一億円を渡された晩だから、彼女の言葉通り、お互いもう一年以上顔を見ていないことになる。最後に声を聴いたのは美嘉が病院から脱走してしまったと電話で伝えてきた日で、それにしても一年近く前だった。

「ずいぶんすっきりしたわね。元気そう」

「こっちに来て少し痩せたからね」

この一年で四キロほど体重が減っていた。とは言ってもまだまだ腹回りにはたっぷりと贅肉がついている。

夏代の方はほとんど変わっていない様子だ。

本人を目の前にしても、予想したほどの懐かしさも感傷も込み上げてはこなかった。そのことが鉄平にはちょっと意外ではあった。

ただ、それは自分が夏代のことをちっとも忘れていなかったことの裏返しに過ぎないような気もした。

長年連れ添った女房を一年かそこらで懐かしく思えるほど忘れるなど、土台無理な相談なのかもしれない。

「あなたのあの手紙はショックだった」

と夏代が言う。

「だけど、時間が経てば気持ちもまた変わるだろうって思って待ってたの」

「僕の気持ちは何も変わっていないよ」

「そうね」

夏代が小さく溜め息をつく。

「そう思ったからこうして訪ねて来たのよ」

「何のために?」

聞かずもがなのことを鉄平は口にする。

「あなたを迎えに来たの。決まってるでしょう」

夏代が小さな笑みを浮かべて言う。

「そう言われてもね」

鉄平は呟くように言い、夏代の大きな瞳をちゃんと見る。そのとき初めて、なんて懐かしい顔だろうと感じた。よく見れば彼女は少し歳を取ったような気がする。

「手紙にも書いたことだけど、もう僕たちは充分に頑張ったんだよ。美嘉も耕平もすっかり大人になった。そして、僕もきみもまだ若い。こうして金沢にやって来て、僕には新しい仕事が見つかり、新しい人間関係も生まれた。きみだってそうやって新しい人生に踏み出すことができる。これからは、美嘉や耕平の父親であり母親であるという形で僕たちは関わっていけばいいんだと思う。もう同じ一つ屋根の下で一緒に暮らす必要はないんだ」

　鉄平の言葉に夏代は表情を変えず耳を傾けていた。そして、しばしの間をあけて、

「一つだけ訊いていい？」

　と言った。

「あの遺産のことをもっと早くにあなたに打ち明けていたら、私たちはずっと一緒にいられたのかしら？」

「それはそうだと思うよ」

「ほんとうに？」

「これも手紙に書いた通りだけど、夫婦は恋人同士とは違うんだ。愛情で関係を支え合うだけじゃなく、信頼で支え合わなきゃいけない。そうでなきゃ何十年も一緒にはいられない。夫婦は愛し合う以上に信じ合う必要があると僕は思う。だけど、その信頼関係が僕ときみとのあいだにはなかった。それはいまとなっては覆しようのない事実だと思う。仮にきみが例の遺産の件を打ち明けてくれていれば、たとえ僕たちの人生がまったく同じものだったとしても、それでも全然違った人生になっていたと僕は思っているよ」

「私はあの遺産のことは最初からなかったものとして生きてきたし、あなたに知られるまでずっと本心でそうやって生きてきたのよ。それは分かってくれるでしょう」

「だけど、きみは木内さんのことを黙っていたじゃないか。きみの手紙にあったように、

あのとき、きみは僕に真実を語るべきだった」

「そのことは幾ら謝っても足りないと思ってる。本当のことを言うのが怖くてどうしても言えなかったの」

「きみと僕との夫婦生活は、恐らく、きみが木内さんの会社に出資したときに終わりの始まりを迎え、僕がきみから一億円を渡されたときに完全に終わったんだと思う。夫婦と言ったっていずれはどちらかが先に死んで終わるかりそめの契約でしかない。その契約満了が、僕たちの場合は少し早めに来たんだろうと僕は受け止めているんだ。それにしたって、さっきも言ったように僕たち夫婦はちゃんと頑張ったんだと思うよ」

「つまり、あなたの気持ちは全然変わっていないのね」

「そうだね」

「じゃあ、私たちはこれでさようならなのね」

「夫婦という意味ではそうだね」

「夫婦でなくなったら、あなたと私とのあいだに他の意味なんてないわ。私たちは血の繋がらない他人同士なんだもの」

「まあね。子供たちも成人したんだし、それはそれで構わないんじゃないかな。もはや夫婦として思い残すこともないわけだから」

「確かにそうかもしれないわね。私もこの一年、そういう風に感じるときもなかったわけじゃないから」

　会話はなだらかに進んでいった。夏代と面と向かってこうした話をすればきっと冷静ではいられないだろうと想像していたが、現実がそうではないことに鉄平は内心驚いていた。これも一年という年月の効用というものなのか。

　夏代の方も表情といい口調といい落ち着いた風情だった。涙ぐむわけでもなければ、声を昂《たかぶ》らせるわけでもない。

　互いの交わらない気持ちを、ただ粛々と披露し合っている――そんな感じだった。

「でも、私はやっぱりあなたとやり直したい。遺産のこともあなたに知られてしまったし、木内さんの会社に出資した理由も打ち明けた。もう私に秘密は何もない。これからは二度と嘘や隠し事をせずにあなたと向き合っていこうと思っている。だから、お願い、あと一度だけ私にチャンスをちょうだい」

　夏代が真剣な面持ちで言う。

　鉄平は黙り込むしかなかった。

　半年以上前に自分が送った手紙の内容を詳しく思い返しながら、やはり夏代と縒りを戻すのは難しいと確認する気分だった。こうして面と向かってみてもあのときの気持ちが揺らぐ気配はない。

　同時に、夏代への信頼を一挙に失って家を捨ててきたが、いまはそういう彼女の不実が許せないというよりも、この金沢の地で新しく築き始めた人生への責任の重さの方をより大きく感じている気がした。

言葉にした通り、夏代との夫婦関係は、美嘉と耕平という二人の子供を育て上げた時点で役割を果たし切っていた。子育てを終えた夫婦が死別のときまで共に暮らす理由には、もちろん慣れ親しんだ繋がりを失いたくないという願いも強く作用するのだろうが、片方で、経済的な事情や敢《あ》えて別れるまでもないという〝面倒くささ〟も大いに関与していると思われる。

自分たち夫婦の場合は、夫の側に新天地で始めた順調な事業があり、妻の側には娘や息子との深い絆と莫大な財産がある。

そうとなれば「子供たちの独立」という明確な区切りをもって互いが別々の人生へと乗り出していくのは、考えてみるに決して不自然でも不合理でもないのではなかろうか？

――結局、俺は、そういう〝夫婦の正体〟に死ぬ前に気づくことができたというわけか……。

鉄平は無言で夏代の整った顔を眺めながら思う。

そしてそう思いながら、なぜだか、あの櫛木穣一の顔を脳裏によみがえらせていた。

「自分でもちょっとうんざりしてるんですけどね。子供の頃から、なんか地に足がついてない感じがずっとあるんです。なんだかいっつもふわふわというかふらふらというか。ずっとそんな感じでこの歳まできちゃった気がしてます」

ぼそぼそと喋っていた板長の顔が、「デラシネ、デラシネ」と何度か呪文のように唱えているうちに、どこか納得したような表情に変わっていくのが見える。

「じゃあ……」

夏代の声にふと我に返った。

意識の中の板長の顔が瞬時に夏代の顔に入れ替わった。

「じゃあ、せめてちゃんとさようならを言わせてくれないかな」

と言う。

「ちゃんと?」

「ええ。そのくらいはいいでしょう。だって一年前、あなたは黙って消えてしまったんだもの」

気を取り直したような表情で、夏代が言葉を重ねた。

23

丸まった身体が腕の中にもぐりこんでくる。顎《あご》のあたりに長い髪の毛が当たっている。嗅ぎ慣れた匂いだ。両腕でそのあたたかさをぎゅっと抱きしめる。気持ちがふわっと浮き上がったようになる。

ずいぶん長く忘れていた心地よさだった。

取り戻してみれば、懐かしいいつもの感覚である。

しばらくのあいだ、すべすべと柔らかな肉体を懐に抱えてまどろんでいた。

それからゆっくりと鉄平は瞼《まぶた》を持ち上げる。

視界が開けると同時に現実がしっかりと息を吹き返す。

いま何時だろう？

首を曲げてナイトテーブルに嵌《は》め込んであるデジタルウォッチを覗く。

午前六時半ちょうどだった。

夏代の裸身からそっと腕を抜き、絡まっていた足を解《ほど》き、鉄平は広いベッドで上体を起こした。

去年、初めて金沢に来たときはこのホテルに四日間滞在した。鉄平が借りたのはツインの部屋だったが、夏代はダブルの部屋を予約していた。昨夜、部屋に入って大きなベッドを一瞥《いちべつ》し、最初からそのつもりだったのだろうかと思ったが、別段嫌な気持ちにはならなかった。

ちゃんとした「さようなら」をするとは、そういうことかもしれないと鉄平自身も「菊助」で一緒に食事をし、美味い酒を飲んでいるうちに思い始めていたからだ。

「今夜だけは一人ぼっちにしないで」

「菊助」を出たあと夏代にぽつんと言われ、あっさりと頷いていた。

せせらぎ通りのワインバーで白ワインを一杯ずつ飲んで、夏代が荷物を預けてきたこのANAクラウンプラザホテルに二人でチェックインしたのは昨夜の十時過ぎだったと思う。

ベッドから抜け出し、簡単にシャワーを浴びたあとバスローブ姿で窓辺の椅子に座る。

夏代はぐっすりと眠っている。物音に反応しないのはいつも通りで、ことに交わった翌朝は滅多なことでは目覚めない人だった。

閉じていたカーテンを半分開けるとまだ薄暗い金沢駅前の風景が見下ろせた。

今日から二月だった。

大寒から立春までが一番寒い時期だが、今朝もずいぶんと冷え込んでいるようだ。雪吊りの縄が強い風にゆらゆらと揺れ、凍えた灰色の景色の中をちらちらと雪が舞っていた。

服を着け終えたところで、ようやく夏代が目を開けた。

「帰るの？」

はっきりしない声で言う。

「ああ。車を取ってくるよ。外は寒そうだ」

昨夜、空港まで送っていくと約束してあった。

「じゃあ、それまでに支度しておくね」

眠そうな顔のまま返してくる。

「分かった」

鉄平がドアの前まで来たところで背中に声が掛かった。

「一緒に朝御飯食べましょうね」

そういえば彼女はホテルの朝食が大好きだったのだ、とそのとき思い出した。

「了解」

言い残して鉄平は部屋を出る。

車を駅前の駐車場に置いて八時過ぎにホテルの部屋に戻ると、夏代はすでに身支度を整えていた。

一階に降りて広いオープンキッチン・スタイルのレストランに入った。ここがこのホテルの朝食会場になっている。

加賀、能登の食材を中心に多数の皿が所狭しと並べられている。

一年前、「能登産の棚田米こしひかり使用」というプレートを見て、「ああ、これを夏代にも食べさせたい」とひとりごちたのを思い出す。

その夏代がそばにいるのが不思議な気がした。

夏代の方は鼻歌でも口ずさみそうな気配で、たくさんのおかずを自分の皿に少量ずつ取り分けながら各コーナーを巡っていた。

ごはんをよそい味噌汁を注いでいる。今朝は和食のようだ。向かい合って着席し、

「めずらしいね。ごはんに味噌汁なんて」

例によって和食派の鉄平が訊ねると、

「あら、そう言えばそうね」

と夏代は言った。

「昨日の晩、ごはんを食べなかったからかしら」

と付け加える。

「菊助」では〆のあんかけ卵とじうどんを二人で最後に分け合って食べたのだった。夏代は一口一口味わうようにゆっくりと箸を動かしている。

「やっぱり鉄平さんと一緒に食べるご飯が一番美味しいわ」

その姿を見ながら、昨夜、彼女が何度もそう言っていたのを鉄平は思い出していた。

——本当にこのまま俺たちは別れてしまえるのだろうか？

ふとわずかな疑問が湧く。

昨日、今日と久方ぶりに一緒に過ごしてみて、夏代と共有する時間というものに何の違和も感じられなかった。一年という長い不在などまるでなかったかのように、ごくごく当たり前に彼女との時間が流れていった。昨夜の交わりにしても同様だった。

――別れてしまうのではなく、きっちりと別れるのだ。

自分に言い聞かせる。

夫婦が別れるというのは、「結婚生活」を解消するということだが、恐らく一番の難題は「結婚」の解消ではなく「生活」の解消の方なのだろう。「結婚」を絶つのは案外簡単でも、長年二人で慣れ親しんできた「生活」を絶つのは容易ではないのだ。「離婚」に先立ってまずは「別居」を選ぶ夫婦が多いのもそのせいに違いなかった。互いの「生活」が一新しないことには「離婚」はままならない。

一時間ほどかけて〝最後の朝食〟を食べ終え、二人はレストランを出た。

ホテルの玄関から外を眺めると、先ほどまでの小雪が雨に変わっていた。それも結構な本降りになっている。

「車を回すよ」

鉄平はドアボーイに傘を借りて一人で駐車場まで行った。

黒のベンツを車寄せに着けると、夏代がちょっと驚いた顔で近づいてきた。車を降り、彼女のキャリーバッグをトランクに積んで、助手席のドアを開ける。

「すごいじゃない」

シートに腰を落としながら夏代が言う。

「まあね」

こんな中古のベンツでびっくりした顔を作っている彼女は、実は資産四十八億円の大富豪なのである。

　鉄平がナビを使っていると、

「一般道にしない？」

　夏代が言った。

「来るときはリムジンバスだったからちゃんと景色が見えなかったのよ」

　たしかにリムジンバスは北陸自動車道を走るので周囲の景色は余り見えない。

「三十分くらい余計にかかるけど大丈夫？」

　帰りの便のチケットはまだ買っていないと言っていたが念のため確認する。

「全然大丈夫」

「じゃあ、のんびり行こうか」

　氷雨はふたたび雪に変わっていた。雪は勢いよく降っている。

「北陸の雪景色が見られるわね」

　夏代がフロントガラスに顔を近づけ、うっとりした声を出す。

24

運転しながら「はちまき寿司」のことをいろいろと話した。

昨夜はもっぱら聞き役に徹していたので、自分のことはほとんど喋れなかったのだ。

美嘉や耕平の近況も大体のところは分かった。

フォトフレームの写真をこっそり見たときに予想した通り、耕平と真由は鹿児島市内の別のマンションに転居したようだった。

「そんなに新しくはないんだけど、前の部屋よりはずっと広いみたい」

夏代は言っていた。彼女もまだ新居を覗いてはいないようだった。

真由は歯科技工士の専門学校に通いながらアルバイトに励んでいるという。耕平も教養課程なので家庭教師を幾つもかけもちして貯金に勤《いそ》しんでいるらしかった。

「仕送りは?」

鉄平が訊くと、

「いままでと同じ額にしてる。ただ、あっちも真由ちゃんには送ってるだろうから」

と夏代は言った。あっちとは尚之たちのことだ。

美嘉の方は、旦那の実家がそれなりの支援はしているようだった。旦那と言ってもまだ医大生なのだからそれはやむを得ないところではあろう。

「うちは？」

つい「うち」と口にして鉄平は内心で頭を掻く。

「少しまとまったお金は渡しておいたわ」

「幾ら？」

「五百万円。申し訳ないけど、あなたの退職金から使わせていただきました」

不意に夏代が深々と頭を下げてきて面食らってしまった。退職金の総額は手取りで一千万円ちょうどだったという。

結局、夏代は自分のために引き出した一億円にはほとんど手をつけていないようだった。様々なやりくりは自らの収入とこれまでに蓄えた貯金で賄っている気配だ。

だとすると突然鉄平の収入がゼロになってしまったのだから暮らし向きは以前にも増して切り詰めたものになっているだろう。

美嘉の産んだ娘の名前は「みのり」というらしい。名付け親は向こうの父親だそうだ。

「いい名前じゃないか」

鉄平は聞いてすぐにそう思い、そう口にした。

「私もいい名前だと思うの」

本城《ほんじょう》みのり――確かに悪くない。

助手席の夏代は相槌を打ちながら鉄平の話を熱心に聞いている。時折挟む質問も的確で、どうやら事前にいろいろと調べてきた模様でもあった。

鉄平の現住所は住民票を見れば分かるだろうが、それだけを頼りに翼ビルを訪ね、一階の「はちまき寿司」に顔を出して、店長の表さんに取り次ぎまでさせるというのは奇妙だった。彼女は最初から鉄平が「はちまき寿司」の経営者だと知っていたに違いない。

「ところで僕が店をやっているって誰に聞いたの？」

ハンドルを握りながら昨日はしなかった質問を口にしてみた。

「菅原さんに聞いたのよ」

意外な名前が出てくる。

「菅原って、財務本部長の菅原さん？」

「ええ」

「どうして？」

夏代は菅原と一面識もないはずだった。

「去年の十一月末に菅原さんが訪ねてきたの」

「どこに？」

「うちによ」

ますます面妖なことを言う。

「なんで？」

「亡くなった孝之さんの遺言状のことを知らせにきてくれたの。孝之さんの持っている株の一部をあなたが受け継ぐことになったって。それで近々、金沢に出かけてあなたと会って来るって。そのときにいろいろ教えてくれたのよ」

「そうだったのか……」

「あなたと会って、加能産業に戻ってくれるよう頼んでくるつもりだって言ってたわ。だから、もしも相談が来たときは奥さんからも是非そうするように勧めて欲しいって頼まれたのよ」

「へぇー」

小松に向かうあいだに雪はますます強くなってきていた。北陸特有の大粒の湿った雪に混じって細かな乾いた雪がフロントガラスに当たり、パラパラと小さな音を立てている。

「もう加能産業には戻らないの？」

さりげない口調で夏代が訊いてくる。

「ああ」

前を向いたまま鉄平は気のないふうに頷く。

「尚之さん、精神的にすっかり参っているみたいよ。あの事故ですごいショックを受けて、その矢先に父親を亡くしてしまって、もう会社どころじゃない様子だって真由ちゃんが言ってた。あげく、孝之さんの株があなたに渡ると知って、完全に思考停止状態になっているらしいわ」

「会長の株は受け取ることにしたよ。菅原さんにもそのことはちゃんと伝えてある。あとはあの会社に残った人たちが何とかするしかないんだ。もう僕の出る幕じゃない」

「だけど、あなたの他にあの会社を立て直せる人が誰かいるの？」

「それこそ菅原さんだっている」

「でも、肝腎の尚之さんが川俣さんという常務の言いなりなんでしょう。自分の力ではとても会社を一つにまとめるのは無理だって菅原さんが嘆いていたわ」

いつの間にか夏代は会社の事情にかなり通じているようだった。

「まあ、なるようにしかならないさ。僕には僕の事業があるからね」

鉄平はそう言いながら、五十嵐蒼汰や彼を推してくれた喜多嶋オーナー、そして表さんや水野さんの顔を脳裏に思い浮かべていた。

正直なところ、「はちまき寿司」の将来については、持ち株の大半を喜多嶋オーナーに譲渡すれば今後も順調に発展していけそうな気がする。喜多嶋オーナーが経営者となれば、ハッチー&マッキーの発案者でもあるエクスプリールの山下君も当然事業に参画してくれるだろう。

「鉄平さんは本当にそれでいいの？」

「どうして?」

何と答えていいか分からず、鉄平は逆に訊き返していた。

「だって、加能産業は鉄平さんのおじいちゃんが創業した会社だし、孝之さんはあなたが一番困っていたときに手を差し伸べてくれた恩人でしょう。尚之さんが鉄平さんを排除したかったのだって、孝之さんがあなたを社長に据えようとしたからだって聞いているわ。そのうえ、遺言状で会社の株をあなたに残してくれたってことは、やっぱり最後は鉄平さんに加能産業を託したいと願っていたんじゃないの」

「いまさらそんなことを託されてもどうしようもないさ。株も本当は辞退したいところだけど、そんなことをしたら菅原さんまで会社を追われてしまうからね。でも僕の持ち株だって二十パーセントに過ぎないし、あの会社の大株主はいまでも社長の尚之に変わりはない。もし会社を守るとするなら、尚之が立ち直る以外に手はないんだ。これからの半年、菅原さんはそのために粉骨砕身すべきなんだよ」

「尚之さんが立ち直るにはもっと時間がかかると私は思うわ」

夏代は正鵠を射てくる。そういうところは昔から変わらない。

しばらく二人とも黙り込んでいた。外の雪は尚更に激しくなっている。一般道とはいえ前の車が見づらいほどだ。

「これじゃあ飛行機は無理かもしれないわね」

ぽつりと夏代が言った。

「大丈夫だろう。天気予報でも大雪とは言っていなかったからね」

そこでさらに一段と雪は強くなってきた。

「ちょっとどこかでお茶でも飲もうか。少し降りが弱くなるのを待った方がいいかもしれない」

「いいわね」

五分ほど走ったところに大きなドライブインがあったので鉄平はそこへ車を入れた。入口近くに駐車して、傘も使わずに二人で店内に駆け込んだ。

それでも降りしきる雪で夏代の身体も鉄平の身体も真っ白になってしまった。互いの雪を払いながら夏代がはしゃいだ声を上げる。

さすがに客はまばらだ。出てきた店員が窓側の広いテーブル席に案内してくれた。窓の外は真っ白だ。

時刻は午前十時を少し過ぎたところだった。

夏代はココア、鉄平はコーヒーを注文した。

飲み物が届き、一息ついたところで鉄平は上着の内ポケットから用意してきたものを取り出す。

本当は空港で別れ際に渡すつもりだったが、いまのうちに渡しておくことにする。この天候では万が一の欠航もないとは言えないだろう。

　夏代の目の前にそれを置いた。

「返すのが遅くなって申し訳なかった」

　夏代はじっと目の前のものを見つめている。

「あの店を始めるときに開業資金として使わせて貰ったけど、この前、金額は元に戻しておいた。僕は、この一億円のおかげで金沢で再起することができたんだ。とても感謝している。本当にありがとう」

　福岡から戻って来たあとで預金額は一億円ぴったりにしてあった。万が一、加能産業に戻る場合には、真っ先にこれを夏代に返さなくてはと考えたからだった。

　夏代は一度顔を上げて今度は鉄平の顔を見たあと、その三菱東京ＵＦＪ銀行の預金通帳と印鑑を手に取った。

「たしかにもうこのお金はあなたには必要がなさそうね」

　そして、さっさとそれをバッグにしまったのだった。

「お店も立派に繁盛しているみたいだし」

　と付け加えるのも忘れなかった。

　鉄平の方はそんな反応に少し戸惑ってしまった。通帳一式を差し出しても、彼女の性格からしてそうやすやすとは受け取らないような気がしていたのだ。

夏代は何事もなかったかのように卓上のカップを持ち上げてココアを一口飲んだ。カップを皿に戻して、また鉄平の方へ視線を寄越す。

その美しい顔が一瞬かすかな笑みを浮かべたように感じた。

「実はね、私もあなたに見せたいものがあるの」

さきほど通帳と印鑑をしまったハンドバッグをもう一度手元に引き寄せ、彼女は中から封筒のようなものを取り出した。

その封筒を両手で胸の前に持つと、

「私は、あなたに加能産業の社長になって欲しい」

鉄平の目を真っ直ぐに見つめて言う。

「菅原さんや元美さんだけでなく、京子さんや圭子さんもそう願っていると思う。菅原さんや藤堂先生宛てに遺言書の真贋を争う通知書を出したのは川俣常務の独断で、尚之さんは何も知らなかったって圭子さんは元美さんに言っていたそうよ」

そんなことまで知っているのか、と鉄平は呆れる思いだった。

「だから、鉄平さん。新しく始めたお店も素晴らしいとは思うけれど、ここは何とか私たちみんなの気持ちを汲んで加能産業に社長として戻って来て下さい。どうかお願いします」

夏代は封筒を手にしたまま頭を下げた。

どうして彼女がそんなことを言い出すのか、鉄平には理由が分からない。

菅原によほど強く依頼されたのだろうか。それにしても菅原も夏代をそんなふうに使うのは筋違いだし、的外れとしか言いようがないだろう。

「さっきも話したと思うけど、それは無理な相談なんだよ。あの会社の筆頭株主はいまでも社長の尚之だし、いくら家族が勧めたところで彼が僕の復帰を受け入れるとは到底思えないからね」

尚之の鉄平への恨みは、このような状況に立ち至って、増えこそすれ減っているわけがない。通知書にしても、代表権のない川俣が独断で菅原たちに送りつけたというのは非常に考えにくかった。そもそも尚之は川俣と組んで加能産業を三精化学に売却しようとしていた張本人なのだ。

「それがね、もうそうじゃないのよ」

すると夏代が呟いて、持っていた封筒を鉄平の方へ差し出してきた。

「この書類を見てちょうだい」

と言う。

鉄平は夏代の言葉の意味を計りかねたまま受け取り、封をしていない封筒から中身を取り出した。

ぺらぺらの一枚紙だ。三つ折りにされているそれを目の前で広げた。縦書きの文書だった。

株主名簿記載事項証明書

加能　夏代　殿

貴殿が所有する当社普通株式１４１００００株について、貴殿の申し出により株主名簿記載事項証明書を交付します。

記

氏名又は名称	加能　夏代
住所	福岡県福岡市博多区比恵東町３－８－４０２
株式保有数	１４１００００株
株式の種類	普通株式
株式取得年月日	平成30年1月15日

上記は当社の株主名簿に記載されている事項であることを証明する。

平成30年1月15日

福岡県福岡市東区箱崎北2－1－1
株式会社　加能産業
代表取締役　加能　尚之

鉄平はその書類に目を通し、息を呑んだ。

まず百四十一万株という株数に唖然とする。

加能産業の発行済株式数はたしか三百五十万株前後だったはずだ。だとすると百四十一万株はそのうちの実に四十パーセントに当たる。

さらに、現時点での株価ははっきりしないが、加能産業の株は、幾ら業績が悪化していたとしても一株当たり二千円程度はするだろう。

仮に二千百円で換算すれば百四十一万株の時価総額は約三十億円ということになる。

つまり、この一枚の証明書が明示しているのは、夏代が三十億円を支払って加能産業の株式の四割を買い占め、いまや尚之を凌《しの》ぐ筆頭株主の座にあるという驚くべき事実なのだった。

——「もうそうじゃないのよ」というさきほどの一言はそういう意味だったのか……。

鉄平は何度も証明書の中身を読み返す。

「あなたにはまた叱られるかもしれないけど、トロント・バイオテクニカル社に出資したときと同じように、私は伯母の遺産を加能産業の株式に換えることにしたの。菅原さんに遺産のことを打ち明けて孝之さんの株の残りも譲り受けたし、元美さんの持ち株も買い取らせて貰った。あとは兵藤《ひょうどう》・中野法律事務所の中野先生にお願いして市場から買い付けていただいたの。中野先生は企業法務が専門の弁護士さんだから。もちろんトロント社の場合と同様、私がこの株に手を触れることは一切ないし、もう一度お金に換えることもしないつもりでいるわ」

夏代の声が遠いもののように聞こえる。

「でもね、せっかく筆頭株主になったんだもの。加能産業という会社にはしっかり立ち直って貰いたいし、社会や従業員の人たちのために尽くす立派な会社であり続けて欲しいと思ってる」

またやられた、と痛烈に思う。

「だけど私には加能産業をそんなふうにする資格も能力も見識も何もないでしょう。だからね、筆頭株主として鉄平さんにお願いしたいの。福岡に戻って来て、社長として加能産業をもう一度よみがえらせて欲しいのよ」

　あの日もそうだった。

　仕事納めの日に中華料理店で二人きりの忘年会をやったあと、年が明けても夏代からはうんともすんともなかった。自宅住所も電話番号も伝えていたので、正月中に電話くらいは来ると思っていたからすっかり当てが外れた気分だった。

　ところが、仕事が始まって十日ほど経った一月半ばの朝。なんと夏代が赤羽のマンションのエレベーターに乗り込んできたのだ。「加能さん、おはよう。やっと会えたね」と言われて、あのときの彼はしばらく声も出なかった。

　今回もまるきり同じだ。

　突然、赤羽のマンションに引っ越して来たときと同じ夏代が、いま再び目の前にいる。

　――この人には、俺はやっぱりかなわないな。

　鉄平は心の中でそう呟くしかなかった。

解 説

岡野真紀子（ＷＯＷＯＷプロデューサー）

なぜテレビドラマの制作者たちは白石一文の小説に魅了され、自らの手で映像化したいと切に願うのか。かくいう私も本作『一億円のさようなら』のドラマ化に手を挙げた一人である。悔しくも自分が映像化することは叶わなかったが、必ず誰かが映像化するだろうと確信し、期待していた（ＮＨＫ ＢＳプレミアムで二〇二〇年九月〜十一月放送予定）。

私と白石作品との出合いは、氏の長編小説『私という運命について』をＷＯＷＯＷでドラマ化させて頂いた時である。この小説を一読して、ある二つの言葉が私の頭を占領して離れなくなってしまった。そのショックを映像で描いてみたいという衝動にかられたのである。

その一つは、主人公・亜紀《あき》の恋人の母が亜紀に綴《つづ》った手紙のなかにある。

「選べなかった未来、選ばなかった未来はどこにもないのです。未来など何一つ決まってはいません。しかし、だからこそ、私たち女性にとって一つ一つの選択が運命なのです」

もう一つは、死が迫っていた義理の妹の手紙を読んでの亜紀の次のような述懐。

「運命というのは、たとえ瞬時に察知したとしても受け入れるだけでは足りず、めぐり合ったそれを我が手に摑み取り、必死の思いで守り通してこそ初めて自らのものとなるのだ」

〝運命〟や〝偶然〟に身を任せる登場人物を作り出すことが多かった私は、これらの言葉を発する女性たちの力強さに魅了され、彼女たちを描くことこそ、真の大人なエンターテインメントなのではないか、と確信したのだ。

『一億円のさようなら』を読んだ時も、同じような衝撃に何度もやられてしまった。白石一文の小説に登場する大人たちは、綺麗事《きれいごと》では決して済まされない、人間臭くてリアルで、時に恐ろしくて、でも愛おしい……説明不可能な魅力に溢れている。

映像化したいと願う小説は、そのストーリーやエピソードに惹かれることが多い。しかし、白石一文は違うのだ。もちろん、物語も展開も見事なのだが、それ以上に登場人物が発する言葉が恐ろしく強いのだ。そしてそれは、瞬時に理解出来るものではなく、時間をかけて脳と心で嚙《か》み砕《くだ》いて初めて自分の理解が訪れる。実は、連続ドラマを制作する際に、いつも探し求めているものがこれなのである。

視聴者を悩ませて、翌週の放送まで心を摑《つか》んで離さないような名台詞とキャラクターを模索しているが、そう簡単には生まれない。しかし、白石一文の小説にはたくさん散りばめられている。

本作の中でまず印象に残ったのが「『家族』という二文字を見て、真っ先に思い浮かぶのは『愛情』でも『希望』でも『人生』でも『目的』でもなかった。鉄平にとって『家族』とは、『義務』と同義であった」（作中、第一部29節）という主人公・加能鉄平《かのうてっぺい》の心情の吐露だ。

鉄平は、二十年連れ添った妻・夏代《なつよ》が四十八億円という巨額の隠し資産を持っていたことや、娘の美嘉が彼氏の子供を妊娠していたこと、息子の耕平が年上の再従姉妹《はとこ》と恋愛関係にあることなど、知られざる家族の秘密が次々と明らかになるのを目の当たりにする。ショックを隠せないのは当然である。

しかし、美しい最愛の妻と出会い、子宝に恵まれた鉄平がここまで冷静な感情を抱く本当の理由は何なのだろうか……。

その後も時折、鉄平という人間が理解できなくなるほどの客観的で冷静な自己披歴が続き、心が騒《ざわ》ついて仕方ない。更に読み進めると、想像もつかなかった彼の少年時代の事件が語られ、前半で抱いた鉄平という人間への違和感が解けていく。

作中、第三部5節で鉄平はこう内省する。

『ごく少数ではあるが、如才なく誰にでも優しそうな素振りを見せながらも実は身の毛もよだつような〝冷酷な人間〟が確実に存在していることもよく知っていた。そして、彼はいままでずっと悩み続けてきたのだ。——俺は一体どっちの人間なのだろうか？』

——やはり白石作品の主人公像は一筋縄ではいかない。時に残酷で時に純粋な男の描写は読み手を惑わせる。理解の範疇《はんちゅう》に存在する登場人物像に飽きている大人たちの心を摑んで離さない。

女性像も同じである。妻の夏代も、また鉄平が少年時代と現在において大きく関わることとなる藤木波江《ふじきなみえ》も、誰も想像していなかったであろう正体が見えてくる。知的でしたたかなのに純真な夏代の魅力には男性のみならず女性も虜《とりこ》になってしまう。

波江に至っては、この小説のロマンの象徴になるのかと思いきや、あまりに残酷な一面が垣間見える。読み進めながら頭の中で思わずドラマの配役を考えたくなるほど説明不可能な魅力溢《あふ》れる登場人物たちなのである。

『私という運命について』もそうであったように、次々と激動の人生が繰り広げられるにもかかわらず、決して〝こんなことありえない〟と読み手を置いていかないリアリティも白石作品の真骨頂である。もしも数年の人生を一冊の本にまとめたとしたら、誰の人生もロマンチックであり激動的なはず、と思わせてしまうリアリティがあるのだ。

さきほど述べたように、登場人物が綺麗事ではなく人間臭くリアルであることももちろんその一因だろう。しかしそれだけではない。とても細やかな情景描写がリアリティを支えている。

『私という運命について』を映像化する際、ロケハンも兼ねて小説を読みながら新潟県長岡の町を歩いたことがある。

すると、そこに存在する空気・音・情景すべてがそのまま描かれていて驚いた。旅雑誌を手に町を散策するような感覚に、監督と共に興奮したことを覚えている。

本作『一億円のさようなら』も博多や金沢の町の情景描写がとても丁寧で、脳裏にしっかりと映像が浮かび、まるでその場にいるような感覚に陥る。VRを体感しているような小説に思わずときめいてしまうのだ。

そしてなにより、骨太なテーマである。これが白石作品のリアリティをさらなる高みに到達させている。この『一億円のさようなら』でいえば、ハラハラドキドキが止まらない、ジェットコースターのような圧倒される展開の奥にあるのは、〝会社という組織に潜む抗争〟〝家族間の歪《ゆが》み〟〝男女の情念〟〝仕事の流儀〟だ。

私には、テレビドラマを制作する際、モットーにしている二つの教えがある。

一つは脚本家の倉本聰さんから教えて頂いた、「テレビドラマは糖衣錠《とういじょう》であれ」ということ。糖衣錠とは、苦い薬を飲みやすくするために砂糖で覆ったもので、テレビドラマも同様に、苦さのある真のテーマを視聴者に届けるためには、エンターテインメントという砂糖に包まなければならない。

『一億円のさようなら』はまさに、決して退屈させない激動のエンターテインメントに包まれているが、その外側を溶かすとほろ苦く骨太なテーマが現れるのだ。

そしてもう一つは、演出家の石橋冠さんがおっしゃっていた、「ドキュメンタリーはよりドラマチックさを求め、ドラマはよりドキュメンタリックを求めるのだ」という教え。

この『一億円のさようなら』はフィクションでありながらも、会社組織の描写や、町の描写、人間描写のすべてがドキュメンタリックである。だからこそ、決して荒唐無稽にならない大人のエンターテインメントとして確立しているのだと思う。

そして私が白石作品を愛して止まない最大の理由。それは読み手の人生に残り続けるメッセージが必ずあるということである。

今でも『私という運命について』にある「私たち女性にとって一つ一つの選択が運命なのです」という言葉を自分の人生に置き換えて常に考え続けている。この言葉と出合えて、大袈裟かもしれないが私はすごく強くなったと思う。

〝運命〟というものは普通に生きていれば自然とやってくるものだと甘く考えていた私は、それが〝選択の積み重ね〟なのだと知り、一つ一つの迫りくる選択に対し、誠実に慎重に向き合うようになれた。

『一億円のさようなら』にも、すべての夫婦に捧げたいメッセージがある。鉄平は再会した妻の夏代にこう告げる。

「夫婦は恋人同士とは違うんだ。愛情で関係を支え合うだけじゃなく、信頼で支え合わなきゃいけない。そうでなきゃ何十年も一緒にはいられない。夫婦は愛し合う以上に信じ合う必要があると僕は思う」

なんてロマンチックなのだろうと思う。白石作品にある数々のメッセージは、やがて読み手の人生に置き換えられ、自身の足元を見つめ直し、明日への一歩を踏み出そうという希望につながる。人間臭くて決して綺麗事では済まされない白石一文ワールドの中にある美しい言葉だからこそ、心を摑んで離さない。

改めて思う。これが大人の本当のエンターテインメントなんだ、と。色々な感情のデパートみたいなこの小説を、私はまた時々開くのだと思う。それも人生に迷った時に。白石一文の小説は心に染み入るものばかり。コロナ禍において、エンターテインメントの在《あ》り方《かた》が改めて問われている今こそ読まれてほしい。今回、私自身の自粛生活にも潤いを与えてくれた。またさらに一歩踏み出して行けそうだ。

二〇二〇年八月

この作品は2018年7月徳間書店より刊行されました。
なお、本作品はフィクションであり実在の個人・団体などとは一切関係がありません。

徳間文庫

一《いち》億《おく》円《えん》のさようなら

2020年9月15日 初刷

著者 白《しら》石《いし》一《かず》文《ふみ》

発行者 小宮英行

発行所 株式会社徳間書店

東京都品川区上大崎三―一―一
目黒セントラルスクエア 〒141―8202

電話 編集〇三(五四〇三)四三四九
販売〇四九(二九三)五五二一

振替 〇〇一四〇―〇―四四三九二

印刷
製本 大日本印刷株式会社

ISBN978-4-19-894590-9 (乱丁、落丁本はお取りかえいたします)

ノッキンオン・ロックドドア　青崎有吾
華麗なる探偵たち　赤川次郎
百年目の同窓会　赤川次郎
さびしい独裁者　赤川次郎
クレオパトラの葬列　赤川次郎
真夜中の騎士　赤川次郎
不思議の国のサロメ　赤川次郎
植物たち　朝倉かすみ
ロック、そして銃弾　浅暮三文
地下鉄に乗って　浅田次郎
日輪の遺産　浅田次郎
月のしずく　浅田次郎
姫椿　浅田次郎
Team・HK　あさのあつこ
殺人鬼の献立表　あさのあつこ
グリーン・グリーン　あさのあつこ
高原のフーダニット　有栖川有栖
夢裡庵先生捕物帳〈上下〉　泡坂妻夫
奇跡の男　泡坂妻夫

螺旋宮　安東能明
金融探偵　池井戸潤
アキラとあきら　池井戸潤
あるキング　伊坂幸太郎
水光舎四季　石野晶
耳をふさいで夜を走る　石持浅海
凶腕の獣、樹海の鬼　伊東京一
クラリネット症候群　乾くるみ
蒼林堂古書店へようこそ　乾くるみ
願いながら、祈りながら　乾ルカ
悪意のクイーン　井上剛
きっと、誰よりもあなたを愛していたから　井上剛　栗俣力也原案
死なないで　井上剛
龍神の女　内田康夫
城崎殺人事件　内田康夫
「須磨明石」殺人事件　内田康夫
夏泊殺人岬　内田康夫
歌わない笛　内田康夫
はちまん〈上下〉　内田康夫

こわれもの　浦賀和宏
究極の純愛小説を、君に　浦賀和宏
隠蔽指令　江上剛
人生に七味あり　江上剛
断固として進め　江上剛
愛されすぎた女　大石圭
殺さずに済ませたい　大石圭
きれいなほうと呼ばれたい　大石圭
わたしには鞭の跡がよく似合う　大石圭
自分を愛しすぎた女　大石圭
裏アカ　大石圭
僕の殺人　太田忠司
嘘を愛する女　岡部えつ
ロゴスの市　乙川優三郎
木曜組曲　恩田陸
禁じられた楽園　恩田陸
若桜鉄道うぐいす駅　門井慶喜
桃ノ木坂互助会　川瀬七緒
女學生奇譚　川瀬七緒